La vita bugiarda degli adulti
by Elena Ferrante

어른들의 거짓된 삶

어른들의 거짓된 삶

엘레나 페란테 장편소설
김지우 옮김

한길사

일러두기

- 이 책은 이탈리아에서 출간된 Elena Ferrante의 *La vita bugiarda degli adulti*(Edizioni E/O, 2019)를 옮긴 것이다.
- 독자의 이해를 돕기 위해 옮긴이가 각주를 넣었다.

제1장

1

집을 떠나기 2년 전, 아버지는 어머니에게 내가 매우 못생겼다고 했다. 신혼 시절 장만한 리오네 알토 구역 산 지아코모 데이 카프리가 꼭대기에 있는 집에서 아버지는 속삭이듯 그렇게 말했다.

그 순간 모든 것이 멈췄다. 나폴리의 모든 공간도, 얼어붙을 듯 차가운 2월의 창백한 햇살도, 아버지가 내뱉은 문장까지도. 나만 혼자 그곳에서 살며시 빠져나왔다. 그리고 지금, 나는 여전히 문장과 문장 사이에 빠져 헤매고 있다. 내게 완성된 이야기를 만들어주려는 문장들 사이에. 실은 무의미한 문장들일 뿐인데, 진정 나의 것은 아무것도 담지 못했는데.

나는 이야기를 제대로 시작하지도 완결 짓지도 못했다. 내 글은 혼란일 뿐, 이야기가 제대로 전개되고 있는지, 그저 구원 없이 일그러진 고통의 나열일 뿐인지 그 누구도 알지 못한다. 지금 글을 써 내려가고 있는 이마저도.

2

나는 아버지를 매우 사랑했다. 아버지는 언제나 상냥했다. 아버지는 입고 있는 옷이 한 치수 커 보일 정도로 호리호리했다. 그런 몸매는 아버지의 고상한 태도에 어울렸고 나는 그런 아버지에게서 남다른 기품을 느꼈다.

아버지는 이목구비가 섬세했다. 아버지의 깊은 눈매와 긴 속

눈썹, 조각한 듯한 코, 도톰한 입술은 완벽한 조화를 이루었다. 아버지는 자기 기분이나 내 기분에 상관없이 나를 항상 밝게 대해주었다. 뭔가를 공부하느라 언제나 바빴지만 내 입가에 미소가 떠오르기 전에는 절대로 서재에 들어가는 법이 없었다.

아버지는 특히 내 머릿결을 좋아했다. 아버지가 언제부터 내 머릿결을 칭찬하기 시작했는지 이제는 잘 기억나지 않는다. 아마 내가 두세 살 때부터 그랬던 것 같다. 어린 시절 아버지와 이런 대화를 나눴던 건 확실히 기억난다.

"우리 딸 머릿결 좀 봐. 어쩜 이렇게 좋을까. 눈이 부실 지경이로구나. 아빠한테 네 머리카락을 선물해주지 않을래?"

"싫어요. 제 것이에요."

"그러지 말고 아빠한테 양보해주렴."

"정 그러면 잠깐 빌려줄게요."

"그래, 좋아. 돌려주지 않으면 그만이니까."

"아빠 머리카락은 어떻게 하고요?"

"사실은 지금 내 머리카락도 네게서 빼앗은 것이란다."

"아니에요, 거짓말하지 마세요."

"못 믿겠으면 한번 보렴. 너무 예뻐서 아빠가 우리 딸 몰래 훔쳐온 거야."

나는 아버지가 내 머리카락을 훔칠 리 없다는 걸 알면서도 장난으로 아버지의 머리카락을 살펴보곤 했다. 아버지는 언제나 나를 웃게 했다. 어머니보다 아버지와 있을 때가 더 즐거웠다. 아버지는 항상 내게서 뭔가를 가져가려 했다. 내 귀와 코와 턱이 완벽하다면서 갖고 싶어 죽겠다고 했다. 나는 그럴 때의 아버지 말투가 좋았다. 아버지는 끊임없이 내가 자신에게 없어서는 안 될 존재라는 사실을 일깨워주었다.

물론 아버지가 아무한테나 그러는 건 아니었다. 가끔 어떤 일에 몰두할 때면 감정을 주체하지 못하고 흥분한 말투로 수준 높은 문장을 쏟아내곤 했다. 상대방의 말을 매우 정확하고 간결하고 농축된 문장으로 끊어버리고 반박할 기회조차 주지도 않았다. 그런 아버지의 모습은 내가 사랑하는 아버지와는 너무나 달랐다. 아버지에게 그런 면이 있다는 사실을 처음 깨달은 것은 내가 일고여덟 살 정도 됐을 때였다. 아버지는 가끔 집에 찾아오는 친구들이나 아는 사람들과 나로서는 들어도 이해할 수 없는 문제들을 두고 열띤 토론을 벌였다.

나는 사람들이 바로 옆방에서 싸우든 말든 신경 쓰지 않고 어머니와 함께 부엌에 머무르곤 했다. 하지만 어머니가 해야 할 일이 있어서 자기 방에 들어가 버리면 나 혼자 복도에 남아서 놀거나 책을 읽었다. 사실 다독가인 아버지와 어머니를 닮고 싶은 마음에 놀 때보다는 책을 읽을 때가 많았다. 어른들이 무슨 말을 하는지 별 신경을 쓰지 않다가도 불현듯 적막이 흐르고 아버지의 입에서 평소와는 다른 목소리가 터져 나오면 나는 하던 일을 멈췄다. 그때부터 아버지는 강압적으로 변했고 나는 모임이 빨리 끝나서 아버지가 예의 그 상냥하고 다정한 목소리를 되찾기를 기다렸다.

그날 저녁 아버지는 내 학교 성적이 떨어졌다는 소식을 듣고 나서 그 말을 했다. 그때까지 나는 성적 때문에 걱정한 적이 없었다. 나는 초등학교 1학년 때부터 우등생이었고 성적이 떨어지기 시작한 건 불과 두 달 전이었지만 공부에 민감했던 우리 부모님, 특히 어머니는 성적이 떨어지자 곧바로 긴장했다.

"대체 어찌 된 일이니?"

"모르겠어요."

"공부를 열심히 해야겠구나."

"열심히 했어요."

"그런데 성적이 왜 이래?"

"공부해도 어떤 것은 기억이 나고 어떤 것은 기억이 나지 않아요."

"그런 것까지 기억이 날 때까지 공부해야지."

이를 악물고 노력해봐도 결과는 여전히 만족스럽지 못했다. 문제의 그날 오후 어머니는 선생님들과 상담을 하러 학교에 갔다가 마음이 몹시 상해서 돌아왔지만 나를 야단치지는 않았다. 우리 부모님은 나를 절대로 야단치지 않았다. 그날도 "수학 선생님이 제일 실망하셨더구나. 하지만 그분도 노력하면 나아질 거라고 하셨어"라고 했을 뿐이었다. 어머니는 저녁 준비를 하러 부엌으로 들어가 버렸고 그새 아버지가 집에 오셨다.

내 방에 있는데 어머니 목소리가 들려왔다. 어머니는 별다른 말 없이 선생님들의 불만 사항을 아버지에게 요약해서 들려주었다. 어머니는 내 변화를 사춘기 탓으로 돌리려 했다. 하지만 아버지는 어머니의 말을 가로막더니 평소 내게는 절대로 쓰지 않는 말투로, 심지어는 우리 집에서 금기시하는 사투리까지 섞어서 뒷날 크게 후회할 말을 내뱉고 말았다.

"사춘기 문제가 아니야. 조반나가 빅토리아를 닮아가."

내가 듣고 있는 걸 알았다면 아버지는 결코 그런 식으로 말하지 않았을 것이다. 아버지의 말투는 평소처럼 가볍고 장난스럽지 않았다. 부모님은 내 방문이 닫혀 있는 줄 알았을 것이다. 내가 방문을 항상 닫아놓으니까 누군가가 방문을 열어놓았다는 걸 몰랐던 것이다.

이렇게 해서 내 나이 열두 살 때 나는 숨죽인 아버지의 목소리를 통해 내가 아버지의 누이와 닮았다는 사실을 알게 됐다. 추함과 사악함의 대명사인 아버지의 누이와 말이다. 내가 기억하는 한 아버지는 항상 빅토리아 고모에 대해 그런 식으로 말했다.

내가 과장하는 것일지도 모른다. 아버지가 정확히 "조반나는 못생겼어"라고 말한 건 아닐 수도 있다. 그렇다. 아버지는 그렇게 모진 말을 할 사람이 아니었다. 하지만 당시 나는 몸과 마음이 심약한 상태였다. 1년 전쯤에 생리를 시작했고 가슴이 너무 커진 것 같아 창피했다. 내 몸에서 불쾌한 냄새가 나는 것 같아서 틈만 나면 씻었다.

나는 무기력한 상태로 잠자리에 들고 잠들기 전과 똑같이 무기력한 상태로 잠에서 깼다. 그 시절 나의 유일한 위안이자 유일한 확신은 나에 대한 아버지의 절대적인 사랑이었다. 그렇기에 아버지가 나를 빅토리아 고모 수준으로 끌어내렸을 때 내 기분은 최악이었다. 차라리 "조반나는 어렸을 때는 참 예뻤는데 지금은 못나졌어"라는 말을 듣는 편이 나았을 것이다.

우리 집에서 빅토리아라는 이름은 몸에 닿는 모든 것을 더럽히고 부패시키는 괴물 같은 존재였다. 나는 빅토리아 고모를 잘 모른다. 만난 적도 별로 없었고 그나마도 얼마 안 되는 만남에 대해서 기억나는 것은 혐오와 두려움뿐이었다. 빅토리아 고모에 대한 혐오감과 두려움은 아니었다. 고모가 어떻게 생겼는지 전혀 기억나지 않았으니까.

내가 무서웠던 건 고모를 향한 아버지와 어머니의 혐오감과 두려움이었다. 아버지는 항상 자기 누이를 욕했다. 빅토리아 고모와 어울리는 것만으로도 평판에 금이 갈 정도로 고모가 수치스러운 짓을 하고 다닌다고 생각하는 것 같았다.

어머니는 시누이 이름을 아예 입에 담지도 않았다. 아버지가 불만을 터뜨릴 때면 고모가 당장 들이닥치기라도 할 것처럼 아버지를 진정시키려 했다. 어머니는 고모가 어디서든 자기들 말을 들을 수 있다고 생각하는 것 같았다. 고모가 집 근처 병원을 지나면서 질병이란 질병은 모조리 꽁무니에 매단 채 산 지아코모 데이 카프리의 길고 가파른 길을 성큼성큼 걸어서 우리 집이 있는 6층 건물까지 펄쩍 뛰어올라, 술에 취한 두 눈에서 시꺼먼 광선을 내뿜으며 가구를 망가뜨리고 반항하려는 어머니의 뺨을 갈길 것이라고 생각하는 것 같았다.

어머니가 그 정도로 긴장하는 건 그만큼 서로 상처를 주고받았기 때문이겠지만 당시 나는 우리 집 가정사에 대해 아는 바가 별로 없었고 무엇보다 그 끔찍한 고모를 가족으로 여기지도 않았다.

고모는 내 유년 시절 공포의 대상이었다. 귀신에 씐 깡마른 형상이었다. 어둠이 내려앉은 집구석에 웅크리고 잠복해 있는 존재였다. 이제 와서 갑자기 내가 그런 고모를 닮아간다니. 내가?

지금껏 나는 내가 예쁘다고 생각했다. 아버지 덕분에 내가 커서도 예쁠 것이라고 믿었다. 아버지의 말만 듣고 내 머릿결이 눈부시게 아름답다고 생각했다. 아버지가 그랬듯이 모든 사람이 나를 사랑해주기를 바랐다. 아버지는 내가 그렇게 될 수 있을 거라고 믿게 했다. 그렇지 않아도 부모님이 나에 대해서 갑자기 실망하는 바람에 속상한데, 불안해서 모든 것이 혼란스러운데, 고모와 닮았다는 말까지 듣게 되다니.

나는 어머니의 대답을 기다렸다. 하지만 어머니의 반응도 내게 위로가 되지 못했다. 어머니는 평소 시댁 식구들을 못 견뎌 했고 특히 시누이라면 맨다리에 달팽이가 기어오르는 것을 본 것처럼 진저리를 쳤다. 그런 어머니가 "당신 미쳤어? 내 딸과 당신 누이는 하나도 안 닮았어!"라고 외치기는커녕 다 꺼져 들어가는 목소리로 "그렇지 않아. 무슨 그런 말을 해"라고 할 뿐이었다.

나는 부모님의 대화를 더 듣고 싶지 않아서 서둘러 내 방문을 닫고 소리 죽여 울었다. 나는 아버지가 내게 다가와서 평소처럼 상냥한 말투로 저녁 식사 준비가 다 되었다고 할 때까지 계속 울었다.

나는 눈물을 훔치고 부모님이 있는 부엌으로 갔다. 식사 내내 나는 시선을 접시에 고정시킨 채 성적 오르는 방법에 대한 부모님의 잔소리를 들어야 했다.

식사가 끝난 후 부모님은 텔레비전 앞에 자리를 잡았고 나는 내 방으로 돌아가 공부하는 척했다. 그러나 고통은 사라지지도 수그러들지도 않았다. 아버지는 왜 그런 말을 한 걸까. 어머니는 왜 아버지의 말에 강력하게 반발하지 않았을까. 성적에 대한 실망감 때문일까 아니면 공부와는 상관없는 다른 불안감 때문일까. 만약 그렇다면 대체 언제부터 그런 불안감을 가지게 된 걸까. 다른 사람도 아닌 아버지가 그런 끔찍한 말을 한 건 나에 대한 일시적인 실망감 때문일까. 그게 아니라면 어쩌면 아버지는 벌써 오래전에 모든 것을 꿰뚫어 보는 듯한 예리한 시선으로 나의 일그러진 미래와 서서히 모습을 드러내는 내 추악한 면모의 전조를 알아챈 건 아닐까. 그 때문에 낙담해서 아버지 역시 어떻게 해야 할지 몰랐던 건 아닐까.

절망 속에서 밤을 지새우고 아침이 왔을 때 나는 이 절망감에서 빠져나오려면 빅토리아 고모가 실제로 어떻게 생겼는지 직접 확인하는 수밖에 없다는 결론에 도달했다.

3

그것은 쉽지 않은 과제였다. 아버지는 험하게 헐뜯고 싸울지언정 절대로 가족의 연을 끊는 법이 없는 대가족의 도시 나폴리 출신인데도 혈혈단신인 양, 부모 없이 혼자 태어나기라도 한 것처럼 가족과 완전히 독립된 삶을 살았다. 물론 나는 외할아버지, 외할머니, 외삼촌과는 친하게 지냈다. 외가 사람들은 모두 다정했고 내게 항상 선물을 사주곤 했다. 외조부모님이 돌아가시고 삼촌이 직장 때문에 멀리 떠나기 전까지는 서로 왕래도 잦았고 즐겁게 지냈다.

외할아버지가 먼저 돌아가시고 1년 뒤에 외할머니마저 세상을 떠나셨는데 두 분의 갑작스러운 죽음은 어린 내게 큰 충격이었다. 두 분이 돌아가셨을 때 어머니는 나 같은 어린아이가 다쳤

16

을 때처럼 엉엉 울었다.

외가에 비해 친가 사람들에 대해서는 아는 바가 거의 없었다. 한 번의 결혼식과 한 번의 장례식에서 본 것이 전부였고 그마저도 겉으로만 상냥한 분위기 속에서 할아버지께 인사드리라는 둥, 고모한테 뽀뽀하라는 둥 억지로 친한 척 행동하게 하는 바람에 불편함만 느꼈을 뿐이다.

상황이 이렇다 보니 친가 친척들은 당연히 내 관심 밖이었다. 친가에 다녀올 때마다 어쩌다 수준 낮은 연극에서 배역을 맡게 된 사람들처럼 짜증을 내면서 친척들과의 만남을 기억에서 지워버리기로 약속한 것처럼 행동하는 부모님 때문이기도 했다.

그뿐만이 아니다. 외조부모님은 '박물관 지역'이라는 확실하고 멋들어진 지명의 지역에서 살고 있었다. 나는 그분들을 박물관 할아버지 할머니라고 부르곤 했다. 그러나 친조부모님이 사는 곳은 확실하지 않았다. 그곳에는 이름이 없었다. 확실한 건 그분들을 만나려면 나폴리 아랫동네까지 한참을 내려가고 내려가고 또 내려가야 했다는 것이다. 가는 길이 어찌나 멀게 느껴졌던지 친가 친척들이 우리 가족과 아예 다른 동네에서 사는 것처럼 느껴졌다.

사실 꽤 오랫동안 나는 정말 그렇게 생각했다. 우리 집은 나폴리에서 가장 윗동네에 있었기 때문에 어딜 가든 아래로 내려가야 했다. 아버지와 어머니는 보메로까지는 흔쾌히 나섰지만, 외갓집이 있는 박물관 지역에 갈 때만 해도 벌써 짜증스러운 기색을 내비쳤다. 부모님의 친구들은 주로 수아레스가와 아르티스티 광장, 루카 조르다노가, 스카를라티가, 치마로사가에 살았다.

학교 친구들도 대부분 그 지역에 살았기 때문에 내겐 매우 익숙한 장소였다. 그 길들은 모두 내가 좋아하는 플로리디아나 공원으로 이어졌다. 그곳은 내가 갓난아기였을 때부터 어머니가 나를 데리고 다녔던 곳이다. 또 어린 시절 소꿉친구인 안젤라, 이다와 즐거운 시간을 보낸 장소이기도 하다.

플로리디아나 공원까지는 나무와 언뜻 스쳐 지나가는 바다 풍경과 공원과 꽃과 뛰노는 아이들과 친절한 사람들로 가득한 밝고 행복한 곳이었다. 하지만 일단 플로리디아나를 지나면 부모님이 싫어하는 진짜 내리막길이 시작됐다. 부모님은 매일 출근하고, 장을 보고, 볼일을 보러, 특히 아버지는 연구를 하거나 모임이나 토론에 참여하기 위해서 키아이아나 톨레도까지 대개 케이블카를 타고 내려가야 했다. 그곳에서 부모님은 마지못해 플레이비시토 광장이나 국립도서관, 알바항, 벤탈리아가, 반탈리에리가와 포리아가까지 가곤 했다.

부모님이 활동하는 구역의 경계선은 어머니가 근무하는 학교가 있는 카를로 3세 광장이었다. 부모님이 자주 언급해서 익숙하기는 해도 그 지명들은 내게 조금 전의 지명들과 같은 감명을 주지는 못했다. 그건 부모님이 나를 그곳에 거의 데리고 가지 않았기 때문일 것이다. 보메로 언덕 너머는 나와는 별 상관이 없는 곳이었다. 평야로 내려갈수록 도시는 내게 더 생소했다.

그런 내게 친할아버지 친할머니가 사는 동네가 거친 미지의 세계처럼 보이는 건 당연한 일이었다. 그곳에는 이름이 없었다. 부모님이 나누는 대화를 들어보면 가는 길도 험할 것 같았다. 평상시 활발하고 매사에 의욕적이었던 부모님이지만 친가를 방문할 때는 유독 불안하고 지쳐 보였다. 아주 어렸을 때였는데도 친가를 방문하기 전에 느껴지던 부모님의 긴장감과 그럴 때마다 아버지와 어머니가 나누던 똑같은 내용의 대화를 아직도 기억한다.

"안드레아! 어서 옷 입어. 갈 시간이야."

어머니가 피로에 찌든 목소리로 말해도 아버지는 책에서 눈을 떼지 않았다. 아버지는 공책에 필기할 때 쓰려고 언제나 가지고 다니는 연필로 책에 밑줄을 그을 뿐이었다.

"안드레아! 늦으면 아버님 어머님께서 화내실 거야."

"당신은 준비됐어?"

"나는 준비됐어."

"조반나는?"

"조반나도."

아버지는 그제야 읽던 책과 공책을 책상에 그대로 펼쳐놓고 깨끗한 셔츠와 좋은 옷으로 갈아입었다. 그러면서도 잔뜩 긴장해서 입을 꾹 다물고 있었다. 머릿속으로 어쩔 수 없이 떠맡은 배역의 대사를 복습하는 것처럼 보였다. 어머니는 한참 전에 준비를 마쳤는데도 우리 세 식구의 옷차림을 점검하느라 정신이 없었다. 제대로 된 옷차림만이 우리의 무사 귀환을 보증해준다고 생각하는 듯했다. 내가 겁먹을까봐 대놓고 말을 못 할 뿐 부모님은 친가와 친가 사람들로부터 자신을 보호해야 한다고 생각하는 것이 분명했다. 하지만 나는 그 비정상적인 불안감을 알아챘다. 아니, 그런 부모님의 감정 상태를 감지했다는 표현이 더 정확하리라. 그런 불안감은 원래부터 우리 가족 안에 내재해 있었으니까. 아마도 그것은 행복했던 내 유년 시절 동안 유일하게 아픈 기억이었을 것이다.

"부탁이니 아가씨가 무슨 말을 하든 그냥 못 들은 척해."

"그 애가 정신 나간 짓을 해도 입 다물고 있으라는 거지?"

"그래, 조반나를 생각해서라도."

"알겠어."

"말만 그렇게 하고 나중에 딴소리하지 말고. 조금만 참으면 되잖아. 딱 30분만 있다가 오자."

그런 식의 대화를 들을 때마다 나는 걱정이 됐다. 게다가 그럴 때 부모님의 표준어까지 어딘지 어색해졌다.

친가 방문이 실제로 어땠었는지는 잘 모르겠다. 왁자지껄한 소음과 후덥지근한 공기, 이마에 와닿는 누군가의 성의 없는 입맞춤, 사투리, 그곳에 있던 모든 사람의 두려움에서 뿜어져 나왔을 법한 악취만 기억날 뿐이다.

그런 분위기 때문에 지난 몇 년 동안 친가 친척들은 내게 실체 없는 위험의 상징이었다. 그들은 내게 역겹고 혼란스럽고 시끄러운 형상들에 지나지 않았다. 특히 빅토리아 고모는 그중에서도 가장 음침하고 혼란스러웠다. 친척들이 사는 동네가 위험했던 걸까. 친할아버지 친할머니, 아버지의 형제들과 사촌들을 포함한 친척들이 모두 위험한 사람들이었던 걸까. 아니면 빅토리아 고모만 그랬던 걸까.

그걸 아는 사람은 우리 부모님밖에 없었다. 그런데 이제는 나도 고모가 어떻게 생겼는지, 어떤 사람인지 알고 싶은 마음이 간절해졌다. 내 호기심을 해결하려면 부모님께 물어볼 수밖에 없는데 설사 물어본다 한들 과연 제대로 대답을 해줄까. 부모님은 농담조로 고모를 뭐하러 만나느냐면서 거절하든가 걱정이 되어 다시는 내 앞에서 고모 이야기를 입에 담지 않을 게 뻔했다. 나는 우선 고모 사진부터 찾아보기로 했다.

4

부모님이 모두 집을 비운 어느 날 오후, 나는 기회를 놓치지 않고 어머니가 우리 세 식구의 가족사진을 깔끔하게 정리해둔 앨범이 있는 안방 장롱을 뒤졌다. 나는 사진을 거의 외울 정도로 앨범들을 자주 꺼내 보곤 했다. 그 앨범들은 부모님의 애정사와 13년이 채 못 된 내 삶의 기록이었다. 앨범에 외갓집 친척들의 사진은 넘쳐나는 데 비해 이상하게도 친가 쪽 사람들의 사진은 거의 없다는 사실과 그중에서도 고모 사진이 한 장도 없다는 사실을 나는 이미 알고 있었다.

하지만 나는 앨범들을 넣어둔 장롱 어딘가에 아버지와 어머니가 사귀기 전에 찍은 사진을 아무렇게나 담아둔 오래된 금속 상자가 있다는 사실을 기억해냈다. 그 상자 속에 있는 사진들을 제대로 본 적이 없었고 어쩌다 상자를 꺼낼 때도 항상 어머니와 함께였기 때문에 나는 내심 그 상자에서 고모 사진을 몇 장이라도 건지기를 바랐다.

나는 장롱 깊숙한 데서 금속 상자를 찾아냈지만, 그 전에 먼저 앨범 사진을 다시 꼼꼼히 훑어보기로 했다. 앨범에는 부모님의 연애 시절 사진과 얼마 안 되는 하객 앞에서 뚱한 표정으로 찍은 결혼식 사진이 있었다. 행복해 보이는 신혼 사진들을 다 넘기고 나서야 드디어 내가 등장했다. 내가 태어났을 때부터 지금까지 아버지와 어머니가 찍은 사진이 수없이 많았다. 나는 한참 동안 부모님의 결혼식 사진을 관찰했다. 아버지의 검은 예복은 심하게 구겨져 있었고 사진마다 죄다 우거지상이었다. 어머니는 신부복 대신 크림색 치마 정장에 옷과 똑같은 색상의 베일을 머리에 쓰고 있었는데 조금 감동한 표정이었다.

서른 명 남짓한 하객들은 대부분 아직도 부모님과 친하게 지내는 보메로 지역 친구들과 마음씨 좋은 박물관 할아버지 할머니를 비롯한 어머니 쪽 친척들이라는 걸 나는 이미 알고 있었다. 그래도 나는 내가 기억하지 못하는 여인의 형상을 사진 뒷배경에서라도 발견하기를 기원하며 사진을 열심히 관찰했다. 하지만 부질없는 일이었다. 나는 그제야 금속 상자에 있는 사진들을 살펴보기로 결심하고 한참을 낑낑대다 겨우 상자를 열었다.

나는 상자 속에 든 내용물을 몽땅 침대에 쏟았다. 모두 흑백 사진이었다. 서로를 알기 전에 찍은 아버지와 어머니의 사춘기 시절 사진들이 순서 없이 뒤섞여 있었다. 어머니는 한결같이 밝은 표정이었다. 학교 친구들이나 또래 여자친구들과 해변이나 길가에서 찍은 사진 속 어머니는 언제나 예쁜 옷을 입고 있었고 사랑스러웠다. 그에 비해 아버지는 골똘히 생각에 잠긴 표정이었고 항상 혼자였다. 놀러 가서 찍은 사진은 하나도 없었다. 아버지는 거의 모든 사진에서 무릎까지 부풀어 오른 바지에 소매가 지나치게 짧은 재킷을 입고 있었다.

부모님의 어린 시절 사진과 10대 초반에 찍은 사진은 두 봉투에 따로 담겨 있었다. 봉투 하나에는 어머니의 가족사진이 있었고 다른 봉투에는 아버지의 가족사진이 있었다. 나는 적어도 그 봉투에는 반드시 고모 사진이 있을 거라고 믿고 사진을 한 장 한 장 살펴보았다.

어린 아버지와 소년 아버지가 친할아버지, 친할머니, 처음 보는 친척들과 찍은 스무 장 남짓한 사진들을 훑어보다 나는 깜짝 놀랐다. 서너 장의 사진에서 아버지가 사인펜으로 칠한 직사각형 옆에 서 있었기 때문이다. 그 반듯한 직사각형들이 아버지의 비밀스럽고 악착같은 작업의 산물이라는 사실을 알아차리기는 어렵지 않았다.

나는 아버지가 책상 앞에 앉아 자로 선을 그어 사진의 일부를 직사각형 속에 넣고 선 밖으로 색이 삐져나오지 않게 사인펜으로 꼼꼼하게 도형을 색칠하는 모습을 상상했다. 정말이지 인내심이 필요한 작업이었을 것이다. 의심할 여지가 없었다. 직사각형은 사진 속에 있던 무언가를 지운 흔적이고 그 새까만 도형 밑에는 틀림없이 빅토리아 고모의 모습이 감춰져 있을 것이다.

나는 뭘 해야 할지 몰라 한참을 망설이다 결국 부엌에서 칼을 가지고 와서 아버지가 가려놓은 사진의 일부를 조심스레 긁어내기 시작했다. 하지만 얼마 안 가 사진을 긁어내면 하얀 종이만 드러난다는 사실을 깨닫고 불안해서 작업을 멈췄다. 이것이 아버지의 의지에 반하는 행동이라는 것을 잘 알고 있었기 때문에 이 일로 나에 대한 아버지의 애정이 더 식어버릴까봐 두려웠다.

봉투 맨 안쪽에 있는 사진을 본 순간 불안감은 더 커졌다. 그 것은 어린아이나 소년이 아닌 아버지의 유일한 청년 시절 사진이었다. 어머니와 만나기 전에 찍은 사진 중에서는 보기 드물게 사진 속 아버지의 옆모습은 명랑한 눈빛으로 새하얗고 가지런한 치아를 드러내며 웃고 있었다. 하지만 사진에는 아버지의 미소와 시선이 향하는 대상이 없었다. 대신 반듯한 직사각형 두 개가 있을 뿐이었다. 사진을 찍은 좋았던 시절이 지나버린 후에 아버지는 분명 관처럼 보이는 그 두 직사각형 속에 자기 누이와 다른 누군가의 육체를 가두어버렸을 것이다.

나는 그 사진을 한참 동안 관찰했다. 거리에서 찍은 사진이었다. 아버지가 반소매 체크무늬 셔츠 차림인 것으로 보아 여름인 것 같았다. 아버지 어깨 너머로 가게 입구가 보였는데 간판이 가려져서 '-점'까지밖에 읽을 수 없었다. 진열장도 보였지만 진열품이 무엇인지는 알 수 없었다. 까만 얼룩 옆에 테두리가 또렷한 새하얀 가로등이 있었고 그 옆으로 그림자가 보였다. 길게 드리운 두 그림자 중 하나는 분명 여성의 것이었다. 아버지는 자기 옆에 있었던 사람들을 열심히 지웠지만, 인도에는 흔적을 남겼다.

나는 다시 한번 조심스레 직사각형 모양의 잉크를 긁어보았다. 하지만 이번에도 벗겨낸 자리에 하얀 백지만 나타날 뿐이었다. 나는 동작을 멈췄다. 잠시 기다렸다가 다시 작업에 착수했다. 나는 잉크를 살살 긁어냈다. 고요한 집 안에 내 숨소리만 들렸다. 빅토리아 고모의 얼굴이 있었을 부분에 사인펜의 흔적인지 아니면 고모의 입술 일부분인지 구별할 수 없는 작은 얼룩이 나타났을 때 나는 결국 작업을 중단했다.

나는 앨범과 상자를 제자리에 넣어놓고 내가 아버지가 지워 버린 자기 누이와 닮았다는 악담을 내 마음속에 묻어두었다. 나는 갈수록 산만해졌고 나 스스로 놀랄 정도로 학교가 싫어졌다. 몇 달 전과 같은 모범생으로 되돌아가고 싶은 마음도 있었다. 성적에 민감한 부모님의 영향을 받아 성적만 오르면 예전처럼 예쁘고 착해질 것 같기도 했다. 하지만 성적은 도무지 좋아지지 않았다. 나는 수업에 집중하지 못했고 집에서도 거울 앞에 달라붙어서 시간을 허비했다.

나는 거울에 집착했다. 정말로 내게서 고모의 모습이 나타나고 있는지 알고 싶었다. 하지만 고모가 어떻게 생겼는지 몰라서 내 몸의 모든 변화를 고모와 연관 짓게 되었다. 그러다 보니 얼마 전까지만 해도 몰랐던 특징들이 눈에 들어오기 시작했다. 숯검정 같은 눈썹, 좁쌀만 한 눈, 생기 없는 갈색 눈동자, 지나치게 넓은 이마와 두피에 딱 달라붙은 얇은 머리카락까지.

내 머릿결은 하나도 좋지 않았다. 예전엔 예뻤을지 몰라도 적어도 지금은 아니었다. 커다란 귀와 축 처진 귓불, 짧은 윗입술 위에 난 거뭇한 솜털이 징그러웠고 아랫입술은 너무 두꺼웠다. 이빨도 젖니처럼 작았고 턱은 뾰족했다. 코는 또 어떤가. 아, 정말이지 내 코는 거울을 향해 볼품없이 튀어나와 있었다. 갈수록 넓적해져서 콧구멍이 시꺼먼 동굴처럼 보였다.

이 모든 것은 빅토리아 고모의 얼굴을 구성하는 요소들일까 아니면 오롯이 내 얼굴인 걸까. 이보다 나아질까 아니면 더 못나

질까. 거미줄처럼 끊어질 것만 같은 길고 가느다란 목과 깡마르고 각진 어깨, 멈출 줄 모르고 부풀어 오르는 가슴과 까만 젖꼭지, 겨드랑이에 닿을 기세로 길어지는 빼빼 마른 다리. 이것은 내고유의 모습일까 아니면 고모의 끔찍함을 가감 없이 담아낸 전조일까.

나는 내 몸을 구석구석 살피면서 부모님을 관찰했다. 나는 정말 행운아였다. 아버지 어머니처럼 좋은 부모는 없을 것이다. 아버지 어머니는 선남선녀였다. 부모님은 어렸을 때부터 서로 사랑했다. 자세히는 몰랐지만, 내게 연애 이야기를 들려줄 때면 아버지는 예의 그 남의 말 하는 듯한 무심한 말투로 말하면서도 즐거워했다. 어머니는 이야기 중에 감정에 복받치곤 했는데 그 모습이 사랑스러웠다. 부모님은 항상 서로를 보살펴주며 큰 기쁨을 느꼈다고 했다. 그러다 보니 어린 나이에 결혼한 것 치고는 느지막이 아이를 갖기로 결정했다. 나를 낳았을 때 어머니는 서른 살, 아버지는 갓 서른두 살이었다.

부모님은 임신에 대해 고민을 많이 했다고 한다. 어머니는 그런 고민을 겉으로 드러냈고 아버지는 혼자 삭혔다. 고된 임신 기간과 영원히 끝나지 않을 것 같은 출산의 고통 끝에 나는 1979년 6월 3일에 태어났다. 처음 2년 동안 내 출생으로 인해 자신들의 삶이 복잡해질 거라는 부모님의 걱정은 현실이 되었다. 당시 아버지는 나폴리에서 꽤 알려진 지식인이었다. 아버지는 나폴리 최고의 명문 고등학교에서 역사와 철학을 가르치며 오전, 오후를 가리지 않고 학생들을 위해 시간을 할애했고 학생들도 그런 아버지를 좋아했다. 그랬던 아버지가 내가 태어난 후에는 미래에 대한 불안감 때문에 개인 교습을 시작해야 했다.

어머니는 카를로 3세 광장에 있는 고등학교에서 라틴어와 그리스어를 가르치면서 싸구려 연애 소설 초고를 수정했다. 어머니는 내가 밤마다 울어대고 홍조 때문에 힘들어하고 배앓이를 하고 사납게 변덕을 부리는 통에 오랫동안 우울증을 앓았다. 우울증을 앓는 동안 어머니는 형편없는 교사가 됐고 원고도 건성으로 수정했다.

갓 태어났을 때 골칫덩어리였던 나는 시간이 지나면서 조용하고 고분고분한 아이로 성장했고 부모님 역시 서서히 원래 모습을 되찾았다. 인간이라면 으레 노출될 수밖에 없는 위험에서 나를 보호하려고 부질없이 애쓰던 시기가 끝이 난 거였다. 부모님은 삶의 균형을 찾았고 그 새로운 균형 속에서 아버지의 연구와 어머니의 직장을 나 다음으로 중요한 우선순위에 올렸다. 그러니 무슨 할 말이 있겠는가. 부모님은 나를 사랑했고 나는 부모님을 사랑했다. 내가 보기에 아버지는 특출한 남자였고 어머니는 너무나 상냥한 여인이었다. 아버지와 어머니만이 혼란스러운 이 세상에서 유일하게 확실한 존재들이었다.

하지만 나 역시 그 혼란의 일부였다. 가끔은 내 안에서 아버지와 고모가 치열하게 싸우는 상상에 빠졌는데 그럴 때면 나는 아버지의 승리를 기원했다.

'물론 빅토리아 고모 쪽으로 전세가 기운 적도 있었지. 갓난아이였을 때 말이야. 그래서 어렸을 때 부모님이 견디기 힘들 정도로 못되게 굴었던 거야. 하지만 나중에는 착해졌으니 이번에도 내 안에 있는 고모를 쫓아낼 수 있겠지.'

나는 이렇게 생각하며 마음을 편히 가졌다. 나는 불안감을 가라앉히고 내 안에서 부모님의 모습을 찾으려 했다. 그래야 힘이 날 것 같았다. 하지만 잠자리에 들기 전 거울에 비친 내 모습을 바라보면 부모님의 모습은 이미 오래전에 사라져버린 것 같았다. 아버지와 어머니의 장점만 물려받았어야 했는데 빅토리아 고모를 닮아가고 있었다. 평생 행복할 운명인 줄 알았는데 불행한 시기가 시작되고 있었다. 나는 아버지와 어머니가 과거에 느꼈고, 지금도 느끼고 있는 자신에 대한 만족감을 절대로 경험하지 못할 것이다.

6

나는 친한 친구인 안젤라와 이다 자매도 내가 못생겨진 것을 눈치챘는지 알고 싶어졌다. 나와 동갑인 안젤라도 (이다는 우리보다 두 살 어렸다) 나처럼 부정적인 변화를 겪고 있는지 궁금했다. 다른 사람이 나를 객관적으로 평가해주기를 바랐는데 안젤라와 이다 자매의 말이라면 믿을 수 있을 것 같았다.

우리 부모님들은 죽마고우였고 가치관도 비슷했다. 그러다 보니 우리 셋은 성장 환경이 비슷했다. 우리 모두 세례를 받지 않았고 기도문 같은 것도 외우지 않았다. 그림책이나 교육용 만화영화를 보면서 나이에 비해 신체의 기능을 빨리 배웠고 여자로 태어난 사실에 자부심을 가져야 한다는 걸 알고 있었다. 셋 다 다른 아이들보다 1년 빠른 다섯 살에 초등학교에 입학했고 자기 행동에 책임을 질 줄 알았다. 나폴리뿐 아니라 이 세상에 도사리고 있는 수

많은 위험을 피하는 데 필요한 정보를 머릿속에 담아두고 있었다. 셋 다 궁금한 점이 있으면 언제든 부모님에게 물어볼 수 있었고 독서량이 많았다. 또래 여자아이들보다 우리가 똑똑하다고 생각했기 때문에 다른 아이들의 소비와 취향을 경멸했다.

하지만 다른 한편으로는 우리도 다른 여자아이들처럼 음악, 영화, 텔레비전 프로그램, 가수, 배우들에 대해 관심이 많았다. 그런 분야에 대해서도 흥미를 가지게 해주는 부모님의 영향도 있었다. 우리는 나중에 커서 유명한 배우가 되어 끝내주게 멋진 애인과 긴 입맞춤을 하고 서로의 은밀한 부위를 맞닿게 할 거라는 꿈을 비밀리에 공유하고 있었다.

나는 아무래도 안젤라와 더 친했다. 이다는 우리보다 어렸으니까. 하지만 이다는 가끔 우리를 깜짝 놀라게 했다. 그 애는 우리보다 책도 더 많이 읽고 시를 짓고 동화를 썼다. 우리끼리 싸운 기억은 거의 없었다. 어쩌다 다퉈도 솔직히 털어놓고 화해했다.

나는 믿을 만한 증인인 안젤라와 이다에게 내 모습이 어떠냐고 두어 번 조심스레 물었다. 그때마다 둘은 부정적인 말은 절대로 하지 않고 나를 칭찬하기만 했다. 안젤라와 이다는 너무나 사랑스러웠다. 신체 비율이 좋고 항상 예쁘게 꾸미고 있었기 때문에 보기만 해도 그 애들의 온기를 느끼고 싶은 충동이 일었다. 그럴 때면 나는 그 애들과 한몸이라도 될 기세로 안젤라와 이다를 꼭 껴안고 키스를 퍼부었다.

어느 날 안젤라와 이다가 자기 부모님과 우리 집에서 저녁을 먹으러 산 자코모 데이 카프리에 왔는데 그때 상황이 복잡해지고 말았다. 그날따라 나는 기분이 좋지 않았다. 말하기도 싫었고 내가 그 자리에 어울리지 않는 사람처럼 느껴졌다. 내 키가 너무 크고 비쩍 마른 데다 피부가 창백하고 말도 행동도 거친 것 같았다. 무슨 말을 들어도 상대방의 의도와는 상관없이 무조건 나를 비하하는 것 같았다. 이다가 내 신발 이야기를 꺼냈을 때 내 기분이 딱 그랬다.

"신발 새로 샀어?"

"아니, 원래 있었던 건데."

"못 보던 것 같아서."

"왜? 이상해?"

"아니야."

"원래 있던 신발을 이제야 봤다는 건 뭔가 이상해 보인다는 거잖아."

"그런 뜻이 아니야."

"내 다리가 너무 말라서 그래?"

우리는 얼마 동안 그런 말을 주고받았다. 안젤라와 이다는 나를 안심시키려 했다. 나는 그 애들이 진심으로 그러는 건지 아니면 나에 대한 좋지 않은 생각을 예의상 감추는 건지 알아내려 했다. 보다 못한 어머니가 예의 가냘픈 목소리로 끼어들었다.

"그만해, 조반나. 네 다리는 삐삐 마르지 않았어."

그제야 나는 부끄러운 마음에 입을 다물었다. 안젤라와 이다의 어머니인 코스탄차 아줌마는 "네 발목은 정말 예뻐"라며 위로해주었다. 그 애들의 아버지 마리아노 아저씨는 웃으면서 "조반나는 허벅지도 끝내주지. 오븐에 넣어서 감자랑 먹으면 맛이 끝내줄 거야"라고 외쳤다. 마리아노 아저씨는 거기에서 멈추지

30

않고 농담으로 계속 나를 놀려댔다. 아저씨는 자기라면 장례식장 분위기도 명랑하게 만들 수 있다고 생각하는 사람이었다.

"오늘 우리 아가씨 기분이 왜 이럴까?"

나는 괜찮다는 의미로 고개를 저어 보이고 애써 미소를 지으려 했지만 웃음이 나오지 않았다. 마리아노 아저씨의 농담 때문에 오히려 신경이 더 예민해졌다.

"조반나 머리카락 좀 봐. 수수로 만든 빗자루 같구나."

나는 또다시 고개를 가로저었다. 이번에는 짜증을 감출 수 없었다. 마리아노 아저씨는 아직도 나를 여섯 살짜리 애 취급하고 있었다.

"칭찬이란다, 애야. 수수는 녹색과 붉은색과 검은색이 섞여 있는 통통한 식물이야."

"전 통통하지도 않고 녹색도 붉은색도 검은색도 아니에요."

내가 우울한 목소리로 내뱉자 마리아노 아저씨는 당황한 눈빛으로 나를 바라보다가 미소를 지으며 자기 딸에게 말했다.

"오늘 조반나가 왜 이렇게 우울하지?"

마리아노 아저씨의 말에 나는 한층 더 우울하게 대답했다.

"전 우울하지 않아요."

"우울하다는 건 나쁜 말이 아니야. 네 감정 상태를 나타내는 표현이란다. 그게 무슨 뜻인지 알고 있니?"

내가 입을 꾹 다물고 있자 아저씨는 짐짓 낙담한 표정을 지으며 다시 안젤라와 이다에게 말했다.

"조반나가 우울한 게 무슨 뜻인지 모르나 보다. 이다, 어디 네가 한번 설명해보렴."

이다가 마지못해 말했다.

"인상을 찌푸리고 있다는 거야. 아빠는 나한테도 그런 말을 해."

마리아노 아저씨는 그런 사람이었다. 아버지와 마리아노 아저씨는 대학 동창이다. 둘이 항상 친하게 지냈기 때문에 아저씨는 내가 태어났을 때부터 내 삶의 일부분이었다. 마리아노 아저씨는 뚱뚱한 편이었고 파란 눈에 머리카락 한 올 없는 대머리였다. 나는 어렸을 때부터 마리아노 아저씨의 백지장처럼 창백하고 조금 부어 보이는 얼굴이 인상적이라고 생각했다.

마리아노 아저씨는 우리 집에 자주 들르곤 했다. 그때마다 아버지와 시간 가는 줄 모르고 시종일관 맹렬하고 불만에 가득 찬 말투로 대화를 나눴다. 그런 아저씨의 목소리를 듣고 있으면 나까지 신경이 날카로워졌다. 마리아노 아저씨는 대학교에서 역사를 가르치면서 나폴리의 권위 있는 잡지 필진으로 활동했다.

마리아노 아저씨와 아버지는 끊임없이 토론했다. 우리는 아버지들의 대화 내용을 거의 못 알아들었다. 그저 뭔가 어려운 일을 맡아서 공부를 많이 하고 집중해야 하나 보다 생각하는 정도였다. 하지만 마리아노 아저씨는 우리 아버지처럼 온종일 책상에 앉아서 책만 읽는 성격은 아니었다. 아저씨는 자기들의 일을 방해하는 나폴리, 로마, 그 밖에 다른 어딘가에 사는 수많은 적들을 큰 소리로 욕했다. 아직 어느 편이 옳은지 스스로 판단할 만한 분별력은 없었지만, 우리 셋은 당연히 부모님을 응원했고 부모님을 싫어하는 사람들을 배척했다.

사실 우리가 아버지와 마리아노 아저씨의 토론에 귀를 기울인 이유는 아저씨가 사투리로 유명 인사들의 이름을 들먹이며 욕설을 퍼붓곤 했기 때문이었다. 우리에게 욕설은 금물이었다. 특히 우리 집은 더 그랬다. 나폴리 사투리는 단 한마디도 입에 담을 수 없었다. 그래봤자 부질없는 일이었지만. 우리 부모님은 절대로 뭘 하지 말라는 말을 하지 않았고 가끔 그럴 때조차 관대한 편이었다. 우리는 마리아노 아저씨가 자기 숙적들을 향해 퍼부은 험한 욕설을 몰래 듣고는 장난삼아 따라 해보곤 했다. 안젤라와 이다는 마리아노 아저씨의 표현을 재미있게 생각했지만 나는 왠지 모를 악의적인 느낌을 떨쳐낼 수 없었다.

아저씨의 농담에 악의가 전혀 없다고 할 수 있을까. 그날도 마찬가지 아니었나? 내가 정말 우울한 얼굴로 인상을 찌푸리고 있었나? 내 머리카락이 정말 수수 빗자루 같았나? 마리아노 아저씨의 말은 순수한 농담이었을까? 혹시 농담을 가장한 잔혹한 진실은 아니었을까?

우리는 식탁에 자리를 잡았다. 어른들은 우리가 잘 알지 못하는 곧 로마로 이사 갈 친구들에 대해 지루한 이야기를 나누기 시작했다. 우리는 침묵 속에서 지루함을 참으며 어서 빨리 식사를 마치고 내 방으로 피신할 수 있기만을 바랐다.

그날따라 식사 내내 아버지는 거의 웃지 않았고 어머니는 희미한 미소만 띠고 있었다. 그에 비해 마리아노 아저씨는 쉬지 않고 웃어댔고 코스탄차 아줌마는 분위기에 맞게 적당히 웃었다. 아버지 어머니가 마리아노 아저씨와 코스탄차 아줌마처럼 즐거워 보이지 않는 건 어쩌면 나 때문일지도 몰랐다. 친구들은 자기 딸들에게 만족하는데 자기들은 이제 그럴 수 없어서 기분이 상한 것 같았다. 샐쭉한 표정으로 밥상머리에 앉아 있는 내 모습에 즐거운 마음이 싹 가신 것 같았다.

심각한 어머니와는 달리 코스탄차 아줌마는 너무나도 아름답고 행복해 보였다. 아버지는 그런 아줌마에게 와인을 따라주면서 상냥하지만 어딘지 무심한 태도로 말을 건넸다. 코스탄차 아줌마는 이탈리아어와 라틴어를 가르쳤다. 아줌마의 유복한 부모님은 아줌마에게 최상의 교육을 받게 해주었다. 아줌마는 너무나 우아했다. 가끔은 어머니가 아줌마를 보고 따라 하는 것 같았다. 나도 무의식적으로 그렇게 할 때가 있었다.

저런 여자가 어쩌다 마리아노 아저씨 같은 사람과 결혼을 하게 된 걸까. 반짝이는 장신구와 언제나 맵시 있게 몸을 감싸며 자르르 떨어지는 옷의 색상은 눈이 부실 정도였다. 바로 전날 밤 나는 코스탄차 아줌마가 고양이처럼 혀끝으로 내 귀를 사랑스럽게 핥아주는 꿈을 꿨다. 그 꿈은 내게 위안을 주었다. 왠지 모를 좋은 느낌에 깨어난 후 몇 시간 동안은 평온했다.

그런 코스탄차 아줌마 옆에 앉아 나는 아줌마의 좋은 기운이 아저씨의 부정적인 말을 내 머릿속에서 내쫓아주기를 바랐다. 하지만 내 머리카락이 수수로 만든 빗자루 같고 표정이 우울해 보인다는 아저씨의 말은 식사 내내 머릿속을 맴돌았고 그 바람에 신경이 날카로워졌다. 나는 안젤라와 야한 말을 속닥거리면서 놀고 싶은 욕구와 좀처럼 사라지지 않는 우울함 사이에서 갈피를 잡지 못했다. 디저트를 먹자마자 우리는 부모님들끼리 수다를 떨게 내버려두고 내 방에 들어가 문을 닫았다. 나는 이다에게 단도직입적으로 물었다.

"내가 인상을 쓰고 있었어? 너희가 보기에 내가 못생겨지고 있는 것 같아?"

안젤라와 이다는 자기들끼리 눈빛을 교환하다 거의 동시에 대답했다.

"아니야."

"솔직하게 말해."

순간 그 애들이 망설이는 것이 느껴졌다. 마침내 안젤라가 입을 열었다.

"조금. 하지만 얼굴이 못생겨진 건 아니야."

"언니는 예뻐."

이다가 힘주어 말했다.

"걱정할 때만 조금 못나 보이는 거야."

안젤라가 내게 뽀뽀를 하며 말했다.

"나도 그래. 불안하면 얼굴이 못생겨졌다가 나중에 괜찮아져."

7

불안과 추함의 연관성은 의외로 내게 위안을 주었다. 안젤라와 이다는 걱정이 사라지면 다시 예뻐진다고 했다. 나는 그들의 말을 믿고 며칠 동안 마음을 편히 가지려 했다. 하지만 억지로 편해질 수는 없었고 갑자기 머리가 멍해지나 싶더니 외모에 대한 집착이 다시 시작됐다.

나는 모두에게 적대감 같은 걸 느꼈다. 그것은 가식적으로 착한 척하면서 감출 수 있는 정도의 감정이 아니었다. 나는 내 걱정이 빨리 해결되지 않을 거라는 결론에 도달했다. 어쩌면 진짜 걱정거리가 있는 게 아니라 그저 좋지 않은 감정이 혈관을 타고 온몸에 퍼져나가고 있는 것일지도 몰랐다.

안젤라와 이다가 거짓말을 한 건 아니다. 그럴 아이들이 아니었다. 어렸을 때부터 거짓말을 하면 안 된다고 배우면서 자랐으니까. 불안과 추함의 연관성은 아마도 자신들의 경험을 바탕으로 이야기했을 것이다. 마리아노 아저씨가 딸들을 안심시키려고 한 말을 따라 한 걸 것이다. 당시 우리 머릿속에 있던 많은 개념은 부모님의 영향을 받아 형성되었으니까. 하지만 안젤라와 이다는 나와 달랐다. 그 애들 가족 중에는 빅토리아 고모 같은 사람이 없었고 그 애들 아버지가 (다른 사람도 아닌 아버지가) 아이들이 고모 얼굴을 닮아간다는 말을 하지도 않았으니까. 어느 날 오전 학교에 있는데 불현듯 다시는 부모님이 원하는 예전의 나로 되돌아갈 수 없을 거라는 생각이 들었다.

'심술궂은 마리아노 아저씨는 이 사실을 바로 눈치채겠지. 안젤라와 이다는 자기들 수준에 맞는 다른 친구를 찾게 될 거고 나는 외톨이가 되겠지.'

나는 우울했다. 며칠 동안 수그러들었던 불안감이 다시 고개를 들었다. 허벅지 사이를 비비며 쾌락에 정신이 혼미해질 때만 그나마 마음이 조금 편해졌다. 하지만 그런 방식으로 나를 잊는 것은 너무나 수치스러운 일이었다. 그러고 나면 전보다 더 불행해졌고 때로는 역겹기까지 했다.

내가 그런 행위를 알게 된 건 안젤라와의 즐거웠던 기억이 있어서였다. 언젠가 우리는 텔레비전을 틀어놓은 채 우리 집 소파에서 다리를 교차시키고 마주 누웠었다. 누가 먼저 그러자고 한 것도 아닌데 조용히 인형을 서로의 사타구니 부분에 갖다 대고 인형을 꾹 누르고 비비면서 수치심도 없이 몸을 비틀었다. 우리 틈에 낀 인형은 생기 넘치고 행복해 보였다. 하지만 그때와는 달리 지금의 쾌락은 즐거운 놀이처럼 느껴지지 않았다. 행위가 끝나면 땀에 흠뻑 젖은 나 자신이 한층 더 못나게 느껴졌고 그 후 며칠 동안 다시 내 얼굴에 대한 집착에 사로잡혀 거울 앞에서 얼굴을 뜯어보면서 많은 시간을 보냈다.

외모에 대한 내 집착은 예기치 않은 방향으로 발전했다. 악착같이 결점을 찾다 보니 못난 부분을 손보고 싶어졌던 것이다. 나는 내 생김새를 관찰하다 얼굴을 요리조리 잡아당기며 생각했다.

'코는 이렇게, 눈은 이렇게, 귀는 이렇게 생겼다면 완벽했을 텐데.'

그런 식으로 얼굴을 살짝 손보면 마음이 우울해지면서 왠지 모르게 내가 짠하게 느껴졌다.

'너도 참 딱하다. 정말이지 불쌍하구나.'

때때로 나에 대한 연민의 감정이 복받쳐 오르기도 했다. 한번은 평생 아무도 내게 키스해주지 않을 거라는 생각에 거울 속의 내게 입을 맞추기까지 했다. 그 일을 기점으로 나는 뭐든 해보기로 마음먹었다. 온종일 멍하게 얼굴을 뜯어보고만 있지 말고 외모를 바꿔야겠다는 생각을 하게 된 것이다. 내 자신을 미숙한 기술자 때문에 흠이 생긴 질 좋은 재료라고 생각하기로 했다. 내가 어떤 사람이든, 내 얼굴과 몸과 생각에 대한 책임은 내게 있었다.

어느 일요일 아침 어머니의 화장품으로 얼굴을 조금 꾸며보고 있었는데 마침 내 방에 들어온 어머니가 내 얼굴을 보고 웃음을 터뜨렸다.

"카니발 가면이라도 쓴 것 같구나. 화장하려면 그보다는 잘해야지."

나는 어머니의 말에 반박하거나 변명하는 대신 최대한 고분고분하게 말했다.

"엄마처럼 화장하는 법을 가르쳐줄래요?"

"각자 얼굴에 맞는 화장법이 있는 거란다."

"전 엄마처럼 되고 싶어요."

어머니는 기분이 좋았는지 한참 동안 나를 칭찬해준 뒤에 내 얼굴에 정성스레 화장을 해주었다. 그날 우리는 웃고 장난치면서 즐거운 시간을 보냈다. 평소에 어머니는 조용하고 단정했지만 나와 함께 있을 때면 어린아이처럼 행동했다.

그러고 있는데 아버지가 신문을 들고 나타났다. 아버지는 우리가 노는 광경을 보고 좋아했다.

"둘 다 정말 예쁘네."

"정말요?"

내가 물었다.

"그럼, 이렇게 눈부시게 아름다운 여인들은 처음 보는걸?"

아버지는 이렇게 말하고는 자기 방으로 들어가버렸다. 아버지는 일요일이면 신문을 읽다가 공부를 했다. 다시 우리만 남자 어머니는 아버지의 짧은 등장이 일종의 신호라도 되는 양 예의 그 조금 지친 듯한, 그렇지만 짜증이나 불안감은 조금도 섞이지 않은 목소리로 물었다.

"사진 상자는 왜 꺼내 본 거니?"

순간 정적이 흘렀다. 내가 자기 물건을 뒤진 걸 알아챈 거였다. 내가 검은 사인펜 자국을 긁어내려 했다는 사실을 눈치챈 거였다. 언제부터 알고 있었을까. 온 힘을 다해 참아보려 했지만 흐르는 눈물을 주체할 수 없었다.

"엄마."

나는 흐느끼며 말했다.

"제가 원한 건, 제가 믿었던 건, 그러니까 제 생각에는…"

하지만 나는 내가 무엇을 원하고 무엇을 믿고 무엇을 생각하는지 한마디도 할 수 없었다. 그저 우물거리면서 하염없이 눈물만 흘렸다. 어머니는 나를 진정시키려 했지만 소용없었다. 어머니가 다 이해한다는 듯 미소를 지으며 말했다.

"울지 마. 엄마 아빠한테 보여달라고 부탁하지 그랬니. 사진을 보고 싶으면 언제든 봐도 된단다. 대체 왜 우는 거니? 진정하렴."

그러나 어머니가 달랠수록 나는 더 심하게 흐느꼈다. 결국, 어머니는 내 손을 잡고 조용히 물었다.

"뭘 찾고 있었니? 혹시 빅토리아 고모 사진을 찾았던 거니?"

8

나는 그제야 부모님이 내가 그날 두 분의 대화를 들은 것을 알고 있었다는 사실을 알았다. 부모님은 그 일을 두고 꽤 오랫동안

상의했던 것 같다. 어쩌면 마리아노 아저씨나 코스탄차 아줌마와 의논했을 수도 있다. 아버지는 마음이 안 좋았을 것이다. 아마도 그래서 어머니에게 자신이 한 말이 내 생각만큼 상처받을 만한 말이 아니라는 사실을 전해달라고 부탁했을 것이다.

그렇다. 분명 그랬을 것이다. 어머니는 상황을 해결하는 데 매우 적합한 목소리를 지니고 있었다. 어머니는 절대 흥분하는 법이 없었고 짜증스러운 기색을 내비치지도 않았다. 코스탄차 아줌마가 어머니에게 수업 준비에 때로는 페이지 전체를 새로 쓰기까지 하면서 허접한 소설의 초안을 교정하느라 너무 많은 시간을 허비한다며 놀려도 어머니는 청아한 목소리로 싫은 기색하나 없이 반박하곤 했다.

"코스탄차, 너는 부자니까 하고 싶은 일만 해도 되지만 나는 악착같이 일해야 해."

어머니는 이런 말을 할 때조차 원망하는 기색 없이 담백하고 부드럽게 말할 줄 알았다. 그러니 어머니만큼 실수를 수습하는 데 적합한 사람은 없었다. 내가 울음을 멈추자 어머니는 특유의 목소리로 말했다.

"아빠 엄마는 너를 사랑해."

그 말을 몇 번이나 반복했다. 그러고는 내가 그때까지 몰랐던 사실을 이야기해주었다. 아버지와 어머니가 지금 이 자리에 오기까지 많은 것을 희생해야 했다는 것이다.

"사실 엄마는 불만이 없어. 부모님이 엄마에게 아낌없이 베풀어주셨으니까. 외할아버지 외할머니가 얼마나 상냥하고 정이 많은 분이셨는지 너도 알지? 이 집도 그분들 도움으로 구입할 수 있었던 거야. 하지만 네 아빠는 어린 시절도, 사춘기도, 젊은 시절도 정말 힘들게 보냈어. 가진 게 너무 없었거든. 네 아빠는 맨손과 맨발로 산을 올라야 했어. 그게 끝이 아니었어. 고생에는 끝이 없단다. 괜찮다 싶으면 폭풍이 휘몰아쳐서 나뒹굴어 떨어져 처음부터 다시 시작해야 하거든."

어머니는 마침내 빅토리아 고모 이야기를 시작했다. 어머니는 아버지를 산에서 떨어뜨리려 한 폭풍이 실은 빅토리아 고모에 대한 은유라는 사실을 털어놓았다.

"고모가요?"

"그래, 네 아빠의 누이는 질투심이 많은 여자란다. 보통 사람들이 부러워하는 감정과는 비교할 수 없을 만큼 끔찍한 질투심이었어."

"고모가 무슨 짓을 했는데요?"

"별짓을 다 했지. 제일 심한 건 네 아빠의 성공을 인정하지 않으려 한 거야."

"무슨 말씀이세요?"

"네 아빠가 살면서 이룬 모든 업적을 인정하려 들지 않았지. 고교 시절과 대학 시절의 노력, 네 아빠의 지성, 네 아빠가 성취한 일들을 인정하지 않았어. 대학을 졸업한 것도, 직업도, 우리의 결혼도, 연구 업적도, 아빠가 존경받는 사람이라는 것도, 우리 부부의 친구들도, 심지어는 너까지도."

"저도요?"

"그래, 빅토리아 고모는 네 아빠와 관련된 것이라면 뭐든 다 모욕적이라고 생각해. 하지만 고모에게 가장 모욕적인 건 네 아빠의 존재 그 자체란다."

"고모는 무슨 일을 해요?"

"가정부. 초등학교밖에 못 나온 사람이 무슨 일을 할 수 있겠
니. 가정부 일이 형편없다는 게 아니야. 코스탄차 아줌마네 집안
일을 도와주시는 아주머니는 얼마나 좋은 분이니. 문제는 고모
가 그것까지도 다 네 아빠 탓을 한다는 거야."

"고모가 왜 그러는 건데요?"

"모든 일에 다 이유가 있는 건 아니란다. 게다가 네 아빠는 고
모의 은인이야. 고모는 지금보다 더 안 좋아졌을 수도 있었어. 아
이가 셋 딸린 유부남과 사랑에 빠졌거든. 불한당 같은 놈과 말이
야. 결국 장남인 네 아빠가 나섰는데 네 고모는 그 일도 네 아빠
에 대한 원한을 적어놓은 노트에 기록해두었지."

"아빠가 관여하지 않는 것이 나을 뻔했네요."

"위험에 빠진 사람을 도와주는 것이 사람의 도리란다."

"네."

"하지만 네 고모는 도와주기도 쉽지 않았어. 선의를 악의로 갚
았지."

"고모는 아빠가 죽기라도 바라는 건가요?"

"끔찍하지만 그렇단다."

"두 분이 화해할 가능성은 없어요?"

"없어. 화해하려면 네 아빠가 고모 주변 사람들 수준에 맞춰서
하찮은 사람이 되어야 했는데 그건 불가능한 일이었어. 그래서
네 고모는 친가 가족들과 우리를 등지게 만든 거야. 빅토리아 고
모 때문에 네 친할아버지 친할머니가 돌아가신 후로는 친가 친

척들과 가깝게 지낼 수 없었단다."

어머니가 이야기를 들려주는 동안 나는 긴말을 피했다. 조심스럽게 짧은 문장과 단답형으로만 대답하면서 속으로 생각했다.

'그러니까 내가 우리 가족의 수치이자 내 아빠가 죽어버리기를 바라는 사람과 닮아가고 있다는 거구나.'

이렇게 생각하니 소름이 끼쳤다. 또다시 눈물이 흘러내렸다. 어머니는 내가 다시 우는 것을 알아차리고 달래주려 했다. 어머니는 나를 꼭 껴안고 속삭였다.

"속상해할 필요 없어. 이제는 네 아빠 말이 무슨 의미였는지 알겠지?"

나는 눈을 내리깔고 고개를 세차게 가로저었다. 그러자 어머니는 갑자기 장난스러운 말투로 조용히 말했다.

"벌써 오래전부터 아빠 엄마는 빅토리아라는 이름을 우리만의 은어로 썼어. 가끔 네 아빠가 못마땅한 짓을 하면 농담으로 '조심해, 안드레아. 방금 당신 빅토리아 같았어!'라고 외치곤 했지."

어머니가 내 몸을 다정하게 흔들면서 힘주어 말했다.

"장난으로 하는 말이라는 거야."

"못 믿겠어요, 엄마. 아빠 엄마가 그런 식으로 말하는 걸 한 번도 못 들었는걸요."

나는 우울하게 중얼거렸다.

"네가 있을 때는 안 해도 아빠 엄마 단둘이 있을 때는 그렇게 말해. 빨간 신호등 같은 의미가 있는 표현이야. 작은 실수 때문에 우리가 평생 이룬 모든 것을 잃어버릴 수 있으니 조심해야 한다는 사실을 일깨우기 위한 표현이지."

"그중에 저도 있어요?"

"그게 무슨 소리야. 너를 잃을 일은 없어. 아빠 엄마에게 넌 세상에서 제일 소중한걸. 우리는 네가 행복하길 원해. 그래서 네 성적에 신경을 쓰는 거야. 지금은 조금 힘들지만, 곧 괜찮아질 거야. 넌 정말 멋지게 살 거야."

코를 훌쩍거리자 어머니는 내가 아직 어린아이인 양 화장지로 내 코를 닦아주려 했다. 어쩌면 정말로 나는 아직 어린아이일지도 모른다. 하지만 나는 고개를 돌려 어머니의 손길을 피했다.

"공부를 안 하면 어떻게 되는데요?"

"무식한 사람이 되겠지."

"그러면요?"

"무식함이 네 걸림돌이 될 거야. 하지만 요즘 다시 공부를 열심히 하고 있으니 그렇게 될 리는 없지. 자신의 지성을 키우지 않는 것은 죄악이란다."

"저는 똑똑해지고 싶지 않아요, 엄마. 저는 엄마 아빠처럼 예쁘고 멋있어지고 싶어요."

내가 외쳤다.

"넌 우리보다 훨씬 아름다워질 거야."

"빅토리아 고모를 닮아가는데 어떻게 예뻐져요."

"너랑 고모는 너무 다른걸. 그렇게 되지 않을 거야."

"그걸 어떻게 알아요? 제가 고모와 닮았는지 아닌지 알려면 누구와 비교해야 하나요?"

"엄마가 있잖니. 네 곁엔 항상 엄마가 있을 거야."

"그걸로는 충분치 않아요."

"그럼 어떻게 했으면 좋겠니?"

"고모를 만나봐야겠어요."

내가 기어들어 가는 소리로 말하자 어머니는 잠시 아무 말이 없다가 말했다.

"그건 네 아빠와 이야기하는 게 좋겠다."

9

나는 어머니의 말을 곧이곧대로 믿지 않았다. 당연히 어머니가 먼저 아버지에게 이야기해놓을 거라고 생각했다. 어머니의 말을 듣고 난 다음 날 아버지가 내가 평소에 가장 좋아하는 아버지의 목소리로 이렇게 말할 거라 믿었다.

"우리 공주님께서 빅토리아 고모를 만나보고 싶다 하셨으니 불쌍한 이 아빠가 도살장에 끌려가는 소의 마음으로 모셔다드려야지요."

나는 아버지가 그렇게 말한 뒤 자기 누이에게 전화해서 약속을 잡아줄 거라고 생각했다. 어쩌면 어머니한테 대신 전화해달라고 할 수도 있었다. 아버지는 자기를 귀찮게 하거나, 눈에 거슬리게 하거나, 아프게 하는 사람과는 상종도 하지 않으니까. 어쨌든 나는 아버지가 나를 고모네 집까지 차로 데려다줄 거라고 생각했다.

하지만 그런 일은 일어나지 않았다. 그 후 며칠 동안 아버지는 얼굴 보기가 힘들 정도로 바빴다. 아버지는 학교 수업과 보충 수업, 마리아노 아저씨와 공동 집필 중인 복잡한 논설문을 쓰느라 정신이 없었다. 아버지는 아침 일찍 나가서 저녁에야 집에 들어왔다. 그 무렵 항상 비가 왔기 때문에 나는 아버지가 감기에 걸릴까봐 걱정이 됐다. 열이 나서 며칠 동안이나 침대에 드러누울까봐 두려웠다.

'어떻게 저렇게 왜소하고 예민한 사람이 사악한 빅토리아 고모와 평생 맞서서 싸웠던 걸까?'

그보다 더 믿기 힘든 것은 아버지가 자기 누이의 인생을 망치려 했던 아이가 셋이나 딸린 유부남 불한당에게 맞서서 그를 물리쳤다는 사실이었다. 나는 안젤라에게 물었다.

"만약에 이다가 애가 셋이나 딸린 불한당 같은 유부남에게 반하면 언니인 너는 어떻게 할래?"

"아빠한테 일러야지."

안젤라가 주저 없이 말했다.

이다는 제 언니의 대답이 마음에 안 들었는지 이렇게 말했다.

"그건 스파이 짓이야. 아빠는 스파이가 최악이랬어."

안젤라가 화를 내며 말했다.

"그건 스파이 짓이 아니야. 다 너를 위해서 그러는 거야."

내가 눈치 빠르게 끼어들어 이다에게 말했다.

"그러니까 너는 언니가 애가 셋 딸린 불한당 같은 유부남에게 반해도 아빠한테 말하지 않겠다는 거야?"

소설광인 이다는 잠시 생각하다 말했다.

"그 악당이 못되고 못생긴 놈만 아니면 일러바치지 않을 거야."

'그래, 결국 못되고 못생긴 것이 최악이구나.'

나는 생각했다.

그러던 어느 날 오후 아버지가 어떤 회의에 참석하느라 외출하고 집에 없을 때를 틈타 나는 조심스레 어머니에게 다시 이야기를 꺼내 보았다.

"빅토리아 고모랑 만나게 해준다고 하셨잖아요."

"아빠랑 이야기하라고 했지."

"엄마가 말해주는 줄 알았죠."

"아빠가 요즘 많이 바쁘잖니."

"그럼 우리 둘이 고모를 만나러 가요."

"고모 일은 네 아빠가 맡는 게 좋아. 게다가 이제 곧 학기 말인데 너도 공부해야지."

"애초부터 고모에게 데려다줄 생각이 없었던 거죠? 아빠랑 이미 그렇게 하기로 한 거잖아요."

어머니는 내가 어렸을 때 잠깐이라도 조용히 있고 싶은 마음에 내게 혼자서도 할 수 있는 놀이를 알려주던 목소리로 말했다.

"그럼 이렇게 하자. 미랄리아가를 아니?"

"아니요."

"스타데라가는?"

"몰라요."

"피안토 공동묘지는?"

"모르죠."

"포조레알레 교도소는?"

"몰라요."

"나치오날레 광장은?"

"몰라요."

"아레나차도?"

"네."

"공업 단지 쪽은?"

"모른다니까요, 엄마. 몰라요."

"모르면 배워야지. 이곳은 네 고향이잖니. 도로 안내서를 줄 테니까 숙제를 마친 후에 빅토리아 고모네 집으로 가는 길을 연구해보렴. 그렇게 고모를 만나고 싶으면 나중에 혼자 가게 될 수도 있으니까."

나는 어머니의 말에 당황했다. 어쩌면 상처를 받은 것일 수도 있다. 평소 부모님은 집에서 200미터도 떨어져 있지 않은 빵집에도 나를 혼자 보내지 않았다. 안젤라와 이다를 만나러 갈 때도 주로 어머니나, 가끔은 아버지가 차로 마리아노 아저씨와 코스탄차 아줌마네 집까지 나를 바래다주었다가 집에 올 때 다시 데리러 왔다. 그런 아빠 엄마가 자기들도 가기 싫어하는 낯선 곳에 나를 혼자 보내려 하다니. 아니다. 부모님은 내가 징징대는 소리가 듣기 싫은 것이다. 내 절박한 마음을 하찮게 여기는 것이다. 한마디로 내 말을 진지하게 받아들이지 않는 것이다.

그때 내 안에 있던 무언가가 망가져버렸던 것 같다. 어쩌면 그때가 내 유년 시절의 마지막 순간이었을지도 모른다. 내 몸이 곡식을 담은 부대 자루가 되어서 눈에 잘 보이지도 않는 미세한 구멍에서 아무도 모르게 알갱이가 조금씩 새어나가고 있는 것 같았다. 어머니는 분명 아버지와 미리 의논했을 것이다. 아버지와 짜고 내게서 정을 떼기 위한 작업을 시작한 것이다. 비합리적인 생각과 변덕은 나 혼자 알아서 해결해야 한다는 사실을 똑똑히 일러주려는 것이다.

'정말이지 귀찮은 아이로구나. 너 때문에 심란해 죽겠어. 공부도 열심히 안 하고 선생님들도 못마땅해하고. 그놈의 빅토리아 고모 이야기는 이제 지겹지도 않니? 왜 이렇게 사사건건 문제 삼는 거니? 네 아빠가 한 말도 다 너를 아끼는 마음에서 나왔다는 걸 더 이상 어떻게 설명해야겠니? 이제 그만 귀찮게 하고 저리 가서 도로 안내서나 가지고 놀렴.'

바로 이것이 어머니의 상냥하고 가냘픈 목소리 뒤에 숨겨진 진심이다.

어머니가 정말로 그렇게 생각했는지는 알 수 없지만, 나는 그때 난생처음으로 박탈감을 느꼈다. 항상 함께할 거라 여겼던 무언가를 갑자기 빼앗겼을 때 맛보는 아픈 공허함을 느꼈다. 나는 아무 말 없이 가만히 서 있다가 문 좀 닫아달라는 어머니의 말에 방에서 나왔다.

나는 어머니가 정말로 내게 도로 안내서를 줄 거라고 믿고 닫힌 문 앞에 잠시 멍하니 서 있었다. 하지만 어머니는 도로 안내서를 주지 않았고 그제야 나는 까치발을 하고 공부하러 내 방으로 갔다. 물론 교과서는 펼치지도 않았다. 머릿속에 있는 타자기가 조금 전까지만 해도 생각조차 하지 못했던 계획들을 써 내려갔다.

'엄마가 도로 안내서를 주지 않아도 돼. 내가 찾으면 되니까. 도로 안내서를 공부해서 빅토리아 고모네 집까지 걸어가야지. 몇 날 며칠, 아니 몇 달이 걸려도.'

나는 그 생각에 빠져들었다. 뙤약볕과 무더위와 비바람과 추위와 수많은 위험을 이겨내고 추하고 잔혹한 내 미래의 자아를 만나러 가야겠다. 나는 해내고야 말 것이다. 나는 어머니가 언급한 처음 듣는 거리 이름들을 대부분 기억하고 있었다. 지금 당장 그중 하나를 찾아볼 수도 있다. 가장 인상 깊었던 이름은 '일 피안토'였다. 통곡이라는 이름의 공동묘지라니 엄청나게 슬픈 장소 같았다. 고모는 사람들에게 고통과 아픔을 주는 장소에서 살고 있는 것이다. 그곳에 가려면 고난의 길을 지나야 할 것이다. 계단을 오르고 가시 돋친 수풀에 다리가 긁히고 거대한 턱에 침을 질질 흘리는 진흙투성이 떠돌이 개들이 돌아다니는 길을 지나야 할 것이다.

나는 도로 안내서에서 그곳부터 먼저 찾아봐야겠다고 마음먹고 전화기가 있는 복도로 갔다. 거기서 두꺼운 전화번호부 사이에 납작하게 눌린 도로 안내서를 빼내려다 맨 위에 놓인 수첩이 눈에 들어왔다. 부모님이 자주 사용하는 전화번호를 정리해둔 수첩이었다. 왜 수첩 생각을 못 했을까? 거기에는 빅토리아 고모 전화번호도 있을 것이다. 전화번호만 있으면 굳이 부모님이 고모에게 전화해주기를 기다릴 필요가 없다. 내가 직접 전화하면 그만이었다. 나는 수첩을 들고 'ㅂ'자 페이지를 찾아봤지만, 빅토리아라는 이름은 없었다. 나는 곰곰이 생각해보았다.

'고모 성은 아빠랑 똑같지. 트라다.'

'ㅌ'자를 찾아보니 정말로 '트라다 빅토리아'라는 이름이 있었다. 조금 희미해지긴 했지만, 아버지의 필체였다. '트라다 빅토리아'라는 이름이 다른 수많은 이름 사이에서 이방인처럼 보였다.

심장이 두근거렸다. 나는 속으로 쾌재를 불렀다. 아무런 장애물 없이 나를 곧장 고모에게로 데려다줄 비밀통로 앞에 서 있는 느낌이었다.

나는 생각했다.

'전화해보자. 지금 당장.'

전화로 이렇게 말해야지.

'저는 고모 조카 조반나예요. 고모를 만나고 싶어요.'

어쩌면 고모가 직접 나를 데리러 올지도 모른다.

날짜와 시간을 정해서 고모에게 나를 데리러 우리 집 앞까지 와달라고 하거나 아니면 반비탈리 광장에서 만나야겠다. 나는 어머니 방문이 잘 닫혔는지 확인한 후 다시 전화기가 있는 곳으로 돌아가 수화기를 들었다.

막상 전화번호를 다 누르고 신호가 가자 덜컥 겁이 났다. 생각해보면 사진 상자를 뒤져본 후에 처음으로 내가 실질적인 행동에 나선 것이었다. 지금 내가 대체 무슨 짓을 하는 거지? 어머니나 아버지에게 말해야 한다. 둘 중 한 사람의 허락을 받아야 한다. 신중 또 신중해야 한다. 하지만 나는 너무 오랫동안 망설였고 그 사이 전화기 너머로 누군가가 "여보세요"라고 했다. 아버지와 긴 회의를 위해 우리 집을 찾는 흡연가들의 목소리처럼 두꺼운 목소리였다. 거친 나폴리 사투리가 섞인 교양 없고 단호한 말투에 나는 겁이 나서 수화기를 내려놓았다. 전화를 끊자마자 열쇠 돌리는 소리가 났다. 아버지가 돌아온 것이다.

10

아버지가 층계참 바닥으로 빗물이 뚝뚝 떨어지는 우산을 접고 신발 밑창을 매트에 꼼꼼히 문지르는 동안 나는 전화기에서 몇 발짝 물러났다. 아버지는 내게 인사했지만, 평소처럼 명랑해 보이지는 않았다. 어색한 말투로 날씨에 대해 몇 마디 투덜대고 비옷을 벗고 나서야 내게 물었다.

"뭘 하고 있었니?"

"아무것도 안 했어요."

"엄마는?"

"일하고 계세요."

"숙제는 했니?"

"네."

"잘 모르는 게 있니? 내가 설명해줄까?"

아버지가 평소처럼 전화 메시지를 확인하려는 순간 나는 전화번호 수첩 'ㅌ'자 페이지를 펼쳐두었다는 사실을 깨달았다. 아버지는 펼쳐진 페이지를 보고 손가락으로 전화번호 수첩을 매만지더니 메시지를 듣지 않고 수첩을 덮어버렸다. 나는 아버지가 농담이라도 한마디 해주기를 바랐다. 그랬다면 안심이 됐을 것이다. 하지만 아버지는 손끝으로 내 머리를 살짝 쓰다듬고는 어머니한테 가버렸다. 평소와는 달리 이번에는 일부러 문을 꼭 닫았다.

나는 그 자리에서 가만히 기다렸다. 부모님이 낮은 목소리로 이야기하는 소리가 들렸다. 대부분 웅얼거리는 소리였지만, 가끔 '당신' '아니야' '하지만' 같은 짧은 단어가 새어 나왔다. 나는 문을 열어두고 내 방으로 들어갔다. 나는 아버지 어머니가 다투지 않기를 바랐다. 약 10분 후 드디어 복도에서 아버지의 발소리가 들려왔다. 그 소리는 내 방을 향하지 않았다. 아버지는 전화기가 따로 있는 자기 방으로 갔다. 아버지가 조용조용 이야기하는 소리가 들렸다. 알아듣기 힘든 짧은 문장과 긴 침묵이 이어졌다. 나는 아버지가 평소처럼 마리아노 아저씨와 정치와 가치, 마르크스주의, 위기, 국가 문제에 대해 심각한 대화를 나눈다고 생각했다. 아니, 그러는 것이기를 바랐다.

통화가 끝나자 복도에서 다시 아버지의 발소리가 났다. 이번에 그 소리는 내 방을 향했다. 평소 아버지는 내 방에 들어오기 전에 장난으로 온갖 격식을 차렸다.

"들어가도 되겠니? 어디에 앉으면 될까? 내가 방해되는 건 아니지? 실례할게."

하지만 이번에는 그러지 않고 곧바로 내 침대에 걸터앉더니 거두절미하고 처음 듣는 냉랭한 목소리로 곧장 본론에 들어갔다.

"내 말이 진심이 아니었다는 말은 엄마한테 들었지? 너를 속상하게 하려 했던 게 아니었어. 너는 고모와 전혀 닮지 않았어."

아버지의 말에 나는 또다시 울음을 터뜨리고 말았다. 나는 더 듬거리면서 말했다.

"그게 아니에요, 아빠. 저도 알아요. 아빠 말을 믿어요. 하지만…"

아버지는 내 눈물에도 아랑곳하지 않고 내 말을 가로막았다.

"변명할 필요는 없어. 네 잘못이 아니야. 내 잘못이지. 그러니 내가 해결해야 해. 지금 막 네 고모한테 전화했다. 이번 주 일요일에 고모네 집에 데려다주마. 됐지?"

나는 흐느끼며 말했다.

"아빠가 싫으면 가지 말아요."

"당연히 싫지. 하지만 네가 원하니까 함께 가는 거야. 고모네 집 앞에 내려줄 테니 있고 싶은 만큼 충분히 머물다 오렴. 아빠는 차에서 기다리고 있을 테니까."

나는 진정하려고 애쓰면서 눈물을 삼켰다.

"정말 그래도 돼요?"

"그래."

잠시 정적이 흘렀다. 아버지는 억지로 미소를 지으면서 손가락으로 내 눈물을 닦아주었다. 하지만 아버지의 행동이 어딘지 부자연스러워 보였다. 아버지는 흥분해서 때로는 소리를 높이고 때로는 목소리를 내리깔면서 긴 이야기를 늘어놓았다.

"내 말을 반드시 기억하렴, 조반나. 네 고모는 나에게 상처를 주고 싶어 한단다. 나는 어떻게든 잘 해보려고 했어. 그 애를 도와주고 그 애를 지지해주고 형편이 되는 선에서 돈까지 줬어. 하지만 다 부질없는 짓이었단다. 그 애는 내가 어떤 말을 해도 자기를 억압하려 한다고 생각했고 내가 도와주려 할 때마다 오히려 내 탓을 했어. 네 고모는 교만하고 배은망덕하고 잔인한 사람이야. 그러니 내 말을 새겨들으렴. 빅토리아는 나에 대한 너의 애정을 앗아가려 할 거야. 나에게 상처를 주기 위해 너를 이용할 거야. 이미 내 부모님과 형제들과 친척들을 그렇게 이용했어. 빅토리아 때문에 친척 중에서 나를 좋아하는 사람은 아무도 없어. 그 애는 너까지 독차지하려고 할 거야. 하지만 그것만은 나도 참을 수 없어."

아버지가 이렇게까지 긴장하는 모습은 처음이었다. 아버지는 내게 애원했다. 두 손을 모으고 앞뒤로 흔들면서 불안해하지 말아 달라고 내게 사정했다. 내 불안감은 근거가 없는 것이라면서. 아버지는 빅토리아 고모 말을 들어서는 안 된다고 했다. 율리시스처럼 밀랍으로 귀를 막으라고 했다.

나는 아버지를 꼭 껴안아주었다. 나는 2년 전부터 내가 다 컸다고 생각했고 그 뒤로는 한 번도 그렇게 아버지를 안아주지 않았다. 그런데 놀랍게도 아버지에게서 아버지의 것이 아닌 불쾌한 냄새가 났다. 익숙지 않은 냄새였다. 나는 아버지의 체취에서 이질감을 느꼈다. 그것은 고통과 만족감이 뒤섞인 모순적인 감정이었다. 그때까지 나는 아버지가 평생 나를 보호해주기를 바랐다. 하지만 그 순간 그런 아버지가 타인이 될 수 있다는 걸 깨달았고 그 사실에 기쁨을 느꼈다. 아버지와 어머니가 부부의 은어로 빅토리아라고 부르는 '악의 싹'이 주는 예기치 않은 짜릿함에 나는 희열을 느꼈다.

11

나는 죄책감에 애써 그런 감정을 떨쳐버리고 일요일까지 며칠이나 남았는지 헤아려보았다. 어머니는 나를 배려해주었다. 공부 걱정 없이 고모를 만날 수 있도록 월요일까지 제출해야 하는 숙제를 할 수 있는 데까지 미리 해놓을 수 있게 도와주었다. 그뿐만이 아니었다. 어느 날 오후에는 도로 안내서를 내 방에 가지고 와 내 곁에 앉아 우리가 사는 산 자코모 데이 카프리가가 어디에 있는지 알려주고 페이지를 한 장씩 넘기면서 우리 집에서 빅토리아 고모네 집까지 가는 길을 알려주었다. 어머니는 자신이 나를 사랑하고 있고 아버지와 마찬가지로 내 마음이 편해지기만을 바란다는 걸 알려주고 싶었던 것이다.

나는 어머니의 짧은 지리 수업에 만족하지 않고 그 후 며칠간 나 혼자 몰래 나폴리 지도를 공부했다. 검지로 산 자코모 데이 카프리에서 출발해 메달리에 도로 광장에 이르면 수아레즈가와 살바토르 로사가를 거쳐 박물관 지역까지 갔다. 포리아가가 끝나는 지점에서 카를로 3세 광장이 나오면 가리발디가를 지나고 카사노바가를 가로질러 나치오날레 광장에 도달했다. 포조레알레가 초입에 들어서면 그곳을 지나 스타데라가를 거쳐서 '피안토' 구역의 공동묘지에 이른 후 미랄리아가, 마르첼로가, 파스코네가를 지나 손가락으로 암갈색을 덧칠한 공업 단지의 모퉁이를 돌았다.

나는 그 많은 거리의 이름과 지명에 조용히 열중했다. 나는 학교 공부하듯 그 이름들을 모두 외웠다. 억지로 그런 건 아니었다. 일요일이 오기를 기다리는 동안, 갈수록 설레는 마음이 커져만 갔다. 아버지만 마음을 바꾸지 않는다면 드디어 빅토리아 고모를 만나는 것이다.

하지만 실타래처럼 뒤엉킨 복잡한 감정이 완전히 정리된 건 아니었다. 일요일이 다가올수록 시간은 점점 더디게 갔지만 놀랍게도 어떻게든 약속이 미뤄지기만을 바라는 마음도 커졌다. 특히 저녁에 침대에 누워 있다 보면 그런 생각이 더 강해졌다. 그럴 때면 내가 대체 왜 부모님에게 억지를 부렸는지 모르겠다는 생각이 들었다. 왜 부모님을 실망하게 하고, 그분들의 걱정을 대수롭지 않게 여겼는지 내 자신에게 물었다.

그에 대한 확실한 이유를 찾지 못하자 어느 순간 고모를 만나야겠다는 나의 간절함이 수그러들더니 쓸데없고 지나친 요구처럼 느껴졌다. 어쩌면 내 미래의 모습일지도 모르는 사람의 외모와 내면을 미리 알아서 뭐한단 말인가. 그래봤자 얼굴을 떼어낼 수도 없고 가슴에서 마음을 끄집어낼 수도 없는데. 아니 어쩌면 애초에 그걸 바란 게 아닐지도 모른다. 그래봤자 어차피 나는 나니까. 아무리 우울하고 불행해도 그것이 나라는 사실은 바뀌지 않을 것이다. 고모를 알고 싶은 욕구는 나에게 사소한 도전 같은 것이었다.

따지고 보면 이번 일도 또 한 번 부모님의 인내심을 시험한 것에 지나지 않았다. 마리아노 아저씨와 코스탄차 아줌마네와 외식을 할 때 어머니가 너무 비싸서 시키지 말라고 한 음식을 기어이 주문할 때와 비슷한 심보였던 것 같다. 그럴 때면 나는 수완 좋은 여자처럼 유독 코스탄차 아줌마를 향해 애교스럽게 웃어 보이곤 했다.

그런 생각을 하니 나 자신이 더 한심하게 느껴졌다. 이번에야말로 도가 지나친 것 같았다. 어머니에게 들은 고모의 증오심과 아버지의 근심 어린 이야기를 곱씹어보았다. 어둠 속에 누워 있다 보면 고모에 대한 부모님의 반감에 더해 얼마 전 수화기 너머로 "여보세요"라고 말하는 고모의 목소리를 듣는 순간 느꼈던 두려움이 밀려왔다. 나폴리 사투리가 섞인 사나운 목소리였다. 결국 나는 토요일 저녁에 어머니에게 말했다.

"고모를 만나기 싫어졌어요. 오늘 아침에 학교에서 월요일까지 끝내야 할 숙제를 많이 내줬거든요."

어머니는 내 말에 이렇게 대답했다.

"하지만 이미 약속을 했잖니. 네가 가지 않으면 고모가 정말 화를 낼 거야. 그러고는 이번에도 네 아빠를 탓하겠지."

그래도 내가 망설이자 어머니는 내 상상이 지나치다고 했다. 이번에 만나지 않더라도 하루만 지나면 또 생각이 바뀌어서 처음과 똑같은 상황이 반복될 거라고 했다. 어머니는 웃으면서 이렇게 결론지었다.

"빅토리아 고모가 실제로 어떤 사람인지 직접 확인해보렴. 그래야 고모 같은 사람이 되지 않도록 노력할 수 있지."

며칠 내내 비가 왔었는데 일요일이 되자 날씨가 맑아졌다. 푸른 하늘에 작고 흰 구름만 가끔 지나갈 뿐이었다. 아버지는 애써 평소처럼 나를 명랑하게 대하려 했지만, 자동차에 시동을 거는 순간 말이 없어졌다. 순환도로를 싫어하는 아버지는 그곳에서 최대한 빨리 빠져나왔다. 아버지는 옛날 도로가 좋다고 했다.

우리 동네와는 아예 다른 도시인 것 같은 동네에 가까워질수록, 아버지는 점점 더 우울해졌다. 그곳에는 초라한 건물들과 빛바랜 벽, 공장 건물과 누추한 오두막과 공장 창고와 헛간이 있었다. 잔디밭에는 온갖 쓰레기로 넘쳐나는 구멍이 있었고 도로 여기저기 파인 웅덩이에는 얼마 전에 내린 빗물이 가득한데다 썩은 냄새가 났다. 아버지는 내가 옆에 있다는 사실조차 잊어버린 것처럼 시무룩하게 아무 말도 하지 않고 있다가 나를 내버려둘 수는 없다고 생각했는지 처음으로 자기 어린 시절 이야기를 들려주었다.

"아빠는 여기서 태어나고 자랐단다."

아버지가 자동차 유리 너머로 보이는 석회벽과 회색, 누런색, 분홍색 건물들과 축제 때조차 황량할 것 같은 도로를 품에 안을 듯 팔을 크게 벌리면서 말했다.

"우리 가족은 찢어지게 가난했지."

아버지가 이렇게 말하는 순간, 우리는 아까보다 더 황폐해 보이는 동네로 접어들었다. 아버지는 자동차를 세우고 짜증 섞인 한숨을 내쉬더니 여기저기 석고가 떨어진 자국이 커다랗게 있는 벽돌색 건물을 가리켰다.

"나는 저기서 살았어."

아버지가 말했다.

"빅토리아는 아직 저 건물에서 살고 있단다. 저기가 현관이니어서 가보렴. 아빠는 여기서 기다릴게. 왜 그러니?"

내 눈빛에서 두려움을 읽어낸 아버지가 말했다.

"가지 말아요."

"꼼짝 않고 여기 있을게."

"고모가 저를 붙잡으려고 하면 어쩌죠?"

"피곤해서 가야 한다고 해."

"못 가게 하면요?"

"그럼 아빠가 데리러 갈게."

"안 돼요, 아빠. 꼼짝 말고 여기 있어요. 제가 올게요."

"그럼 그렇게 하렴."

나는 자동차에서 내려 현관으로 들어갔다. 일요일에 소스 끓이는 냄새와 지독한 쓰레기 냄새가 뒤섞인 악취가 났다. 엘리베이터는 없었다. 나는 바닥이 울퉁불퉁한 계단을 올라갔다. 벽에 허연 흠집들이 커다랗게 나 있었다. 그중 하나는 너무 커서 뭔가를 숨기려고 일부러 구멍을 뚫어놓은 것처럼 보였다. 나는 벽에 쓰인 음란한 낙서와 그림에 되도록 눈길을 주지 않으려 했다. 그보다 급한 일이 있었으니까. 아버지가 이런 건물에서 어린 시절과 청소년기를 보냈다니. 나는 층수를 세면서 올라가다 세 번째 층에서 멈춰 섰다. 문이 세 개 있었는데 명패가 달린 집은 하나도 없었다. 내 오른쪽에 있는 문에만 나무문 위에 펜으로 '트라다' 라고 쓴 종이 쪼가리가 붙어 있었다.

나는 초인종을 누르고 숨을 멈췄다. 아무런 소리도 들리지 않았다. 나는 천천히 숫자를 40까지 세었다. 언젠가 아버지가 불안할 때 해보라고 가르쳐준 방법이었다. 41까지 센 뒤 나는 다시한번 초인종을 눌렀다. 두 번째 초인종의 전자음이 지나치게 크게 느껴졌다. 그때 집 안에서 걸걸한 사투리가 들렸다.

"이런 젠장! 들었어. 가고 있다고!"

씩씩한 발소리와 함께 열쇠가 구멍에서 네 번 돌아가는 소리가 났다. 문이 열리고 머리끝에서 발끝까지 하늘색으로 치장한 키 큰 여인이 눈앞에 나타났다. 숱이 무성한 새까만 머리를 위로 올리고 있었다. 소금에 절인 정어리처럼 삐쩍 마른 몸에 비해 어깨가 넓고 가슴이 컸다. 여자는 손가락 사이에 연기 나는 담배를 끼우고 기침을 한 후 표준어와 사투리를 섞어서 말했다.

"무슨 일이니? 어디 아파? 소변이 급하니?"

"아니요."

"그런데 왜 초인종을 두 번이나 눌러?"

"저는 조반나예요, 고모."

내가 속삭였다.

"나도 알아. 또다시 나를 고모라고 부를 생각이라면 지금이라도 당장 꺼지렴."

나는 주눅이 들어서 고개를 끄덕였다. 나는 잠시 화장기 없는 고모의 얼굴을 바라보다 바닥으로 시선을 떨궜다. 빅토리아 고모의 아름다움에는 뭔가 거슬리는 면이 있어서 차라리 단순하게 못생겼다고 생각하는 게 마음 편할 것 같았다.

제2장

1

시간이 갈수록 나는 부모님에게 거짓말을 하는 데 능숙해졌다. 처음부터 거짓말을 했던 건 아니다. 하지만 언제나 논리 정연한 부모님의 세계에 대항할 힘이 없었던 나는 겉으로는 부모님의 방식을 받아들이는 척하면서 속으로는 부모님이 못마땅한 기색을 내비치면 바로 버릴 수 있는 편법을 생각해냈다. 나는 이런 수법을 특히 아버지에게 잘 써먹었다. 하지만 한마디 한마디 말에서 진정한 권위가 느껴지는 아버지 같은 사람을 속이는 건 정말이지 힘이 빠지고 고통스러운 일이었다.

게다가 내게 거짓말을 하면 절대 안 된다고 귀에 못이 박이도록 말한 사람은 어머니가 아니라 아버지였다. 하지만 빅토리아 고모를 만난 다음부터는 거짓말을 할 수밖에 없었다. 고모네 집 현관을 나서는 순간부터 나는 위험한 곳에서 도망쳐 나와 안심하는 것처럼 보이도록 연기하기로 마음먹고 차를 향해 뛰어갔다. 내가 문을 닫자 아버지는 시동을 걸고 자신이 유년 시절에 살았던 건물을 흘낏 바라보았다. 출발할 때 차가 급발진하는 바람에 내가 차 앞 유리에 이마를 부딪힐까봐 아버지는 본능적으로 내 쪽으로 팔을 뻗었다.

그 후 한동안 아버지는 내가 아버지를 안심시켜줄 만한 말을 해줄 거라 생각하고 기다리는 것 같았다. 마음 한편으로는 정말 그러고 싶었다. 아버지가 안절부절못하는 모습을 보는 것이 괴로웠기 때문이다. 그런데도 나는 애써 말을 아꼈다. 말 한마디만 잘못해도 아버지를 화나게 할 것 같았기 때문이다. 결국 도로와 나를 번갈아 바라보면서 아버지가 먼저 자기 누이와의 만남이 어땠는지 물었다. 나는 고모가 내게 학교생활에 관해 물었고 물 한 컵을 주었다고 했다. 친구가 있는지 물어서 안젤라와 이다 이야기를 들려주었다고 했다.

"그게 다야?"

"네."

"아빠에 대해서 물어보지 않았어?"

"네."

"전혀?"

"전혀요."

"네 엄마에 대해서는?"

"엄마 이야기도 안 했어요."

"그럼 한 시간 내내 친구들 이야기만 했단 말이야?"

"학교 이야기도 했어요."

"그 음악은 뭐였니?"

"무슨 음악이오?"

"음악 소리가 크게 들리던데."

"저는 못 들었어요."

"네게 친절하게 대해줬어?"

"조금 품위 없어 보이기는 했어요."

"안 좋은 말이라도 했니?"

"아니요. 하지만 행동이 눈에 거슬렸어요."

"내가 그럴 거라고 하지 않았니."

"맞아요."

"이제 호기심이 풀렸니? 너랑 하나도 닮지 않았다는 걸 알았지?"

"네."

"이리 오렴. 아빠한테 뽀뽀해줘. 네가 얼마나 예쁜데. 바보 같은 말을 한 아빠를 용서해줄래?"

나는 아빠에게 화난 적이 없었다고 말하고는 아버지가 운전하면서 내 뺨에 뽀뽀하게 내버려두었다.

"수염이 따가워요."

나는 웃으면서 아버지를 밀어내며 투덜댔다. 평소처럼 아버지와 장난을 치고 싶은 마음은 전혀 없었지만 그렇게 해서라도 아버지가 빅토리아 고모를 잊어버리기를 바랐다. 하지만 아버지는 이렇게 말했다.

"네 고모 콧수염도 만만치 않게 따가울걸?"

아버지의 말에 나는 고모 입술 위에 난 살짝 거뭇한 솜털 대신 내 입술 위에 난 솜털을 떠올렸다. 나는 속삭이듯 말했다.

"고모는 콧수염이 없어요."

"콧수염이 있고말고."

"없다니까요."

"그래, 없다고 치자. 이러다 고모에게 콧수염이 있는지 확인하러 돌아가자고 하겠다."

"이제 고모를 볼 일은 없어요."

내가 정색을 하고 말했다.

2

그 역시 완전한 거짓말은 아니었다. 고모를 다시 만날 생각을 하면 덜컥 겁이 났다. 하지만 아버지에게 다시는 고모를 안 볼 거라는 말을 하던 순간 나는 이미 몇 월 며칠 몇 시에 어디에서 고모를 다시 볼지 이미 알고 있었다. 나는 빅토리아 고모에게서 전혀 벗어나지 못했다. 고모의 모든 말과 행동, 표정이 아직도 머릿속을 맴돌았다. 방금 일어난 과거가 아니라 지금도 눈앞에서 벌어지는 현재의 일인 것 같았다.

아버지가 자신이 얼마나 나를 사랑하는지 증명해보이려고 쉬지 않고 떠드는 동안 내 눈에는 빅토리아 고모의 모습이 아른거리고 귀에는 그녀의 말이 맴돌았다. 그리고 지금, 이 순간에도 나는 고모의 목소리를 듣고 고모의 모습을 보고 있다. 지금도 고모가 하늘색 옷을 입고 내 앞에 나타났을 때, 사투리로 쌀쌀맞게 문을 닫으라고 했을 때, 내가 당연히 자기를 뒤따라올 거라 생각하고 획 돌아서던 장면이 눈앞을 스쳐 지나간다.

빅토리아 고모의 목소리에는, 아니 그녀의 몸에서는 날것 그대로의 다급함이 느껴졌다. 성냥으로 가스에 불을 붙이려다가 가스레인지 구멍에서 뿜어져 나오는 불꽃에 손이 닿았을 때처럼 나는 단숨에 그 감정에 사로잡혔다. 나는 문을 닫고 개 줄에 끌려가듯 고모 뒤를 따라갔다.

나는 담배 냄새에 찌들고 창문 하나 없는 집 안으로 들어갔다. 열린 방문을 통해서만 유일하게 햇볕이 들어왔다. 이미 그 문 너머로 자취를 감춘 고모를 따라가니 작은 부엌이 나왔다. 먼지 한

톨 없이 깨끗하게 정돈된 부엌과 꺼진 담배꽁초에서 나는 불결한 냄새의 대비가 인상적이었다.

"오렌지 주스 줄까?"

"귀찮게 하고 싶지는 않아요."

"마실 거야, 말 거야?"

"마실게요. 감사합니다."

고모는 나에게 의자를 가리키며 앉으라고 했다가 생각을 바꿔 그 의자는 부서졌다면서 다른 의자에 앉으라고 했다. 그러고는 누렇게 색이 변한 하얀 냉장고를 열었다. 놀랍게도 고모는 병이나 캔에 든 오렌지 주스 대신 바구니에서 오렌지 두 개를 꺼내 반으로 가르더니 착즙기도 사용하지 않고 포크와 맨손으로만 컵에 오렌지 즙을 짰다. 고모는 나를 쳐다보지도 않고 말했다.

"팔찌를 차지 않았구나."

나는 당황했다.

"무슨 팔찌요?"

"네가 태어났을 때 내가 준 팔찌 말이야."

나는 팔찌를 받은 기억이 없었다. 하지만 고모에게 중요한 물건인 것 같았기 때문에 내가 팔찌를 한 번도 차지 않았다는 사실을 알면 기분 나빠 할까봐 이렇게 말했다.

"제가 한두 살 아기였을 때까지는 엄마가 팔찌를 차게 해주셨는데 이제는 제가 너무 커서 팔찌가 작아졌나 봐요."

고모가 고개를 돌려 나를 바라보자 나는 아기 팔찌를 차기엔 내 손목이 두껍다는 것을 증명하기 위해 손목을 보여주었다. 내행동에 고모는 의외로 웃음을 터뜨렸다. 고모의 입과 치아는 커다랬고 웃을 때 잇몸이 훤히 드러났다.

"똑똑한 아이로구나."

고모가 말했다.

"정말이에요."

"내가 겁나니?"

"조금요."

"좋은 일이야. 두려워할 필요가 없을 때도 두려워하는 편이 좋아. 그래야 정신을 바짝 차리게 되거든."

고모는 오렌지 즙이 묻은 컵을 내 앞에 놓아주었다. 주황색 액체 위로 과육과 하얀 씨앗이 둥둥 떠 있었다. 나는 정성스레 손질한 고모의 머리를 바라보았다. TV에 나오는 옛날 영화나 어머니가 소녀 시절에 찍은 사진 속에서나 볼 수 있는 머리 스타일이었다. 내가 본 사진 속 어머니의 친구가 그런 머리를 하고 있었다. 빅토리아 고모의 눈썹은 숱이 무성했다. 감초로 만든 막대사탕 같았다. 그 새까만 선 위에는 시원한 이마가 있었고 그 아래 눈두덩이는 깊게 파여 있었다.

"마셔."

고모가 말했다. 고모의 기분을 상하게 하고 싶지 않아서 재빨리 컵을 집어들기는 했지만 막상 마시려니 비위가 상했다.

오렌지 즙이 고모의 손바닥을 타고 컵에 흘러내리는 광경을 보았기 때문이다. 게다가 과육과 씨앗이 섞여 있는 것도 거슬렸다. 어머니였다면 건져내 달라고 했을 것이다.

"마시라니까."

고모가 다시 말했다.

"몸에 좋은 거야."

빅토리아 고모가 방금 전 내게 망가졌으니까 앉지 말라고 했던 의자에 앉는 동안 나는 오렌지 주스를 한 모금 마셨다. 고모는 여전히 퉁명스러운 말투로 나를 칭찬했다.

"그래, 너는 참 영리하구나. 부모님을 위한 변명을 그렇게 빨리 생각해내다니. 잘했어."

하지만 고모는 내가 잘못 짚었다고 했다. 자기가 내게 선물한 것은 어린이 팔찌가 아니라는 것이다. 고모는 자기가 애지중지 여기던 팔찌를 내게 주었다고 했다.

"나는 네 아빠랑 다르거든."

고모가 강조했다.

"네 아빠는 돈과 물건에 집착하지. 하지만 나는 사람을 좋아하지 물욕은 없어. 그래서 네가 태어났을 때 나중에 크면 차도록 팔찌를 줘야겠다고 생각한 거야. 네 아빠 엄마 앞으로 카드도 썼어. '나중에 아이가 크면 전해줘요'라고. 그러고는 팔찌와 카드를 너희 집 우편함에 넣어두었지. 집에 올라갈 생각은 없었어. 네 아빠 엄마는 사람도 아니야. 나를 곧바로 쫓아냈을 거야!"

"어쩌면 도둑이 훔쳐갔을 수도 있어요. 애당초 우편함에 넣지 말아야 했어요."

내가 말했다.

고모는 고개를 가로저었다. 새까만 눈에서 불꽃이 튀었다.

"도둑? 말도 안 되는 소리. 아무것도 모르는 주제에. 어서 오렌지 주스나 마시렴. 네 엄마도 오렌지 주스를 짜주니?"

나는 고개를 끄덕여 보였지만 고모는 별로 주의를 기울이지 않았다. 오렌지 주스의 효능에 대해 이야기하는 고모를 보고 있자니 고모의 표정이 매우 풍부하다는 사실을 깨달았다. 이야기할 때는 인상을 우울하게 만드는 팔자주름이 순식간에 사라졌다. (그렇다. 고모는 정말 우울해 보였다.) 조금 전까지만 해도 너무 길어 보이는 광대뼈가 툭 튀어나온 얼굴에 (고모 얼굴은 관자놀이에서 턱까지 팽팽하게 펼쳐놓은 회색 캔버스 같았다) 화색이 돌면서 인상이 사뭇 부드러워졌다.

"돌아가신 우리 어머니는 성명축일聖名祝日마다 내게 따뜻한 코코아를 타서 침대에 가져다주셨단다. 어머니는 크림처럼 부드러운 코코아를 만들 줄 아셨어. 컵 안에 숨결을 훅 불어넣은 것처럼 부풀어 올랐지. 네 아빠 엄마는 성명축일에 따뜻한 코코아를 타주니?"

성명축일 따위는 기념해본 적도 없고 아무도 침대까지 따뜻한 코코아를 가져다주지 않았지만 그냥 그렇다고 대답하고 싶은 유혹을 잠깐 느꼈다. 하지만 고모가 눈치챌 것 같아서 결국 고개를 저었다.

고모가 못마땅한 듯 고개를 내저었다.

"네 아빠 엄마는 전통을 지키지 않는 사람들이야. 자기들이 대단한 사람들인 줄 안다니까? 따뜻한 코코아나 타기엔 수준이 너무 높은 거지."

"우리 아빠는 카페라테를 잘 만들어요."

"네 아빠는 바보야. 제대로 된 카페라테를 만들 리가 없어. 너희 할머니는 진짜 카페라테를 만들 줄 아셨어. 거품낸 달걀을 두 스푼 넣었지. 우리가 어릴 때 집에서 커피랑 우유랑 자바이

요네*를 먹던 이야기를 아빠가 너에게 해줬니?"

"아니요."

"그거 봐라. 네 아빠는 그런 사람이야. 뭐든 혼자만 잘하는 줄 알고 다른 사람들도 잘할 수 있다는 사실을 받아들이려 하지 않아. 자기 말을 부정하면 없는 사람 취급을 하지."

고모는 불만스럽게 고개를 가로저으며 말했다. 왠지 나와 거리를 두려고 하는 것 같았지만 쌀쌀맞은 말투는 아니었다.

"네 아빠는 나의 엔초에게도 그렇게 했어. 내가 세상에서 가장 사랑했던 나의 엔초를. 네 아빠는 자기보다 뛰어날 가능성이 있는 사람은 누구든 제거하려 해. 항상 그랬어. 어렸을 때부터. 네 아빠는 자기가 똑똑하다고 생각하지만 그렇지 않아. 정말 똑똑한 사람은 나야. 네 아빠는 약은 거고. 네 아빠는 본능적으로 자기가 없어서는 안 될 사람처럼 보이게 만들 줄 알아. 어렸을 때 나는 오빠가 없으면 세상이 무너지는 줄 알았어. 오빠가 시키는 대로 하지 않으면 버림받아 죽을 줄 알았어. 오빠는 그런 식으로 나에게 자기 말을 따르게 만들었어. 내게 무엇이 좋고 무엇이 나쁜지 자기가 결정했어.

예를 들면 이런 거야. 내 안에는 음악이 있단다. 태어날 때부터 그랬지. 나는 발레리나가 되고 싶었어. 그것이 내 운명이라 믿었어. 내가 발레리나가 될 수 있게 네 아빠가 할아버지 할머니를 설득해주기만 했어도 정말 그렇게 됐을 거야. 하지만 네 아빠는 발레리나를 좋지 않게 생각해서 나에게 춤을 못 추게 했어. 네

---

* 계란 노른자로 만든 커스터드 크림과 유사한 이탈리아 디저트.

아빠는 옆구리에 책을 끼고 다녀야만 당당하게 얼굴을 들고 다닐 수 있다고 생각해. 가방끈이 짧으면 사람 취급도 안 해. 네 아빠는 이렇게 말했어. '발레리나라니, 그게 무슨 헛소리야? 빅토리아, 너는 발레리나가 뭐 하는지도 잘 모르잖아. 입 닥치고 어서 공부나 열심히 해.' 그때 네 아빠는 이미 과외수업을 하고 있어서 어느 정도 수입이 있었어. 그러니 마음만 먹으면 발레학교 수업료를 내줄 수 있었을 거야. 하지만 네 아빠는 돈이 생기는 족족 책만 사고 내 수업료를 대주지 않았어. 자기 일, 자기 것이 아니면 뭐든 하찮게 여겼으니까."

여기까지 말한 후 고모는 서둘러 이야기를 마무리 지었다.

"나의 엔초에게도 그렇게 했어. 자기를 친구라고 믿게 해놓고는 나중에 그의 영혼을 빼앗아버렸어. 그의 영혼을 잡아 뜯어서 갈기갈기 찢어버렸어."

실제 표현은 훨씬 거칠었지만, 그날 고모가 내게 들려준 이야기는 대충 이러했다. 고모가 너무 솔직하게 자기 속마음을 털어놓는 바람에 어리둥절했다. 후회와 반감과 분노와 서글픔이 교차하면서 짧은 순간 고모의 얼굴에는 오만 가지 표정이 스쳐 지나갔다. 고모는 아버지에 대해 생전 처음 듣는 험한 욕설을 퍼붓다 엔초라는 남자 이야기가 나오자 감정이 북받쳐 고개를 숙이더니 연극의 한 장면처럼 한 손으로 눈을 가리고 급히 부엌에서 뛰쳐 나가버렸다.

나는 불안에 떨며 그대로 앉아 있었다. 고모가 없는 틈을 타서 입안에 모아두었던 오렌지 씨를 컵에 뱉어냈다. 1분이 지나고 2분이 지나자 고모가 아버지를 욕했을 때 아버지를 감싸주지 않은 것이 후회됐다. 모두의 존경을 받는 우리 아버지에 대해 그렇게 말하지 말라고 고모에게 말해야겠다고 생각했다. 그런데 어디선가 작은 음악 소리가 들려왔다. 얼마 지나지 않아 그 소리는 엄청나게 커졌다. 고모가 외쳤다.

"이리 오렴, 잔니나. 뭐 하니? 설마 잠든 건 아니겠지?"

고모의 말에 나는 벌떡 일어나 부엌을 나와 어두운 현관 쪽으로 향했다.

얼마 떨어져 있지 않은 곳에 작은 방이 있었다. 방에는 낡은 소파가 있었고 바닥 한구석에는 아코디언이 놓여 있었다. 텔레비전이 놓인 탁자와 전축을 올려놓은 등받이 없는 의자도 있었다. 빅토리아 고모는 창문 앞에 서서 밖을 내다보고 있었다. 그 위치에서라면 분명 나를 기다리고 있는 아버지의 차가 보일 것이다. 실제로 그랬는지 고모는 나를 돌아보지 않고 음악을 두고 말했다.

"이 가수 노래를 들어야 해. 그럼 기억해내겠지."

고모는 박자에 맞춰서 몸을 움직였다. 발과 허리와 어깨를 살짝 움직였다. 나는 의아한 눈길로 그런 고모의 뒷모습을 바라보았다.

"처음 엔초를 만난 것도 댄스파티에서였어. 우리는 이 노래에 맞춰서 춤을 췄지."

고모가 말했다.

"언제요?"

"17년 전 5월 23일."

"세월이 많이 흘렀네요."

"아니, 그 순간에서 단 일 분도 지나지 않았어."

"그분을 사랑했나요?"

고모가 고개를 돌렸다.

"네 아빠가 아무 말도 안 해줬니?"

나는 망설였다. 순간 고모의 표정이 딱딱하게 굳는 것 같았다. 나는 고모가 우리 부모님보다 몇 살 어리다는 걸 알고 있었다. 하지만 그 순간만큼은 더 나이 들어 보였다.

"유부남이고 애가 셋이었다는 이야기만 들었어요."

내가 대답했다.

"그 말밖에 안 했어? 나쁜 놈이라고는 안 하든?"

나는 다시 망설였다.

"조금 나쁘다고는 했어요."

"그리고?"

"불한당이라고 했어요."

고모가 분통을 터뜨렸다.

"네 아빠야말로 나쁜 놈이야. 네 아빠야말로 불한당이라고. 엔초는 경찰인 데다 불한당들에게도 친절했어. 일요일마다 미사에 갔고. 나는 신을 믿지 않았어. 네 아빠가 신은 존재하지 않는다고 했거든. 하지만 엔초를 만나고 나는 생각을 바꿨어. 엔초처럼 선하고 정의롭고 섬세한 사람은 없을 거야. 목소리가 좋아서 노래도 아주 잘 불렀지. 내게 아코디언을 가르쳐준 사람도 그이야. 엔초를 만나기 전에는 남자들은 죄다 역겹다고 생각했어. 엔초를 알고 나서는 그이와 비교하면 다른 남자들이 모두 혐오스럽게 느껴져서 내게 다가와도 밀어내 버렸지. 네 부모님이 한 말은 다 거짓말이야."

내가 불편한 마음에 바닥만 바라보고 아무런 대꾸도 하지 않자 고모가 나를 다그쳤다.

"내 말을 못 믿겠니?"

"잘 모르겠어요."

"그건 네가 진실보다 거짓을 더 믿기 때문이야. 잔나, 너는 정상이 아니야. 지금 네 모습이 얼마나 우스꽝스러운지 한번 봐. 머리끝부터 발끝까지 온통 분홍색이잖아. 분홍 신에 분홍 재킷에 머리핀까지 분홍색이야. 보나 마나 춤도 못 추겠지."

"친구들이랑 만날 때마다 춤 연습을 해요."

"네 친구들 이름은 뭐니?"

"안젤라와 이다요."

"그 애들도 너 같니?"

"네."

고모는 못마땅한 표정으로 음악을 처음부터 다시 틀려고 허리를 굽혔다.

"이 춤을 아니?"

"너무 옛날 곡이에요."

고모는 충동적으로 내 허리를 잡더니 자기 쪽으로 끌어당겼다. 고모의 커다란 가슴에서 햇살에 말린 솔잎 냄새가 났다.

"내 발등 위로 올라와봐."

"아플 텐데요."

"올라오라니까."

내가 발등 위로 올라가자 고모는 정확하고 우아한 동작으로 음악이 멈출 때까지 방 안을 빙빙 돌았다. 음악이 끝나고 춤을 멈춘 다음에도 나를 놓지 않고 꼭 껴안은 채 말했다.

"네 아빠에게 말해. 내가 엔초와 처음 만났을 때 췄던 춤을 함께 췄다고. 꼭 그렇게 전해줘. 한마디도 빠뜨리지 말고."

"그렇게 할게요."

"그럼 그만 내려가렴."

고모가 나를 확 밀어내는 순간 나는 하마터면 비명을 지를 뻔했다. 고모의 온기가 사라지자 찌르는 듯한 고통이 느껴지는 것 같았기 때문이다. 하지만 나는 나약한 모습을 보이는 게 부끄러워서 꾹 참았다. 고모가 엔초와 춤을 춘 후로 그 어떤 남자도 사랑하지 않았다는 점이 멋있게 느껴졌다. 나는 고모가 그녀의 다시없을 유일한 사랑에 대한 모든 기억을 세세하게 간직하고 있을 거라고 생각했다. 아마 나와 함께 춤을 추면서 그 순간을 다시 되새겼을 것이다. 그 모든 것이 너무나 멋있어 보여서 나도 빨리 그런 사랑을 하고 싶어졌다. 그런 절대적인 사랑을 말이다. 엔초에 대한 추억이 너무나 선명해서 고모의 깡마른 몸과 가슴과 숨결에서 사랑이 조금 새어 나와 내 몸 안으로 흘러 들어온 것 같았다. 나는 넋이 나가서 물었다.

"엔초 아저씨는 어떻게 생겼어요? 사진이 있나요?"

순간 빅토리아 고모의 눈빛이 밝게 빛났다.

"옳지, 말 한번 잘했다. 네가 엔초를 보고 싶다니 기쁘구나. 5월 23일에 만나서 함께 아저씨를 보러 가자. 그이는 지금 공동묘지에 있어."

3

그 후 며칠 동안 어머니는 아버지가 준 임무를 자연스럽게 완수하고자 했다. 빅토리아 고모를 만나고 나서 의도치 않게 자신들이 내게 준 상처가 치유됐는지 확인하려 했다. 상황이 이렇다 보니 나는 좀처럼 긴장을 늦출 수가 없었다. 나는 빅토리아 고모가 싫지만은 않았다는 사실을 들키고 싶지 않았다. 여전히 부모님을 믿지만, 고모 말에도 조금은 신빙성이 있는 것 같다는 생각을 애써 숨기려 했다. 발칙한 매력이 넘치는 고모의 얼굴이 예상 외로 추함과 동시에 아름다워서 그 상반된 수식어들 사이에서 갈피를 잡기 힘들다는 사실을 애써 숨기려 했다.

특히 나도 모르게 갑자기 얼굴이 빨개지거나 눈빛이 흔들려서 고모와 5월에 만나기로 한 약속이 들통날까봐 두려웠다. 부모님 말씀을 잘 듣는 착한 아이였던 나는 그런 일에 익숙하지 않았고 결국 어머니의 질문에 어떤 때는 지나치게 신중히 대답하고 어떤 때는 너무 가볍게 받아넘기려다가 결국에는 횡설수설하고 말았다.

고모를 처음 만난 일요일 저녁부터 나는 말실수를 했다.

"그래, 네 고모를 만난 느낌이 어떠니?"

"나이 들어 보였어요."

"나보다 다섯 살이나 어린데?"

"엄마가 고모 딸처럼 보여요."

"엄마 놀리지 말고."

"정말이에요, 엄마. 엄마랑 고모는 너무 달라요."

"그거야 당연하지. 내 나름대로 네 고모를 좋아하려고 노력해 봤지만 결국 친해지지 못했단다. 빅토리아는 좋은 관계를 유지하기 힘든 사람이야."

"그런 것 같았어요."

"너한테 무슨 안 좋은 말이라도 했니?"

"퉁명스러웠어요."

"그리고?"

"제가 태어난 기념으로 자기가 준 팔찌를 차지 않아서 조금 화가 난 것 같았어요."

그 말을 내뱉자마자 후회했지만 이미 엎질러진 물이었다. 순간 얼굴이 확 달아올랐다. 나는 팔찌 이야기 때문에 어머니의 심기가 불편해지진 않았는지 눈치를 살폈지만, 어머니는 대수롭지 않게 물었다.

"어린이 팔찌?"

"아뇨, 어른 팔찌라고 했어요."

"고모가 네게 팔찌를 선물로 줬다고?"

"네."

"나는 빅토리아한테 선물받은 기억이 없는데? 꽃 한 송이 못 받았어. 그래도 궁금하면 아빠한테 물어봐줄게."

갑자기 불안해졌다. 어머니가 팔찌 이야기를 하면 아버지는 분명 이렇게 말할 것이었다.

"그러니까 학교 이야기와 이다, 안젤라 이야기만 한 게 아니었군? 둘이서 딴 이야기도 했어. 우리에게 말하기 껄끄러운 이야기를 한 거야."

아, 정말 멍청한 짓을 하고 말았다. 나는 횡설수설하며 팔찌 따위에는 관심이 없다고 했다. 일부러 질렸다는 투로 말했다.

"빅토리아 고모는 화장도 안 하고 제모도 안 해요. 눈썹도 엄청나게 진해요. 귀걸이랑 목걸이 같은 장신구도 안 하고 있었어요. 그러니 정말로 제게 팔찌를 선물해줬다 해도 보나마나 촌스러웠을 거예요."

말은 그렇게 했지만 아무리 무마하려 해도 소용없다는 걸 나는 이미 알고 있었다. 내가 뭐라고 하더라도 어머니는 아버지와 팔찌 이야기를 한 후 아버지의 대답이 아니라 둘이 합의한 내용을 내게 들려줄 것이 뻔했다.

그날 이후 나는 잠도 제대로 못 자고 학교에서도 딴생각을 하다 자주 야단을 맞았다. 부모님이 팔찌에 대해 잊어버렸다고 생각했을 때쯤 그 이야기가 다시 나왔다.

"네 아빠도 모르신다는구나."

"뭘요?"

"고모가 네게 줬다는 팔찌 말이야."

"고모가 거짓말을 했나 봐요."

"확실히 그런 것 같아. 어쨌든 팔찌를 차고 싶으면 엄마 걸 차도 되니까 보석함을 한번 살펴보렴."

어머니의 보석이라면 서너 살 때부터 가지고 놀았기 때문에 뭐가 있는지 다 꿰고 있었지만 그래도 보석함을 뒤져보았다. 죄다 값어치 없는 물건들이었다. 두 개뿐인 팔찌도 마찬가지였다. 하나는 천사 모양 장식이 달린 도금 팔찌였고 하나는 파란 나뭇잎과 진주가 달린 은팔찌였다. 어렸을 때는 금팔찌가 좋아서 은 팔찌는 잘 쳐다보지도 않았는데 요즘에는 오히려 파란 나뭇잎이 달린 은팔찌가 더 좋아졌다. 언젠가 코스탄차 아줌마도 세공이 섬세하다고 감탄했었다. 결국 나는 빅토리아 고모의 선물에 별 관심이 없다는 것을 증명하기 위해 그 은팔찌를 차고 다니기 시작했다. 나는 집에서도, 학교에서도, 안젤라와 이다를 만나러 갈 때도 팔찌를 찼다.

"정말 예쁘다."

한번은 이다가 팔찌를 보고 감탄하며 말했다.

"엄마 건데 차고 싶으면 마음대로 차라고 했어."

"우리 엄마는 자기 보석에 손도 못 대게 하는데."

안젤라가 말했다.

"그럼 그건 뭐야?"

내가 안젤라 목에 있는 금목걸이를 가리키며 말했다.

"이건 할머니가 주신 선물이야."

"내 것은 아빠 사촌 누나가 선물해줬어."

이다가 말했다.

그 애들은 자주 자신들의 관대한 친척 이야기를 했고 그중 몇 명에게는 특별한 애정이 있는 것 같았다. 내게는 박물관 할아버지와 할머니가 있었지만 두 분 다 돌아가셔서 기억이 잘 나지 않았다. 그래서 나는 친척이 많은 안젤라와 이다가 항상 부러웠다. 하지만 이제는 내게도 빅토리아 고모가 있다는 사실이 생각나서 나는 이렇게 말했다.

"우리 고모가 선물해준 팔찌는 이것보다 더 예뻐."

"그런데 왜 한 번도 안 찼어?"

"너무 비싼 거라 엄마가 못 차게 해서 그래."

"보여줘."

"좋아, 엄마가 집에 안 계실 때 보여줄게. 너희는 친척들이 따뜻한 코코아를 타준 적 있니?"

"아빠가 포도주를 마시게 해준 적은 있어."

안젤라가 말했다.

"나도야."

이다가 맞장구쳤다.

나는 자랑스럽게 말했다.

"나 어렸을 때는 우리 할머니가 따뜻한 코코아를 타줬어. 돌아가시기 전까지 그렇게 해주셨어. 그건 그냥 코코아가 아니야. 우리 할머니가 타준 코코아는 거품이 예쁘게 부풀어 오른 크림처럼 부드럽고 맛있었어."

안젤라와 이다에게 거짓말을 한 건 그때가 처음이었다. 나는 부모님을 속이면 너무 불안한데 친구들을 속이면 기분이 좋아진다는 사실을 그때 깨달았다. 안젤라와 이다는 나보다 훨씬 좋은 장난감과 화려한 옷이 많았고 가족사도 더 흥미로웠다.

코스탄차 아줌마는 톨레도의 금세공사 가문의 자손이었다. 그러니 아줌마의 보석함은 값비싼 보석으로 가득했다. 아줌마는 수많은 금목걸이와 진주 목걸이, 다양한 귀걸이 그리고 셀 수 없이 많은 팔찌를 가지고 있었다. 그중에서 팔찌 두 개는 안젤라와 이다에게 손도 대지 못하게 했고 하나는 특별히 애지중지해서 항상 차고 다녔지만, 나머지는 자기 딸들뿐 아니라 나도 언제든 가지고 놀 수 있게 해주었다. 안젤라는 따뜻한 코코아에 대한 관심이 식자마자, 그러니까 거의 곧바로, 내게 고모가 준 값비싼 팔찌가 어떻게 생겼는지 말해달라고 했고 나는 그런 안젤라에게 팔찌 모양을 자세히 묘사해주었다.

"영화나 텔레비전에 나오는, 보석처럼 반짝이는 루비와 에메랄드가 박힌 순금 팔찌야."

팔찌 이야기를 털어놓으면서 나는 유혹을 참지 못하고 한번은 알몸으로 어머니의 귀걸이와 목걸이와 아름다운 팔찌만을 걸친 채 거울을 본 적이 있다는 이야기를 꾸며냈다. 안젤라는 홀린 듯 나를 바라보았고 이다는 그래도 팬티 정도는 입고 있었냐고 물었다. 나는 아니라고 했다. 거짓말을 하니 마음이 너무나 가벼워졌다. 정말 그렇게 해보면 완전한 행복을 맛볼 수 있을 거라는 생각이 들었다.

어느 날 오후, 결국 나는 시험 삼아 내 거짓말을 실천했다. 나는 옷을 벗고 어머니의 보석만 몇 개 걸친 뒤 거울에 비친 내 모습을 바라보았다. 하지만 내 눈앞에 펼쳐진 광경은 비참했다. 내 몸은 햇볕을 너무 많이 쬐어서 말라비틀어지고, 시들어 슬퍼 보이는 파리한 녹색 식물 같았다. 정성껏 화장을 했는데도 내 얼굴은 볼품이 없었다. 립스틱을 바른 입술이 프라이팬 바닥 같은 잿빛 얼굴에 묻은 보기 싫은 얼룩처럼 보였다.

빅토리아 고모 얼굴을 확인했으니 정말로 우리 사이에 공통점이 있는지 찾아보려 했지만, 그것은 내 집착에 비해 의미 없는 일이었다. 고모는 이미 늙었지만 (열세 살짜리 눈에는 그렇게 보였다) 나는 아직 어린 소녀였으니까. 몸의 비율도 다른 데다 나와 고모 얼굴 사이에는 너무나 긴 세월이 놓여 있었다. 무엇보다 내게는 고모와 같은 힘찬 기운이 없었다. 고모의 눈을 빛나게 하는 뜨거운 열정도 없었다. 빅토리아 고모의 얼굴을 닮아가고 있을지는 몰라도 내게는 고모의 얼굴을 구성하는 핵심적인 요소가, 그러니까 고모와 같은 강인함이 없었다. 그런 생각에 잠겨 고모의 눈썹과 내 눈썹, 고모의 이마와 내 이마를 비교하다 보니 문득 고모가 내게 팔찌를 선물했다는 말이 사실이면 좋겠다는 생각이 들었다. 팔찌만 있으면, 그 팔찌를 차고 있으면 내가 더 강해질 것 같았다.

그렇게 생각하니 갑자기 몸에 온기가 돌면서 기운이 났다. 쇠약해진 몸에 딱 맞는 치료제를 찾은 것 같았다. 헤어지기 전에 나를 현관문으로 바래다주며 빅토리아 고모가 한 말이 생각났다. 그때 고모는 화가 나 있었다.

"네 아빠는 네가 대가족 속에서 성장할 기회를 빼앗은 거야. 할아버지, 할머니, 삼촌, 고모, 사촌들을 포함한 가족 모두와 함께 커나갈 기회 말이야. 우리가 자기처럼 제대로 교육도 못 받고 똑똑하지 않다는 이유로. 네 아빠는 도끼로 잘라내듯 가족과의 관계를 끊고 너를 혼자서 자라게 했어. 우리가 너를 망칠까봐 두려워서."

그때는 고모의 말에서 깊은 증오가 느껴졌지만, 다시 생각해보니 왠지 모를 안도감이 들었다. 나는 속으로 고모의 말을 곱씹어보았다. 고모는 그 끈끈하고 이로운 가족 관계의 존재를 확인해주었다. 그런 관계가 성립되어야 한다고 강조하고 있었다. 고모는 내가 자기 얼굴을 쏙 빼닮았다거나 조금 닮은 구석이 있다는 말 대신 이렇게 말했다.

"너는 네 아빠와 엄마에게만 속한 사람이 아니야. 너는 내게 속하기도 해. 네 아빠의 가족 모두에게 속한 사람이야. 우리와 함께 있으면 절대 외롭지 않을 거야. 우리에게서 힘을 얻을 수 있을 거야."

잠깐 망설이다 5월 23일, 학교를 빼먹고 고모와 함께 공동묘지에 가겠다고 약속한 것도 그런 고모의 말 때문이 아니었던가. 약속한 날 아침 9시에 고모가 자신의 낡고 짙은 녹색 친퀘첸토를 세워놓고 메달리에 광장에서 나를 기다릴 거라는 생각에 (고모는 내게 작별 인사를 하면서 그렇게 하겠다고 일방적으로 통보했다) 나는 거울 앞에 서서 울다가 웃다가 못생긴 표정을 지어보았다.

4

아침이면 우리 가족 셋은 모두 학교에 갔다. 부모님은 학생들을 가르치러 가고 나는 가르침을 받으러 갔다. 평상시 제일 먼저 일어나는 사람은 어머니였다. 아침을 준비하고 예쁘게 단장할 시간이 필요했으니까. 아버지는 눈뜨자마자 책을 읽고 노트에 필기하느라 어머니가 아침 식사 준비를 다 마친 다음에야 침대에서 일어났다. 아버지는 화장실에 있을 때도 손에서 책을 놓지 않았다. 나는 제일 늦게 일어났지만, 고모 사건 이후로는 어머니처럼 머리를 자주 감고, 화장도 하고, 옷차림에 신경을 썼기 때문에 준비하는 데 시간이 오래 걸렸다. 그러다 보니 부모님은 입을 모아 나를 재촉해야 했다.

"조반나, 아직 멀었니?"

"조반나, 이러다 셋 다 지각하겠다."

아버지와 어머니는 자기들끼리도 서로 빨리 준비하라고 재촉했다.

"넬라! 좀 서둘러. 나 화장실 써야 해!"

아버지가 외치면 어머니는 평온한 목소리로 대답했다.

"욕실이 빈 지 30분이 넘었는데 아직도 안 들어갔어?"

나는 이런 아침을 좋아하지 않았다. 아버지가 1교시 수업이 있고 어머니가 2교시나 3교시 수업이 있거나 아니면 아예 수업이 없는 날이 좋았다. 그럴 때면 어머니는 아침 준비만 했다. 가끔 "조반나! 서둘러"라고 외치곤 못다 한 집안일을 여유롭게 하거나 소설 교정을 봤다. 말이 교정이지 이야기를 아예 다시 쓸 때가 태반이었지만. 그런 날은 등교 준비가 더 편했다. 어머니가 맨 마지막에 씻었기 때문에 욕실을 여유롭게 쓸 수 있었다. 아버지는 항상 지각했기 때문에 급히 서두르느라 내 기분을 맞춰주려고 농담하는 것 빼고는 내게 신경 쓸 여유가 없었다. 아버지는 나를 학교 앞에 내려준 다음 어머니처럼 나를 지켜보느라 시간을 허비하지 않고 그길로 자취를 감췄다. 혼자 이 도시와 대면해도 될 정도로 내가 다 컸다는 듯이.

대충 헤아려 보니 다행히 5월 23일은 후자에 속했다. 아버지가 학교에 바래다주는 날이었다. 평소에는 어머니가 아무리 잔소리를 해도 말을 듣지 않던 내가, 5월 23일 전날 밤에는 다음 날 입을 옷을 미리 준비해두었다. 당연히 분홍색이 들어간 것은 다 뺐다. 아침이 되자 흥분한 나머지 너무 일찍 잠에서 깼다. 나는 욕실로 달려가 정성스레 화장을 하고 잠시 망설이다가, 푸른 나뭇잎 장식과 진주가 달린 은팔찌를 찼다. 부엌에 가니 어머니가 막 일어난 것 같은 모습으로 나와 있었다.

"웬일로 벌써 일어났니?"

어머니가 물었다.

"학교에 늦지 않으려고요. 이탈리아어 시험이 있어요."

어머니는 내가 안절부절못하자 알아서 아버지를 재촉하러 갔다.

식사시간은 별 탈 없이 지나갔다. 아버지와 어머니는 내가 그 자리에 없는 것처럼 나를 놀리기 시작했다. 잠도 제대로 못 자고 학교에 가고 싶어서 어쩔 줄 몰라 하는 것을 보니 좋아하는 남자애가 생긴 것이 분명하다고 했다. 나는 긍정도 부정도 하지 않고 애매한 미소만 지어 보였다. 아버지가 욕실에 들어가자 이번에는 내가 서두르라고 외쳤다. 아버지가 깨끗한 양말을 찾고 가져가야 할 책을 놔두고 가는 바람에 다시 서재로 뛰어가기는 했지만 내가 봐도 그날 아버지 때문에 시간이 지체되지는 않았다.

내 기억으로는 정확히 아침 7시 20분, 그러니까 아버지가 불룩한 가방을 들고 복도 끝에 서 있고 내가 어머니에게 의무적인 뽀뽀를 하고 있을 때 거친 초인종 소리가 들렸다.

그 시간에 누가 초인종을 누르는지 의아했다. 어머니는 재빨리 욕실에 몸을 숨기고 못마땅한 표정을 지어 보이며 내게 말했다.

"가서 문 좀 열어주렴. 누군지 봐봐."

문을 열자 눈앞에 빅토리아 고모가 나타났다.

"안녕? 다행히 준비를 마쳤나보구나. 늦지 않게 서두르렴."

고모가 말했다.

순간 심장이 덜컹 내려앉았다. 어머니는 문간에 선 시누이의 모습에 아버지를 향해 고함을 질렀다. 그렇다. 말 그대로 고함을 질렀다.

"안드레아! 이리 좀 와봐! 당신 동생이 왔어!"

아버지는 빅토리아 고모를 보고 놀라서 눈을 크게 뜨고 못 믿겠다는 듯 입을 벌렸다. 아버지가 외쳤다.

"네가 우리 집에 웬일이야?"

나는 이제 곧 벌어질 사태가 두려워서 기운이 쭉 빠졌다. 온몸이 땀으로 흠뻑 젖었다. 고모에게 뭐라고 해야 할지, 부모님에게 뭐라고 변명해야 할지 몰라 죽고만 싶었다. 하지만 상황은 의외로 간단하게 정리됐다.

빅토리아 고모가 사투리로 말했다.

"잔니나를 데리러 왔어. 오늘이 엔초와 만난 지 17년째 되는 날이거든."

고모는 다른 설명을 덧붙이지 않았다. 우리 부모님이 자기가 갑자기 나타난 이유를 당연히 이해하고 싫은 내색 없이 나를 데려가도록 내버려둬야 한다고 생각하는 것 같았다.

"조반나는 학교에 가야 해."

어머니가 표준어로 말했다.

"너도 알고 있었니?"

아버지는 어머니도, 고모도 아닌 나를 향해 차갑게 물었다.

나는 고개를 푹 숙이고 바닥을 바라보았다. 하지만 아버지는 포기하지 않고 똑같은 어조로 다시 물었다.

"미리 약속했던 거야? 고모랑 가고 싶니?"

어머니가 느릿느릿 말했다.

"물어보나 마나 한 걸 왜 물어. 당연히 가고 싶겠지. 미리 약속도 했을 테고. 그렇지 않으면 당신 동생이 여기 올 이유가 없잖아."

그러자 아버지는 내게 그런 거면 가보라고 한 뒤 자기 누이에게 저리 비키라는 손짓을 해보였다. 빅토리아 고모가 비켜서자 (그때 고모 얼굴은 천 쪼가리 같은 얇은 노란색 원피스 위에 걸린 무표정한 가면 같았다) 아버지는 일부러 손목시계를 쳐다보면서 나를 포함한 그 누구에게도 인사하지 않고 엘리베이터 대신 계단으로 내려가 버렸다.

"몇 시까지 집에 데려다줄 거야?"

어머니가 고모에게 물었다.

"아이가 피곤해하면 데리고 올게."

둘은 냉랭하게 내 귀가 시간을 협상하다가 1시 30분으로 합의를 봤다. 빅토리아 고모가 내게 손을 내밀자 나는 어린아이처럼 고모 손을 잡았다. 손이 차가웠다. 고모는 내 손을 꼭 쥐었다. 내가 자기 손을 뿌리치고 집 안으로 도망쳐 들어가 버릴까봐 두려워하는 것 같았다. 차마 현관문을 닫지 못하고 머뭇머뭇 문간에 서 있는 어머니가 보는 앞에서 고모는 다른 손으로 엘리베이터 버튼을 눌렀고 상황은 대충 그렇게 일단락됐다.

5

고모와의 두 번째 만남은 첫 만남보다 더 강렬했다. 나는 그때 처음으로 짧은 순간에 모든 감정을 욱여넣을 수 있는 공간이 내 안에 있다는 사실을 깨달았다. 들통난 거짓말에 대한 부담감, 부모님을 배신했다는 수치심, 그들이 받았을 상처로 인한 괴로움은 어머니가 현관문을 닫는 순간 철로 만든 새장 같은 엘리베이터 유리문 너머로 사라져버렸다. 건물 입구를 지나 차에 들어가 바들바들 떨리는 손으로 담배에 불을 붙이는 빅토리아 고모 옆에 앉는 순간, 나는 생소한 감정을 경험했다.

그것은 그날 이후 내가 종종 느끼게 될 감정이었다. 앞으로 일어날 일들에 대한 호기심이 익숙한 환경과 나를 향한 변치 않을 애정을 이기는 느낌이었다. 그런 감정으로 인해 나는 때로는 안도감을 느꼈고 때로는 의기소침해졌다. 나는 위협적이면서도 포근한 여인에게 매료되어 그녀의 일거수일투족을 관찰했다.

이제 고모는 담배 냄새에 찌든 더러운 차를 운전하고 있었다. 고모의 운전 솜씨는 아버지처럼 자신감 있거나 안정적이지 않았고 어머니처럼 침착하지도 않았다. 딴생각에 빠져 운전에 집중하지 못하다가 갑자기 지나치게 불안해했다. 끼어들기를 하거나 끽 하고 위태로운 소리를 내는가 하면 급정거를 했다가 차를 제대로 출발시키지 못하는 바람에 시동이 꺼지기 일쑤였다. 가는 내내 성질 급한 운전자들의 욕지거리가 비 오듯 쏟아졌다. 하지만 고모는 꿋꿋하게 담배를 손에 들거나 입에 물고 그들과 맞섰다. 살면서 여자 입에서 그렇게 험한 욕설이 나오는 것은 처음

봤다.

상황이 그렇다 보니 특별히 노력하지 않았는데도 부모님 생각은 뒷전으로 밀려났고 부모님의 원수와 합의를 봤다는 죄의식도 잊게 되었다. 얼마 지나지 않아 더는 죄책감이 들지 않았다. 그날 오후 산 자코모 데이 카프리의 집에서 세 식구가 다시 마주할 때 아버지와 어머니를 어떻게 대해야 할지에 대한 걱정도 사라졌다. 물론 불안감은 여전히 내 뇌를 갉아먹고 있었다. 하지만 내가 뭘 하든 부모님은 나를 항상 사랑할 거라는 확신과 녹색 경차의 위험한 질주, 시간이 갈수록 낯설어지는 도시의 풍경과 빅토리아 고모가 내뱉는 두서없는 말은 집중과 긴장을 요구했으며 일종의 마취제 역할을 했다.

도가넬라에 도착해서 고모는 무작정 돈을 요구하는 불법 주차요원과 한바탕 격렬한 다툼을 벌인 다음, 차를 세우고 붉은 장미와 순백의 데이지 꽃을 샀다. 고모는 꽃다발 가격을 두고 실랑이를 벌인 뒤 마음이 변해서 기껏 포장한 꽃다발을 다시 풀어헤쳐 꽃다발 두 개로 나눠달라고 했다.

"하나는 내가 들 테니까 하나는 네가 들고 가렴. 그이가 기뻐할 거야."

물론 그이란 고모의 엔초를 두고 하는 말이었다. 중간에 몇 번이나 말이 끊기긴 했지만 오는 내내 고모는 도시와 맞설 때의 사나운 기세와는 상반된 부드러운 말투로 엔초 이야기만 했다. 고모는 관을 안치해두는 벽감과 장엄한 무덤들이 늘어선 좁은 길을 따라 걷는 동안에도 말을 멈추지 않았다. 공동묘지에는 오래된 무덤도 있었고 생긴 지 얼마 안 된 무덤도 있었다. 우리는 계속해서 계단을 내려갔다. 망자들이 사는 마을의 윗동네에서 엔초의 무덤이 있는 아랫동네로 계속 내려가는 것 같았다. 묘지에 흐르는 정적과 녹이 슬어 줄무늬가 생긴 잿빛 벽감, 썩은 흙냄새와 숨을 멈춘 이들의 송풍구처럼 보이는 대리석에 새겨진 십자가 모양의 어두운 구멍들이 인상적이었다.

공동묘지 방문은 그때가 처음이었다. 아버지와 어머니는 나를 공동묘지에 데려간 적이 없었다. 부모님끼리만 간 적이 있었는지는 잘 모르겠다. 적어도 위령의 날*에 묘지를 방문하지 않은 건 확실했다. 빅토리아 고모는 내가 공동묘지에 처음 온 것을 바로 눈치채고 이번에도 아버지를 탓하기 시작했다.

"네 아빠는 두려운 거야. 항상 겁이 많았거든. 병과 죽음을 두려워했지. 자기가 대단한 줄 아는 교만한 사람들은 자기들은 영원히 죽지 않을 것처럼 굴어. 네 아빠는 네 할머니가 돌아가셨을 때도 (고인의 영혼이 평온하기를) 장례식에 코빼기도 비치지 않았어. 할아버지가 돌아가셨을 때도 마찬가지였어. 있는 둥 없는 둥 자리를 지키다 그냥 가버렸지. 겁쟁이여서 그래. 자기도 죽을 수 있다는 사실을 외면하고 싶어서 부모님이 돌아가신 모습을 보지 않으려 한 거야."

나는 조심스럽게 아버지는 용감한 분이라고 반박했다. 아버지를 변호하려고 언젠가 아버지에게 들은 말을 했다. 나는 죽은 사람들은 고장 난 물건과 같다고 했다. 텔레비전이나 라디오나 믹서 같은 물건 말이다. 그러니 그들이 제대로 작동하던 시절을 기

---

* 11월 2일 가톨릭 축일로 공동묘지를 방문하는 날.

억해주는 것이 최선이라고 했다. 죽은 이들을 받아들일 수 있는 유일한 무덤은 추억밖에 없다고 했다. 하지만 고모는 내 대답을 탐탁지 않아 했다.

고모는 나를 아이로 생각하지 않았기 때문에 내 앞에서 말을 가리지 않았고 그래서 대놓고 내가 아버지의 멍청한 말을 앵무새처럼 따라 한다고 꾸짖었다.

"아마 네 엄마도 그럴 거야. 어렸을 때는 나도 그랬고."

하지만 엔초를 만난 후로 고모는 아버지를 머릿속에서 지워버렸다고 했다.

"지-워-버-렸-어!"

고모는 한 음절 한 음절 힘주어 말하고는 벽감 앞에 서서 아래를 가리켜 보였다. 울타리를 친 화단이 달린 벽감 앞에 촛불 모양의 전등과 타원형 액자에 넣은 사진 두 장이 놓여 있었다.

"여기야. 다 왔어. 저기 왼쪽에 있는 게 엔초야. 오른쪽은 그이 어머님이고."

엄숙하고 비통한 분위기를 상상했던 내 생각과는 달리 고모는 주변에 떨어진 휴지와 시든 꽃을 보고 화를 내다 불만에 찬 한숨을 길게 내쉬더니 자기 꽃다발을 내게 맡겼다.

"꼼짝하지 말고 여기서 기다리고 있어. 이 거지 같은 곳에서는 화를 내지 않으면 아무것도 제대로 안 돌아간다니까?"

고모는 이렇게 말하고는 나만 혼자 내버려둔 채 어디론가 사라져버렸다.

나는 꽃다발 두 개를 들고 엔초의 흑백사진을 바라보았다. 미남이 아니라 실망스러웠다. 그는 동그란 얼굴에 하얀 늑대 이빨을 드러내며 웃고 있었다. 코가 컸고 눈에 생기가 넘쳤으며 좁은 이마 위로 까만 머리가 곱슬곱슬했다.

똑똑해 보이지는 않았다. 우리 세 식구는 모두 이마가 넓은 편이었다. 우리 집에서는 시원한 이마가 지성과 고귀한 품성의 확실한 상징이었고 좁은 이마는 아둔함의 표상이었다. 특히 아버지 생각이 그랬다. 물론 눈매도 중요했다. 이것은 어머니의 주장이었는데 어머니는 영리한 사람일수록 눈이 반짝인다고 했다. 엔초도 눈에서 명랑한 광채를 내뿜고 있었기에 나는 혼란스러웠다. 그의 눈빛과 이마의 생김새가 모순적이었기 때문이다.

그때 빅토리아 고모가 누군가와 다투는 소리가 고요한 공동묘지에 울려 퍼졌다. 나는 누가 고모를 때리거나 잡아갈까봐 두려웠다. 모든 것이 다 똑같아 보이고, 작은 새들과 시든 꽃으로 가득하고 바스락거리는 소리만 들려오는 이곳에서 나 혼자 빠져나갈 방법을 몰라 겁이 났다. 다행히 고모는 어떤 노인과 함께 다시 나타났다. 노인은 고모에게 줄무늬 커버를 씌운 철로 만든 간이의자를 힘없이 펼쳐준 뒤 좁은 길을 빗자루로 쓸기 시작했다. 고모는 노인을 못마땅한 눈길로 쳐다보며 내게 물었다.

"그래, 엔초 아저씨를 봤지? 잘생겼니 못생겼니?"

"잘생겼어요."

나는 거짓말을 했다.

"그냥 잘생긴 정도가 아니라 엄청난 미남이지."

고모가 내 말을 정정했다. 노인이 멀어지자 고모는 꽃병에서 오래된 꽃을 꺼내 썩은 물과 함께 한쪽에 내다 버렸다. 고모는 모퉁이를 돌면 개수대가 나올 거라면서 꽃병에 물을 새로 받아 오라고 했다. 내가 길을 잃을까봐 두려워 망설이자 고모는 손짓으로 나를 쫓아냈다.

"가! 어서 가라니까!"

모퉁이를 돌자 물줄기가 가늘게 흐르는 개수대가 보였다. 엔초의 유령이 십자가 모양의 구멍으로 빅토리아 고모에게 다정한 말을 속삭일 거라 상상하니 소름이 돋았다. 나는 아무도 갈라놓지 못한 그들의 관계가 너무나 좋았다. 물줄기는 쪼르르 소리를 내며 금속 꽃병으로 천천히 떨어졌다. 엔초가 추남이어도 괜찮다는 생각이 들었다. 불현듯 그의 추함이 애틋하게 느껴졌다.

순간 모든 언어가 의미를 잃고 흐르는 물소리에 녹아들었다. 정말 중요한 건 사랑하게 만드는 능력이다. 그런 능력만 있다면 아무리 못생기고 악하고 아둔해도 상관없다. 나는 그 점에서 위대함을 느꼈다. 내 얼굴이 어떻게 변하든 엔초와 빅토리아 고모 같은 능력이 생기기를 바랐다.

나는 물을 가득 채운 꽃병 두 개를 양손에 들고 무덤이 있는 곳으로 돌아갔다. 나는 고모가 나를 어른처럼 대하면서 사투리를 섞어가며 적나라하게 자신의 절대적인 사랑 이야기를 하나도 빠짐없이 들려주기를 바랐다.

좁은 길에 들어서는 순간 나는 깜짝 놀랐다. 빅토리아 고모는 노인이 가져다준 간이의자에 다리를 쩍 벌리고 앉아 있었다. 고모는 팔꿈치를 허벅지에 댄 채 허리를 굽히고 얼굴을 두 손에 파묻고 있었다. 고모는 이야기를 하고 있었다. 정말로 엔초와 대화를 나누고 있었다. 상상이 아니었다. 고모가 말하는 소리는 들렸지만, 그 내용은 알아들을 수 없었다. 고모는 진짜로 엔초가 죽은 다음에도 그와의 관계를 유지하고 있었던 것이다. 그들의 대화를 듣고 있자니 마음이 뭉클했다. 나는 고모가 들을 수 있게 일부러 파인 길을 신발창으로 세게 디디면서 걸었다. 그런데도 고모 가까이 갈 때까지 내 발소리를 못 들은 것 같았다.

내가 다가서자 그제야 천천히 얼굴을 문지르면서 손을 얼굴에서 떼어냈다. 내겐 그런 고모의 행동이 눈물을 훔치면서 그와 동시에 부끄러움 없이 내게 자신의 고통을 보여주려는, 고통을 일종의 상장처럼 과시하려는 행동처럼 보였다. 붉게 충혈된 고모의 두 눈은 반짝였고 눈가는 촉촉하게 젖어 있었다.

우리 집에서는 감정을 숨겨야 했다. 감정을 숨기지 못하는 사람은 제대로 교육받지 못한 사람이라고 배웠다. 그런데 고모는 17년이나 지났는데 (내겐 영원처럼 느껴지는 기나긴 시간이었다) 아직도 절망에 빠져 있었다. 벽감 앞에 서서 대리석에 대고 이야기를 하고 보이지 않는 뼈를 향해 말을 걸었다. 더는 존재하지 않는 남자와 대화를 했다. 고모는 꽃병 두 개 가운데 하나만 받아 들고 꺼져 들어가는 목소리로 말했다.

"나는 내 꽃다발을 정리할 테니 너는 네 것을 꽂으렴."

나는 고모 말에 따라 꽃병을 바닥에 내려놓고 포장지를 풀었다. 고모도 자기 꽃다발을 풀었다. 고모는 훌쩍이면서 투덜거렸다.

"네 아빠한테 엔초 이야기를 들려줬니? 아빠가 뭐라든? 네게 진실을 말해줬니? 네 아빠가 처음에는 엔초에게 접근했다가 (네 아빠는 엔초에 대해서라면 뭐든 다 알려고 했어. 그에 관해서 이야기해달라고 엔초를 꼬드겼어) 나중에 얼마나 그를 괴롭혔는지 이야기하든? 내 삶을 망가뜨렸다는 말도 했어? 부모님이 물려준 집 때문에 나랑 서로 죽일 듯이 싸웠다는 말을 했니? 지금 내가 사는 그 보잘것없는 집 때문에 말이야."

나는 고개를 가로저었다. 고모에게 나는 싸움 이야기에 전혀 관심이 없다는 말을 하고 싶었다. 나는 엔초와의 사랑 이야기만 듣고 싶었다. 내게 고모처럼 이야기를 해주는 사람은 아무도 없었으니까. 하지만 빅토리아 고모는 그보다 아버지를 욕하고 싶어 했다. 고모는 나에게 억지로 자기 말을 듣게 했다. 자기가 왜 아버지에게 화가 났는지 내게 알려주고 싶어 했다. 결국 나는 친조부모님이 오 남매에게 남겨준 유일한 유산인 집을 두고 일어난 다툼에 대해서 듣게 됐다. 그 이야기를 하는 동안 고모는 간이 의자에 앉아서 꽃을 손질했고 나 역시 거기서 1미터도 채 떨어지지 않은 곳에 웅크리고 앉아서 꽃을 손질했다.

그것은 길고 가슴 아픈 이야기였다.

"네 아빠는 집을 양보하려 하지 않았어. 네 아빠는 '이 집은 우리 형제 모두의 집이자 우리 부모님 집이야. 아버지와 어머니가 자기들 돈으로 이 집을 샀고 그 과정에서 두 분을 도와드린 건 나뿐이야'라고 했어. 그때 내가 말했지.

'오빠 말이 맞아. 하지만 나 빼고 다른 형제들은 다 자리를 잡았잖아. 모두 직업이 있고. 하지만 나는 가진 것이 아무것도 없어.' 다른 형제들은 그 집을 내게 주기로 동의했어. 네 아빠만 집을 팔고 남은 돈을 5등분해야 한다고 했지. 다른 형제들이 제 몫을 챙기지 않는 건 상관없지만 자기는 자기 몫을 받아야겠다고 했어. 우리는 그 문제를 두고 몇 달 동안이나 언쟁을 벌였어. 네 아빠를 제외한 나머지 셋은 모두 내 편을 들었지.

아무리 해도 문제가 해결되지 않자 결국 엔초가 나서게 됐어. 엔초의 얼굴과 눈과 미소를 봐. 그때만 해도 우리의 위대한 사랑 이야기를 아무도 몰랐어. 네 아빠만 빼고. 네 아빠는 엔초의 친구이자 내 오라비이자 우리의 조언자였어. 엔초는 나를 두둔해주었지. 그가 말했어. '안드레아, 빅토리아는 네게 돈을 줄 수 없어. 어디서 그런 돈을 구하겠어.' 그러자 네 아빠가 말했지. '닥쳐! 넌 아무 상관 없어. 말도 제대로 못 하는 주제에 집안 일에 왜 끼어들어?' 엔초는 너무나 비통해했어. 그가 말했지. '그럼, 좋아. 집의 가치를 평가해보자. 네 몫은 내가 줄게.' 하지만 네 아빠는 욕설을 퍼부으며 고함을 쳤어. '네가 무슨 돈이 있어? 경찰이 어디서 돈을 구해와? 돈을 마련하면 그거야말로 네가 불한당이라는 증거지. 네 놈은 제복을 입은 불한당이야.'

네 아빠는 엔초에게 한참을 그렇게 퍼부어댔어. 네 아빠가 무슨 말까지 한 줄 알아? 내 말 똑똑히 들어. 네 아빠는 겉으로는 우아한 척하지만, 사실은 시골 무지렁이만 못해. 네 아빠는 엔초가 나를 차지한 걸로 모자라 부모님 집까지 차지하려 한다고 했어. 참다못한 엔초는 계속 그런 식으로 말하면 총으로 쏴버릴 거라고 했어. 그때 엔초의 말투가 너무나 비장해서 네 아빠는 겁에 질려 얼굴이 새하얗게 변하더니 그길로 입을 다물고 내빼고 말았어."

고모는 코를 풀고 눈가에 맺힌 눈물을 훔치고는 복받쳐 오르는 감정과 분노를 참느라 입술을 씰룩였다.

"잔나, 이제부터 네 아빠가 무슨 짓을 저질렀는지 똑똑히 들으렴. 네 아빠는 그길로 엔초의 아내를 찾아가 세 아이가 듣는 데서 이렇게 말했어. '마르게리타, 당신 남편은 내 누이와 바람을 피웠어요.' 그래, 네 아빠가 그런 짓을 저질렀어. 그런 무책임한 일을 저질렀어. 네 아빠는 나와 엔초와 마르게리타와 그 불쌍한 어린것들의 인생을 망쳐버렸어."

어느덧 햇살이 화단 위에 드리우고 꽃병에 꽂아놓은 꽃들은 촛불 모양 전등보다도 환히 빛났다. 한낮의 햇볕이 만물에 생기를 불어넣어 망자들의 빛은 꺼져 들어간 듯 보잘것없어졌다. 나는 슬펐다. 빅토리아와 엔초와 그의 아내 마르게리타와 세 아이들 때문이었다. 아버지가 정말로 그런 짓을 했을까? 도저히 믿을 수 없었다. 아버지는 항상 세상에서 가장 끔찍한 것은 스파이 짓이라고 말하곤 했다. 빅토리아 고모 말이 사실이라면 그런 말을 한 아버지 자신이 스파이 짓을 한 것이다. 설령 합당한 이유가 있었을지라도 (나는 분명 그럴 거라고 생각했다) 평소 아버지다운 행동이 아니었다. 나는 아버지가 그랬을 리 없다고 믿었다.

하지만 나는 감히 고모에게 그렇게 말할 수 없었다. 그들의 사랑이 시작된 지 17년째 되는 날, 엔초의 무덤 앞에서 고모가 거짓말을 하고 있다고 주장하는 것은 고모를 욕보이는 행위인 것 같았기 때문이다. 이번에도 아버지를 변론하지 못했다는 생각에 마음이 안 좋기는 했지만 결국 나는 아무 말도 하지 않았다. 나는 고모가 안정을 찾기 위해 눈물 젖은 손수건으로 타원형 액자 유리를 닦는 모습을 불안한 시선으로 바라보다 흐르는 침묵을 견디지 못하고 고모에게 물었다.

"엔초 아저씨는 어떻게 돌아가셨나요?"

"끔찍한 병에 걸려서 죽었어."

"언제요?"

"나랑 헤어지고 몇 달 후에."

"아파서 돌아가신 거예요?"

"그래, 아파서 죽었어. 네 아빠 때문에 병이 든 거야. 네 아빠가 우리 사이를 갈라놓아서. 네 아빠가 엔초를 죽인 거야."

"그러는 고모는 왜 아프지도 죽지도 않은 거죠? 고모는 고통스럽지 않았어요?"

빅토리아 고모는 내 눈을 똑바로 바라보았고 그런 고모의 눈빛이 부담스러워서 나는 곧바로 시선을 내리깔았다.

"잔니나, 나도 너무 괴로웠어. 그건 지금도 마찬가지야. 하지만 고통은 내 목숨을 앗아가지 않았어. 첫째는 평생 엔초를 그리워하면서 살아가기 위해서고, 둘째는 엔초의 아이들과 마르게리타를 위해서야. 나는 원래 선한 사람이라 마르게리타가 그 불쌍한 것들을 잘 키울 수 있게 도와줘야 한다는 의무감을 느꼈어. 내가 아침부터 저녁까지 나폴리의 내로라하는 부잣집을 돌아다니면서 가정부 노릇을 하는 것도 다 그들을 위해서야. 마지막 이유는 증오심 때문이야. 네 아빠에 대한 증오심 때문에 나는 죽고 싶어도 죽지 못했어."

"마르게리타 아주머니는 고모에게 자기 남편을 빼앗기고도 어떻게 화를 내지 않을 수 있죠? 어떻게 고모의 도움을 받을 수 있죠?"

내가 더 몰아세우자 고모는 담배에 불을 붙이고는 깊이 한 모금 빨아들였다. 아버지와 어머니는 내가 곤란한 질문을 해도 내 앞에서는 눈 한 번 깜박이지 않았다. 적당히 둘러대고 상황을 모면한 다음 어떻게 대답할지 서로 의논하곤 했다. 그에 비해 빅토리아 고모는 곤란한 질문을 받으면 신경이 날카로워져서 욕설을 내뱉고 불편한 기색을 거리낌 없이 드러낼망정 확실하게 대답해주었다. 나를 그렇게 대한 어른은 고모가 처음이었다.

"내가 잘 봤네."

고모가 말했다.

"너는 똑똑해. 나처럼 영악하고 못된 계집애야. 하지만 성격은 나보다 더 고약한 것 같구나. 천사 같은 얼굴을 하고 칼로 상처를 헤집는 걸 즐길 아이야. 내가 마르게리타의 남편을 빼앗았다고? 그래, 네 말이 맞아. 내가 그랬어. 나는 엔초를 훔쳤어. 마르게리타와 아이들에게서 엔초를 빼앗았어. 그이를 되돌려주느니 차라리 죽는 게 나았으니까."

고모가 외쳤다.

"난 끔찍한 일을 저질렀어. 하지만 너무 사랑하면 끔찍한 일을 해야 할 때가 있어. 그건 선택할 수 있는 게 아니야. 추한 것이 없으면 아름다운 것도 없다는 사실을 불현듯 깨닫는 거야. 어쩔 수 없어서 그렇게 하는 거야. 그래, 마르게리타는 화를 냈어. 악을 쓰고 주먹을 휘두르며 제 남편을 되찾아갔어. 하지만 몇 주 지나지 않아서 엔초가 화병이 났다는 사실을 알게 된 후에는 마음 아파하면서 그이에게 '빅토리아에게 돌아가. 미안해. 당신이 이렇게 아플 줄 알았으면 더 빨리 보내줬을 거야'라고 했어. 하지만 이미 때는 늦었고 결국 마르게리타와 나는 함께 엔초의 병마와 싸웠어. 마지막 순간까지.

마르게리타가 어떤 사람이냐고? 그녀는 섬세하고 훌륭한 사람이야. 언젠가 너도 만나게 될 거야. 내가 얼마나 자기의 남편을 사랑하는지, 얼마나 고통스러워하는지 알고 나서는 내게 '그래, 우리는 같은 남자를 사랑했어. 당신을 이해해. 어떻게 엔초 같은 사람을 사랑하지 않을 수 있겠어. 그러니 이렇게 해. 이 아이들은 나와 엔초 사이에서 태어났지만 원하면 당신도 사랑할 수 있게 해줄게. 나는 반대하지 않을게'라고 말했어. 알겠니? 마르게리타가 얼마나 관대한 사람인지 알겠어? 자기가 대단한 인물인 줄 아는 네 아빠 엄마나 그 친구들이 마르게리타처럼 마음이 너그럽니? 마르게리타만큼 대인배야?"

나는 뭐라 대답해야 할지 몰라 웅얼댔다.

"제가 고모 기념일을 망쳤어요. 죄송해요. 이야기해달라고 하는 게 아니었는데."

"넌 아무것도 망치지 않았어. 덕분에 오히려 기분이 좋아졌어. 엔초에 대해서 말할 수 있었으니까. 그이 이야기를 할 때면 아픈 기억만 나는 게 아니야. 행복했던 기억도 함께 떠올라."

"저는 그런 이야기를 듣고 싶어요."

"행복한 기억?"

"맞아요."

고모의 눈에서 또다시 불꽃이 일었다.

"너는 남자랑 여자가 뭘 하는지 아니?"

"네."

"말만 그렇지 아무것도 모르는 눈치네. 남자랑 여자는 말이야, 섹스를 한단다. 섹스가 무슨 뜻인지 아니?"

나는 흠칫 놀랐다.

"네."

"나랑 엔초는 다 합해서 섹스를 열한 번 했어. 엔초가 자기 아내한테 돌아간 후로 나는 그 누구와도 섹스를 하지 않았어. 엔초는 내 몸 구석구석을 애무하고 혀로 핥아줬어. 나도 그이의 몸을 만졌어. 머리끝에서 발끝까지 빨고 핥고 쓰다듬었지. 그는 자기 물건을 내 몸 깊숙이 밀어넣고는 두 손으로 내 엉덩이를 받쳤어. 한 손으로는 이쪽을, 다른 한 손은 저쪽을 잡고. 그런 다음 내 안으로 강하게 돌진해왔지. 그 힘이 너무 세서 비명이 절로 나왔어. 평생 살면서 그런 섹스를 한 번도 경험하지 못한다면, 진정으로 사랑하는 사람과 나처럼 정열적인 사랑을 열한 번까지는 아니더라도 단 한 번이라도 해보지 못한다면 살아야 할 이유가 없는 거야. 네 아빠한테 그대로 전해. '빅토리아 고모가 말하기를 자기와 엔초 같은 섹스를 못하면 제가 살아야 할 이유가 없다고 했어요.' 토씨 하나 빼놓지 말고 그대로 전해야 한다. 네 아빠는 자기가 저지른 짓으로 인해 자기가 내게서 무언가를 앗아갔다고 생각할 테지만 그렇지 않아. 네 아빠는 내게서 아무것도 빼앗아가지 못했어. 나는 모든 걸 가졌었고 지금도 그래. 가진 게 아무것도 없는 건 네 아빠야."

그날 이후 나는 고모의 말을 잊은 적이 없다. 예상치 못한 말이었다. 고모가 그런 말을 할 거라고는 상상조차 하지 못했다. 물론 고모는 나를 어른처럼 대했고 나는 처음 만났을 때부터 고모가 나를 열세 살짜리 어린애로 대하지 않아서 좋았다. 그런데도 그때 고모의 말은 귀를 틀어막고 싶을 정도로 충격적이었다. 하지만 나는 귀를 막는 대신 그 자리에 가만히 서 있었다. 자신이 한 말이 내게 어떤 영향을 끼쳤는지 살피는 고모의 시선도 피할 수 없었다. 공동묘지에서, 엔초의 영정 사진을 앞에 두고 누가 들을지도 모르는데 그런 식으로 말한 것은 내게 육체적으로 (그렇다. 정신적인 충격 정도가 아니라 육체적인 충격이었다) 충격을 주었다.

그것은 너무나 엄청난 이야기였다. 그런 식으로 말을 하다니. 우리 집 가풍과 너무 달랐다. 여태껏 내게 그렇게나 간절하게 육체적인 쾌락에 대해 이야기해준 사람은 아무도 없었다. 나는 정신이 혼미했다. 뱃속에서 뜨거운 열기가 느껴졌다. 고모와 춤을 췄을 때보다 더 강렬한 느낌이었다. 안젤라와 은밀한 이야기를 나눌 때 느꼈던 따스한 온기나, 최근 들어 우리 집이나 안젤라네 집 욕실 문을 잠그고 둘이 껴안았을 때 느꼈던 왠지 모를 무기력함과도 비교할 수 없는 감정이었다.

빅토리아 고모의 말을 듣고서 내가 탐한 건 그녀가 느꼈던 쾌락뿐만이 아니었다. 나는 고모가 쾌락을 경험한 뒤에 겪었고 아직도 겪고 있는 고통과 엔초에 대한 고모의 완전무결한 정조가 없다면 그런 쾌락은 불가능할 거라고 생각했다. 내가 말없이 가만히 있자 고모는 불안한 눈길로 나를 바라보았다.

"늦었으니 그만 가자. 하지만 오늘 들려준 이야기를 꼭 기억하렴. 내 이야기가 마음에 들었니?"

"네."

"그럴 줄 알았다. 너랑 나는 똑같거든."

고모는 기운을 내어 자리에서 일어나 간이의자를 접은 뒤 잠시 파란색 나뭇잎 장식이 달린 내 팔찌를 바라보았다.

"내가 준 팔찌는 그것보다 훨씬 예쁜데."

고모가 말했다.

6

그날 이후 나는 정기적으로 빅토리아 고모를 만났다. 놀랍게도 부모님은 두 분이 따로 있을 때나, 함께 있을 때도 그날 일로 나를 야단치지 않았다. 지금 다시 생각해보면 부모님의 그런 태도는 그들이 선택한 삶의 방식이나 가르침과 일치했던 것 같기도 하다. 부모님은 "빅토리아 고모와 약속했다고 우리에게 미리 말해줬어야지"라고도, "학교를 빼먹으려고 계획을 짜놓고 우리에게 비밀로 하다니. 그건 정말 나쁜 일이야. 바보 같은 짓을 했구나"라고도, "이 도시는 위험해. 너처럼 어린아이가 그렇게 돌아다니면 큰일 날 수도 있어"라고도 하지 않았다. 무엇보다 "네 고모는 잊어버려라. 그 여자가 우리를 증오한다는 걸 너도 알잖니. 다시는 만나지 마라"라고 말하지 않았다.

오히려 그 반대였다. 특히 어머니가 그랬다. 부모님은 그날 아침 내가 빅토리아 고모와 함께 즐거운 시간을 보냈는지 궁금해했다. 내게 공동묘지가 어땠는지 물었다. 내가 빅토리아 고모의 운전 솜씨가 형편없었다고 이야기하자 재미있어 하면서 웃었다. 아버지가 지나가는 말로 우리가 무슨 이야기를 했는지 물었을 때 내가 복잡하게 생각하지 않고 친조부모님이 물려준 집을 두고 벌어진 다툼과 엔초 이야기를 하자 아버지는 별로 동요하지 않고 당시 상황을 정리해주었다.

"그래, 다툼이 있었지. 빅토리아의 생각에 동의할 수 없었거든. 그 엔초라는 자식이 우리 부모님이 남겨준 집을 독차지하려는 게 빤했으니까. 그 자식은 제복만 걸쳤을 뿐 영락없는 불한당이었어. 나중에는 나를 총으로 위협하기까지 했지. 나는 그 자식이 내 동생의 인생을 망치지 못하도록 모든 것을 그의 아내에게 털어놓아야 했어."

어머니는 자기 시누이가 성격은 고약할망정 순진한 사람이라고 했다. 그 순진함으로 인해 자기 인생을 망쳤기 때문에 화를 내기보다는 불쌍하게 여겨야 한다고 했다.

"어쨌든 나와 네 아빠는 너를 믿는다. 네가 상식이 있는 아이란 걸 믿어. 그러니 우리를 실망하게 하지 말아줘."

그 후에 어머니가 나를 따로 불러서 말했다.

빅토리아 고모가 이야기해준 다른 삼촌과 고모들, 아마도 내 나이 또래일지도 모르는 사촌들도 만나보고 싶다고 하자 어머니는 나를 자기 무릎에 앉히더니 내가 친척들에게 관심을 가지게되어 기쁘다고 했다.

"그래도 네 고모를 만나고 싶다면 그렇게 하렴. 엄마 아빠한테 미리 알려주기만 하면 괜찮아."

거기에서 대화는 언제 고모를 만나야 할지에 대한 이야기로 흘러갔다. 그때 나는 일부러 속이 깊은 말을 했다. 나는 공부를 열심히 해야 한다고 했다. 학교를 빠진 것은 실수였다고 했다. 고모를 만날 일이 있으면 일요일에 만나겠다고 했다. 물론 고모가 들려준 엔초와의 사랑 이야기는 한마디도 하지 않았다. 고모가 한 말을 조금만 들려줘도 부모님이 화를 낼 거라는 것을 직감했기 때문이다.

그때부터 비교적 덜 불안한 시기가 시작됐다. 학기 말이 되자 성적도 나아져서 10점 만점에 평균 7점으로 진급했다. 그리고 방학이 시작됐다. 우리는 오랜 가족 전통에 따라 7월에는 마리아노 아저씨, 코스탄차 아줌마, 안젤라, 이다 가족과 함께 보름 동안 칼라브리아 해변에 머물렀다. 8월에도 안젤라네 가족과 아브루초에 있는 빌레타 바레아에서 열흘 동안 함께 지냈다.

시간이 쏜살같이 흘러 어느덧 새 학기가 시작됐다. 나는 아버지와 어머니가 가르치는 학교 대신 보메로에 있는 인문계 고등학교로 진학했다. 고등학교 진학 후에도 빅토리아 고모와의 관계는 소원해지지 않았다. 오히려 더 돈독해졌다. 나는 여름방학 전부터 고모에게 전화를 걸었다. 고모의 까칠한 목소리가 듣고 싶었기 때문이다. 나를 자기 또래처럼 대해주어서 좋았다. 해변과 산에서 휴가를 보내는 동안 안젤라와 이다가 자신들의 부자 할아버지, 할머니와 다른 부유한 친척들 이야기를 꺼낼 때마다 나도 고모 이야기를 했다. 9월에는 부모님에게 허락을 받고 고모를 두 번 만났고 가을 무렵 부모님의 경계심이 풀어지자 우리의 만남은 일상이 되었다.

처음에는 내 덕분에 두 남매가 가까워질 거라고 생각했다. 내 임무는 아버지와 고모를 화해시키는 것이라고 생각했다. 하지만 그런 일은 일어나지 않았고 대신 가족 간에 냉랭하기 이를 데 없는 새로운 규칙이 생겼다. 어머니가 나를 빅토리아 고모 집에 데려다줄 때면 집에서 책이나 교정할 원고를 가져가 차에 머물렀

다. 고모가 나를 데리러 직접 산 자코모 데이 카프리까지 올 때도
처음에 그랬던 것처럼 갑자기 우리 집 문을 두드리는 일은 없었
다. 대신 내가 고모가 기다리는 도로로 내려갔다. 고모는 절대로
"엄마한테 올라오지 않겠냐고 물어봐. 커피라도 함께 마시게"라
고 하지 않았다. 아버지 역시 절대로 "고모한테 집으로 오라고
해. 잠깐 쉬면서 편하게 이야기 좀 하다가 가면 되잖아"라고 권
하지 않았다. 서로에 대한 증오심은 변치 않았고 나 역시 얼마 지
나지 않아 중재하려는 노력을 그만두었다. 대신 아버지와 고모
의 증오심이 나에게 유리하다는 사실을 솔직하게 받아들였다.
아버지와 빅토리아 고모가 화해하면 우리의 만남이 더는 특별하
게 느껴지지 않을 것이다. 나는 빅토리아 고모의 친구이자, 심복
이자, 공범의 지위에서 일개 조카로 전락하고 말 것이다.

  가끔은 아버지와 고모가 서로를 증오하지 않게 되면 내가 나
서서 그들의 증오심에 다시 불을 붙여야겠다고 생각할 때도 있
었다.

7

  한번은 고모가 아무런 예고 없이 나를 아버지와 고모의 다른
형제들에게 데려간 적이 있다. 그때 나는 니콜라 삼촌을 만났다.
삼촌은 철도청에서 기술자로 일하고 있었다. 빅토리아 고모는
장남인 우리 아버지를 없는 사람 취급하고 니콜라 삼촌에게 큰
오빠라고 불렀다. 안나 고모와 로세타 고모도 만났는데 둘 다 가
정주부였다. 안나 고모는 『일 마티노』지에서 일하는 인쇄공과

결혼했고 로세타 고모는 우체국 직원과 결혼했다. 그날 우리는 일종의 혈연 탐방을 했다. 빅토리아 고모는 내게 "우리 피붙이를 만나러 가자"고 했다. 우리는 녹색 친퀘첸토를 타고 나폴리를 누볐다. 먼저 안나 고모가 사는 카보네에 들렀다가 니콜라 삼촌이 사는 캄피 플레그레이에 갔다가 마지막으로 로세타 고모가 사는 포추올리에 갔다.

내게는 삼촌과 고모들에 대한 기억이 거의 없었다. 어쩌면 그분들의 이름조차 제대로 몰랐던 것 같기도 하다. 나는 그 사실을 감추려 했지만, 빅토리아 고모는 바로 눈치채고 제대로 못 배우고 수다스럽지만, 마음씨 좋은 친척들에게 사랑받을 기회를 내게서 앗아가 버린 내 아버지를 욕하기 시작했다. 고모는 자신의 풍만한 가슴을 손가락 마디가 굵고 커다란 양손으로 두드리면서 정말 중요한 건 마음씨라고 했다. 그때부터 고모는 내게 자기들은 어떻고 내 부모님은 어떤 사람들인지 잘 봐뒀다가 나중에 내 생각을 들려달라고 했다. 고모는 제대로 보는 것에 몹시 집착했다. 그녀는 내가 말처럼 눈가리개를 하고 있어서 보이는 것만 보고 보고 싶지 않은 것은 안 본다고 했다.

"제대로 봐. 제대로 봐야 해."

빅토리아 고모는 귀에 못이 박이도록 내게 강조했다.

고모 말대로 나는 그날 아무것도 놓치지 않았다. 삼촌, 고모들 그리고 나보다 조금 더 나이가 많거나 내 또래인 사촌들과의 만남은 기분 좋은 새로운 경험이었다. 고모가 아무런 예고 없이 들이닥쳤는데도 삼촌과 고모들과 내 사촌들은 그녀를 친근하게 맞아주었고 나를 예전부터 알고 있던 사람처럼 대해주었다. 모두

들 지난 몇 년 동안 내가 오기만을 손꼽아 기다렸던 것 같았다. 친척들의 집은 좁고 어두웠고 내 기준에 저속하고 조잡해 보이는 물건들로 장식되어 있었다. 책 같은 건 없었다. 안나 고모 집에만 추리소설이 몇 권 있었을 뿐이다. 모두 구수한 사투리로 내게 말을 걸었다. 나는 그들의 말투를 애써 흉내 내려 했다. 나의 교과서 같은 이탈리아어에 나폴리 사투리의 억양이 조금이나마 배어나게 하려 했다.

아버지 이야기는 아무도 꺼내지 않았다. 아버지의 안부를 묻지도 않았고 내게 안부를 전해달라고 부탁하지도 않았다. 아버지에 대한 적대감의 표현이 분명했지만 나와는 상관없는 감정이라는 것을 이해시키기 위해 모두 최선을 다했다. 다들 빅토리아 고모처럼 나를 잔니나라고 불렀다. 우리 부모님은 단 한 번도 나를 그런 애칭으로 부른 적이 없었다.

나는 내 친척들이 좋았다. 그들과 함께 있을 때처럼 사랑을 많이 받는다고 느껴본 적이 없었다. 친척들과 함께 있으면 내가 쾌활하고 재미있는 아이가 된 것 같았다. 언젠가부터 나는 빅토리아 고모가 내게 준 '잔니나'라는 이름 덕분에 원래의 나보다 더 호감 가는 사람으로 기적처럼 다시 태어났다고 생각하게 되었다. 부모님이나 안젤라, 이다, 학교 친구들이 알고 있는 나와는 전혀 다른 사람 말이다.

친척 집 방문은 행복한 경험이었고 그건 빅토리아 고모에게도 마찬가지였던 것 같다. 친척들과 함께 있을 때면 고모의 사나운 모습은 사라지고 온화해졌다. 친척들 모두 빅토리아 고모를 사랑하는 사람이 몹시 불행한 일을 당했을 때처럼 매우 애틋하게 대하는 게 느껴졌다. 특히 니콜라 삼촌은 자기 누이에게 지극 정성이었다. 빅토리아 고모가 딸기 아이스크림을 좋아한다는 걸 기억하고 자식 중 한 명에게 우리 모두를 위해 아이스크림을 사 오라고 했다. 헤어질 때 삼촌은 내 이마에 키스하며 말했다.

"네가 네 아빠를 닮지 않아서 다행이로구나."

나는 갈수록 부모님에게 내게 일어나고 있는 일을 숨기는 데 능숙해졌다. 아니, 정확하게 말하자면 진실을 말하면서 부모님 을 속이는 능력을 완벽하게 습득했다. 물론 마음이 가볍지는 않 았다. 괴로웠다. 내가 너무나 좋아하는, 집 안을 돌아다니는 부모 님의 한결같은 발소리를 들을 때나 아침, 점심, 저녁으로 함께 식 사를 할 때면 아버지와 어머니에 대한 사랑이 그 어떤 감정보다 강하게 느껴졌다. 그럴 때면 "아빠 엄마, 두 분 말씀이 옳았어요. 빅토리아 고모는 아빠 엄마를 증오해요. 고모는 아빠 엄마에게 복수하려 해요. 두 분에게 상처를 주고 저를 아빠 엄마한테서 빼 앗으려 해요. 저를 좀 말려주세요. 고모를 못 만나게 해주세요" 라고 외치고 싶었다.

하지만 부모님의 입에서 절제된 목소리로 국어책을 읽는 듯한 완벽한 문장들이 나오는 순간이면, 단어 이면에 또 다른 진실을 품고 있는 부모님의 대화에서 소외당하는 느낌을 받는 순간이면 나는 몰래 빅토리아 고모에게 전화를 걸어 만나기로 약속했다.

어느덧 어머니만 예의 교양 있는 말투로 내가 요즘 뭘 하고 돌 아다니는지 묻게 되었다.

"오늘은 어디에 갔었니?"

"니콜라 삼촌 댁에요. 삼촌이 안부 전해달래요."

"삼촌은 어떤 것 같았니?"

"좀 멍청해 보였어요."

"삼촌한테 그런 말 하는 거 아니야."

"삼촌은 아무 때나 웃어요."

"그래, 내 기억에도 그랬던 것 같구나."

"아빠랑 하나도 안 닮았어요."

"그건 그래."

그로부터 얼마 후 나는 다른 중요한 장소를 방문했다. 이번에도 고모는 아무런 예고 없이 나를 자기 집에서 멀지 않은 곳에 사는 엔초의 미망인 마르게리타 아주머니네 집으로 데려갔다. 그 동네에 가면 어린 시절 내가 느꼈던 막연한 두려움이 생생하게 되살아났다. 칠이 벗겨진 벽과 푸르스름한 잿빛 또는 누런색의 텅 빈 낮은 건물들. 매연을 쫓아 얼마 동안 자동차 뒤를 따라오는 사나운 개들을 보니 마음이 불안했다. 고모는 차를 세우고 옅은 하늘색 건물들에 둘러싸인 넓은 뜰로 향했다. 작은 현관을 지나 계단을 오르던 고모는 그제야 뒤돌아보면서 내게 여기에 엔초의 아내와 자식들이 살고 있다고 했다.

고모는 3층에 이르자 초인종을 누르는 대신 가지고 있던 열쇠를 꺼내 문을 열었다. 나는 그 광경에 가장 먼저 놀랐다. 고모가 큰 소리로 "우리 왔어!"라고 외치자 온통 시꺼멓게 차려입은 자그마하고 통통한 여인이 "잘 왔어!"라고 사투리로 반갑게 외치며 나타났다. 푸른 눈의 예쁜 얼굴이 분홍빛 살 속에 파묻혀 있었다. 마르게리타 아주머니는 우리를 어둑한 부엌으로 안내한 뒤 자기 아들딸을 소개해주었다. 토니노와 코라도는 스무 살이 조금 넘은 것 같았고 줄리아나는 열여덟 살 정도 되어 보였다. 줄리아나는 날씬하고 갈색 머리에 짙게 눈화장을 한 아름다운 소녀였다. 젊었을 때 자기 엄마가 꼭 그런 모습이었을 것 같았다. 형제 중에서 형인 토니노는 미남에다 강렬한 기운을 발산했지만 수줍음을 타는지 내 손을 잡는 순간 얼굴이 빨개지더니 거의 말을 걸지 않았다. 동생인 코라도는 가족 중 유일하게 사교적인 성격이었다. 공동묘지에서 본 엔초의 사진과 얼굴이 똑같았다. 물결치는 곱슬머리도, 좁은 이마도, 활기찬 눈빛과 미소까지도.

부엌 벽에는 엔초가 경찰복 차림으로 권총을 차고 있는 사진이 걸려 있었다. 화려한 액자 속 사진 앞에는 작은 전등이 켜져 있었다. 공동묘지에서 본 사진보다 훨씬 컸다. 사진 속 엔초는 상체가 발달하고 하체가 짧았다. 코라도는 자기 아버지의 씩씩한 유령처럼 보였다. 코라도는 차분하고 편안하게 농담조로 나에 대한 칭찬을 늘어놓았다. 나는 그런 코라도가 재미있었다. 그가 나를 관심받게 해주는 것도 좋았다.

하지만 마르게리타는 자기 아들이 무례하게 군다고 생각했는지 사투리로 "코라도! 예의 없게 굴지 말고 그 애를 좀 내버려두렴!"이라고 말했다. 그러자 코라도는 자기 어머니가 내게 과자를 배 터지게 권하고 몸매가 풍만하고 화사하며 어여쁜 줄리아나가 맑은 목소리로 나를 귀여워해주고 토니노가 묵묵히 내게 신경을 써주는 동안에도 반짝이는 눈으로 말없이 나를 물끄러미 바라보기만 했다.

그곳에 머무는 동안 마르게리타 아주머니와 빅토리아 고모의 시선은 계속 액자 속 남자를 향했다. 사진을 바라보는 횟수만큼이나 자주 엔초 이야기를 했다. "엔초가 알았으면 재미있어 했을 텐데" "엔초가 알았으면 화를 냈을 텐데" "엔초가 알았으면 좋아했을 텐데" 따위의 말을 자주 했다. 아마도 거의 20년에 달하는 지난 세월 동안 두 여인은 한 남자를 추억하며 그렇게 살았을 것이다.

나는 그런 그들을 바라보면서 관찰했다. 나는 줄리아나의 모습을 한 젊은 마르게리타를 상상했다. 코라도 모습의 엔초와 나와 똑같이 생긴 빅토리아와 '-점'이라고 쓰인 간판을 배경으로 찍은, 금속 상자에 숨겨져 있던 사진에서 본 아버지의 젊은 시절 모습을 상상했다. 아마 그 시절 그 길에는 '제과점'도 있고 '정육점'도 있고 '양장점'도 있었을 것이다. 아마도 그들은 그 거리를 항상 지나다녔을 것이다. 그러다 사진을 찍었을 것이다. 아마도 그 사진은 젊고 탐욕스러운 빅토리아가 마르게리타에게서 늑대 이빨을 지닌 남편을 빼앗기 전에 찍은 사진일 것이다. 아니다. 어쩌면 그 후일지도 모른다. 둘이 은밀한 관계였던 시절에 찍은 사진일 수도 있다. 하지만 아버지가 마르게리타에게 일러바치는 바람에 다시는 그 시절로 돌아가지 못하고 고통과 분노의 시기가 시작됐을 것이다.

세월이 흐른 지금 빅토리아 고모와 마르게리타 아주머니는 둘 다 온화하고 편안한 목소리로 말할 수 있게 되었다. 그럼에도 나는 사진 속 남자가 아내에게서 자신을 빼앗은 고모의 엉덩이를 움켜쥐었던 것과 똑같은 힘으로 마르게리타 아주머니의 엉덩이를 움켜쥐었을 거라는 생각을 지울 수 없었다. 그런 생각이 떠오르자 나도 모르게 얼굴이 확 달아올라서 코라도가 무슨 재미

있는 생각을 하는 거냐고 물었을 때 거의 외치다시피 아무것도 아니라고 했다. 하지만 그 광경은 좀처럼 머릿속에서 사라지지 않았고 나는 그 어두운 부엌에서 두 여인이 얼마나 자주 그들이 공유했던 남자의 말과 행동에 대해 세세히 이야기를 나누었을지 상상했다. 좋은 감정과 나쁜 감정 사이에서 균형을 찾기가 참으로 힘들었을 것 같았다.

자식들을 공유하는 것도 순탄치만은 않았을 것이다. 어쩌면 지금도 마찬가지일 수 있다. 얼마 지나지 않아서 나는 세 가지 사실을 눈치챘다. 우선 빅토리아 고모가 코라도를 편애한다는 것과 다른 두 남매가 여기에 대해서 짜증이 났다는 사실이다. 두 번째는 마르게리타 아주머니가 빅토리아 고모에게 꼼짝 못 한다는 것이다. 아주머니는 말하는 도중에도 빅토리아 고모가 자기 말에 동의하는지 계속 눈치를 보다 고모 반응이 시원치 않으면 자기가 한 말을 취소했다. 마지막으로 자식들 셋이 모두 어머니를 사랑한다는 사실이다. 가끔 고모에게서 자기들 어머니를 보호하려는 것 같기도 했다. 하지만 다른 한편으로는 빅토리아 고모에게 조심스레 애정을 드러내기도 했다. 셋 다 빅토리아 고모가 자기들의 수호신이라도 되는 것처럼 그녀를 존경하고 두려워했다.

어쩌다가 나온 토니노의 친구 이야기를 통해 나는 이들 관계의 본질을 파악할 수 있었다. 토니노에게는 파스코네에 살다가 열다섯 살 때 즈음에 가족과 함께 밀라노로 이사 간 로베르토라는 친구가 있었다. 토니노가 그날 저녁 로베르토가 나폴리를 찾아올 예정이고 그를 자기 집에 머물게 했다고 하자 마르게리타 아주머니가 화를 냈다.

"대체 왜 그랬어? 재울 곳도 없는데."

"안 된다고 할 수 없었어요."

"왜? 너 그 애한테 빚이라도 졌니? 네 부탁이라도 들어준 거야?"

"아니요."

"그런데 왜 거절을 못 해?"

그들은 잠시 그 일을 두고 티격태격했다. 줄리아나는 토니노 편을 들고 코라도는 어머니 편을 들었다. 모두 로베르토라는 친구를 오래전부터 알고 있었던 것 같았다. 토니노와 로베르토는 학교 동창이었다. 줄리아나는 로베르토가 착하고 겸손하고 매우 똑똑하다는 사실을 열심히 설명해주었다. 코라도는 로베르토를 싫어하는 것 같았다. 코라도는 내 앞에서 자기 누이 말을 반박했다.

"줄리아나 말을 믿지 마. 그놈은 재수 없는 자식이야."

"그 더러운 입으로 함부로 말하지 마."

줄리아나가 화를 내자 토니노도 코라도에게 사납게 쏘아붙였다.

"그래도 네 친구들보다는 훨씬 나아."

"그 자식이 또다시 지난번처럼 헛소리를 지껄이면 내 친구들이 그 자식을 박살 낼 거야."

코라도도 맞받아쳤다.

순간 정적이 흘렀다. 마르게리타와 토니노와 줄리아나는 빅토리아 고모를 바라보았고 코라도 역시 방금 한 말을 후회하는 듯 말을 멈췄다. 고모는 잠깐 기다렸다가 입을 열었다. 처음 듣는 위협적인 말투였다. 배앓이라도 하는 것처럼 고통스러운 어조였다.

"그래, 네 친구라는 녀석이 누구지? 어디 한번 말해보렴."

"아무도 아니에요."

코라도가 신경질적으로 웃으며 말했다.

"설마 사르젠테 변호사 아들놈인 거냐?"

"아니에요."

"로사리오 사르젠테 놈 이야기냐고."

"아니라고 했잖아요."

"코라도, 네가 그 '아무도 아닌 놈'과 인사라도 하는 날에는 내 손에 다리몽둥이가 부러질 거라는 걸 너도 알지?"

긴장감이 고조되자 마르게리타 아주머니와 토니노와 줄리아나는 빅토리아 고모의 화를 돋우지 않기 위해서 코라도와 티격태격하지 않으려 했다. 하지만 코라도는 굴하지 않고 또다시 로베르토를 깎아내리기 시작했다.

"어쨌든 로베르토는 밀라노로 떠났으니 우리에게 이래라저래라 할 수 없어."

줄리아나는 코라도가 좀처럼 생각을 바꾸지 않는 데다 빅토리아 고모에게까지 실수를 저지르자 다시 화를 냈다.

"오빠야말로 입 다물고 있어. 나는 로베르토 말이라면 얼마든지 들어줄 수 있어."

"그건 네가 멍청하기 때문이야."

"그만해라, 코라도."

마르게리타 아주머니가 코라도를 꾸짖었다.

"로베르토는 좋은 아이야. 하지만 토니노, 그 애는 왜 하필이면 우리 집에서 잔다는 거니?"

"제가 초대했으니까요."

토니노가 말했다.

"그래? 실수였다고 말해. 집이 너무 좁아서 잘 곳이 없다고 말이야."

그때 또다시 코라도가 끼어들었다.

"그러지 말고 아예 돌아오지 말라고 해. 그러는 편이 신상에 좋을 거야."

토니노와 줄리아나는 자신들은 너무 지쳤으니 고모에게 판단해달라는 듯 동시에 빅토리아 고모를 바라보았다. 나는 마르게리타 아주머니까지 '어떻게 했으면 좋겠어, 빅토리아?'라는 듯한 표정으로 고모를 바라보는 것을 보고 놀랐다. 빅토리아 고모가 나지막한 목소리로 말했다.

"너희들 어머니 말씀이 맞아. 여긴 로베르토가 묵을 만한 공간이 없어. 그러니 코라도를 우리 집에서 재워야겠다."

고모의 말 한마디에 마르게리타 아주머니와 토니노와 줄리아나의 눈빛은 고마움으로 반짝였지만 코라도는 인상을 찡그리면서 로베르토에 대한 험담을 고집스레 늘어놓으려다가 결국 고모에게 입 닥치라고 한 소리 듣고 말았다. 코라도는 어쩔 수 없다는 승복의 표시로 두 팔을 들어 보이더니 지금이야말로 고모에게 확실한 복종의 표시를 해야 할 순간이라는 것을 깨달은 듯 고모 뒤에 서서 그녀의 목과 뺨에 요란하게 키스 세례를 퍼부었다.

"맙소사, 코라도. 왜 이렇게 달라붙는 거야."

빅토리아 고모가 부엌 식탁에 앉아 짐짓 귀찮은 척하면서 사투리로 말했다. 그 셋도 어떤 의미에서는 고모의 핏줄이자 내 핏줄이기도 한 걸까? 나는 토니노와 줄리아나와 코라도가 마음에 들었다. 마르게리타 아주머니도 마찬가지였다. 내가 맨 마지막에야 이들과 합류하게 된 것이 속상했다. 그들과 같은 언어를 구사하지 못하고 진정으로 친밀한 관계가 아니어서 속상했다.

8

빅토리아 고모는 내 감정을 눈치챈 것 같았다. 하지만 때로는 내가 소외감을 극복하도록 도와주는 듯하다가도 때로는 일부러 그 점을 더 부각시켰다.

"세상에 우리 손 좀 봐! 똑같이 생겼잖아!"

고모가 이렇게 외치면서 자기 손을 내 손 옆에 갖다댈 때 행여나 엄지끼리 부딪치기라도 하면 괜스레 감정이 복받쳐 올라 고모를 꽉 껴안고 싶은 충동에 사로잡혔다. 고모 옆에 누워 고모 어깨에 기댄 채 그녀의 숨소리와 거친 목소리를 듣고 싶었다.

하지만 그보다는 고모 마음에 안 드는 이야기를 해서 한 소리 들을 때가 더 많았다. 고모는 부전여전이라면서 나를 나무라거나 "다 큰 애가 옷이 그게 뭐니. 네 가슴 좀 봐. 그렇게 작은 인형처럼 입고 나돌아다니지 말고 싫으면 싫다고 해. 네 부모님이 너를 망치고 있어"라면서 어머니의 옷 입히는 스타일을 두고 비아냥댔다. 고모는 언제나 "네 부모님을 잘 봐. 제대로 봐. 네 아빠 엄마에게 속지 마"라는 말을 입에 달고 다녔다.

고모는 거기에 몹시 집착했고 만날 때마다 내가 부모님의 일상을 조목조목 고해바치기를 원했다. 하지만 내가 뻔한 이야기밖에 해주지 않자 얼마 안 가서 성질을 내기 시작했다. 고모는 나를 짓궂게 놀리다가 그 커다란 입을 활짝 벌리고 요란하게 웃었다. 나는 고모에게 아버지는 연구에 매진하고 있고, 주변 사람들의 존경을 받고 있으며, 유명한 잡지에 기고문을 게재한 적도 있다고 했다. 어머니는 그런 잘생기고 똑똑한 아버지를 흠모하고 있고, 내 부모님은 둘 다 훌륭한 분들이라고 했다. 또 어머니는 여자들이 좋아하는 연애 소설을 교정하는 일을 하는데, 아예 완전히 다시 쓰는 일이 다반사라고 했다. 어머니는 모르는 게 없으며, 참 다정하다고 했다. 그 외에 내 입에서 별다른 말이 나오지 않자 고모는 결국 분노했다.

"너는 그들이 네 부모니까 사랑하겠지만 네 아빠 엄마가 얼마나 형편없는 사람인지 깨닫지 못하면 결국 너도 똑같은 인간이 될 거야. 그렇게 되면 나는 두 번 다시 너를 보지 않을 거야."

고모가 원한에 사무친 목소리로 말했다.

한번은 고모를 기쁘게 해주고 싶은 마음에 아버지에게는 여러 가지 목소리가 있어서 상황에 따라 목소리를 바꾼다고 했다. 때로는 다정하게, 때로는 위압적으로, 때로는 냉정한 목소리로 완벽한 표준어를 구사하다가 경멸감을 드러낼 때면 사투리가 튀어나오기도 한다고 했다. 보통 자기를 상대로 사기를 치려는 상인들이나 운전을 제대로 할 줄 모르는 운전기사들이나 막돼먹은 사람들 때문에 짜증이 나면 그런 목소리가 나온다고 했다.

어머니에게는 코스탄차라는 친구가 있는데 그 친구의 눈치를 좀 본다고 했다. 그 친구에게는 심술궂은 농담을 잘하고 아버지와 형제처럼 가깝게 지내는 마리아노라는 남편이 있는데 어머니가 가끔 그를 지나치게 허물없이 대한다는 말도 했다. 그렇게 더 사적인 이야기를 해주어도 고모는 별로 좋아하는 기색 없이 내 말이 알맹이 없는 수다일 뿐이라고 깎아내렸다. 알고 보니 고모는 마리아노 아저씨를 기억하고 있었다. 고모는 마리아노 아저씨를 두고 형제 같기는커녕 멍청이라고 했다. 고모는 형제라는 말에 화를 냈다.

"오빠는 형제가 뭔지 몰라."

고모가 매몰차게 말했다. 그때 우리는 고모네 집 부엌에 있었는데 황량한 도로 위로 빗방울이 떨어지고 있었다.

고모 말에 아마 나도 모르게 두 눈에 눈물이 맺히고 슬픈 표정을 지었었나 보다. 놀랍게도, 그리고 다행히도, 그런 내 모습에 고모는 처음으로 애틋한 마음이 들었는지 미소를 지으면서 나를 끌어당겨 무릎 위에 앉히더니 한쪽 뺨에 세게 키스를 해주고 살짝 깨물기까지 했다. 고모는 사투리로 "미안하구나. 네 아빠한테 화가 난 거지 너한테 화난 게 아니란다"라면서 내 치마 아래로 손을 집어넣고 손바닥으로 내 허벅지와 엉덩이 사이를 몇 번 살짝 쳤다.

"네 부모님을 잘 지켜보렴. 그것만이 네가 살길이란다."

고모가 또 한 번 내 귀에 대고 속삭였다.

9

고모는 그 후로도 종종 나를 못마땅해하다가도 그런 식의 격한 애정 표현을 했고 시간이 갈수록 나는 그런 고모의 애정을 더욱 갈망하게 되었다. 고모와의 만남 사이에 놓인 공허한 시간은 참을 수 없이 느리게 흘렀고 고모를 만나지 못하거나 고모와 통화하지 못하면 고모 이야기를 하고픈 갈급함을 느꼈다. 결국 나는 안젤라와 이다에게 비밀을 지키겠다고 맹세하게 하고 고모 이야기를 더 자주 털어놓게 되었다. 둘은 나와 고모의 관계를 자랑할 수 있는 유일한 사람들이었지만 처음에는 내 이야기에 별 관심을 보이지 않았다. 안젤라와 이다는 자기들의 변덕스러운 친척들에 얽힌 일화나 이야기를 들려주고 싶어 했다.

하지만 얼마 지나지 않아 자기들 친척은 빅토리아 고모와 비교가 안 된다는 사실을 인정하게 됐다. 나는 빅토리아 고모가 그애들의 상상을 초월하는 사람인 것처럼 묘사했다. 안젤라와 이다의 이모, 고모, 사촌, 외할머니, 친할머니는 모두 보메로, 포실리포, 만초니가, 타소가 같은 부유한 지역에 사는 사모님들이었다. 그에 비해 나는 과장을 좀 보태서 우리 고모는 공동묘지가 있고 급류가 흐르고 사나운 개들이 거리를 배회하고 가스 불이 뿜어져 나오고 건물들은 골조가 그대로 드러난 채 버려진 곳에 산다고 했다.

"고모는 불행하지만 세상에 둘도 없는 사랑을 했어. 고모의 연인은 고통으로 목숨을 잃었지만, 고모는 영원히 그를 사랑할 거야."

한번은 목소리를 한껏 낮춰서 이런 말까지 털어놓았다.

"고모는 나에게 두 사람이 얼마나 사랑했는지 이야기해줄 때 '떡을 친다'라는 말을 썼어. 엔초와 몇 번에 걸쳐서 어떻게 그 짓을 했는지 이야기해줬어."

안젤라는 내 말에 충격을 받고 꼬치꼬치 캐물었는데 아마도 그 애의 질문에 대답하면서 이야기를 좀 부풀렸던 것 같다. 나는 빅토리아 고모의 입을 빌려 내 오랜 상상을 이야기했다. 하지만 죄책감은 들지 않았다. 고모 이야기의 본질은 변하지 않았으니까. 고모가 정말로 그렇게 말했으니까.

"너희는 나랑 고모가 얼마나 친한지 모를 거야."

나는 감정에 복받쳐서 말했다.

"우리는 정말 친해. 고모는 나를 껴안고 키스해주고 우리 둘이 똑같다는 말을 입에 달고 살아."

물론 고모와 아버지의 다툼과 허름한 집 한 채를 두고 벌어진 유산 분쟁과 아버지가 스파이 짓을 했다는 사실에 대해서는 입을 다물었다. 그건 자랑할 만한 일이 아니었으니까. 대신 마르게 리타 아주머니와 빅토리아 고모가 엔초의 죽음 후에 놀라운 협동심을 발휘해, 세 아이를 둘이 번갈아 낳기라도 한 것처럼 그의 아이들을 돌봤다는 이야기를 들려주었다. 우연히 떠오른 상상을 그럴듯하게 말하려다 보니 나조차 두 여인이 기적적으로 토니노와 줄리아나와 코라도를 함께 출산했다고 믿게 되었다. 나는 하마터면 이다에게 두 여인이 밤하늘을 날아다닐 수 있고 카포디몬테 숲에서 마법의 약초를 모아서 묘약을 만들어냈다고 말할 뻔했다. 그러지는 않았지만 대신 빅토리아 고모가 공동묘지에서

엔초와 대화를 나눴고 그가 고모에게 조언을 해주더라는 말은
했다.

"지금 우리처럼 대화를 나눴단 말이야?"

이다가 물었다.

"그래."

"그러니까 엔초라는 사람이 언니 고모에게 자기 아내와 함께
자기 자식들의 어머니가 되어달라고 했단 말이지?"

"그렇다니까. 엔초는 경찰이어서 뭐든 마음대로 할 수 있었어.
총도 가지고 있었어."

"그러니까 우리 엄마랑 언니 엄마가 우리 셋을 함께 낳은 거나
마찬가지네?"

"그래."

이다는 내 말에 혼란스러워했고 안젤라는 빠져들었다. 매번
이야기에 살을 붙여 반복해서 들려줄수록 둘은 "정말 멋지다. 눈
물이 날 것 같아"라며 감탄했다. 그 애들은 코라도가 얼마나 재
미있고 줄리아나가 얼마나 예쁘고 토니노는 얼마나 매력적인지
모른다는 말에 특히 관심을 나타냈다. 토니노 이야기를 하면서
내가 보인 열정에 나 스스로 놀랄 정도였다. 정작 처음 만났을 때
는 토니노에 대해 별다른 감정을 느끼지 못했고 오히려 삼 남매
중에서 가장 존재감이 낮다고 생각했었는데 알고 보니 그가 내
마음에 들었다는 사실은 내게도 의외였다.

내가 하도 토니노에 대해 좋게 말하니까 연애 소설에 일가견
이 있는 이다는 나보고 그 사람을 좋아하는 것 같다고 했다. 그
말에 나는 다른 것보다 그저 안젤라의 반응이 궁금해서 맞다고,

실은 토니노를 사랑한다고 했다.

그때부터 둘은 틈만 나면 빅토리아 고모, 토니노, 코라도, 줄리아나와 그들의 어머니에 대해 꼬치꼬치 캐물었고 나 역시 이야기하기를 마다하지 않았다. 그때까지만 해도 괜찮았는데 나중에는 둘이 빅토리아 고모와 토니노만이라도 만나게 해달라고 조르기 시작했다. 나는 딱 잘라 거절했다. 그것은 나의 영역이었다. 그것은 나의 몽상이었고 적어도 그 몽상에 잠겨 있을 때만큼은 기분이 좋아졌다. 내가 도가 지나쳤다. 몽상이 현실이 되면 모든 것이 망가질 것이다.

그 무렵 나는 부모님의 행복이 가식적이라는 것을 어렴풋이 눈치채기 시작했고 그런 상황에서 균형을 유지하기가 이미 버거웠다. 단 한 번의 실수만으로도, 이를테면 "엄마 아빠! 안젤라와 이다를 빅토리아 고모네 집에 데리고 가도 되나요?"라고 묻는 순간 부모님의 악감정이 폭발할 수도 있었다. 하지만 안젤라와 이다는 호기심에 빅토리아 고모를 만나게 해달라고 끈질기게 고집을 부렸다.

그해 가을은 방황의 시간이었다. 나는 내 친구들과 빅토리아 고모 사이에 끼어 압박에 시달렸다. 안젤라와 이다는 내가 마주하게 된 세계가 자신들의 세계보다 더 흥미로운지 알고 싶어 했고, 고모는 고모대로 내가 자기 편을 들지 않고 부모님 편을 든다고 나를 자신과 자신이 속한 세계에서 쫓아낼 것 같았다. 나는 부모님 앞에서도, 빅토리아 고모 앞에서도 생기를 잃었다. 내 친구들 앞에서도 내 본모습을 숨겼다. 그런 분위기에서 나도 모르게 진지하게 내 부모님을 염탐하기 시작했다.

10

아버지에 대해 새롭게 알게 된 사실은 의심할 바 없는 돈에 대한 집착이었다. 나는 아버지가 조용하지만 절박한 목소리로 쓸데없는 데 돈을 낭비한다고 어머니를 추궁하는 장면을 몇 번이나 목격했다. 그것만 빼면 아버지의 삶은 평소와 다를 바 없었다. 아침이면 학교로 출근하고 오후에는 연구를 하고 저녁에는 우리 집이나 친구 집에서 모였다.

어머니로 말하자면 돈 문제에 대해서는 아버지의 질책에 언제나 나지막한 목소리로 자신이 번 돈이니 자신을 위해서도 쓸 수 있는 거라고 응수하곤 했다. 변한 것은 지금껏 아버지의 저녁 모임에 가벼운 비아냥거림으로 일조하던 어머니가 자기도 모임에 참석하기 시작했다는 것이다. 어머니는 마리아노 아저씨를 놀리면서 그 모임을 '세상을 바로 잡기 위한 음모의 장'이라 부르곤 했다. 모임 장소가 우리 집일 때만이 아니었다. 어머니는 아버지가 대놓고 불편해하는 걸 뻔히 알면서 모임이 다른 사람 집에서 열릴 때도 참석했다. 그래서 나는 저녁마다 혼자 집에 남아 안젤라나 빅토리아 고모와 전화하면서 시간을 보낼 때가 많아졌다.

안젤라의 말에 따르면 코스탄차 아줌마는 우리 어머니와는 달리 저녁 모임에 관심이 없다고 했다. 사람들이 자기 집에서 모일 때도 참석하지 않고 외출을 하거나 텔레비전을 보거나 책을 읽는다고 했다. 어쩌다가 (물론 조금 망설이기는 했지만) 빅토리아 고모에게 돈 문제로 인한 부모님의 다툼과 아버지의 저녁 모임에 대한 어머니의 갑작스러운 호기심에 관해 이야기했더니 고모는 의외로 나를 칭찬해주었다.

"이제야 네 아빠가 얼마나 돈에 집착하는지 알았구나?"

"맞아요."

"네 아빠는 돈 때문에 내 인생을 망쳤어."

나는 드디어 고모가 좋아할 만한 이야기를 찾았다는 생각에 기쁜 나머지 고모가 아버지를 욕해도 아무 말도 하지 않았다. 고모가 나를 다그쳤다.

"네 엄마가 뭘 사는데?"

"옷이랑 속옷이오. 로션도 많이 사요."

"멍청한 것."

고모가 흡족해하며 소리쳤다.

나는 빅토리아 고모가 나에게 그런 행동을 요구하는 이유가 단순히 우리 부모님은 틀리고 자기는 옳다는 것을 증명하기 위해서가 아니라 그것이야말로 내가 겉모습 아래 숨겨진 내면을 보는 법을 배우고 있다는 증거라고 생각하기 때문이라는 것을 깨달았다.

나는 빅토리아 고모가 그 정도의 고자질에 만족한다는 사실에 힘이 났다. 나는 고모가 원하는 것처럼 부모님의 딸 역할을 아예 그만두고 싶지는 않았다. 나와 부모님과의 유대관계는 끈끈했고 아버지의 물욕과 어머니의 소소한 낭비 때문에 그분들에 대한 나의 사랑이 약해질 거라고는 생각하지 않았다. 하지만 들려줄 이야기는 별로 없는데 고모를 기쁘게 하고 우리 사이의 신뢰를 더욱 돈독하게 만들고 싶은 마음에 나도 모르게 이야기를 지어낼 위험은 있었다.

다행히 내 머릿속에 떠오르는 거짓들은 너무나 과장된 것이었다. 나는 상상 속에서 어머니와 아버지에게 소설에나 나올 법한 죄를 뒤집어씌우려다 고모에게 거짓말쟁이라는 말을 들을까 두려워 멈추곤 했다. 결국, 나는 일상의 작은 균열을 찾아 아주 살짝 부풀리기 시작했다. 그런데도 나의 불안감은 사라지지 않았다. 나는 부모님의 헌신적인 딸 역할도, 충실한 스파이 역할도 어느 것 하나 제대로 수행하지 못했다.

하루는 마리아노 아저씨와 코스탄차 아줌마네 집에 저녁을 먹으러 갔다. 치마로사 길 아래로 내려가는데 가장자리가 수술 장식처럼 흐트러지며 팽창하는 까만 층운이 불길한 징조처럼 느껴졌다. 안젤라와 이다가 사는 널따란 아파트에 들어가는 순간 나는 한기를 느꼈다. 라디에이터를 켜기 전이라 나는 모직 재킷을 걸치고 있기로 했다. 어머니가 세련되어 보인다며 좋아하는 재킷이었다.

코스탄차 아줌마네 음식은 항상 맛있었다. 아줌마네 집에는 음식 솜씨가 뛰어나고 언제나 조용한 가정부가 있었는데 나는 그 아주머니를 볼 때마다 코스탄차 아줌마네 같은 집에서 가정부 일을 하는 빅토리아 고모를 생각했다. 어쨌든 그날 나는 어머니가 벗으라고 했는데도 걸치고 있던 재킷에 음식이 묻을까봐 걱정이 되어 음식 맛을 제대로 느낄 수 없었다.

우리 셋은 너무 지루했다. 디저트가 나올 때까지 마리아노 아저씨는 끊임없이 수다를 떨었다. 드디어 이제 그만 일어나도 되는지 물어봐도 되는 시간이 왔을 때 우리는 코스탄차 아줌마의 허락을 받고 복도로 나가 바닥에 앉았다. 안젤라는 대체 언제 고모를 만나게 해줄 건지 물었고 이다는 나와 안젤라를 괴롭히려고 우리를 향해 빨간 고무공을 던졌다. 안젤라는 그날따라 더 집요하게 굴었다.

"내 생각을 말해볼까?"

"말해봐."

"사실 네겐 고모가 없는 것 같아."

"그렇지 않아."

"그럼 네 이야기와는 전혀 다른 사람이든가. 그래서 우리한테 안 보여주려는 것 같아."

"내가 말한 것보다 훨씬 멋진 사람이야."

"그럼 만나게 해줘."

이다는 이렇게 말하고는 힘껏 공을 던졌다.

나는 공을 피하려다 벽과 열린 거실문 사이에 드러눕고 말았다. 우리 부모님들이 둘러앉아 있는 직사각형 테이블이 거실 중앙에 있어서 누운 위치에서 네 명의 옆모습이 모두 보였다. 어머니는 마리아노 아저씨와, 코스탄차 아줌마는 아버지와 마주 앉아서 알 수 없는 대화를 나누고 있었다. 아버지가 뭐라고 하자 코스탄차 아줌마가 웃음을 터뜨렸고 마리아노 아저씨는 뭐라고 대답했다. 바닥에 누우니 그들의 얼굴보다 다리와 발이 더 잘 보였다. 마리아노 아저씨가 식탁 밑으로 다리를 쭉 뻗고 아버지와 대화를 나누면서 자기 다리 사이에 어머니의 발목을 넣고 있는 것이었다.

왠지 모를 수치심에 나는 서둘러 자리에서 일어나 이다를 향해 공을 힘껏 던졌다. 하지만 몇 분을 못 참고 다시 바닥에 드러누웠다. 마리아노 아저씨는 여전히 식탁 밑으로 다리를 쭉 뻗고 있었지만, 어머니는 그새 다리를 빼고 아버지 쪽으로 몸을 기울이고 있었다.

"11월인데 아직 날이 덥네."

어머니가 말했다.

"뭐 하고 있어?"

안젤라가 묻고는 천천히 조심스레 내 위로 몸을 포갰다.

"얼마 전까지만 해도 키가 똑같았는데. 이것 봐. 네가 나보다 커."

11

저녁 내내 나는 어머니와 마리아노 아저씨를 주시했다. 어머니는 대화에 적극적으로 참여하지 않았다. 마리아노 아저씨의 시선을 피해 눈으로는 코스탄차 아줌마와 아버지만 바라보고 있었지만 더 중요한 일이 있는지 딴생각에 잠겨 그들의 모습이 눈에 들어오는 것 같지 않았다. 그에 비해 마리아노 아저씨는 어머니에게서 눈을 떼지 못했다. 아저씨는 특유의 뻔뻔한 말투에 어울리지 않는 우울하고 시무룩한 눈빛으로 어머니를 바라보았다. 아저씨의 시선은 잠시 어머니의 발에 머물렀다가 어머니의 무릎과 귀로 옮겨갔다. 어머니는 모든 말에 단답형으로만 대답했고 마리아노 아저씨는 괜스레 목소리를 내리깔고 여태껏 한 번도 들어보지 못한 상냥한 목소리로 어머니에게 말을 걸었다.

잠시 후 안젤라가 나를 자고 가게 해달라고 어른들에게 조르기 시작했다. 두 가족이 함께 저녁을 먹는 날이면 안젤라는 언제나 그랬다. 대부분 어머니는 귀찮지 않겠느냐며 몇 번 거절하다가 그렇게 하라고 했고 아버지는 내가 안젤라 집에서 잔다고 하면 대놓고 좋아했다. 하지만 그날은 안젤라 마음대로 되지 않았다. 어머니가 망설였기 때문이다. 그러자 마리아노 아저씨가 나서서 다음 날은 일요일이니 학교에 안 가도 되지 않냐며 자기가 점심 식사 전에 나를 산 자코모 데이 카프리까지 데려다주겠다고 했다.

나는 어른들의 의미 없는 대화에 귀를 기울였다. 내가 그 집에서 자게 될 것은 기정사실이었지만 그 대화 속에 어머니와 마리아노 아저씨만 알아듣고 나머지 사람들은 이해하지 못하는 무언가가 있는 것 같았다. 나는 어머니의 말투에서 약간의 저항을 느꼈고 마리아노 아저씨가 어머니를 몰아붙이는 듯한 느낌을 받았다. 결국 어머니가 나의 외박을 허락하자 마리아노 아저씨의 표정이 사뭇 진지해졌다. 감동에 가까운 표정이었다. 마치 내 외박 여부에 자기 대학 경력이나 아버지와 함께 수십 년간 매달려온 어려운 문제의 해답이 달려 있기라도 한 것 같은 표정이었다.

우리 부모님은 한참을 망설이다 결국 밤 11시가 조금 안 돼서 일어날 채비를 했다.

"잠옷도 안 가져왔잖니."

어머니가 말했다.

"제 잠옷을 입으면 돼요."

안젤라가 말했다.

"칫솔은?"

"칫솔도 있어. 지난번에 조반나가 자고 갔을 때 내가 따로 챙겨뒀거든."

코스탄차 아줌마가 평소와는 다른 어머니의 태도에 조금 심술궂게 말했다.

"안젤라가 자고 올 때도 조반나 잠옷을 입잖아. 너희 집에 안젤라 칫솔도 있고."

"그건 그렇지."

어머니가 불편한 표정으로 인정한 뒤 아버지에게 말했다.

"그만 가, 여보. 늦었어."

아버지는 조금 짜증스러운 표정으로 소파에서 일어나 내게 굿나잇 키스를 해달라고 했다. 어머니는 정신이 딴 데 팔려서 내게 키스해달라는 말도 하지 않고 코스탄차 아줌마의 두 뺨에 평소보다 요란하게 입을 맞췄다. 둘 사이의 오랜 우정을 강조하려고 일부러 그러는 것 같았다.

'엄마가 왜 저러는 거지? 몸이 불편한가?'

어머니의 눈빛이 흔들리는 것을 보고 나는 생각했다. 어머니는 현관 쪽으로 가려다가 갑자기 자기 바로 뒤에 있는 마리아노 아저씨에게 인사를 하지 않았다는 사실이 생각났는지 뒤돌아선 채로 아저씨의 품에 기절하듯 무너져내리더니 (그때 아버지는 코스탄차 아줌마에게 또다시 저녁 식사가 맛있었다며 칭찬하고 있었다) 그 자세에서 고개를 돌려 마리아노 아저씨에게 입술을 내밀었다. 그 짧은 순간 나는 두 사람이 영화 속 주인공들처럼 키스할 것 같아서 심장이 터질 것 같았다. 하지만 마리아노 아저씨는 어머니 뺨에 살짝 입술을 갖다 대기만 했고 어머니도 그렇게 했다.

부모님이 아파트를 나서자마자 마리아노 아저씨와 코스탄차 아줌마는 식탁을 정리하면서 우리에게 잘 준비를 하라고 했다. 하지만 나는 도무지 정신을 차릴 수 없었다. 내 눈앞에서 무슨 일이 일어난 거지? 마리아노 아저씨의 악의 없는 장난이었을까 아니면 그가 미리 계획한 부정한 행위였을까? 설마 두 사람 다 연루된 걸까? 어머니는 투명한 사람이었다. 그런 어머니가 어떻게 식탁 밑에서 내가 목격한 신체적 접촉을 참을 수 있었을까. 그것도 아버지보다 훨씬 못난 남자와.

어머니는 마리아노 아저씨를 그다지 좋아하지 않았다. 내가 듣는 데서 두어 번 아저씨가 멍청하다고 한 적도 있다. 코스탄차 아줌마한테까지 농담 반 진담 반으로 어떻게 그렇게 잠시도 입을 다물지 못하는 사람과 함께 사느냐고 묻곤 했다. 어머니와 마리아노 아저씨의 뒤엉킨 발목은 무엇을 의미하는 걸까? 둘은 언제부터 그런 자세로 있었던 걸까? 1초? 1분? 10분? 왜 어머니는 발을 곧장 빼내지 않았던 걸까? 왜 그리 넋이 나가 있었던 걸까? 나는 혼란스러웠다.

내가 너무 오랫동안 양치질을 하고 있으니까 이다가 그러다가 칫솔이 다 닳겠다며 그만 좀 하라고 쌀쌀맞게 쏘아붙였다. 방에 들어오면 이다는 언제나 까칠해졌는데 언니들 둘이 자기를 따돌릴까 봐 일부러 퉁명스럽게 구는 거였다. 전투적인 말투로 자기 침대에서 혼자 자기 싫다며 안젤라 침대에서 함께 자겠다고 말한 것도 아마 같은 이유 때문이었을 것이다. 안젤라와 이다는 잠자리를 두고 잠시 티격태격했다.

"좁으니까 저리 가서 자."

"싫어. 셋이서도 충분히 잘 수 있어."

이다는 좀처럼 물러나지 않았다. 그럴 때는 절대 지지 않으려 했다. 그러자 안젤라가 내게 윙크를 하며 말했다.

"좋아, 대신 네가 잠들면 나는 네 침대로 갈 거야."

"언니 마음대로 해."

이다가 외쳤다. 그 애는 나랑 함께 잘 수 있어서라기보다는 자기 언니가 나랑 같이 못 잔다는 사실에 더 만족스러워했다. 이다가 베개 싸움을 걸어오자 나와 안젤라는 마지못해 받아주었다. 이다는 이내 싸움을 멈추고 안젤라와 나 사이에 자리를 잡더니 불을 껐다.

"비가 오네. 셋이 있으니까 너무 좋다. 나는 잠이 안 와. 우리 밤새 이야기하자."

어둠 속에서 이다가 명랑하게 말했다. 하지만 안젤라가 자기는 졸리다면서 이다에게 조용히 하라고 했다. 키득거리는 웃음소리가 멈추자 나중에는 창문을 내리치는 빗소리만 들려왔다.

그러자 마리아노 아저씨 다리 사이에 있던 어머니의 발목이 다시 머릿속에 떠올랐다. 나는 그 선명한 이미지를 애써 지우려 했다. 아무 의미 없는, 친구 사이의 장난으로 치부하려 했다. 하지만 그럴 수 없었다. 정말 아무런 의미가 없는 행동이라면 빅토리아 고모에게 이야기할 수도 있겠다는 생각이 들었다. 고모라면 분명 그 장면의 의미를 말해줄 것이다. 사실 애초에 부모님을 염탐하라고 한 사람도 고모가 아니었던가. 고모는 내게 제대로 보라고 했다. 나는 그 말을 따랐고 실제로 무언가를 목격했다. 고모의 말을 더 열심히 따랐다면 내가 본 광경이 정말로 의미가 있는지 없는지 판단할 수 있었을 것이다.

하지만 이내 나는 내가 본 그 장면을 고모에게 절대로 말하지 못할 거라는 사실을 깨달았다. 빅토리아 고모는 전혀 문제가 될 것이 없는 상황에서 문제를 만들고도 남을 사람이었다. 고모라면 내가 목격한 것은 섹스의 욕망이었다고 설명해주었을 것이다.

부모님이 선물해준, 알록달록한 삽화와 기초적이고 이해하기 쉬운 설명문이 적힌 성교육 교재에나 나올 법한 섹스가 아니라 혐오스러우면서 우스꽝스러운 구석이 있는, 목 아플 때 가글을 하는 것 같은 느낌의 섹스 욕망 말이다. 나는 그런 고모의 말을 감당하지 못할 것이다. 하지만 고모를 떠올리기만 해도 고모의 자극적이고 불쾌한 어휘들이 머릿속을 침범하는 것 같았다.

나는 어둠 속에서 마리아노 아저씨와 어머니의 육체가 고모의 말처럼 뒤엉켜 있는 광경을 똑똑히 보았다. 마리아노 아저씨와 어머니는 정말로 고모가 말한 것과 같은 엄청난 쾌락을 경험한 걸까? 삶의 최고의 선물이라며 나 역시 꼭 경험하게 되기를 바란다고 했던 그런 쾌락을 말이다.

빅토리아 고모에게 내가 본 광경을 일러바친다면 고모는 자기와 엔초의 성행위를 묘사했듯 어머니에 대해서도 이런저런 이야기를 할 것이다. 어머니의 품위를 떨어뜨리고, 아버지의 품위까지 실추시키기 위해 그보다 더 심한 표현을 사용할 것이 틀림없었다. 그런 생각이 들자 내가 본 광경을 절대로 말하지 않아야겠다는 결심이 확고해졌다.

"이다가 잠들었어."

안젤라가 속삭였다.

"우리도 자자."

"그래, 대신 이다 침대로 가자."

안젤라가 조심스레 움직이는 소리가 들렸다. 안젤라가 내가 누워 있는 쪽으로 와서 내 손을 잡자 나도 조심스레 침대에서 빠져나와 그녀를 따라 이다의 침대로 갔다. 우리는 추워서 이불을 뒤집어썼다. 나는 마리아노 아저씨와 어머니를 생각했다. 그들의 비밀을 알게 되면 아버지는 어떤 반응을 보일까. 나는 얼마 지나지 않아 우리 집 상황이 안 좋아지리라는 것을 직감했다.

'굳이 내가 일러바치지 않아도 고모는 곧 이 사실을 알게 될 거야. 아니면 이미 알고 있는지도 몰라. 이미 알고서 내 눈으로 직접 확인하게 만든 걸지도 몰라.'

그때 안젤라가 속삭였다.

"토니노 이야기 좀 해봐."

"키가 커."

"그리고?"

"눈이 깊고 새카매."

"정말로 너랑 사귀고 싶어 해?"

"그래."

"사귀면 키스도 할 거야?"

"응."

"혀로?"

"그래."

우리는 평소에 함께 잘 때처럼 서로를 꼭 껴안았다. 나는 안젤라의 목에, 안젤라는 내 엉덩이에 팔을 두른 채 둘이서 최대한 몸을 붙이고 한동안 그렇게 누워 있었다. 안젤라의 익숙한 체취가 조금씩 느껴졌다. 달콤하고 진했다. 그 애의 체취를 맡고 있다 보면 내 몸이 따스해졌다.

"너무 꼭 껴안지 마."

내가 속삭이자 안젤라는 내 가슴에 얼굴을 파묻고 숨죽여 웃으면서 나를 토니노라고 불렀다. 내가 한숨을 내쉬며 안젤라를 부르자 그녀는 이번에는 웃음기 없는 목소리로 "토니노, 토니노, 토니노"라고 부르다가 내게 말했다.

"토니노를 만나게 해주겠다고 맹세해. 그렇게 해주지 않으면 우리는 친구도 아니야."

나는 그렇게 하겠다 맹세했고 우리는 서로 몸을 쓰다듬으면서 길게 키스를 나눴다. 졸음이 몰려왔지만 멈출 수 없었다. 그것은 불안감을 쫓아주는, 너무나도 평온한 쾌락이었고 우리에게는 그런 쾌락을 포기할 이유가 없었다.

제3장

1

그 후 며칠 동안 나는 어머니를 유심히 관찰했다. 어머니가 지나칠 정도로 다급하게 전화를 받으러 달려가서 처음에는 큰 소리로 말하다가 갑자기 목소리를 낮추고 속삭이기 시작하면 나는 통화하는 상대가 마리아노 아저씨일 거라고 생각했다. 외모에 지나치게 신경을 쓰면서 옷을 입고 벗기를 반복하다 나중에는 나한테까지 어떤 옷이 가장 잘 어울리는지 묻는 지경에 이르렀을 때 나는 어머니가 그녀의 정부와 밀회를 즐기는 게 틀림없다고 생각했다. 정부니 밀회니 하는 표현은 모두 어머니가 교정을 보는 연애 소설 원고를 들춰보다 익힌 표현이었다.

그 일로 인해 나는 내가 이루 말할 수 없이 질투가 심하다는 사실을 처음으로 깨달았다. 그때까지 나는 어머니를 당연히 내 것으로 여겼다. 어머니에게라면 뭐든 요구할 수 있다고 생각했고 그것이 나의 당연한 권리라고 생각했다. 내 머릿속에 있는 조그만 세계에서 아버지는 내 것이기도 했고 응당 어머니의 것이기도 했다. 두 사람은 함께 잠자리에 들고 키스를 하고 함께 나를 임신했으니까. 아버지와 어머니는 내가 여섯 살 정도 되었을 때 이미 아이가 어떻게 생기는지 설명해주었다. 부모님의 관계는 내게 주어진 현실이었고 나는 한 번도 그 사실을 불편하게 생각한 적이 없었다.

하지만 아버지를 제외하면 어머니는 오직 나만의 것이었다. 말도 안 되는 생각일지 몰라도 어머니와 나는 떨어질 수 없는 불가분의 관계이며 아무도 어머니에 대한 내 소유권을 침범할 수 없다고 생각했다. 어머니의 몸도 체취도 모두 나의 것이었다. 심지어 어머니의 마음속에는 오직 나만 존재해야 한다고 생각했고 평생 그 사실을 믿어 의심치 않았다.

그런데 이제 와서 갑자기 어머니가 가족 간의 합의를 어기고 타인에게 몰래 몸과 마음을 허락했을 가능성이 생긴 것이다(이역시 어머니의 소설 원고에서 배운 표현이었다). 그 타인은 식탁 아래에서 다리로 어머니의 발목을 감싸도 된다고 믿고 있었다. 그는 또 어디에서 어머니의 입속에 자신의 침을 집어넣고 한때 내가 빨았던 어머니의 젖꼭지를 빨았을까? 그는 또 어디에서 고모의 말처럼 두 손으로 어머니의 엉덩이를 움켜쥐었을까?

그 순간 나는 너무 절망한 나머지 그 이야기를 들려주었을 때 고모가 썼던 사투리를 따라 하고 싶었다. 산더미처럼 쌓인 업무와 집안일에 치여 숨을 헐떡이면서 집에 들어올 때도 어머니의 눈빛만은 반짝이는 것 같았다. 그럴 때면 어머니의 옷 아래로 마리아노 아저씨의 손길이 닿은 흔적이 보이는 듯했고 담배를 피우지 않는 어머니에게서 니코틴에 절어 누렇게 변한 마리아노 아저씨의 손가락 끝에 밴 담배 냄새가 나는 것 같아 어머니의 몸이 스치기만 해도 역겨웠다.

그런데도 나는 아직도 어머니의 무릎에 앉아서 어머니의 귓불을 가지고 놀던 기쁨을 더는 누릴 수 없다는 사실이 참기 힘들었다. 귀가 빨개지니까 그러지 말라는 어머니와 함께 웃을 수 없다는 사실이 못 견디게 힘들었다. 나는 어머니가 왜 그러는지 알 수 없어서 조바심이 났다. 어머니의 배신을 정당화할 만한 이유가 하나도 없었기에 어떻게 해야 어머니를 그날 식탁 아래에서 벌어진 광경을 목격하기 전으로 되돌려놓을 수 있을지 고민했다. 어떻게 해야 어머니에 대한 나의 강한 애착을 미처 모르고 지냈던 시절로 돌아갈 수 있을지, 내가 필요한 것이라면 어머니가 뭐든 다 해주고 나와 항상 함께 있어줄 거라는 사실을 당연하게 생각하던 시절로 돌아갈 수 있을지 고민했다.

2

그 시기에 나는 빅토리아 고모와의 전화도, 만남도 피했다. 안젤라와 이다에게 고모가 너무 바빠서 나랑 만날 시간도 없다고 말하기 위해서였다. 하지만 고모를 피한 진짜 이유는 다른 데 있었다. 그 무렵 나는 시시때때로 울고 싶은 욕구를 느꼈는데 내심 고모 곁에서만 마음 놓고 고함을 치고 흐느끼며 울 수 있을 거라는 사실을 알고 있었다.

그렇다. 나는 내 감정을 쏟아내야 했다. 믿을 만한 사람에게 속마음을 털어놓고 싶은 것이 아니라 그저 고통을 쏟아내고 싶을 뿐이었다. 하지만 고모 곁에서 울음을 터뜨리는 순간 고모에게 책임을 묻게 될까봐 두려웠다. 화를 내면서 고모가 시킨 대로 부모님을 잘 관찰했는데 그래서는 안 됐다고 바락바락 악을 쓰게 될까봐 두려웠다. 부모님을 지켜본 결과 아버지의 가장 친한 친구가, 그 혐오스러운 인간이, 식사 중에 어머니의 발목을 자기 다리 사이에 넣고 있는 광경을 목격했다고, 그러니 절대로 고모의 말을 따라서는 안 됐다고 악을 쓰게 될까봐 두려웠다. 어머니가 펄쩍 뛰면서 대체 무슨 짓이냐고 화내는 대신 그 인간이 그렇게 하도록 내버려두는 것을 두 눈으로 보고 말았다고 외치게 될까봐 두려웠다. 고모 앞에서 울다가 그 일에 대해 입을 다물기로 한 결심을 지키지 못하게 될까봐 두려운 거였다. 그것이야말로 내가 가장 피하고 싶은 일이었다. 내가 비밀을 털어놓는 순간 고모는 아버지에게 상처를 주고 싶은 마음에 즉시 수화기를 들고 아버지에게 모든 것을 털어놓을 거라는 사실을 나는 너무나 잘 알고 있었다.

그러고 보니 모든 것이라는 게 도대체 뭘까 싶었다. 나는 서서히 흥분을 가라앉히고 내가 상상한 부분을 걷어내고 순수하게 실제로 목격한 장면만 다시 분석해보았다.

우리 가족에게 뭔가 심각한 일이 일어날 것 같은 느낌을 지우느라 하루하루가 힘들었다. 신경을 분산시키기 위해 친구가 절실했다. 그러다 보니 평소보다 자주 안젤라와 이다를 찾게 됐고 결과적으로 빅토리아 고모를 만나고 싶다는 그 애들의 요구도 한층 더 집요해졌다. 나중에는 굳이 그 애들과 고모를 만나지 못하게 할 이유가 있을까 싶은 생각이 들어 어느 날 오후 어머니에게 일요일에 안젤라와 이다와 함께 고모네 집에 가도 되냐고 물었다.

내 망상과는 상관없이 그 무렵 어머니는 실제로 몹시 바빴다. 항상 서둘러 학교에 출근했다가 집에 들렀다 외출을 하고 다시 집에 돌아와서는 밤늦도록 자기 방에 틀어박혀 일만 했다. 그래서 나는 당연히 어머니가 내 말을 대수롭지 않게 생각하고 마음대로 하라고 할 줄 알았다. 하지만 예상과는 달리 어머니는 내 말을 달가워하지 않았다.

"안젤라와 이다가 빅토리아 고모와 무슨 상관이야?"

"제 친구들이잖아요. 둘 다 고모를 만나고 싶어 해요."

"빅토리아 고모 인상이 좋지는 않다는 걸 알잖아."

"왜요?"

"다른 사람에게 소개할 만한 사람이 못 되니까."

"무슨 뜻이죠?"

"그만하렴. 너랑 말싸움할 시간 없어. 내 생각에는 이제부터 너도 고모를 그만 만나는 게 좋을 것 같아."

나는 화가 치밀어올라 아버지와 이야기하겠다고 했다. 그러는 동안 내 의지와는 달리 "소개할 만한 사람이 못 되는 건 엄마지 고모가 아니에요. 아빠한테 엄마가 마리아노 아저씨와 무슨 짓을 하는지 일러바칠 테니 각오해요"라고 외치고 싶은 충동이 솟구쳤다.

나는 어머니가 평소처럼 나를 달래주기를 기다리지 않고 아버지의 서재로 달려갔다. 그 순간 정말로 내가 목격한 장면에 추측까지 덧붙여서 아버지에게 일러바칠 생각이었다. 나는 그런 내 자신에게 놀라고 한편으로는 두려웠지만, 멈출 수 없었다. 하지만 아버지 서재로 뛰어 들어가 생사가 달린 문제라도 되는 것처럼 안젤라와 이다에게 빅토리아 고모를 소개하고 싶다고 소리 지르다시피 말하자 아버지는 서류에서 눈을 떼고 나를 바라보며 다정하게 말했다.

"그렇게 소리 지를 필요 없다. 무슨 일이니?"

순간 마음이 가벼워져서 고자질하려던 말을 꿀꺽 삼키고 아버지의 뺨에 요란스럽게 키스한 뒤 안젤라와 이다의 부탁을 설명하고 어머니의 강경한 태도에 대해 불만을 토로했다. 아버지는 내 계획에 반대하지 않았다. 하지만 온화한 목소리로 누이에 대한 반감을 누차 반복해서 드러냈다. 아버지가 말했다.

"빅토리아에 대한 문제라면 네가 알아서 하렴. 네 개인적인 호기심까지 참견하고 싶지 않구나. 하지만 안젤라와 이다는 분명 네 고모를 싫어할 거야."

놀랍게도 한 번도 고모를 만난 적이 없는 코스탄차 아줌마까지 어머니와 미리 상의라도 했는지 아버지의 반응과 비슷하게 적대적인 태도를 보였다. 그 때문에 안젤라와 이다도 부모님의 허락을 받기 위해 오랫동안 투쟁을 벌여야 했다. 그 애들은 내게 코스탄차 아줌마의 제안을 전해주었다.

"조반나의 고모를 우리 집으로 초대하든가 아니면 반비텔리 광장에 있는 바에서 만나는 편이 좋을 것 같아. 조반나를 봐서 잠깐 얼굴만 비치고 오자."

마리아노 아저씨의 생각도 그와 마찬가지였다.

"왜 그 여자랑 일요일을 보내야 해? 게다가 어떻게 볼 것도 없는 그 끔찍한 데까지 가겠어?"

하지만 내게 마리아노 아저씨는 숨 쉴 가치조차 없는 사람이었기에 나는 안젤라에게 우리가 고모네 집으로 가야만 고모가 만나준다고 했다고 거짓말을 했다.

코스탄차 아줌마와 마리아노 아저씨는 결국 백기를 들었고 우리 부모님과 함께 그날 이동 경로에 대한 계획을 상세하게 짜야 했다. 우선 빅토리아 고모가 나를 9시 30분에 데리러 와서 10시에 나와 함께 안젤라와 이다를 데리러 가고, 돌아올 때는 안젤라와 이다 먼저 2시까지 바래다주고 나는 2시 30분까지 집에 돌아오는 계획이었다.

나는 그제야 빅토리아 고모에게 전화를 걸었다. 솔직히 몹시 떨렸다. 사실 그때까지도 정작 고모에게는 안젤라와 이다를 데려가도 되는지 물어보지 않았기 때문이다. 고모는 언제나처럼 퉁명스러웠다. 오랫동안 연락을 안 했다고 섭섭해했지만, 결론적으로 내 친구들을 자기 집에 데려오는 것을 흡족하게 생각하는 것 같았다. 고모는 내가 좋으면 자기도 좋다면서 어차피 자기 마음대로 할 테니 상관없다는 투로 부모님들이 조건으로 제시한 까다로운 일정을 수락했다.

3

이렇게 해서 어느 일요일, 상가 진열장에 크리스마스 장식이 보이기 시작할 무렵 빅토리아 고모는 약속한 시간에 우리 집으로 나를 데리러 왔다. 나는 잔뜩 긴장해서 약속 시간 15분 전부터 현관에 대기하고 있었다. 고모는 기분이 좋아 보였다. 적당한 속도로 친퀘첸토를 몰고 치마로사가를 향해 가는 내내 고모는 콧노래를 흥얼거렸고 내게도 노래를 하라고 했다.

치마로사가에 도착하니 코스탄차 아줌마가 두 딸을 데리고 우리를 기다리고 있었다. 셋 다 텔레비전 광고에 나오는 사람들처럼 깔끔하고 예뻤다. 고모가 차를 인도 옆에 제대로 대기도 전에 담배를 입에 물고 코스탄차 아줌마의 우아하기 이를 데 없는 자태를 심술궂은 눈길로 바라보고 있다는 사실을 눈치챈 나는 불안에 떨며 말했다.

"굳이 내릴 필요 없어요. 친구들한테 차에 타라고 할 테니 바로 출발해요."

하지만 고모는 내 말을 들은 체도 하지 않고 웃으면서 사투리로 중얼거렸다.

"저 여자는 저 옷차림으로 잠자리에 든 거야? 아니면 이른 아침에 파티라도 가는 건가?"

빅토리아 고모는 차에서 내려 코스탄차 아줌마에게 가식적으로 느껴질 정도로 호들갑스럽게 인사를 했다. 나는 고모를 따라 내리려고 했지만 고장난 문이 잘 열리지 않아서 바로 내리지 못했다. 나는 문과 씨름하면서 안젤라와 이다를 양옆에 끼고 상냥하게 미소를 짓고 있는 코스탄차 아줌마와 허공에 대고 커다랗게 손짓하며 뭔가를 말하고 있는 빅토리아 고모를 불안한 눈빛으로 바라보았다. 나는 고모가 욕설을 퍼붓는 것이 아니길 바랐다.

마침내 문이 열려서 밖으로 뛰쳐나갔을 때 고모가 무슨 말을 하는지 들을 수 있었다. 고모는 사투리와 표준어를 섞어가면서 내 친구들을 칭찬하고 있었다.

"둘 다 너무 예쁘구나. 엄마를 닮았어."

"감사합니다."

코스탄차 아줌마가 말했다.

"이 귀걸이는 뭔가요?"

빅토리아 고모는 코스탄차 아줌마의 귀걸이를 손가락으로 건드리면서 칭찬하다가 그다음에는 목걸이와 옷으로 넘어갔다. 고모는 코스탄차 아줌마가 마네킹이라도 되는 것처럼 아줌마가 걸친 모든 것을 쓰다듬었다. 나는 그러다 고모가 코스탄차 아줌마의 팬티스타킹과 팬티를 제대로 봐야겠다며 아줌마의 옷자락을 들치기라도 할까봐 두려웠다. 빅토리아 고모는 그러고도 남을 사람이었다. 그런데 고모는 누군가가 더 정숙하게 행동하라고 보이지 않는 목줄을 잡아당기기라도 한 것처럼 갑자기 조용해졌다.

고모는 굳은 표정으로 코스탄차 아줌마가 찬 팔찌를 물끄러미 바라봤다. 내게도 익숙한 팔찌였다. 백금에 모조 다이아몬드와 루비로 만든 꽃장식이 달린 팔찌는 눈부시게 아름답다는 표현에 걸맞게 반짝반짝 빛났다. 아줌마는 그 팔찌를 몹시 아꼈고 어머니도 부러워했다.

"정말 예쁘네요."

빅토리아 고모가 코스탄차 아줌마의 손을 잡고 손끝으로 팔찌를 쓰다듬으면서 말했다. 고모는 진심으로 감탄하는 것처럼 보였다.

"네, 저도 좋아하는 팔찌예요."

"아끼는 건가 봐요?"

"오래돼서 정이 들었거든요."

"그렇다면 조심하세요. 이렇게 이쁜 팔찌는 도둑놈이 훔쳐갈지도 모르니까요."

고모는 칭찬을 하다 갑자기 뭔가 소름 끼치는 것을 본 것처럼 코스탄차 아줌마의 손을 놓아버리고 안젤라와 이다 쪽을 보면서 하지만 세상 모든 팔찌를 합한 것보다 더 값진 건 이 아이들이라고 가식적으로 말했다. 고모는 코스탄차 아줌마가 "얘들아, 말 잘 듣고 엄마 걱정하지 않게 두 시까지 와야 한다"고 당부하는 동안 아이들을 차에 태웠다. 나는 고모가 아줌마 말에 대답하기는커녕 화가 잔뜩 난 표정으로 운전석에 앉는 것을 보고 차창 밖을 향해 일부러 명랑한 목소리로 외쳤다.

"알겠어요, 아줌마! 두 시까지 돌아올 테니 걱정하지 마세요!"

4

우리는 드디어 출발했다. 빅토리아 고모는 예의 그 서툴고 무모한 운전 솜씨로 우리를 태우고 순환로를 지나 파스코네까지 내려갔다. 고모는 안젤라와 이다를 상냥하게 대하지 않았다. 가는 내내 시끄럽다고 면박을 주었다. 사실 시끄럽기로는 나도 뒤지지 않았다. 자동차 엔진 소리가 너무 요란해서 목소리를 높일 수밖에 없었는데도 고모는 안젤라와 이다에게만 화를 냈다. 고모는 머리가 아프다면서 우리가 숨도 편히 못 쉬게 했다. 나는 이유는 모르겠지만 고모가 기분이 상했다는 사실을 알아챘다. 안젤라와 이다가 마음에 안 들었던 것일까? 도무지 모를 일이었다.

나는 고모 옆에, 안젤라와 이다는 불편하기 짝이 없는 뒷좌석에 앉아서 말 한마디 없이 그렇게 한참을 갔다. 그러다 갑자기 고모가 먼저 침묵을 깨고 입을 열었다. 고모는 쉰 목소리로 내 친구들에게 심술궂게 물었다.

"너희들도 세례를 안 받았니?"

"네."

이다가 냉큼 대답했다.

"하지만 우리가 원하면 나중에 커서 받으면 된다고 아빠가 말했어요."

안젤라가 덧붙였다.

"어른이 되기 전에 죽으면 어쩌려고? 그렇게 되면 림보*에 가게 된다는 거 알고 있니?"

"림보는 존재하지 않아요."

이다가 말했다.

"천국과 연옥과 지옥도요."

안젤라가 덧붙였다.

"누가 그래?"

"아빠가요."

"그럼 네 아빠는 신께서 죄인과 죄를 짓지 않은 자들을 어디로 보낸다고 생각하니?"

"신도 존재하지 않아요."

이다가 말했다.

"죄도 마찬가지고요."

안젤라가 말했다.

"아빠가 그랬니?"

"네."

"그렇다면 너희들 아빠는 멍청이로구나."

"욕하면 안 돼요."

---

* 구약 시대의 조상들이 예수가 강생하여 세상을 구할 때까지 기다리는 곳.

이다가 지적했다.

고모가 인내심을 완전히 상실하기 전에 내가 끼어들었다.

"죄는 존재해. 우정도 사랑도 없는 것이 죄악이야. 아름다운 것을 허비하는 것도 죄악이야."

"봤지?"

빅토리아 고모가 말했다.

"너희와 달리 잔니나는 뭘 좀 알지."

"아니에요. 저도 알아요."

고모의 말에 이다가 예민하게 반응했다.

"죄는 일종의 씁쓸함이에요. 사람들은 물건이 떨어져서 깨질 때도 '아이고, 안타까워라*'라고 하잖아요."

이다는 응당 칭찬받기를 기다렸지만 그런 일은 일어나지 않았다. 고모는 고작 "씁쓸함이라고?"라고 되뇔 뿐이었다. 나는 그런 고모의 태도가 부당하게 느껴졌다. 이다는 우리 중에서 가장 어렸지만 매우 영리했다. 어려운 책도 얼마나 많이 읽는지 모른다. 게다가 나는 이다의 의견이 마음에 들었다. 그래서 나는 일부러 빅토리아 고모가 들으라고 "안타까워라, 안타까워라"라고 중얼거렸다.

그러는 동안 알 수 없는 불안감은 커져만 갔다. 모든 것이 너무나 불안정했다. 누가 알겠나. 어쩌면 아버지가 내 외모를 두고 끔찍한 말을 하기 전부터 이미 그랬던 것일 수도 있다. 초경을 시

---

* '안타깝다'는 이탈리아어 표현에 죄를 뜻하는 'peccato'라는 단어가 사용되는 것을 이용한 언어적 유희.

작하고 가슴이 부풀어 오르기 시작했을 때부터 불안정해진 것일
수도 있다.

이제 어찌해야 하나. 나는 내게 상처를 준 아버지의 말을 너무
나 심각하게 받아들였다. 빅토리아 고모에게 너무나 큰 비중을
두었다. 아, 어린 시절로 돌아갈 수만 있다면 얼마나 좋을까. 여
섯 살, 일곱 살, 여덟 살, 아니 그보다 더 어린 시절로 돌아가 마리
아노 아저씨와 어머니의 뒤엉킨 다리를 목격하게 되기까지 일어
난 모든 일을 지워버릴 수만 있다면. 지금 이 순간, 언제 다른 차
와 충돌하거나 도로를 벗어나 죽거나 심한 부상으로 팔다리를
잃거나 평생을 장님으로 살게 될지도 모르는 이 똥차 안에 갇히
게 되기까지 일어난 모든 일을 지울 수만 있다면 얼마나 좋을까.

"어디로 가는 거죠?"

나는 고모가 정한 규칙에 어긋난다는 사실을 알면서도 물었
다. 예전에 딱 한 번 어디를 가느냐고 물었을 때 고모가 성질을
내면서 너는 몰라도 된다고 했기 때문이다. 하지만 고모는 이번
에는 의외로 선선히 대답을 해주었다.

"성당에 갈 거야."

고모는 내가 아니라 백미러로 안젤라와 이다를 바라보며 말
했다.

"우리는 기도문을 하나도 몰라요."

내가 고모에게 알렸다.

"저런, 모르면 배워야지. 살다 보면 다 필요하단다."

"어쨌든 지금 당장은 몰라요."

"이번에는 괜찮아. 지금은 기도하러 가는 게 아니라 성당 장터

에 가는 거야. 물건을 파는 것 정도는 할 줄 알겠지."

"네, 그런 일은 잘해요."

이다가 기뻐하며 외쳤다.

나는 그제야 안심이 됐다.

"고모가 준비한 장터인가요?"

내가 물었다.

"교구 사람들 모두 같이 한 거야. 하지만 우리 집 애들이 중요한 역할을 하긴 했지."

고모는 처음으로 내 앞에서 마르게리타 아주머니의 삼 남매를 자기 아이들이라고 불렀다. 그것도 매우 자랑스럽게.

"코라도 오빠도 함께 준비했나요?"

내가 물었다.

"코라도는 못 말리는 녀석이지만 내가 시키면 하라는 대로 해. 그렇지 않으면 다리몽둥이가 부러질 줄 아니까."

"토니노 오빠도요?"

"당연하지, 착한 녀석이니까."

토니노의 이름을 들은 안젤라는 참지 못하고 기쁨의 함성을 질렀다.

5

나는 성당 안에 들어가 본 적이 거의 없었다. 그나마 몇 번 가본 것도 아버지가 아름답다고 생각하는 성당을 내게 보여주고 싶어 해서였다. 아버지는 구조가 섬세하고 예술품도 많이 소장

된 나폴리 성당들을 이런 식으로 방치해서는 안 된다고 했다. 한 번은 (아마도 산 로렌초 성당이었던 것 같기는 하지만 확실하지는 않다) 본당을 뛰어다니다가 아버지를 잃어버리는 바람에 겁에 질려서 아버지를 소리쳐 부르다 야단을 맞은 적도 있었다. 아버지는 우리처럼 신앙심이 없는 사람일수록 신도들을 존중하는 의미에서 예의 바르게 행동해야 한다고 했다.

"성수대에 손을 담그지 않아도 괜찮아. 십자가를 긋지 않아도 괜찮고. 하지만 날씨가 추워도 성당에 들어가면 모자를 벗고 목소리를 낮춰야 한단다. 성당에서 담뱃불을 붙이거나 담배를 피워서도 안 돼."

아버지의 말과는 달리 빅토리아 고모는 피우던 담배를 그대로 입에 물고 우리를 어두컴컴한 회백색 성당 안으로 이끌었다.

"성호를 그어야지."

고모가 큰 소리로 말했다.

우리가 성호를 긋지 않자 이를 눈치챈 고모는 이다부터 시작해서 나까지 차례로 우리의 손을 붙잡고 이마와 가슴과 양어깨에 갖다 대며 십자가를 그리면서 화난 목소리로 "성부와 성자와 성령의 이름으로"라고 했다. 고모는 기분이 한층 더 상해서 너희 때문에 늦었다고 투덜거리며 우리를 별이 잘 들지 않는 기다란 본당 안으로 끌고 들어갔다. 손잡이가 유별나게 반짝이는 문 앞에 이르자 고모는 노크도 하지 않고 문을 열어젖히더니 우리만 덩그러니 남겨놓은 채 문을 닫고 들어가버렸다.

"빅토리아 고모는 성질이 고약한 데다 못생겼어."

이다가 내게 속삭였다.

"그렇지 않아."

"이다 말이 맞아."

안젤라가 진지하게 말했다.

나는 애써 눈물을 참았다.

"고모는 내가 고모와 똑같이 생겼다고 했어."

"말도 안 돼. 넌 못생기지도 않았고 성격이 고약하지도 않아."

안젤라가 말했다.

"가끔은 그래. 아주 조금은."

이다가 언니 말을 바로잡았다.

고모는 젊은 남자와 함께 다시 나타났다. 체구가 자그마한, 잘생기고 상냥한 남자였다. 그 남자는 까만 스웨터에 회색 바지를 입고 있었다. 목에는 그리스도상이 없는 나무 십자가가 달린 가죽 목걸이를 하고 있었다.

"얘는 잔나고 이 애들은 잔나 친구들이에요."

고모가 말했다.

"난 자코모라고 해."

젊은 남자가 사투리 억양이 없는 가느다란 목소리로 자기소개를 했다.

"돈 자코모겠죠."

그 말이 거슬렸는지 빅토리아 고모가 그의 말을 정정했다.

"아저씨는 신부님이에요?"

이다가 물었다.

"그래."

"우리는 기도문을 몰라요."

156

"괜찮아. 기도문을 몰라도 기도할 수 있단다."

나는 호기심이 생겼다.

"어떻게요?"

"진심이면 돼. 두 손을 모으고 이렇게 말하는 거지. '나의 주님, 부탁이니 저를 보호해주시고 도와주세요.'"

"기도는 성당에서만 하는 게 아닌가요?"

"기도는 어디에서나 할 수 있단다."

"기도하면 하나님에 대해서 아무것도 모르고 그분의 존재조차 모르는 사람의 부탁도 들어주시나요?"

"하나님은 모두의 기도에 귀를 기울이신단다."

신부가 친절하게 말했다.

"그건 불가능해요. 너무 시끄러워서 아무 말도 못 알아들을 거예요."

이다가 말했다.

고모는 손가락 끝으로 이다의 뺨을 찰싹 때리면서 하나님에게 불가능한 것은 없으며, 그분은 모든 것을 할 수 있다고 윽박질렀다. 이다의 눈에서 속상한 마음을 읽어낸 자코모 신부는 빅토리아 고모가 때린 곳을 쓰다듬어주면서 아이들은 순수하니까 하고 싶은 말은 다 해도 된다고 고모에게 속삭였다.

자코모 신부는 놀랍게도 로베르토 이야기를 꺼냈다. 나는 그가 말하는 로베르토가 마르게리타 아주머니네 집에서 들었던 사람과 동일인물이라는 사실을 깨달았다. 여기 출신인데 지금은 밀라노에서 공부하고 있다는 토니노와 줄리아나의 친구 말이다. 자코모 신부는 그를 친근하게 '우리 로베르토'라고 불렀다. 신부는 사람들이 아이들을 종종 함부로 대한다는 사실을 알려준 사람이 로베르토였다고 했다. 예수님의 제자들도 천국에 들어가려면 어린아이가 되어야만 한다는 사실을 모르고 아이들을 함부로 대한 적이 있다. 그때 예수님은 '무엇을 하는 거냐. 아이들을 내쫓지 마라. 그들이 내 가까이 오게 놔두라'라며 그들을 꾸짖었다.

"어른들의 불만이 아이들에게까지 영향을 주어서는 안 됩니다."

자코모 신부가 이다의 머리에 손을 얹고 고모를 쳐다보면서 말했다. 신부 역시 빅토리아 고모가 평소보다 더 힘들어하고 있다는 사실을 눈치챈 것 같았다. 신부는 유년 시절, 순수함, 젊음, 도처에 도사리고 있는 위험에 대해 진심 어린 목소리로 몇 마디 덧붙였다.

"당신도 동의하지 않나요?"

신부가 온화한 목소리로 묻자 고모는 딴생각을 하다가 들키기라도 한 것처럼 얼굴이 시뻘게졌다.

"무엇에요?"

"로베르토가 했던 말 말이에요."

"그 애는 결과에 상관없이 말만 번지르르하게 한 거죠."

"결과를 생각하지 않아야 옳은 말을 할 수 있는 겁니다."

안젤라가 궁금해하며 내게 속삭였다.

"로베르토가 대체 누구야?"

나는 로베르토에 대해서 아무것도 몰랐다. "나는 로베르토를 잘 알아. 그는 좋은 사람이야"라고 하거나 아니면 코라도의 말을 빌려 "로베르토는 짜증나는 놈이야"라고 대답하고 싶었지만 그럴 수 없기에 안젤라에게 가만히 있으라는 표정을 지어 보였다.
나와 빅토리아 고모의 관계가 생각보다 가깝지 않다는 사실이
드러날 때마다 나는 짜증이 났다. 안젤라는 내 말에 순순히 입을
다물었지만 이다는 달랐다. 이다가 자코모 신부에게 물었다.

"로베르토는 어떤 사람이죠?"

자코모 신부는 웃음을 터뜨리고는 로베르토가 신앙인으로서
지녀야 할 합당한 미와 지성을 겸비한 사람이라고 했다.

"다음에 오면 소개해줄게. 대신 지금은 물건을 팔러 가자. 이
러다 불우한 이웃들이 불평하겠다."

자코모 신부가 말했다. 그렇게 해서 우리는 작은 문을 지나 안
뜰로 갔다. 그곳에는 금줄과 오색찬란한 크리스마스 전등으로
장식된 L자 모양의 회랑이 있었고 그 아래에는 헌 물건들을 잔
뜩 쌓아놓은 가판대가 늘어서 있었다. 마르게리타 아주머니, 줄
리아나, 코라도, 토니노를 비롯해 처음 보는 사람들이 과장되게
쾌활한 태도로 바자회의 잠정 고객들을 맞이하고 있었다. 그들
은 내가 상상했던 가난한 사람들의 모습보다 조금 덜 빈곤해 보
였다.

6

마르게리타 아주머니는 안젤라와 이다를 칭찬하면서 예쁜 아
가씨들이라고 불렀다. 아주머니는 내 친구들을 삼 남매에게 소
개해주었고 모두 그 애들에게 상냥하게 대해주었다. 줄리아나는
이다를, 토니노는 안젤라를 보조로 선택하는 바람에 나만 혼자

남아 코라도의 수다를 감당해야 했다. 코라도는 빅토리아 고모에게 농담을 걸어보려 했지만 고모는 그런 코라도를 함부로 대했다.

나는 심란해서 더는 그 상황을 견디지 못하고 다른 데서는 무엇을 파는지 보고 싶다는 핑계를 대고 자리를 떠나 별생각 없이 물건을 이것저것 만지면서 가판대 사이를 배회했다. 집에서 만든 디저트나 과자 외에는 안경, 놀이용 카드, 오래된 전화기, 유리컵, 찻잔, 쟁반, 책, 커피포트 등이 있었는데 아마도 이제는 저세상 사람이 되었을 이들의 손때가 묻은, 하나같이 마르고 닳도록 쓴 티가 나는 물건들이었다. 빈곤이 돌고 도는 형국이었다.

그사이 사람들이 몰려들기 시작했고 어떤 사람이 자코모 신부와 이야기하면서 누군가를 과부라 부르는 소리가 들렸다. 사람들이 과부도 왔다면서 마르게리타 아주머니와 삼 남매와 빅토리아 고모가 맡은 가판대 쪽을 바라보기에 처음에는 사람들이 마르게리타 아주머니를 두고 하는 말이라고 생각했는데 알고 보니 모두 빅토리아 고모를 과부라고 부르고 있는 것이었다.

사람들이 말했다.

"과부가 왔으니 오늘은 음악도 듣고 춤도 추겠는걸?"

나는 사람들이 고모를 과부라고 부르는 이유가 조롱인지 아니면 존경의 표시인지 알 수 없었다. 물론 아직 처녀인 고모를 과부라고 부르면서 춤과 음악 같은 유희와 연결짓는 것이 이상하기는 했다.

나는 멀리서 고모를 유심히 지켜보았다. 고모는 가판대 뒤에 서 있었다. 고모의 가녀린 상체와 커다란 가슴이 먼지 쌓인 물건더미에서 솟아 나온 것처럼 보였다. 고모는 못생겨 보이지 않았다. 나는 남들 눈에도 고모가 못생겨 보이지 않기를 바랐지만, 안젤라와 이다는 고모가 못생겼다고 했다. 아마도 오늘은 뭔가 일이 꼬여서 못나 보이는 거라고 나는 생각했다. 고모의 눈빛이 불안해 보였다. 고모는 평소처럼 거칠게 손짓을 하다가 뜬금없이 소리를 꽥 내지르고는 오래된 전축에서 흘러나오는 음악에 맞춰 몸을 움직였다.

'그래, 고모는 내가 잘 모르는 어떤 일 때문에 화가 난 거야. 코라도가 걱정돼서 그러는 걸 수도 있어. 고모와 나는 그렇게 타고났어. 좋은 생각을 하면 예뻐지고 못된 생각을 하면 못생겨지지. 그러니 못된 생각은 되도록 머리에서 지워버려야 해.'

나는 힘없이 뜰을 돌아다녔다. 그날 아침의 만남을 계기로 불안감을 해소하고 싶었지만 쉽지 않았다. 어머니와 마리아노 아저씨 일의 무게감이 너무나 커서 독감이라도 걸린 것처럼 뼈가 욱신거렸다. 안젤라는 머릿속이 즐거운 생각으로 가득한 것 같았다. 토니노와 함께 웃고 있는 안젤라가 예뻐 보였다. 그 순간만큼은 주변 사람들 모두가 예쁘고 잘생기고 착하고 바르게 보였다. 특히 자코모 신부가 돋보였다. 신부는 상냥한 태도로 교구 사람들을 악수로 맞이했고 포옹도 마다하지 않았다. 신부의 몸에서 빛이 나는 것 같았다.

우울한 표정으로 인상을 찌푸리고 있는 사람은 정말 나랑 빅토리아 고모밖에 없는 걸까? 입에서 쓴맛이 나고 눈까지 따가웠다. 물건 파는 것을 도와주면서 조금이나마 안정을 찾고 싶은 마음에 자리로 돌아갔던 나는 코라도가 내 입내를 맡을까봐 두려웠다. 아마 그 시큼들큼한 냄새는 내 입이 아니라 가판대에 펼쳐 놓은 물건에서 나는 냄새일 것이다.

나는 너무나 슬펐다. 크리스마스 장터 내내 고모에게 내 모습을 투영하면서 우울해했다. 고모는 교구 사람들과 어색해 보일 정도로 쾌활하게 인사하다가도 어느 순간 눈을 부릅뜨고 허공을 쳐다보았다. 그렇다. 고모도 나만큼 상태가 좋지 않았다. 코라도가 고모에게 물었다.

"무슨 일이에요. 어디 아프세요? 얼굴빛이 안 좋아요."

그러자 고모가 말했다.

"그래, 나는 병들었어. 심장도 아프고 가슴도 아프고 배도 아파. 얼굴이 끔찍해 보일 거야."

고모는 이렇게 말한 뒤 커다란 입을 벌리고 웃으려 했지만 그러지 못했다. 결국 고모는 백지장 같은 얼굴로 코라도에게 물 한 잔만 가져다 달라고 했다.

코라도가 물을 가지러 가는 동안 나는 생각했다.

'고모는 나처럼 마음이 병들었어. 고모야말로 나와 가장 비슷한 사람이야.'

어느새 오전이 지나가고 있었다. 이제 곧 어머니와 아버지에게 돌아가야 할 텐데 엉망이 된 우리 집 꼬락서니를 얼마나 더 참을 수 있을지 자신이 없었다. 그 순간 어머니의 반대에 부딪혀 아버지에게 어머니의 만행을 알리러 갔을 때처럼 갑자기 가슴속에 있는 감정을 쏟아내고 싶은 절박한 욕구를 느꼈다. 마리아노 아저씨가 어머니를 품속에 꼭 껴안은 상상을 하니 참을 수가 없었다. 내게 너무나 익숙한 옷을 입은, 내가 어린 시절부터 가지고 놀거나 걸어보기도 했던 귀걸이와 보석들로 치장한 어머니를 말이다.

질투심이 커질수록 혐오스러운 장면들이 떠올랐다. 그 사악한 이방인의 침범을 도저히 참을 수 없는 지경에 이르렀을 때, 정말 결심이 섰는지 미처 자각할 겨를도 없이, 나는 충동적으로 유리가 깨지는 듯한 소리로 고모를 불렀다.

"고모!"

고모는 절대로 자기를 그렇게 부르지 말라고 했지만 나는 그녀를 그렇게 불렀다.

"고모, 할 말이 있어요. 하지만 비밀이니까 아무한테도 말하면 안 돼요. 그러겠다고 맹세해요."

빅토리아 고모는 기운 빠진 목소리로 자기는 절대 맹세 같은 건 안 한다고 했다. 자기가 한 유일한 맹세는 엔초에 대한 영원한 사랑의 맹세뿐이었으며 그것만은 죽는 날까지 지킬 거라고 했다. 나는 절망했다. 맹세하지 않으면 말할 수 없다고 했다.

"그거야 네 사정이지."

고모가 쏘아붙였다.

"좋지 않은 일을 아무에게도 털어놓지 못하면 그것은 들개처럼 밤이면 잠든 네 뇌를 뜯어먹을 거야."

나는 그 끔찍한 말에 겁에 질린데다 위로받고 싶은 마음도 있어 더는 참지 못하고 고모를 구석으로 데려가 마리아노 아저씨와 어머니 이야기를 들려주었다. 실제 내가 목격한 장면과 상상이 뒤섞인 이야기를 들려준 뒤 고모에게 애원했다.

"부탁이니 아빠한테만은 말하지 마세요."

한없이 길게만 느껴지던 짧은 순간 동안 나를 물끄러미 바라보던 고모가 사투리로 심술궂게 말했다. 왜 그런 말투로 이야기하는지 이해할 수 없었다.

"아빠? 넌 네 아빠가 식탁 아래서 마리아노와 넬라가 발목을 어떻게 하고 있을지 관심이 있을 거라고 생각하니?"

7

시간이 좀처럼 가지 않아 나는 계속 시계를 쳐다봤다. 이다는 줄리아나와 있는 것이 즐거워 보였고 토니노는 안젤라가 편한 것 같았다. 나는 재료를 잘못 넣어 구운 케이크가 되어버린 느낌이었다. 대체 무슨 짓을 저지른 거지. 이제 어떤 일이 벌어질까. 코라도는 서두르는 기색 없이 심드렁하게 빅토리아 고모에게 줄 물을 가지고 돌아왔다. 그 순간만큼은 마음이 너무 복잡해서 밉상인 코라도라도 잠시 내게 신경 써주기를 바랐지만 그는 그렇게 해주지 않았다. 신경 써주기는커녕 고모가 물을 다 마시기도 전에 사람들 사이로 자취를 감췄다.

빅토리아 고모는 그런 코라도의 뒤를 눈으로 좇았다. 설명을 해주거나 충고라도 해주기를 바라면서 자기 곁에 있는 내 존재는 까맣게 잊은 듯했다. 설마 방금 들려준 엄청난 이야기마저 하찮게 생각하는 걸까. 나는 고모의 행동을 훔쳐보았다. 고모는 쉰 살은 되어 보이는 뚱뚱한 아주머니에게 선글라스 하나 치고는 무리한 가격을 요구하면서 신경전을 벌이는 동시에 코라도를 주시하고 있었다. 내가 털어놓은 비밀보다 코라도에게 더 심각한 문제가 있다고 생각하는 것 같았다.

"저 녀석 좀 봐."

고모가 말했다.

"사교성이 너무 좋아. 꼭 자기 아빠 같다니까."

고모는 갑자기 목청껏 코라도를 불렀다. 코라도가 못 들었거나 못 듣는 척하며 대답을 하지 않자 고모는 뚱뚱한 아주머니에게 줄 선글라스를 포장하다 말고 포장용 끈을 자르던 가위를 든 채 아무것도 들지 않은 왼손으로 내 손을 잡고 나를 뜰로 끌고 갔다.

코라도는 서너 명의 청년들과 수다를 떨고 있었다. 그들 중 마르고 키가 큰 청년은 이가 밖으로 심하게 튀어나와서 웃을 상황이 아닌데도 웃는 것처럼 보였다. 고모는 겉보기에는 침착하게 자기 대자에게 (지금 와서 생각해보면 마르게리타 아주머니네 삼 남매를 고모의 대자, 대녀로 부르는 게 옳다) 제자리로 돌아가라고 명령했다. 코라도가 장난스럽게 2분만 있다 가겠다고 대답하는 순간 뻐드렁니 청년이 웃는 것 같았다. 그러자 고모가 갑자기 그 청년에게 계속 그렇게 실실거리면 거시기를 잘라버리겠다고 했다. 그렇다. 고모는 가위를 휘두르면서 사투리 섞인 차분한 목소리로 정말 그렇게 말했다. 하지만 청년은 웃음을 멈출 생각이 없어 보였고 나는 빅토리아 고모의 내면에 쌓여 있던 모든 분노가 폭발하기 직전이라는 사실을 직감했다.

나는 불안했다. 내가 보기에 고모는 청년이 뻐드렁니 때문에 입을 다물지 못한다는 걸 모르는 것 같았다. 그 청년은 지진이 나도 웃고 있을 거라는 사실을 깨닫지 못한 것 같았다.

아니나 다를까 고모는 갑자기 그 청년을 향해 고함을 질렀다.

"지금 날 보고 웃는 거야, 로사리오? 감히 날 보고 웃어?"

"아니에요."

"네 아버지를 믿고 웃고 있나본데 실수하는 거야. 내게서 너를 지켜줄 사람은 아무도 없어. 그러니 코라도를 내버려두란 말이야, 알아들었어?"

"알겠어요."

"아니, 넌 못 알아들었어. 내가 아무 짓도 못 할 거라고 생각하는 것 같은데, 틀렸어."

소란스러운 소리를 듣고 호기심에 모여들기 시작한 교구 사람들이 보는 앞에서 고모는 가위 끝을 청년에게 겨누고 달려들어 그의 다리를 찔렀다. 청년은 뒤로 펄쩍 물러났다. 두 눈이 놀라움과 공포에 질리면서 웃는 표정의 가면이 일그러졌다.

고모는 그를 또다시 찌를 태세로 윽박질렀다.

"이제 알았어, 로사리오? 아니면 또 한 번 찔러줄까? 네가 사르젠테 변호사의 아들이어도 상관없어."

고모가 말했다.

내가 모르는 어떤 변호사의 아들임이 틀림없는 로사리오라는 이름의 청년은 항복의 표시로 한쪽 손을 들어 보이고는 뒤로 물러서더니 자기 친구들과 함께 자리를 떠났다.

빅토리아 고모는 가위를 손에 들고 잔뜩 화가 나서 자기 친구들을 따라가려는 코라도 앞을 막아섰다.

"거기 가만히 있어. 나를 화나게 하면 너도 가위맛을 볼 줄 알아."

나는 고모 팔을 잡아당겼다.

"저 사람은 입을 못 다물어요."

내가 겁에 질려서 말했다.

"감히 내 앞에서 웃잖아. 아무도 나를 비웃을 수 없어."

빅토리아 고모가 씩씩대며 말했다.

"웃고 있었지만 일부러 그런 건 아니에요."

"고의든 아니든 웃었잖아."

코라도가 도끼눈을 하고 말했다.

"내버려둬, 잔나. 말이 안 통해."

고모는 코라도에게 꺽꺽 악을 써댔다.

"닥쳐! 한마디만 더 해봐!"

고모는 가위 쥔 손에 힘을 줬다. 나는 고모가 자기 감정을 주
체하지 못하는 상태라는 걸 알아차렸다. 타인을 사랑할 수 있는
능력은 먼 옛날 엔초의 죽음과 함께 사라져 버리고 오직 증오하
는 능력만 무한대로 증폭된 것 같았다. 방금 나는 고모가 불쌍한
로사리오 사르젠테에게 무슨 짓을 했는지 목격했다. 고모라면
코라도에게도 해를 가할 수 있었을 것이다. 그런 고모가 마리아
노 아저씨 이야기를 알게 되었으니 어머니에게, 아니 무엇보다
아버지에게 무슨 짓을 하겠는가. 그런 생각이 들자 또다시 울고
싶어졌다.

내가 경솔했다. 원하지도 않은 말이 저절로 쏟아져나온 것이
다. 아니다. 어쩌면 나는 벌써 오래전부터 마음속으로 빅토리아
고모에게 내가 본 광경을 알려주기로 결심했을 수도 있다. 안젤
라와 이다의 압박에 못 이겨 오늘의 만남을 주선하기로 마음먹

었을 때부터 이미 그렇게 결정했던 것이다. 나는 이제 순수한 아이가 아니었다. 생각 이면에 또 다른 생각이 있었다. 나의 유년 시절은 끝났다. 아무리 애를 써도 순수함은 사라져갔고 내 눈에 맺힌 눈물은 나의 무죄의 증거와는 거리가 멀었다. 다행히 그 순간 자코모 신부가 온화한 표정으로 다가와서 겨우 울음을 참을 수 있었다.

"자, 빅토리아를 화나게 하지 말자. 오늘 몸이 안 좋은가 보다. 어서 빵 나르는 것을 도와주렴."

자코모 신부가 코라도의 어깨에 팔을 두르면서 말했다. 고모는 원한에 사무친 한숨을 내쉬고는 가위를 진열대 쪽에 내려놓은 뒤 성당 뜰 너머 도로를 향해 시선을 던졌다. 아마도 로사리오와 그 친구들 무리가 아직도 있는지 확인하려는 것 같았다.

"도움 따윈 필요 없어."

고모는 잔뜩 화가 나서 이렇게 내뱉고는 성당 입구 너머로 자취를 감췄다.

8

잠시 후 고모는 설탕으로 코팅된 아몬드를 얹고 파란색과 분홍색 줄무늬 설탕 장식을 한 아몬드 쿠키를 가득 담은 커다란 쟁반 두 개를 들고 다시 나타났다. 교구 사람들은 서로 쿠키를 먹겠다고 몸싸움을 벌였지만 나는 한 개만 먹었는데도 질려버렸다. 위가 꽉 막히고 심장이 미친 듯이 뛰었다.

그때 자코모 신부가 아코디언을 들고 나왔다. 그는 아코디언을 하얗고 빨간 옷을 입은 여자아이처럼 두 팔로 소중히 안고 있었다. 자코모 신부가 직접 연주할 거라고 생각했는데 그는 어색한 자세로 아코디언을 고모에게 건넸다. 그러고 보니 고모 집에서 본 아코디언과 똑같은 것 같기도 했다. 고모는 사양하지 않고 뚱한 표정으로 작은 의자에 앉아 눈을 감고 인상을 찌푸리면서 아코디언을 연주하기 시작했다.

"네 고모 좀 봐. 정말 못생겼다."

안젤라가 내 뒤로 와서 명랑하게 말했다. 그 순간만큼은 안젤라 말이 맞았다. 빅토리아 고모는 아코디언을 연주하면서 악마처럼 얼굴을 일그러뜨렸다. 고모의 연주 실력이 뛰어나서 교구 사람들이 박수를 쳤지만 고모가 아코디언을 연주하는 모습은 어딘지 모르게 혐오스러웠다. 고모는 어깨를 흔들면서 입술을 오므리고 미간을 찌푸렸다. 몸을 지나치게 뒤로 홱 젖히자 볼썽사납게 쩍 벌린 다리보다 상체가 더 길어 보였다.

다행히 머리가 희끗하게 센 남자가 나와서 고모와 교대를 해주었다. 그런데도 고모는 진정하지 못하고 토니노의 팔을 억지로 잡아끌며 춤을 청해 그와 안젤라를 갈라놓았다. 춤을 추고 있는 고모는 즐거워 보였지만 실은 몸 안에 축적된 과도한 흉악함을 주체하지 못하고 춤으로 발산하고 있는지도 몰랐다. 고모가 춤추는 것을 보고 남녀노소 할 것 없이 춤을 추기 시작했고 급기야 자코모 신부까지 춤판에 합세했다.

나는 모든 것을 지워버리고 싶은 마음에 눈을 감았다. 태어나서 처음으로 버림받은 것 같은 느낌이 들어서 부모님의 가르침을 거스르고 기도했다.

'하나님, 하나님. 정말로 뭐든 할 수 있다면 고모가 아빠한테 아무 말도 하지 않게 해주세요.'

나는 그렇게 말하고 눈꺼풀에 힘을 주면 줄수록 내 기도를 주님의 왕국까지 멀리 보낼 수 있을 것처럼 두 눈을 꼭 감았다. 나중에는 약속 시간에 늦지 않게 코스탄차 아줌마네 집에 우리를 데려다주도록 고모의 춤을 멈춰달라는 기도도 했다.

내 기도는 기적처럼 이루어졌다. 쿠키와 음악과 노래와 끝이 보이지 않던 춤판이 벌어졌지만 우리는 안개가 자욱한 공업 단지를 떠나 보메로 치마로사가에 있는 안젤라와 이다 집에 제시간에 도착했다.

코스탄차 아줌마도 시간 맞춰 나와 있었다. 아침에 입고 있던 옷보다 더 세련된 옷차림이었다. 빅토리아 고모는 친퀘첸토에서 내려 안젤라와 이다를 코스탄차 아줌마에게 넘겨주면서 또다시 아줌마가 걸치고 있는 모든 것에 감탄을 하고 칭찬 세례를 퍼부었다. 고모는 아줌마의 옷과 머리 모양과 화장과 귀걸이와 목걸이와 팔찌를 칭찬했다. 특히 팔찌를 어루만지다시피 하면서 내게 물었다.

"어때, 이 팔찌가 마음에 드니, 잔나나?"

내 눈에는 고모가 아줌마를 아침보다 더 심하게 조롱하려고 일부러 과다한 칭찬을 퍼붓는 것처럼 보였다. 고모에게 지나치게 감정을 이입해서인지 파괴적인 기운이 느껴지는 잔혹한 목소리로 상스럽게 말하는 고모의 목소리가 내 귀에 들리는 듯했다.

"멍청한 년, 남편이 잔나나 엄마와 바람이 난 마당에 그렇게 차려입어 봤자 무슨 소용이람. 하하하."

빅토리아 고모의 차가 출발하는 순간 나는 또다시 하나님께 기도하기 시작했다. 산 자코모 데이 카프리로 가는 길 내내 나는 기도를 멈추지 않았다. 고모는 한마디도 하지 않았고 나 역시 감히 "아빠한테 아무 말도 하지 마세요. 제발 부탁이에요. 저를 위해서 뭐라도 하고 싶다면 어머니를 야단쳐주세요. 하지만 아빠한테만은 제발 비밀로 해주세요"라고 말하지 못했다. 나는 고모 대신 하나님께 애원했다. 하나님이 존재하지 않더라도 상관없었다.

'하나님, 제발 빅토리아 고모가 아빠랑 할 이야기가 있다면서 저랑 같이 집에 가겠다고 하지 않게 해주세요.'

놀랍게도 내 기도는 이번에도 기적처럼 이루어졌다. 기적이란 모든 것을 해결해주는 정말 멋진 일이다. 빅토리아 고모는 어머니나 마리아노 아저씨나 아버지에 대한 언급 없이 나를 현관 앞에 내려주며 사투리로 말했다.

"잔니나, 네가 내 조카라는 사실을 기억하렴. 너와 나는 똑같다는 걸 기억해. 네가 나를 부르면, 네가 '제게 와줘요, 빅토리아'라고만 하면 당장 달려올게. 나는 절대로 너를 혼자 내버려두지 않을 거야."

그 말을 한 후 고모의 표정이 편안해졌다. 나는 만약 안젤라가 지금 고모 얼굴을 봤다면 지금 내 눈에 보이는 것처럼 예뻐 보였을 거라고 생각했다. 하지만 집으로 돌아가 혼자 내 방 장롱 거울에 내 모습을 비춰 보면서 그 어떠한 기적도 내 얼굴에서 빅토리아 고모의 얼굴이 나오는 것을 막지 못할 거라는 사실을 깨닫는 순간 나는 참지 못하고 울음을 터뜨리고 말았다. 나는 이제 부모

님을 염탐하지 않을 것이며 다시는 고모를 만나지 않겠다고 다
짐했다.

9

오늘날까지 나를 관통한 삶의 흐름을 굳이 시기별로 구분 짓
는다면, 내가 완전히 다른 사람이 된 건 어느 날 오후 코스탄차
아줌마가 안젤라와 이다 없이 우리 집에 찾아와 어머니가 (어머
니는 며칠 동안 얼굴이 붉게 상기되고 눈은 퉁퉁 부어 있었는데
창문 유리와 발코니 난간을 세차게 흔드는 차가운 바닷바람을
탓했다) 지켜보는 앞에서 누렇게 뜬 심각한 얼굴로 내게 자기 백
금 팔찌를 건네주었을 때라는 걸 확신한다.
"왜 이 팔찌를 제게 선물로 주시는 거죠?"
내가 어리둥절해서 물었다.
"선물이 아니야. 네게 돌려주는 거야."
어머니가 말했다.
코스탄차 아줌마는 한참 동안 그 예쁜 입술을 오물거리다 말
했다.
"내 것인 줄 알았는데 알고 보니 네 것이었어."
나는 아줌마의 말을 이해할 수 없었고 이해하고 싶지도 않아
서 차라리 그냥 고맙다고 하고 팔찌를 차기로 했다. 내가 팔찌를
제대로 못 채우자 코스탄차 아줌마가 정적 속에서 떨리는 손으
로 나를 도왔다.
"어때요, 잘 어울려요?"

나는 일부러 촐싹대며 어머니에게 물었다.

"잘 어울리는구나."

어머니는 웃음기 없는 얼굴로 이렇게 말하고는 방에서 나가 버렸고 어머니의 뒤를 쫓아 방에서 나간 코스탄차 아줌마는 그 후 다시는 우리 집에 오지 않았다.

마리아노 아저씨도 산 자코모 데이 카프리가에서 자취를 감췄고 그 때문에 안젤라와 이다와의 만남도 뜸해졌다. 처음에는 자주 전화 통화를 했다. 셋 다 무슨 일인지 영문을 알 수 없었다. 안젤라는 코스탄차 아줌마가 우리 집에 오기 이틀 전에 우리 아버지와 자기 아버지가 치마로사가에 있는 자기 집에서 크게 다퉜다고 했다. 정치, 마르크스주의, 역사의 종말, 경제, 국가처럼 평소에 잘 다루던 주제들에 관해서 토론을 하는가 싶더니 어느 순간 분위기가 놀랄 정도로 험악해졌다는 것이다.

"지금 당장 내 집에서 나가! 다시는 내 앞에 나타나지 마!"

마리아노 아저씨가 고함을 지르자 아버지도 갑자기 인내심 많은 친구의 가면을 내던지고 사투리로 끔찍한 욕설을 퍼붓기 시작했다는 것이다. 안젤라와 이다는 겁에 질렸지만 아무도 그 애들에게 신경을 써주지 않았다. 코스탄차 아줌마저 두 남자의 고함을 참지 못하고 바람을 쐬러 나가겠다고 했고 그러자 마리아노 아저씨 역시 사투리로 이렇게 외쳤다고 했다.

"그래, 꺼져라, 이 창녀야! 다시는 돌아오지 마!"

코스탄차 아줌마가 문을 세차게 닫는 바람에 현관문이 다시 열리자 마리아노 아저씨는 발길질로 문을 다시 닫았고 우리 아버지가 코스탄차 아줌마의 뒤를 쫓아가느라 그 문을 다시 열었다고 했다.

그 후 며칠 동안 우리는 전화로 부모님의 싸움에 관해서 이야기를 나누느라 정신이 없었다. 안젤라도 이다도 나도 우리가 태어나기 전부터 토론의 소재였던 마르크스주의 같은 주제가 대체 왜 갑자기 이렇게 큰 문제가 된 건지 이해할 수 없었다. 사실 우리는 각기 다른 이유로 그 난리가 난 원인에 대해 입 밖에 낸 사실보다 훨씬 더 많은 것을 알고 있었다.

예를 들면 우리는 그날의 다툼이 마르크스주의보다는 섹스와 밀접한 관련이 있다는 걸 알았다. 그것은 언제 어디서든 우리의 호기심을 자극하는 흥미로운 섹스와는 달랐다. 우리는 갑자기 예기치 않게 매력적인 것과는 거리가 먼, 역겨움에 가까운 섹스가 우리 삶에 개입하기 시작했다는 사실을 깨달았다. 그런 섹스는 우리의 몸과 관련이 없었다. 또래 아이들이나 영화배우나 가수의 몸이 아니라 우리 부모님의 몸과 관련이 있는 섹스였다. 본인들이 우리에게 가르쳐준 섹스와는 전혀 다른, 끈적거리고 혐오스러운 그 무언가에 양쪽 부모님이 연관되어 있다는 생각이 들었다.

이다는 마리아노 아저씨와 내 아버지가 고함을 지르며 내뱉는 말을 듣다 보면 그들의 뜨거운 침과 콧물이 튀어 우리의 가장 은밀한 욕망을 포함한 주변의 모든 것이 더러워지는 느낌이 들었다고 했다. 틈만 나면 토니노와 코라도 이야기를 하고 두 청년에게 호감을 보였던 안젤라와 이다가 우울해져서 성적인 이야기를 피하기 시작한 것도 아마 그 때문일 것이다.

나는 우리 가족의 은밀한 거래에 대해 안젤라와 이다보다 훨씬 더 많은 것을 알고 있었기 때문에 아버지, 어머니, 마리아노 아저씨, 코스탄차 아줌마 사이에 일어난 일에 대해서 끝까지 모른 척하기가 그 애들보다 훨씬 힘들었고 그런 상황은 나를 지치게 했다. 실제로 불안해서 발을 빼고 싶어 그 애들과 통화를 중단한 것도 나였다. 단 한마디만 잘못해도 현실 세계로 이어지는 위험한 출구의 문이 열릴 것이라는 사실을 나는 안젤라나 이다보다 더 강하게 느끼고 있었던 것 같다.

그 시기에 거짓말과 기도는 내 일상의 일부분이 되었고 이번에도 큰 도움이 되었다. 거짓말은 주로 나 자신을 위한 것이었다. 나는 불행했지만, 집에서도 학교에서도 지나치게 명랑한 척했다. 아침이면 얼굴선이 사라질 정도로 부은 어머니의 얼굴을 마주해야 했다. 코 주변 피부가 붉게 변하고 슬픔으로 얼굴이 일그러진 어머니에게 나는 쾌활하고 확신에 찬 목소리로 "엄마, 오늘 너무 예뻐요"라고 했다.

아버지 마음이 딴 데 가 있고 나를 도와줄 생각이 없는 걸 뻔히 알면서도 (그 무렵 아버지는 갑자기 아침에 눈을 뜨자마자 책을 읽는 것도 그만두었고 아침 일찍 출근 준비를 마쳤다. 저녁에 집에 있을 때도 항상 얼굴은 창백하고 눈빛은 흐릿했다) 하나도 어렵지 않은 숙제에 대해서 끈질기게 아버지에게 질문을 던졌다.

나는 여전히 하나님을 믿지 않았는데도 신자처럼 열심히 기도했다. 나는 하나님께 애원했다.

"제발 아버지와 마리아노 아저씨가 마르크스주의와 역사의 종말 때문에 싸운 것이게 해주세요. 제발 빅토리아 고모가 아빠한테 전화해서 제 이야기를 전한 것이 아니게 해주세요."

처음에는 주님께서 또 한 번 내 기도에 귀 기울여주신 것 같았다.

하지만 내가 들은 바로는 마리아노 아저씨가 아버지에게 심한 말을 쏟아부었다고 했다. 만약 빅토리아 고모가 아버지에게 내가 고모한테 일러바친 일을 이야기해주었다면 그 반대 상황이 일어났을 것이다. 나는 이내 상황이 맞아떨어지지 않는다는 것을 깨달았다. 왜 아버지는 평소에 쓰지 않던 사투리로 마리아노 아저씨에게 욕설을 퍼부은 걸까. 왜 코스탄차 아줌마는 문을 박차고 뛰쳐나간 걸까. 왜 아줌마 남편인 마리아노 아저씨 대신 아버지가 아줌마 뒤를 쫓아간 걸까.

나는 뻔뻔한 거짓말과 불안한 기도 뒤에 숨어서 살아가고 있었다. 빅토리아 고모에게 모든 것을 전해 들은 아버지는 그길로 마리아노 아저씨에게 따지러 달려갔을 것이다. 코스탄차 아줌마는 그 싸움으로 인해 자기 남편이 식탁 밑에서 자기 다리로 내 어머니의 발목을 감쌌다는 사실을 알고 집에서 뛰쳐나갔을 것이다. 아마도 그렇게 되었을 것이다.

하지만 만약 그랬다면 왜 마리아노 아저씨는 치마로사가의 집을 뛰쳐나가는 아내 뒤통수에 대고 비통하게 "그래, 꺼져라, 이 창녀야! 다시는 돌아오지 마!"라고 고함을 친 걸까. 그리고 왜 아버지는 아줌마 뒤를 쫓아간 걸까.

뭔가 놓친 게 있는 것 같았다. 무언가가 잡힐 듯 잡히지 않아 사건 중에서 가장 미심쩍은 부분들을 되짚어보았다. 마리아노 아저씨와 아버지가 싸운 후 코스탄차 아줌마가 우리 집에 찾아온 것만 해도 그렇다. 아줌마가 왔을 때 어머니는 너무나 지쳐 보였다. 어머니는 충혈된 눈으로 갑자기 지금까지 고분고분하게 대해왔던 오랜 친구를 잡아먹을 듯이 노려보았다. 후회하는 듯한 아줌마의 표정과 내게 팔찌를 돌려줄 때 회한에 찬 아줌마의 태도도 그렇다.

나는 아줌마가 나에게 선물을 준다고 생각했는데 어머니는 선물이 아니라 돌려주는 것이라고 했다. 내게 자기가 좋아하는 백금 팔찌를 채워주던 아줌마의 떨리는 손길, 지금은 내가 언제나 차고 다니는 이 팔찌까지… 아, 내 방에서 일어난 그 모든 일과 아무런 설명 없이 내 것이라며 준 팔찌를 둘러싼 그물망처럼 조밀한 그 시선과 행동과 대화에 대해 나는 분명 말로 설명할 수 있는 것보다 더 많은 것을 알고 있었고, 그렇기에 기도를 멈추지 않았다. 특히 다음 날 또 무슨 일이 일어날지 몰라 두려워 잠에서 깰 때면 더 그랬다. 나는 속삭였다.

"하나님, 하나님. 제 잘못인 걸 알아요. 빅토리아 고모를 만나서도, 부모님 뜻을 거역해서도 안 됐어요. 하지만 이미 일이 벌어졌으니 제발 모든 것을 바로잡아주세요."

나는 하나님이 정말로 그렇게 해주기를 바랐다. 그렇지 않으면 산 자코모 데이 카프리는 보메로에, 그리고 보메로는 나폴리 위에 굴러떨어지고 나폴리는 통째로 바다에 빠져 침몰해버릴 것 같았다.

나는 어둠 속에서 불안에 떨었다. 속이 너무 답답해서 한밤중에 일어나 토하러 갔다. 그럴 때면 일부러 큰 소리를 냈다. 날 선 감정이 머리와 가슴에 깊은 상처를 내고 있었기에 나는 부모님이 나를 도우러 와주길 바랐다. 하지만 부모님은 깨어 있으면서도 나와 보지 않았다. 부모님 침실에서 새어 나오는 빛줄기가 어둠을 할퀴고 있었기에 나는 그들이 깨어 있다는 사실을 알고 있었다. 나는 부모님이 더 이상 나를 돌봐줄 마음이 없는 것 같다고 생각했다. 그래서 무슨 일이 있어도 한밤의 대화를 중단하지 않는 거라 믿었다. 가끔 단조로움을 깨고 튀어나오는 소리도 있었다. 칼로 유리를 긁는 듯한 어머니의 외마디나 멀리서 들려오는 천둥소리 같은 아버지의 목소리였다. 아침이면 둘 다 수척해 보였다. 우리는 침묵 속에서 눈을 내리깔고 식사했다. 나는 그런 상황에 넌덜머리가 나서 이렇게 기도했다.

'하나님, 제발 이 상황을 멈춰주세요. 무슨 일이라도 좋으니 일어나게 해주세요. 좋은 일이든 나쁜 일이든 상관없어요. 차라리 저를 죽여주세요. 그러면 아빠 엄마도 충격을 받아서 화해할 테니까요. 그런 다음에 행복해진 가족 품에서 다시 살아나게 해주세요.'

어느 일요일 점심 식사 중에 내 안에 내재해 있던 엄청난 폭력성이 내 머리와 혀를 제멋대로 움직였다.

"아빠, 이 팔찌는 빅토리아 고모가 저한테 선물해준 것이라면서요?"

내가 팔찌를 내밀면서 사뭇 명랑하게 말했다.

내 말에 어머니는 포도주를 한 모금 마셨고 아버지는 접시에 시선을 고정한 채 말했다.

"어떤 의미에서는 그렇지."

"그런데 왜 이 팔찌를 코스탄차 아줌마에게 준 거죠?"

이번만큼은 아버지도 고개를 들고 아무 말 없이 차가운 눈빛으로 나를 쏘아보았다.

"대답해."

어머니가 명령조로 말했지만 아버지는 어머니의 말을 따르지 않았다.

그러자 어머니가 고함을 지르다시피 외쳤다.

"네 아빠는 지난 15년 동안 아내가 둘이었어."

어머니의 얼굴은 벌겋게 달아올랐고 눈빛은 절망적이었다. 내게 끔찍한 일을 폭로한 걸 벌써 후회하고 있는 것 같았다. 하지만 나는 놀라지 않았다. 그것이 대단한 잘못처럼 느껴지지 않았고 무슨 이유에서인지 원래 알고 있던 사실 같았다. 잠깐이나마 왠지 모든 것이 정상으로 되돌아갈 수 있을 것 같았다. 15년 동안 그렇게 살아왔다면 평생 그렇게 살 수도 있지 않은가. 세 식구가 그리하기로 마음만 먹으면 다시 평화로워질 것이다. 어머니는 다시 자기 방에 틀어박혀 작업을 하고 아버지는 연구를 하고 모임에 참석하며 책을 읽을 것이다. 나는 부모님의 화해를 돕기 위해서 어머니에게 말했다.

"엄마한테도 남편이 한 명 더 있잖아요."

어머니는 얼굴이 새파랗게 질려서 속삭였다.

"나는 아니야. 정말이야. 사실이 아니야."

어머니가 너무나 절망적으로 부정하자 나는 나도 모르게 "정말이야, 정말이야"라는 어머니의 말을 가성으로 따라 했다. 어쩌면 그 순간 어머니의 고통이 사무치게 아프게 느껴져서 그랬던 것일 수도 있다. 나는 내 의지와는 상관없이 웃음을 터뜨리고 말았다. 순간 아버지의 눈에 서린 분노에 나는 덜컥 겁이 났다. 수치스러웠다.

나는 아버지에게 "진짜 웃음이 아니었어요, 아빠. 경련을 참지 못한 거였어요. 왜, 그럴 때가 있잖아요. 로사리오 사르젠테라는 청년이 있는데 얼마 전에 그가 그러는 걸 봤어요"라고 말하고 싶었다. 하지만 그렇게 생각하는 동안에 웃음은 차가운 미소가 되었다. 내 얼굴에 드리운 냉소를 지울 수가 없었다.

아버지가 자리를 뜨려고 느릿느릿 일어났다.

"어디 가?"

어머니가 긴장하며 물었다.

"가서 자야겠어."

아버지가 말했다.

이제 겨우 오후 2시였다. 평소 그 시간이면, 특히 일요일이나 수업이 없는 날이면, 아버지는 저녁 식사 전까지 서재에서 공부를 했다. 하지만 그날 아버지는 정말로 졸리다는 것을 증명하듯 요란하게 하품을 했다.

"나도 같이 가."

어머니가 말했다.

아버지가 고개를 가로젓는 순간, 어머니와 나는 아버지의 표정에서 아버지가 이제는 어머니와 같은 침대에 눕는 일상을 못 견뎌 한다는 것을 읽었다. 부엌을 나서면서 아버지는 평소답지 않게 자포자기한 말투로 말했다.

"어쩔 수 없구나, 조반나. 너는 내 누이와 똑같아."

제4장

1

부모님이 완전히 헤어지기까지 2년에 가까운 세월을 허비했지만 실제로 두 분이 한 지붕 아래 산 기간은 얼마 되지 않았다. 아버지는 아무런 예고도 없이 몇 주 동안이나 사라지곤 했다. 그때마다 나는 아버지가 어둡고 축축한 나폴리 어딘가에서 목숨을 끊은 것은 아닌지 두려웠다. 코스탄차 아줌마가 부모님에게 물려받은 포실리포의 아름다운 집에서 아버지가 행복한 시간을 보내고 있었다는 사실을 알게 된 건 한참 뒤의 일이었다.

그 무렵 코스탄차 아줌마와 마리아노 아저씨의 관계는 이미 장기적인 냉전에 돌입한 상태였다. 아버지가 어쩌다 집으로 돌아와 머무르는 동안에는 다정하고 명랑했기에 나는 아버지가 언젠가는 우리 곁으로 돌아올 거라고 생각했다. 하지만 화해 분위기는 며칠 만에 끝났고 부모님은 다시 걸핏하면 싸우기 시작했다. 그런 두 사람의 의견이 일치하는 사항이 딱 하나 있었다. 나를 위해서는 빅토리아 고모와의 만남을 금지해야 한다는 것이었다.

나는 그런 부모님의 결정에 반대하지 않았다. 나 역시 같은 생각이었으니까. 게다가 집안의 위기가 시작된 후부터 빅토리아 고모는 우리 집에 찾아오지도 않았고 내게 전화를 하지도 않았다. 나는 고모가 내 쪽에서 먼저 연락하기를 기다리고 있다는 사실을 알고 있었다. 남의 집에서 가정부나 하는 주제에 나를 마음대로 할 수 있다고 생각한 것이다. 하지만 나는 다시는 고모 장단에 놀아나지 않기로 다짐했다. 그만큼 지쳤기 때문이다. 고모는 내게 자신의 모든 감정을 쏟아냈다. 증오와 복수심과 자신의 언어까지도. 나는 그런 고모에게 두려움과 매력이 뒤섞인 감정을 느꼈지만 매력만큼은 희미해지기를 바랐다.

어느 날 오후 고모는 나를 향해 다시 유혹의 손길을 뻗었다. 전화벨이 울리기에 받았더니 수화기 너머로 "여보세요, 잔니나 있어요? 잔니나 좀 바꿔줘요"라는 소리가 들렸다. 순간 나는 숨을 멈추고 전화를 끊었다. 하지만 고모는 그 뒤로도 계속 전화를 했다. 그것도 매일 같은 시간에. 대신 일요일에는 절대로 전화하지 않았다. 나는 가까스로 고모와의 통화를 피했다. 전화벨이 울리게 그냥 내버려두든가 어머니가 집에 있을 때면 어머니에게 전화를 받게 놔두고 가끔 자기 방에 틀어박혀 전화가 와도 바꿔주지 말라는 어머니의 말투를 흉내 내면서 "저 없다고 해주세요!"라고 했다.

전화가 올 때마다 나는 숨을 멈추고 눈을 반쯤 감은 채 빅토리아 고모가 아니기를 기도했다. 다행히 그런 일은 일어나지 않았다. 어쩌면 빅토리아 고모가 전화를 걸었을 수도 있지만 적어도 어머니는 내게 말해주지 않았다. 그 후 고모에게서 전화 오는 횟수가 줄어들었기 때문에 나는 고모도 이제 포기했나 보다는 생각에 불안에 떨지 않으며 전화를 받게 되었다. 하지만 그럴 때마다 빅토리아 고모는 예기치 않게 불쑥 전화를 걸어와 수화기 저편에서 "여보세요? 잔니나니? 잔니나 좀 바꿔줘요"라고 외쳤고 더는 잔니나이고 싶지 않았던 나는 전화를 끊어버렸다.

물론 고모의 불안한 목소리가 너무 괴롭게 들려서 마음이 안 좋기는 했다. 그럴 때면 고모를 다시 만나서 고모에게 질문을 하고 고모를 자극하고 싶기도 했다. 가끔 기분이 너무 가라앉으면 고모를 향해 "그래요, 저예요. 무슨 일이 있었던 건지 말 좀 해봐요! 아빠 엄마한테 대체 무슨 짓을 했죠?"라고 외치고 싶은 욕구를 느끼기도 했다. 하지만 나는 언제나 아무 말 없이 전화를 끊어버렸고 나중에는 정말로 고모 생각을 하지 않게 되었다.

언젠가부터 고모의 팔찌도 멀리하기로 마음먹었다. 나는 팔찌를 풀어서 침대 머리맡 책상 서랍에 넣어두었다. 그런데도 팔찌 생각이 떠오를 때마다 배가 아프고 식은땀이 줄줄 흘렀다. 몇 가지 의문이 머릿속에서 사라지지 않았다. 아버지와 코스탄차 아줌마는 어떻게 그렇게 오랜 시간 동안 어머니와 마리아노 아저씨 몰래 서로 사랑한 걸까. 아버지는 어쩌다 가장 친한 친구의 아내를 사랑하게 된 걸까. 게다가 아버지의 감정은 일시적인 것이 아니었다. 그만큼 진지한 감정이었기 때문에 아직도 아줌마를 사랑하는 것이다.

코스탄차 아줌마도 마찬가지다. 그렇게나 섬세하고 예의 바르고 다정했던 아줌마가, 평생 우리 집을 드나들던 아줌마가 어떻게 어머니의 코앞에서 무려 15년 동안이나 그녀의 남편을 취할 수 있었을까. 마리아노 아저씨는 평생 어머니와 알고 지냈으면서 왜 이제야 자기 다리 사이에 어머니의 발목을 넣었던 걸까. 그것도 어머니의 허락 없이(어머니가 밤낮으로 맹세하는 걸 보니 그 말은 사실인 것 같았다).

어른들의 세상에서는 대체 무슨 일이 일어나고 있는 걸까. 분별력 있는 그들의 머릿속과 지식으로 가득한 그들의 몸 안에서 대체 무슨 일이 일어나고 있는 걸까. 무엇이 그들을 파충류보다도 못한 믿을 수 없는 동물로 만들어버린 걸까.

　괴로운 나머지 나는 그 수많은 질문에 대한 답을 찾지 않기로 했다. 의문이 떠오를 때마다 애써 지워버렸다. 지금도 그때만 생각하면 너무 힘들다. 언젠가부터 나는 문제는 팔찌라는 생각이 들기 시작했다. 그 팔찌에는 이 사건으로 인해 야기된 복잡한 감정들이 스며들어 있어서 팔찌를 넣어놓은 서랍을 열지 않아도 존재감이 느껴졌다.

　팔찌의 보석과 금속의 광채가 고통을 발산하는 것 같았다. 나를 무한히 사랑한다고 생각했던 아버지가 고모가 내게 준 선물을 빼앗아 코스탄차 아줌마에게 주다니. 그 팔찌가 원래 빅토리아 고모의 것이었다면, 고모의 취향과 미적인 기준과 우아함의 표식이었다면 그것이 어떻게 코스탄차 아줌마의 마음에 들 수 있었을까. 그것도 소중히 간직하면서 13년 동안이나 차고 다닐 정도로.

　아버지도 마찬가지다. 자기 누이와 철천지원수 지간인 데다 모든 면에서 그녀와 너무나 다른 아버지가 어쩌다 원래 빅토리아 고모의 것이었고 그 후 내 것이 되어야 했던 그 보석이 어머니가 아니라 우아한 금세공사 가문의 후예인 자신의 둘째 부인과 어울린다는 생각을 하게 된 걸까. 게다가 그녀는 보석 같은 건 필요 없는 부자인데.

　빅토리아 고모와 코스탄차 아줌마는 달라도 너무 달랐다. 닮은 데가 하나도 없었다. 학교도 제대로 못 나온 고모에 비해서 아줌마는 엘리트였다. 고모는 천박했고 아줌마는 우아했다. 고모는 가난했고 아줌마는 부유했다. 그런데도 팔찌는 빅토리아 고

186

모와 코스탄차 아줌마를 서로를 향해 이끌었고 그 두 사람이 뒤섞이는 모습에 나는 혼란스러웠다.

이제 와서 돌이켜보면 그런 생각에 집착한 덕분에 부모님의 고통과 서서히 거리를 두고 부모님이 서로를 비난하고 애원하고 경멸할 때도 동요하지 않게 되었던 것 같다. 하지만 그렇게 되기까지는 몇 달이나 걸렸다. 처음에는 물에 빠져 두려워 뭐든 붙잡으려는 사람처럼 숨도 제대로 쉴 수 없었다. 때때로, 주로 한밤중에, 불안해서 잠에서 깨면 아버지가 팔찌의 기원과 그 팔찌가 마법으로 내게 해를 끼칠 것이라는 사실을 알고 일부러 팔찌를 내게서 멀리 떨어뜨려 놓은 거라고 생각했다.

그렇게 생각하면 마음이 편해졌다. 어린 나를 차지해서 자기랑 똑같이 만들어놓으려는 사악한 빅토리아 고모에게서 나를 멀리 떼어놓으려는 다정한 아버지를 되찾은 것 같았다. 하지만 그런 생각도 잠시일 뿐 곧이어 다른 의문이 생겼다.

'정말 그런 거라면 엄마를 배신하고 나와 엄마를 버리고 떠날 정도로 코스탄차 아줌마를 사랑하는 아빠가 대체 왜 그 사악한 팔찌를 아줌마에게 준 걸까?'

나는 비몽사몽 간에 아마도 아버지는 그 팔찌를 매우 좋아했던 모양이라고 생각했다.

'그래서 아빠는 차마 팔찌를 바다에 던져버릴 수 없었을 거야. 아니면 아빠 스스로 팔찌에 반해서 없애기 전에 딱 한 번만 코스탄차 아줌마가 팔찌 찬 모습을 보고 싶어 했을 수도 있어. 그 욕망이 너무 커서 이성을 잃은 것일 수도 있어. 팔찌 때문에 원래 아름다웠던 코스탄차 아줌마가 더 아름다워 보였던 거야. 팔찌

187

의 마법 때문에 코스탄차 아줌마에게 푹 빠져서 영원히 엄마만 사랑하지 못하게 된 거야. 결국, 아빠는 나를 지켜주려다 빅토리아 고모의 흑마술에 걸렸고 (심지어 나는 빅토리아 고모가 아버지의 실수를 하나하나 다 예측했을 거라 생각하기에 이르렀다) 그로 인해 우리 가족이 파멸에 이르게 된 거야.'

잊은 지 오래라고 생각했던 유년 시절 동화 나라로의 회귀는 아버지뿐 아니라 나의 책임을 덜어주는 효과도 있었다. 모든 악의 기원에 빅토리아 고모의 마법이 있었다면 현 사태는 내가 태어난 순간 이미 시작되었던 것이고 결과적으로 나는 아무런 잘못이 없는 것이다. 나에게 고모를 찾게 만든 그 어둠의 힘은 이미 오래전부터 작용하고 있었고 나와는 상관없는 일이었다. 나는 예수님이 내쫓지 말라고 한 아이들처럼 죄가 없었다. 하지만 이런 생각조차 얼마 지나지 않아 희미해졌다.

팔찌가 사악하든 사악하지 않든 확실한 것은 아버지가 13년 전에 자기 누이가 내게 준 물건을 아름답다고 생각했고 그 아름다움을 코스탄차 아줌마처럼 세련되고 우아한 여성을 통해 확인했다는 것이다. 이로 인해 내가 만들어낸 동화 속 세계에서조차 천박함과 세련됨의 부조리한 유사성에 대한 문제가 다시금 부각되었고 이미 방향감각을 잃고 헤매고 있던 시점에 과거의 기준이 모호해짐으로써 내 혼란은 더 심해졌다. 천박했던 고모가 세련된 사람이 되었고 아버지와 코스탄차 아줌마는 세련된 사람들에서 천박한 인간들이 되어버렸다. 그들이 내 어머니와 가증스러운 마리아노 아저씨에게 저지른 잘못만 봐도 그 사실을 알 수 있었다.

가끔, 잠들기 전 나는 아버지와 코스탄차 아줌마와 빅토리아 고모의 의지와는 상관없이 그들을 잇는 지하 통로 같은 것이 있다는 상상을 하곤 했다. 아무리 서로 다른 척해도 내게는 셋 다 똑같아 보였다. 상상 속에서 아버지는 코스탄차 아줌마의 엉덩이를 꽉 잡고 엔초가 빅토리아 고모와 마르게리타 아주머니에게 그랬듯이 아줌마의 몸을 향해 세차게 돌진해갔다. 그렇게 둘은 내 어머니를 고통스럽게 했고 어머니는 동화 속 주인공처럼 물병이 눈물로 넘칠 때까지 울다 정신을 잃었다.

그런 어머니와 함께 살게 된 나는 나를 즐겁게 해주고 지성으로 세상의 이치를 밝혀주던 아버지 없이 평생 어두운 삶을 살게 될 터였다. 나 대신 코스탄차 아줌마, 이다, 안젤라가 그 모든 것을 누리게 될 터였다.

그렇게 지내던 어느 날, 방과 후에 일어난 일로 인해 그 팔찌가 내게만 사무치게 중요한 것이 아니라는 사실을 알게 되었다. 열쇠로 현관문을 열고 들어갔는데 어머니가 내 방 침대 머리맡 서랍장 앞에 멍하니 서 있었다. 어머니는 서랍에서 팔찌를 꺼내 들고 그것이 마치 하르모니아의 목걸이*라도 되는 것처럼 물끄러미 바라보고 있었다. 어머니는 그 팔찌의 겉모습 아래 숨겨진 사악한 본질을 꿰뚫어 보려는 것 같았다. 나는 그새 어머니의 어깨가 축 처졌다는 사실을 알았다. 어머니는 뼈만 앙상한 데다 등이 굽어 있었다.

* 아프로디테와 아레스의 딸 하르모니아가 테베를 건국한 카드모스와 결혼할 때 받은 결혼 선물로 불운을 상징한다.

"왜 요즘 이 팔찌를 안 차고 다니니?"

인기척을 느낀 어머니가 뒤돌아보지 않고 말했다.

"마음에 안 들어서요."

"이 팔찌가 원래는 고모 것이 아니라 네 친할머니 것이었다는 걸 아니?"

"누가 그래요?"

어머니는 친할머니가 임종이 임박했을 당시 고모에게 팔찌를 물려주었다는 이야기를 빅토리아 고모에게 직접 전화로 들었다고 했다. 나는 어리둥절해서 어머니를 바라보았다. 빅토리아 고모는 위험하고 못 믿을 사람이라 절대로 연락하면 안 된다고 하더니 그 말은 나한테만 해당됐던 것 같았다.

"정말요?"

내가 미심쩍은 투로 물었다.

"그걸 누가 알겠니? 네 아빠 집안에서 나온 것 치고 거짓이 아닌 게 어디 있어. 네 아빠도 마찬가지고."

"아빠랑도 이야기했어요?"

"그래."

어머니는 상황을 제대로 판단하기 위해 아버지를 다그쳤다고 했다.

"이 팔찌가 정말 당신 어머니 거였어? 정말 어머니가 당신 동생한테 준 거야?"

그러자 아버지는 어렸을 때부터 자기 어머니가 그 팔찌를 차고 있는 것을 봐왔기 때문에 팔찌에 대한 애착이 매우 컸다고 더듬더듬 말했다는 것이다. 빅토리아 고모가 이 팔찌를 팔려고 한다는 소식을 듣고 아버지가 돈을 주고 샀다고 했다.

"할머니가 돌아가신 다음에요?"

내가 물었다.

"네가 태어나기 전에."

"그러면 빅토리아 고모가 거짓말을 한 거네요. 제게 선물로 준 것이 아니었네요."

"네 아빠 말로는 그래."

나는 어머니가 아버지의 말을 못 미더워한다는 걸 눈치챘다. 나 역시 빅토리아 고모의 말을 믿었고 마뜩잖지만 그 사실에는 지금도 변함이 없기 때문에 아버지의 말에 신뢰가 가지 않았다. 하지만 내 의지와는 상관없이 팔찌는 이미 다양한 전개가 가능한 새로운 이야기의 장을 열고 있었다. 내 머릿속에서 팔찌는 남매간 분쟁의 중요한 요인이자 증오의 파편이 되었다.

나는 눈을 부릅뜨고 숨을 헐떡이면서 입을 벌린 채 바닥에 쓰러져 있는 할머니와 고통의 끝자락에 선 할머니 앞에서 팔찌를 두고 싸우는 아버지와 빅토리아 고모의 모습을 상상했다. 아버지는 고모에게서 팔찌를 빼앗고 욕설을 퍼부으면서 돈다발을 허공에 뿌렸다.

"아빠가 처음에 고모에게서 팔찌를 샀을 때는 내가 크면 주려고 했던 걸까요?"

내가 물었다.

"아니."

어머니가 너무 딱 잘라 말하는 바람에 속이 상했다.

"그렇다고 엄마한테 주려던 것도 아니었잖아요."

어머니는 고개를 끄덕이면서 팔찌를 다시 서랍에 넣었다. 그러고는 갑자기 기운이 빠진 것처럼 흐느껴 울며 내 침대 위로 쓰러졌다. 나는 마음이 불편했다. 절대로 눈물을 보이는 법이 없었던 어머니였는데 몇 달 전부터는 까딱하면 울음을 터뜨렸다. 울고 싶은 건 나도 마찬가지였지만 나는 꾹 참았다. 어머니는 왜 이렇게 울음을 참지 못하는 걸까. 나는 어머니의 어깨를 쓰다듬어주고 머리카락에 입을 맞췄다.

팔찌를 손에 넣은 과정이 어찌됐든 확실한 건 아버지의 목적은 팔찌를 코스탄차 아줌마의 가녀린 팔목에 둘러주는 것이었다. 그 팔찌는 인간의 육체가 내면을 갉아먹는 고통스러운 삶 때문에 불안해서 해서는 안 될 어리석은 짓을 한다는 증거였다. 동화가 됐든 뻔하거나 흥미로운 이야기가 됐든 그 어떤 형식의 이야기 맥락에서 보더라도 그 사실에는 변함이 없었다.

나는 마리아노 아저씨나 어머니나 나 같은 보통사람은 그럴 수도 있다고 생각했다. 하지만 아버지나 코스탄차 아줌마처럼 우월한 사람들까지 어리석음 때문에 망가질 수 있다는 사실은 상상조차 하지 못했다. 나는 그 문제를 두고 한참을 고민했다. 학교에서도, 길을 걸을 때도, 식사할 때도, 늦은 밤까지 그 문제를 두고 상상의 나래를 펼쳤다. 너무나도 똑똑한 사람들이 그다지도 아둔해진 원인을 찾고자 했다.

2

2년 동안 중요한 일이 많이 일어났다. 아버지가 내게 자기 누이와 똑같다고 한 뒤 처음으로 자취를 감췄을 때, 나는 내가 혐오스러워서 아버지가 떠났다고 생각했다. 비통하고 화가 나서 나는 공부와는 담을 쌓기로 했다. 나는 교과서를 거들떠보지 않았고 숙제도 하지 않았다. 나 자신에게조차 낯선 사람이 되려고 노력하는 동안 겨울이 끝나가고 있었다.

나는 신문 읽기나 뉴스 시청처럼 아버지가 시켜서 하던 일을 그만두었다. 하얀색과 분홍색 위주의 옷차림에서 벗어나 머리끝부터 발끝까지 시꺼멓게 차려입기 시작했다. 눈 화장도 입술도 옷도 모두 까만색으로 도배를 했다. 정신이 산만해져서 선생님들의 질책도 듣는 둥 마는 둥 했고 어머니가 징징대도 신경 쓰지 않았다. 공부 대신 닥치는 대로 소설을 읽거나 텔레비전에서 영화를 보거나 귀가 멍해질 때까지 음악을 들었다.

무엇보다도 말수가 줄었다. 꼭 필요한 말 몇 마디 빼고는 거의 입을 열지 않았다. 오랫동안 친하게 지낸 안젤라, 이다 자매 빼고는 원래부터 친구가 많지 않았는데 그 애들마저 우리 가족의 비극사에 휘말린 뒤로 나는 완전히 혼자가 되었다. 텅 빈 머릿속에 내 목소리만 맴돌 뿐이었다.

나는 혼자서 웃고, 인상을 찡그렸다. 주로 학교 뒤 계단에 앉아 있거나 플로리디아나 공원에 가서 한때 어머니와 코스탄차 아줌마와 안젤라와 아직 유모차를 타던 이다와 함께 걷던 가로수와 나무 울타리가 늘어선 오솔길을 따라 걸으면서 시간을 보냈다. 나는 노인처럼 행복했던 한때의 추억 속으로 멍하게 빠져드는 것이 좋았다. 그럴 때면 공허한 시선으로 낮은 벽과 산타렐라 정원을 바라보거나 바다와 도시 전체가 내려다보이는 벤치에 앉아 있곤 했다.

안젤라와 이다는 한참이 지난 후에야 겨우 전화로 소식을 전해왔다. 안젤라가 내게 먼저 전화를 걸었다. 그 애는 명랑한 목소리로 포실리포에 있는 새집을 내게 빨리 보여주고 싶다고 했다.

"언제 올 거야?"

안젤라가 물었다.

"모르겠어."

"네 아빠가 이제부터 네가 우리 집에 자주 올 거라고 했어."

"엄마랑 있어줘야 해."

"나한테 화났니?"

"아니야."

내가 자신을 아직 좋아한다는 사실을 확인한 안젤라는 갑자기 말투를 바꿔 불안한 어조로 내게 비밀을 털어놓았다. 내가 자신이 하는 말에 조금도 관심이 없다는 사실을 알 법도 했는데 말이다. 그 애는 내 아버지가 자기들 아버지도 될 것 같다고 했다. 마리아노 아저씨가 코스탄차 아줌마뿐만 아니라 자기들도 보지 않으려 한다고 했다. 어느 날 저녁 마리아노 아저씨가 고함치는 걸 들었는데 자기들 진짜 아빠가 내 아버지인 게 틀림없다고 했다는 것이었다.

마지막으로 안젤라는 남자친구가 생겼다고 했다. 다른 사람들에게는 비밀로 하라면서 자신의 남자친구가 바로 토니노라고 했다. 성당에서 만난 후 토니노에게서 자주 전화가 왔고 그러다 둘이 따로 포실리포에서 만났다고 했다. 지금까지 둘이 메르젤리나에서 수도 없이 산책을 했고 그가 고백한 지는 일주일이 채 안

됐다고 했다.

긴 통화였지만 나는 거의 입을 열지 않았다. 그 애가 비꼬듯이 우리 둘이 자매일지도 모르니까 내가 토니노의 처제가 될 거라고 했을 때도 나는 아무 말 하지 않았다. 단지 제 언니 옆에서 통화를 듣고 있던 이다가 마음이 상해서 "우리는 자매가 아니야. 조반나 언니의 아빠는 좋은 사람이지만 나는 우리 아빠가 더 좋아"라고 외쳤을 때 "내 생각도 이다와 같아. 너희들 엄마와 내 아빠가 결혼해도 너희는 여전히 마리아노 아저씨의 자식이고 나는 내 아버지 안드레아의 자식이야"라고 대답했을 뿐이다. 안젤라가 토니노와 사귄다는 소식을 들었을 때도 짜증이 났지만 나는 별다른 내색을 하지 않고 이렇게만 말했다.

"토니노가 나를 좋아한다고 했던 건 농담이었어. 토니노는 나를 좋아한 적이 없어."

"알아, 그가 사귀자고 했을 때 허락하기 전에 물어봤거든. 토니노가 너를 좋아한 적이 없다고 맹세하더라. 처음 본 순간부터 나를 사랑했고 지금도 내 생각만 한대."

한참 수다를 떨고 나니 숨기고 있던 불안감이 한꺼번에 밀려오기라도 한 듯, 안젤라는 갑자기 울음을 터뜨리면서 내게 미안하다며 전화를 끊었다.

그 무렵 우리는 걸핏하면 울었다. 눈물이라면 넌덜머리가 날 지경이었다. 6월이 되자 어머니는 내가 무슨 짓을 저질렀는지 확인하기 위해 학교를 찾았고, 그때 내가 낙제했다는 소식을 들었다. 학교생활에 문제가 있다는 사실은 알고 있었지만, 낙제는 너무하다고 생각한 어머니는 교장 선생님을 비롯한 다른 선생님들과 이야기를 해봐야겠다고 했다. 어머니는 그들이 잘못 생각했다는 사실을 증명하기 위해 나를 이리저리 끌고 다녔다.

그것은 우리 모녀의 고난의 길이었다. 선생님들은 내가 누군지도 잘 몰랐지만, 출석부를 보고 결석이 너무 잦았다는 사실을 어머니에게 확인해주었다. 어머니는 너무 속상해했다. 결석 때문에 더 그랬다.

"대체 어디에서 뭘 했니?"

어머니의 물음에 내가 말했다.

"플로리디아나에 갔어요."

그때 고전문학 선생님이 끼어들었다.

"잔니나가 인문계 고등학교에 맞지 않는 것만은 분명해요. 너도 그렇게 생각하지 않니?"

선생님은 나를 보며 상냥하게 내 동의를 구했다. 나는 선생님의 물음에 대답하지 않았다. 하지만 속으로는 이제 나도 다 컸고 누구의 꼭두각시도 아니라는 사실을 깨닫고 나니 내가 아무런 재능도 없는 사람인 것 같다고 외치고 싶었다. 나는 똑똑하지도 않고 착하지도 않고 예쁘지도 않고 사람들에게 호감을 주지도 못했다. 그날따라 눈 화장과 볼 화장을 너무 진하게 한 데다 얼굴 피부가 바람에 부푼 돛처럼 팽팽해서 지나치게 경직되어 보이던 어머니가 나 대신 대답했다.

"그렇지 않아요. 적성에 맞는데 올해 조금 방황하는 것뿐이에요."

학교에서 나오자마자 어머니는 아버지를 탓하기 시작했다.

"이게 다 네 아빠 때문이야. 너를 지켜보고 도와주고 용기를

196

북돋아줘야 할 사람이 그렇게 가버리다니."

집에 돌아와서도 계속 그런 말을 하던 어머니는 이 모든 사태에 대한 책임이 있는 남편에게 어떻게 연락을 해야 할지 몰라 다음 날 아버지가 근무하는 학교까지 찾아갔다. 그날 저녁 두 사람이 만나서 무슨 이야기를 했는지 어머니가 내게 들려주었다.

"아무에게도 말 안 하기로 했다."

"뭘요?"

"네가 낙제한 거."

나는 더 비참해졌다. 그제야 나는 마음속으로는 나의 낙제 소식을 다른 사람들한테 알리고 싶었다는 걸 알았다. 따지고 보면 낙제야말로 나의 유일한 차별성이 아닌가. 나는 어머니가 동료 교사들과 원고 교정을 의뢰하는 사람들에게 내가 낙제한 사실을 이야기하기를 바랐다. 그보다 더 많게는 내 아버지가 그 사실을 자기를 존경하고 사랑하는 모든 사람에게 이렇게 공표하기를 바랐다.

"조반나는 나나 제 엄마와는 달라. 이해력도 떨어지고 노력도 하지 않아. 얼굴도 마음도 꼭 자기 고모처럼 못났어. 아마도 공업 단지가 있는 마첼로 지역에 사는 제 고모와 함께 살게 될 거야."

"왜요?"

내가 물었다.

"일을 크게 만들어서 좋을 게 없으니까. 작은 실수일 뿐이잖아. 1년 동안 같은 학년을 다시 다니면서 열심히 공부해서 반에서 1등을 하렴. 알았지?"

"네."

마지못해 대답하고 내 방으로 들어가려는데 어머니가 불렀다.

"기다려. 안젤라와 이다에게도 말하면 안 된다."

"그 애들은 진급했나요?"

"그래."

"안젤라와 이다한테 말하지 말라고 아빠가 그랬어요?"

어머니는 내 말에 대답하지 않고 다시 작업에 열중했다. 그런 어머니의 모습이 전보다 더 야위어 보였다. 나는 아버지와 어머니가 내 실패를 부끄럽게 생각한다는 걸 알았다. 아마도 그것이 그 두 사람이 공감하는 유일한 감정일 것이다.

3

그해 여름에는 휴가를 가지 못했다. 어머니가 아무 데도 가지 않았기 때문이다. 아버지가 어떻게 지냈는지는 잘 모르겠다. 나는 해가 바뀐 다음에야 아버지를 다시 만났다. 겨울이 끝나갈 무렵 어머니는 이혼 절차를 밟기 위해 아버지에게 연락했다. 그 일 때문에 그다지 괴롭지는 않았다.

그해 여름 내내 나는 어머니의 절망을 외면했다. 어머니와 아버지가 물건을 나누느라 언쟁을 벌일 때도, 아버지가 "넬라! 책상 서랍 맨 위에 넣어둔 노트가 지금 필요하단 말이야!"라고 소리치며 화를 낼 때도, 그런 아버지에게 집에서 책도 공책도 평소 아버지가 사용하던 펜도 타자기도 못 가져가게 할 거라고 어머니가 악을 쓰면서 싸울 때도 별다른 감정을 느끼지 못했다.

하지만 어머니가 낙제한 걸 아무한테도 말해서는 안 된다고 했을 때만큼은 괴롭고 수치스러웠다. 고모가 말한 것처럼 처음으로 부모님이 딱해 보였다. 결국 나는 필사적으로 안젤라와 이다와 전화도 만남도 피했다. 학교 성적 이야기가 나오거나 고등학교 1학년 과정을 반복하고 있는 내게 2학년 생활이 어떤지 물어볼까봐 두려웠기 때문이다.

나는 갈수록 거짓말이 좋아졌다. 말도 안 되는 이야기를 지어낼 때 기도할 때와 똑같은 위안을 받았다. 하지만 부모님을 수치스럽지 않게 하고 내가 그들의 재능을 물려받지 못했다는 사실을 감추기 위해 날조된 이야기에 매달려야 한다는 사실에 나는 상처를 받았고 우울했다.

한번은 이다에게 전화가 왔는데 어머니에게 내가 집에 없다고 해달라고 했다. 책도 많이 읽고 영화도 많이 보던 시기라 안젤라보다는 이다와 이야기가 더 잘 통했을 텐데도 그렇게 했다. 나는 완전한 고립을 원했다. 할 수만 있다면 어머니에게도 말을 건네지 않았을 것이다. 이제는 학교에 갈 때도 부유한 아이들 가운데 나 혼자만 팍팍하게 살아온 여자처럼 옷을 입고 화장을 하고 다녔다.

나는 모두를 멀리했다. 선생님들도 마찬가지였다. 그들이 나를 참아주는 유일한 이유는 어머니가 자기도 교사라는 사실을 은근히 알렸기 때문이었다. 집에 어머니가 없을 때면 음악을 크게 틀었다. 때로는 격렬하게 춤을 추기도 했다. 종종 이웃 사람들이 항의하러 우리 집 초인종을 눌렀지만 나는 문을 열어주지 않았다.

그러던 어느 날 집에서 혼자 난동을 피우고 있는데 초인종이 울렸다. 나는 성난 이웃일 거라고 생각하며 문구멍으로 밖을 내다봤다. 층계참에 코라도가 있었다. 그때까지는 문을 열어주지 않으려 했는데 문득 복도를 걸어오는 내 발소리를 들었을 거란 생각이 들었다. 코라도는 예의 그 뻔뻔한 얼굴로 문구멍을 물끄러미 들여다보고 있었다. 문 너머로 내 숨소리를 들었는지 심각한 표정을 하고 있던 그가 미소를 지었고 그런 그의 모습에 마음이 편해졌다.

그 미소를 보자 공동묘지에서 본 코라도의 아버지 사진이 생각났다. 흡족한 미소를 짓고 있던 빅토리아 고모의 연인 사진 말이다. 나는 죽은 사람이 미소 짓고 있는 사진은 묘지에 적합하지 않다고 생각했다. 코라도의 미소가 살아 있는 청년의 것이어서 다행이었다. 나는 평소에 자기들이 없을 때는 아무도 집 안에 들이지 말라는 부모님의 말이 떠올라 오히려 더 코라도를 집에 들였고 후회는 하지 않았다. 이제 다시는 즐거움을 느낄 수 없을 거라 생각했는데 그가 머무른 한 시간 동안 오랜 위기가 시작된 이후 처음으로 나는 기분이 좋아졌다.

처음 마르게리타 아주머니네 삼 남매를 만났을 때 토니노의 침착한 태도와 어여쁜 줄리아나의 활기찬 반응은 좋았지만 어딘지 심술궂은 구석이 있는 코라도의 수다는 거슬렸었다. 그는 웃기지도 않는 농담으로 빅토리아 고모를 포함한 주변 모두를 비웃었다. 그런데 그날 오후에는 그가 무슨 말을 해도 나는 배꼽이 빠지도록 웃다 눈물까지 흘렸다. 못 말릴 정도로 한심한 농담이었는데도 그랬다.

그날 이후 그런 식의 웃음은 내 특징이 됐다. 나는 별일 아닌

일로 한 번 웃음이 터지면 웃다가 킥킥거렸다. 그날 오후 내가 웃음보가 터진 건 '얼간이'라는 말 때문이었다. 잘 모르는 표현이었는데 코라도의 말투가 웃겨서 웃음이 터졌다. 코라도는 내가 그 표현을 재미있어 한다는 걸 바로 눈채쳤다. 그는 내 웃음에 고무되어 좋아하면서 어설픈 표준어로 "그 얼간이 자식, 그 얼간이 년"이라면서 토니노와 줄리아나를 깎아내렸다. 코라도는 토니노가 그보다 더 얼간이인 내 친구 안젤라와 사귀기 때문에 얼간이라고 했다. 코라도는 자기 형에게 이렇게 물었다고 했다.

"그래서 그 애와 키스해봤어?"

"몇 번은."

"가슴도 만져봤어?"

"아니, 나는 그 애를 존중해."

"존중? 형은 얼간이야. 얼간이니까 사귀는 여자를 존중하지. 존중 따위나 하려면 뭐하러 여자를 사귀었어? 안젤라도 형만큼 얼간이가 아니라면 '토니노, 존중 따위는 필요 없어. 계속 나를 존중하면 헤어질 거야'라고 할걸? 하하하."

그날 오후 나는 너무나 즐거웠다. 코라도가 섹스에 대해서 자연스럽게 말하는 것도, 제 형과 안젤라가 사귀는 걸 놀리는 것도 좋았다. 코라도는 경험상 남녀가 하는 행위에 대해서 잘 알고 있는 것 같았다. 가끔 사투리로 성행위를 묘사하는 표현을 툭 던지고 마찬가지로 사투리로 내게 그 의미를 설명해줬다. 나는 익숙하지 않은 표현이라 코라도의 설명을 완전히 이해하지는 못했기 때문에 눈치를 보면서 살짝 웃다가 그가 '얼간이'라는 말을 할 때마다 제대로 웃음보를 터뜨렸다.

코라도는 진짜와 가짜를 구분할 줄 몰랐다. 그는 섹스는 언제나 웃기다고 생각했다. 키스하는 것도 웃기고, 키스하지 않는 것도 웃기는 짓이다. 애무하는 것도 웃기고, 애무 안 하는 것도 웃겼다. 코라도는 세상에서 제일 웃긴 커플은 뭐니 뭐니 해도 줄리아나와 토니노의 똑똑이 친구 로베르토 커플이라고 했다. 어릴 때부터 서로 좋아했으면서 표현을 안 하고 있다가 이제야 사귀기로 했다는 것이었다.

줄리아나는 로베르토에게 마음을 홀딱 빼앗겼다. 줄리아나에게 로베르토는 세상에서 가장 잘생기고 똑똑하고 용감하고 정의로운 사람이었다. 줄리아나는 로베르토가 하나님의 아들인 예수님보다 하나님에 대한 믿음이 더 신실하다고 생각했다. 모든 독실한 여자들은 로베르토를 줄리아나처럼 생각한다고 했다. 파스코네뿐 아니라 로베르토가 대학에 다니고 있는 밀라노의 여자들까지.

하지만 코라도 말로는 정신이 제대로 박혀 있는 사람 중에는 그런 생각에 동의하지 못하는 이들도 많다고 했다. 자기와 뻐드렁니 로사리오를 포함한 자기 친구들의 생각도 다르다고 했다.

"잘못 생각하는 걸 수도 있잖아요. 줄리아나 언니 말이 옳을지도 몰라요."

내가 말했다.

코라도의 말투가 사뭇 진지해졌지만 나는 그가 겉으로만 심각한 척한다는 사실을 바로 알아챘다.

"너는 로베르토는 잘 몰라도 줄리아나는 알잖아. 성당에 와봤으니 사람들이 춤추는 광경과 네 고모가 아코디언을 연주하는 모습을 봤겠지. 그곳에 어떤 사람들이 오는지 봤을 거야. 그러니 어디 한번 말해봐. 그 사람들을 믿어 아니면 나를 믿어?"

나는 이미 웃을 태세를 갖추고 말했다.

"오빠 말을 믿어요."

"자, 이제 말해봐. 객관적으로 네 생각에는 로베르토가 어떤 놈일 것 같아?"

"얼간이!"

나는 악을 쓰다시피 외친 후 웃음을 터뜨렸다. 너무 웃어서 얼굴 근육이 아플 지경이었다.

그런 식으로 말할수록 규칙을 어길 때의 묘한 쾌감이 느껴졌다. 나는 나보다 나이가 예닐곱 살이나 더 많은 청년을 빈집에 들였고, 거의 한 시간 동안이나 그와 즐겁게 야한 이야기를 했다. 서서히 그 외 다른 모든 규율을 위반할 수 있을 것 같았다. 그런 내 마음을 눈치챘는지 코라도가 갑자기 눈을 희번덕거리며 말했다.

"내가 뭐 하나 보여줄까?"

나는 계속 웃으면서 고개를 가로저었다. 그러자 코라도도 덩달아 킥킥 웃더니 갑자기 자기 바지 지퍼를 내렸다.

"손 좀 줘봐. 만지게 해줄게."

그가 속삭였다. 내가 계속 웃기만 할 뿐 손을 내밀지 않자 코라도는 점잖게 내 손을 잡았다.

"꽉 쥐어봐."

그가 말했다.

"아니, 그렇게 세게 잡지는 말고. 잘했어. 그렇게. 얼간이씨를 처음 만져봤나 보네."

코라도는 나를 웃기려고 일부러 그 표현을 썼고 나는 그의 기대에 부응해서 웃음을 터뜨렸다.

"이제 그만해요. 엄마가 돌아올 거예요."

"그러면 네 엄마한테도 얼간이씨를 만져달라고 하자."

그가 내 속삭임에 대꾸했다. 정말이지 그날 우리는 원 없이 웃었다. 그 뭉뚝하고 단단한 물건을 쥐고 있으니 내가 우습게 느껴졌다. 그러고 보니 우리는 키스도 아직 안 한 사이라고 생각하면서 나는 그의 물건을 꺼냈다. 그때 그가 말했다.

"입에 넣어줘."

못할 것도 없었다. 그 순간 웃기 위해서라면 나는 그가 뭘 요구하든 들어줬을 것이다. 하지만 코라도의 바지에서 나는 역한 지린내 때문에 비위가 상했고 때마침 코라도도 그만하자면서 내 손을 밀쳐냈다. 그는 인상적인 신음을 길게 뱉어내며 물건을 팬티 속에 집어넣었다. 그는 아주 잠깐 눈을 감고 쓰러지듯 소파에 등을 기대고 있다가 몸을 부르르 떨더니 지퍼를 올리고 일어나 시계를 보며 말했다.

"그만 가봐야겠다. 하지만 오늘 너무 재밌었어. 꼭 다시 만나자."

"엄마가 공부해야 한다고 못 나가게 하는걸요."

"이미 잘하는데 그럴 필요가 뭐 있어."

"그렇지 않아요. 낙제해서 같은 학년을 반복하고 있어요."

코라도가 못 믿겠다는 듯 나를 바라보았다.

"말도 안 돼. 나도 안 당한 낙제를 네가? 부당한 처사야. 항의

했어야지. 나는 공부랑은 거리가 멀어, 알지? 기술학교 졸업장을 받은 것도 다 내가 성격이 좋아서였어."

"오빠는 성격이 좋은 게 아니라 멍청한 거예요."

"그럼 넌 멍청이랑 재미를 본 거네?"

"그렇죠."

"그러니까 너도 멍청이라는 거네?"

"맞아요."

층계참에 가서야 코라도는 이마를 치며 외쳤다.

"중요한 걸 잊어버릴 뻔했네."

코라도는 바지 주머니에서 구겨진 봉투를 하나 꺼내더니 빅토리아 고모가 내게 그 봉투를 전해달라고 부탁해서 나를 찾아온 거라고 했다. 기억났으니 망정이지 하마터면 고모가 개구리처럼 자기한테 꽥꽥거리며 소리를 지를 뻔했다고 했다. 그가 말도 안 되는 비유로 나를 웃기려고 일부러 개구리라고 한 걸 알면서도 이번에는 웃지 않았다. 코라도가 내게 봉투를 건넨 뒤 계단밑으로 자취를 감추자 불안감이 다시 몰려들었다.

꾸깃꾸깃하고 지저분한 봉투는 풀로 밀봉되어 있었다. 나는 어머니가 집에 돌아오기 전에 급히 봉투를 열었다. 몇 줄 안 되는 편지인데도 맞춤법이 엉망이었다. 빅토리아 고모는 자기한테 연락도 하지 않고 전화도 받지 않음으로써 내가 아버지와 어머니처럼 피붙이의 애정을 받을 만한 자격이 없다는 사실을 증명했다면서 팔찌를 돌려달라고 했다. 이후에 팔찌를 받아오게 코라도를 다시 보내겠다고 했다.

나는 다시 팔찌를 차고 다니기 시작했는데 거기에는 몇 가지 이유가 있었다. 첫 번째 이유는 빅토리아 고모에게 돌려주기 전에 얼마간이라도 반 아이들에게 과시하면서 비록 낙제를 당했지만 나라는 사람은 변한 게 없다는 걸 보여주고 싶었기 때문이다. 두 번째 이유는 이혼 수속이 마무리되어갈 그 무렵 아버지가 나와의 관계를 회복하고 싶어 했기 때문이다. 아버지가 학교로 나를 찾아올 때마다 나는 아버지가 내 팔목에 있는 팔찌를 보길 바랐다. 그럼으로써 행여라도 코스탄차 아줌마 집에 나를 초대할 경우 내가 꼭 그 팔찌를 차고 갈 거라는 사실을 깨닫기를 바랐다. 하지만 반 아이들도 아버지도 팔찌에 별로 신경을 쓰지 않는 것 같았다. 친구들은 부러워서일 것이고 아버지는 팔찌 이야기를 꺼내기가 거북해서 그러는 것 같았다.

아버지는 대부분 하교 시간에 찾아와 내게 다정하게 대해주었다. 우리는 판차로티*와 파스타크레슈타**를 먹으러 케이블카 정거장 가까이에 있는 튀김집으로 갔다. 아버지는 내게 선생님들은 어떻고 수업과 성적은 어떤지 물었다. 아버지는 집중하는 척했지만 사실은 내 말에 관심이 없는 게 눈에 빤히 보였다. 그런 식의 대화 소재는 빨리 동이 났지만, 아버지는 다른 이야깃거리를 찾지 못했고 나 역시 아버지의 새로운 삶에 관해 차마 묻지

---

* 나폴리 스타일 크로켓 요리.
** 나폴리 전통 밀가루 튀김.

못했다. 아버지와 나는 침묵 속에서 시간을 보냈다.

정적이 흐르면 화가 나고 슬퍼졌다. 내 아버지와 점점 더 멀어지는 것 같았다. 아버지는 내가 다른 생각을 하느라 자기가 나를 쳐다보는지 모를 것 같을 때만 나를 훔쳐봤다. 하지만 나는 아버지가 나를 바라보고 있다는 걸 알고 있었다. 아버지의 의아해하는 시선을 느낄 수 있었다. 아버지는 화장을 짙게 하고 머리끝부터 발끝까지 까만색으로 도배한 내 모습을 낯설어하는 것 같았다. 어쩌면 내 본모습을 너무 잘 알게 돼서 그러는 것일 수도 있었다. 내가 이중적이고 음험한 사람이라는 사실을 내가 아버지의 사랑스러운 딸이었던 그 시절보다 지금에야 더 잘 알게 되어 그러는 걸지도 모른다.

아버지는 집 앞에 나를 내려줄 때면 원래의 상냥한 모습으로 내 이마에 입을 맞추고 어머니에게 안부를 전해달라고 했다. 마지막으로 아버지에게 고개를 끄덕여 보이고 현관문을 닫으면서, 나는 아버지가 안도의 한숨을 내쉬며 요란스레 액셀러레이터를 밟는 상상을 했다.

계단이나 엘리베이터로 집에 올라가면서 나도 모르게 평소에 싫어하던 나폴리 민요를 흥얼거리곤 했다. 마치 가수가 된 양 가슴을 살짝 드러내고 입을 반쯤 벌린 채 말도 안 되는 가사를 읊조리다 집 앞 층계참에 이르러 자세를 가다듬고 열쇠로 문을 열고 집에 들어가면 학교에서 막 돌아온 어머니가 있었다.

"아빠가 안부 전해달래요."

"그래, 밥은 먹었니?"

"네."

"뭘 먹었어?"

"판차로티랑 파스타크레슈타요."

"부탁이니 네게 튀김만 먹이지 말라고 전해주렴. 그런 음식은 아빠한테도 안 좋아."

그 마지막 말에서 어머니의 진심이 느껴져 놀랐다. 어머니는 가끔 자기도 모르게 그런 말을 해서 나를 놀라게 했다. 오랜 절망의 시간을 거치면서 어머니는 변하고 있었다. 어쩌면 절망의 본질 자체가 변하고 있는 것일지도 몰랐다. 어머니는 뼈만 앙상했다. 이제는 빅토리아 고모보다 담배를 많이 피웠고 갈수록 어깨가 굽었다. 앉아서 일하는 모습이 애초에 잡을 수 없는 고기를 낚기 위해 던져놓은 낚싯바늘처럼 보였다.

그런데도 어머니는 언젠가부터 자기보다 헤어진 남편 걱정을 더 많이 하는 것 같았다. 가끔 어머니는 아버지가 곧 죽을 운명이거나 아니면 더 심하게는 아무도 모르게 이미 죽어버렸다고 믿는 것 같았다. 물론 어머니는 아직도 이 모든 상황에 대한 책임은 아버지에게 있다고 생각했지만 그럼에도 아버지에 대해 원한과 염려가 뒤섞인 감정을 가지고 있었다. 어머니는 아버지를 증오하면서도 다른 한편으로 자기 품 안을 벗어난 아버지가 건강이 나빠져서 죽어버릴까봐 두려워하는 것 같았다.

나는 어찌해야 할 바를 몰랐다. 어머니의 모습을 보면 염려스러웠지만, 과거 남편과 함께했던 추억 외에 다른 모든 것에 대해서는 점점 관심을 잃어가는 모습을 보면 화가 치밀었다. 어머니가 종종 새로 쓰다시피 고쳐놓은 원고를 읽어보면 항상 이런저런 이유로 사라져버리는 멋진 남성이 등장했다. 어머니 친구가 집에 찾아올 때도 (대개는 지금 어머니가 가르치고 있는 고등학교 동료 교사들이었다) 종종 전남편은 문제가 많았지만 어떤 문제에 대해서만큼은 그의 말이 옳았다면서 "안드레아가 말하길…" "안드레아 생각에는…"이라고 말하곤 했다. 어머니는 그런 식으로 자주 존경 어린 말투로 아버지 이야기를 꺼내곤 했다.

그뿐만이 아니었다. 아버지가 『우니타』 신문에 정기적으로 글을 기고하기 시작했다는 사실을 알고 나서부터는 원래 『레푸블리카』지만 보던 어머니가 『우니타』지를 구독하기 시작했다. 어머니는 내게 아버지의 이름을 보여주고 문장에 밑줄을 긋고 기사를 스크랩했다.

그럴 때면 나는 속으로 만약 아버지가 어머니에게 한 짓을 내가 당했다면 나는 그 남자의 가슴을 부서뜨리고 심장을 잡아 뜯었을 거라고 생각했다. 나는 어머니도 언제나 그런 파괴적인 꿈을 꿨을 거라고 확신한다. 하지만 날이 갈수록 아버지와의 추억에 대한 고요한 숭배심이 원한에 사무친 비아냥거림을 이기는 경우가 잦아졌다.

그러던 어느 날 저녁 어머니가 가족사진을 정리하는 모습을 보았다. 그중에는 금속 상자에 들어 있던 사진들도 있었다. 어머니가 말했다.

"이리 와서 네 아버지가 얼마나 잘생겼었는지 좀 보렴."

어머니는 흑백사진을 한 장 보여주었다. 지난번에 내가 장롱을 뒤졌을 때는 못 봤던 사진이었다. 어머니는 그 사진을 고등학생 때부터 쓰던 이탈리아어 사전에서 꺼냈다. 그런 곳에 사진이 있을 거라고는 생각지도 못했다. 소녀 시절 빅토리아 고모의 얼굴이 사인펜으로 지워지지 않고 다른 사람도 아닌 엔초까지 있는 것으로 보아 아버지도 그 사진이 있는지 몰랐던 것 같다. 그뿐이 아니었다. 사진에서 같은 쪽에 나란히 서 있는 아버지와 고모와 반대쪽에 서 있는 엔초 사이에 아담한 체구의 여자가 소파에 앉아 있었다. 노인은 아니었지만 젊다고도 할 수 없는 여인은 표정이 냉혹해 보였다.

"이때는 아빠와 빅토리아 고모 사이가 좋아 보이네요. 아빠를 바라보며 웃고 있는 고모를 좀 보세요."

내가 속삭였다.

"그래."

"이 사람이 그 불한당 같은 경찰 엔초인가요?"

"응."

"이 사진에는 엔초와 아빠도 사이가 나빠 보이지 않아요."

"맞아, 처음에는 둘이 친구였거든. 엔초는 네 아빠 가족과 친하게 지냈단다."

"그럼 이 아주머니는 누구세요?"

"네 친할머니야."

"어떤 분이셨죠?"

"밉상이셨어."

"왜요?"

"네 아빠를 싫어해서 내게도 정을 주지 않으셨지. 나하고는 말도 안 섞고 나를 쳐다보지도 않으셨어. 나를 가족으로 생각하지 않았으니까. 나는 언제나 이방인이었단다. 네 아빠보다 엔초를 더 좋아하셨어."

찬찬히 사진을 살펴보던 중에 가슴이 철렁 내려앉았다. 나는 연필통에서 돋보기를 집어 들고 친할머니의 오른쪽 팔목을 확대해 보았다.

"여기 좀 보세요. 할머니가 내 팔찌를 차고 있어요."

내가 말했다.

어머니는 돋보기도 없이 예의 그 낚싯바늘 같은 구부정한 자세로 사진을 살펴보더니 고개를 설레설레 저으면서 중얼거렸다.

"난 몰랐어."

"전 바로 알아봤어요."

어머니의 얼굴에 짜증스러운 표정이 스쳐 지나갔다.

"그래, 너는 바로 알아봤구나. 하지만 나는 네 아빠를 보여주려고 한 건데 아빠는 제대로 보지도 않는구나."

"아빠도 봤는데 엄마 말처럼 잘생겨 보이진 않아요."

"아빠는 정말 잘생겼어. 너는 아직 어려서 똑똑한 남자가 얼마나 멋진지 몰라."

"아니요, 저도 잘 알아요. 하지만 이 사진에서 아빠는 고모와 쌍둥이 같아요."

어머니가 힘없이 말했다.

"아빠한테 버림받은 건 네가 아니라 나야."

"우린 둘 다 버림받았어요. 저는 아빠를 증오해요."

어머니가 고개를 가로저었다.

"네 아빠를 증오해야 할 사람은 나야."

"저도 마찬가지예요."

"아니, 넌 지금 화가 나서 마음에 없는 말을 하고 있어. 사실 네 아빠는 좋은 사람이야. 거짓말쟁이에다 배신자처럼 보이지만, 실은 정직하고 어떤 면에서 보면 충실한 사람이야. 네 아빠의 진짜 사랑은 코스탄차야. 그래서 지금까지 코스탄차와 함께한 거고 앞으로도 평생 함께할 거야. 그렇기 때문에 자기 어머니 팔찌를 코스탄차에게 준 거야."

5

내 발견은 나와 어머니 모두에게 상처를 남겼지만 우리는 전혀 다른 방식으로 반응했다. 어머니는 그동안 얼마나 많이 그 사전을 펼치고 그 사진을 꺼내봤을까. 그런데도 코스탄차 아줌마가 지난 수년 동안 자랑하고 다녔고 어머니 스스로 갖고 싶다고 했던 그 세련된 팔찌가 사진 속 시어머니가 차고 있던 팔찌와 똑같다는 사실을 한 번도 알아채지 못했던 것이다. 어머니는 평생토록 그 흑백사진에서 오직 소년 시절의 아버지만 봤을 것이다. 사진을 보면 어머니 자신이 아버지를 사랑한 이유가 생각나서 그 사진을 사전 속에 간직했던 것이다. 말라비틀어진 후에도 선물받았던 순간의 기억을 상기시켜주는 꽃처럼. 아버지만 바라봤기 때문에 내가 팔찌를 보여주었을 때 어머니는 끔찍한 고통을 느꼈을 것이다.

하지만 어머니는 내가 알아채지 못하게 어머니의 감정을 절제했다. 향수를 자극하는 멍청한 말로 내 부적절한 시선을 가리려 했다. 아버지가 착하고 정직하고 충실하다고? 코스탄차 아줌마야말로 아버지의 진정한 사랑이자 진짜 아내라고? 할머니가 자기 친아들보다 빅토리아 고모의 마음을 빼앗은 엔초를 더 좋아했다고? 어머니는 그런 말도 안 되는 이야기를 지어내며 횡설수설하다가 전남편에 대한 존경심을 앞세워 서서히 마음을 가라앉혔다. 물론 지금은 어머니가 아버지로 인해 생긴 공허함을 그렇게라도 메우지 않았다면 그 안에 떨어져 죽어버렸을 거라는 사실을 안다. 하지만 당시에는 어머니가 공허함을 메우는 방식이 혐오스럽게 느껴졌다.

나는 사진을 보고 절대로 빅토리아 고모에게 팔찌를 돌려주지 않아야겠다는 뻔뻔함이 생겼다. 그렇게 마음먹은 이유는 매우 복잡했다. 나는 속으로 생각했다.

'이 팔찌가 내 것인 이유는 할머니 것이었기 때문이야. 이 팔찌가 내 것인 이유는 아버지가 싫어하는데도 빅토리아 고모가 이 팔찌를 억지로 차지했기 때문이야. 이 팔찌가 내 것인 이유는 빅토리아 고모가 싫어하는데도 아버지가 이 팔찌를 억지로 차지했기 때문이야. 이 팔찌가 내 것인 이유는 내게 그럴 만한 자격이 있기 때문이야. 고모가 정말로 내게 팔찌를 선물했든 아버지가 남한테 주려고 고모에게서 빼앗아간 것이든 상관없어. 코스탄차 아줌마가 내게 팔찌를 돌려주었으니 고모가 팔찌를 자기 것이라고 주장하는 건 옳지 않아.'

나는 결론을 내렸다.

'이 팔찌가 내 것인 이유는 사진 속에서 팔찌를 알아본 사람이 엄마가 아니라 나였기 때문이야. 나는 고통을 똑바로 바라보고, 감내하고, 고통을 줄 수도 있지만, 엄마는 그렇지 않아. 엄마는 불쌍한 사람이야. 마리아노 아저씨의 정부조차 되지 못하고 제대로 즐길 줄도 몰라. 말라비틀어진 데다 움츠러들어서 꼭 자기 같은 사람들이나 읽는 멍청한 글을 쓰는 데 힘을 다 빼지.'

나는 그런 어머니와 달랐다. 나는 고모나 내 아버지와 더 닮았다. 사진 속에서는 두 사람의 외모가 매우 비슷해 보였다. 그래서 나는 고모에게 편지를 썼다. 고모가 내게 보낸 편지보다 더 긴 편지였다. 내가 팔찌를 가져야 하는 이유를 혼란스럽게 나열한 뒤 편지를 책가방에 넣고 코라도나 빅토리아 고모가 직접 나타나기를 기다렸다.

6

놀랍게도 정작 나를 만나러 학교까지 찾아온 사람은 코스탄차 아줌마였다. 어머니 때문에 억지로 내게 팔찌를 돌려주었던 그날 아침 이후 첫 만남이었다. 전보다 더 예뻐지고 더 세련된 것 같았다. 아줌마에게서 향수 냄새가 은은하게 났다. 지난 몇 년 동안 어머니도 아줌마를 따라서 그 향수를 쓰다가 지금은 쓰지 않았다.

유일하게 거슬리는 건 퉁퉁 부은 눈뿐이었다. 아줌마는 매혹적인 저음으로 나와 자기 딸들을 조촐한 가족 파티에 데려가고 싶다고 했다. 아버지는 오후 내내 학교 일로 바쁜데도 어머니에게 전화를 걸어 나를 데려가도 된다는 허락을 받았다고 했다.

"파티가 어디에서 열리는데요?"

내가 물었다.

"우리 집에서."

"무슨 파티죠?"

"잊었니? 오늘이 이다 생일이잖아."

"숙제가 많아요."

"내일은 일요일이잖아."

"일요일에 공부하기 싫어요."

"조금만 양보해주지 않을래? 이다는 항상 네 이야기를 해. 너를 정말 좋아해."

나는 더는 거절하지 못하고 아줌마만큼이나 좋은 향기가 나는 차를 타고 포실리포로 향했다. 코스탄차 아줌마가 학교에 관한 질문을 했고 나는 고등학교 1학년 과정을 반복하고 있다는 사실을 들키지 않기 위해 조심했다. 고등학교 2학년 때는 뭘 배우는지 모르는 데다 아줌마가 교사였기 때문에 틀린 대답을 하지 않으려 했다.

주제를 바꾸기 위해 안젤라에 관해 묻자 코스탄차 아줌마는 자기 딸들이 나를 못 봐서 얼마나 힘들어하는지 모른다고 했다. 안젤라는 얼마 전에 잃어버린 자기 신발 한 짝을 내가 찾아주는 꿈까지 꿨다고 했다. 나는 대화를 나누는 내내 팔찌를 가지고 놀았다. 내가 팔찌를 차고 있는 걸 아줌마가 알아채기를 바랐다.

"우리가 못 만나게 된 게 우리 잘못은 아니잖아요."

내 말에 아줌마는 예의 그 상냥함을 잃고 중얼거렸다.

"네 말이 맞아. 너희들 잘못은 아니지."

아줌마는 교통체증 때문에 운전에 집중하는 척하면서 한동안 아무 말도 하지 않다가 도저히 못 참겠는지 갑자기 이렇게 말했다.

"네 아빠 잘못이라고 생각하지는 마. 어쩌다 보니 그렇게 된 거야. 누구의 잘못도 아니야. 때로는 의도치 않게 상처를 줄 수도 있는 거란다."

아줌마는 속도를 줄여 차를 길가에 대더니 미안하다면서 울음을 터뜨렸다. 맙소사. 그 무렵 나는 눈물이라면 정말이지 신물이 났다.

"너는 몰라. 네 아빠가 얼마나 괴로워하는지. 너를 얼마나 가엾게 생각하는지. 네 아빠는 잠도 제대로 못 자. 너를 그리워해. 나도, 안젤라도, 이다도 너를 그리워해."

아줌마가 흐느끼며 말했다.

"저도 아빠가 보고 싶어요. 모두 다 보고 싶어요. 심지어는 마리아노 아저씨도요. 그 누구의 잘못이 아니라는 걸 저도 알아요. 어쩌다 이렇게 된 거죠. 그러니 어쩔 수 없어요."

나는 불편해하면서 말했다.

코스탄차 아줌마는 섬세하고 품위 있게 손끝으로 눈물을 살짝 훔쳤다.

"넌 정말 현명한 아이로구나. 넌 안젤라와 이다에게도 항상 좋은 영향을 주었어."

아줌마가 말했다.

"전 현명하지 않아요. 대신 소설은 많이 읽어요."

"그래, 그새 많이 컸구나. 재치 있는 대답도 할 줄 알고."

"정말이에요. 말할 때 제 생각이 아니라 소설에서 읽은 문장이 입에서 나와요."

"안젤라는 책을 멀리한단다. 그 애에게 남자친구가 생긴 걸 아니?"

"네."

"너도 남자친구가 있니?"

"아니요."

"사랑이란 복잡한 거야. 안젤라가 너무 이른 나이에 연애를 시작한 건 아닌지 모르겠구나."

아줌마는 붉게 충혈된 눈가에 화장을 하고 내게 자기 얼굴이 괜찮아 보이는지 물은 다음 출발했다. 아줌마는 가는 내내 조심스레 안젤라 이야기를 했다. 대놓고 물어보지는 못했지만 내가 자기보다 안젤라의 남자친구에 대해 아는 것이 더 많은지 알고 싶어 하는 것 같았다.

나는 신경이 곤두섰다. 말실수를 하고 싶지 않았기 때문이다. 이야기를 나눠보니 아줌마는 토니노에 대해서 아무것도 몰랐다. 나이도, 직업도, 이름도 몰랐다. 나는 나대로 토니노를 빅토리아 고모, 마르게리타 아주머니, 엔초와 연관 짓지 않으려고 애썼다. 토니노가 안젤라보다 거의 열 살이나 많은 것도 말하지 않았다. 단지 안젤라의 남자친구가 매우 진중한 사람이라고만 했다. 그 이상의 말을 하지 않기 위해 몸이 안 좋아서 집에 가고 싶다고 말할 뻔했지만 그새 목적지에 도착했다.

코스탄차 아줌마는 나무가 늘어선 작은 길을 지나 주차했다. 나는 바다에 비친 햇살과 눈부시게 아름다운 정원에 사로잡혔다. 나폴리의 전경과 하늘과 베수비오 화산이 한눈에 보이는 곳이었다. 아버지는 이런 곳에서 살고 있었다. 산 자코모 데이 카프리의 집과 비교하면 고도 차이는 별로 없었지만, 훨씬 아름다웠다. 코스탄차 아줌마가 물었다.

"부탁 하나만 들어줄래?"

"네."

"팔찌를 빼줄 수 있겠니? 우리 애들은 내가 너에게 그 팔찌를 준 걸 모르거든."

"사실대로 털어놓는 게 덜 복잡하지 않을까요?"

내 말에 아줌마는 괴로워했다.

"진실은 힘든 거야. 너도 크면 알게 될 거야. 소설과는 다르단다. 그렇게 해줄래?"

거짓말, 거짓말. 어른들은 거짓말을 하지 말라고 하면서 정작 자기들은 끊임없이 거짓말을 늘어놓는다. 나는 고개를 끄덕여 보이고 팔찌를 풀어서 주머니에 넣었다. 아줌마는 내게 고맙다고 했고 우리는 함께 집에 들어갔다. 나는 오랜만에 안젤라와 이다를 다시 보았다. 그새 셋 다 많이 변했지만 적어도 겉보기에는 금세 다시 가까워졌다.

"왜 이렇게 말랐어. 발이 커다래. 몸은 말랐는데 가슴이 엄청 커졌어. 정말 크다. 그건 그렇고 왜 이렇게 시꺼먼 옷을 입고 있어?"

이다가 말했다.

우리는 햇살이 가득한 부엌에서 식사했다. 가구도 가전제품도 반짝반짝 빛이 났다. 우리는 장난을 치기 시작했다. 나는 쉴 새 없이 키득거렸다. 코스탄차 아줌마는 그 모습에 안심하는 듯했다. 어느새 눈물의 흔적은 사라지고 자기 딸들보다 나에게 더 신경을 써주면서 나를 친절히 대해주었다. 안젤라와 이다가 신이 나서 할아버지 할머니와 함께 런던에 다녀온 이야기를 자세히 들려주느라 내게 말할 기회를 주지 않자 아이들을 야단치기까지 했다.

식사하는 동안 코스탄차 아줌마는 줄곧 따뜻한 눈길로 나를 바라보다가 두어 번 귓속말로 속삭였다.

"네가 와서 얼마나 기쁜지 몰라. 정말 예쁜 아가씨가 되었구나."

대체 왜 이러는 걸까. 어쩌면 어머니에게서 나까지 빼앗으려는 것인지도 모른다. 내가 자기 집에 와서 같이 살기를 바라는 걸지도 모른다. 나는 여기서 사는 게 싫은가? 아니, 그렇지 않을 수도 있다. 그 집은 넓고 환하고 아늑했다. 나는 분명 여기서 잘 지낼 수 있을 것이다. 아버지만 예전에 산 자코모 데이 카프리에서 어머니와 함께 살 때처럼 이 집에서 함께 자고, 식사하고, 같은 욕실을 쓰지 않는다면.

문제는 바로 그것이었다. 아버지는 그 집에 살고 있었고 아버지의 존재 때문에 내가 그곳에 사는 것은 불가능한 일이 되었다. 안젤라와 이다와 다시 사이좋게 지내면서 코스탄차 아줌마의 근면 성실한 벙어리 가정부가 만들어준 요리를 먹는 것은 상상조차 할 수 없는 일이었다. 나는 아버지가 바로 그 순간 어디선가 책이 가득 들어 불룩한 가방을 들고 집으로 돌아와 그의 옛 아내에게 했듯이 현재 아내에게 입을 맞추고 말로는 피곤하다고 하면서도 우리 셋과 놀아주고, 우리를 사랑하는 척해주고, 이다를 무릎에 앉혀서 함께 촛불을 끄고 생일 축하 노래를 불러준 뒤 갑자기 평소의 냉정한 태도로 돌아가 산 자코모 데이 카프리의 서

재와 똑같은 용도의 새 서재에 틀어박힐까봐 두려웠다. 코스탄차 아줌마가 어머니가 언제나 그랬던 것처럼 "부탁이니 조용히 하렴, 얘들아. 안드레아가 일하는 걸 방해하면 안 돼"라고 할까봐 두려웠다.

"왜 그러니? 갑자기 창백해졌어. 어디 안 좋니?"

코스탄차 아줌마가 물었다.

"엄마! 우리 좀 가만히 내버려두세요."

안젤라가 투덜댔다.

7

그날 오후 우리끼리 시간을 보내는 동안 안젤라는 토니노 이야기만 했다. 안젤라는 자기가 토니노를 얼마나 좋아하는지 열성적으로 설명했다. 토니노는 말수가 적었고 언제나 지나칠 정도로 침착했다. 항상 중요한 말만 한다고 했다. 토니노는 안젤라를 너무 사랑해서 그 애가 하는 말이라면 뭐든 들어주지만 자기한테 함부로 대하는 사람에게는 맞설 줄 안다고 했다.

안젤라는 토니노가 매일 학교에 자기를 데리러 온다고 했다. 곱슬머리에 키가 훤칠하고 잘생긴 토니노는 사람들 사이에서 눈에 띄었다. 토니노는 어깨가 떡 벌어진 데다 재킷을 입어도 태가날 정도로 건장했다.

토니노는 측량기사 자격증을 따서 이미 일을 시작했지만 야망이 커서 가족들에게도 말하지 않고 몰래 건축 공부를 하고 있었다. 안젤라는 토니노가 줄리아나의 애인인 로베르토와 친한데 그 둘은 너무나 다르다고 했다. 넷이 함께 피자를 먹으러 간 적이 있는데 솔직히 실망했다고 말했다. 로베르토는 생각보다 평범하고 조금은 지루하기까지 했다는 것이다. 안젤라는 그렇게 아리따운 줄리아나가 대체 왜 로베르토를 좋아하는지, 로베르토보다 훨씬 잘생기고 똑똑한 토니노가 왜 그렇게 로베르토를 존경하는지 알 수 없다고 했다.

나는 안젤라 말을 듣기는 했지만 별로 신뢰하지는 않았다. 부모님이 이혼했어도 자기는 행복하게 지낸다는 걸 내게 보여주려고 자기 남자친구를 이용하는 것 같았다. 내가 물었다.

"왜 네 엄마한테는 남자친구 이야기를 하지 않았어?"

"엄마가 무슨 상관이야?"

"나한테 물어보더라고."

안젤라가 날을 세웠다.

"토니노가 누구고 어떻게 만났는지 말해줬어?"

"아니."

"엄마가 알면 안 돼."

"마리아노 아저씨는?"

"아빠는 더 안 되지."

"우리 아빠가 알면 당장 헤어지게 할걸?"

"네 아빠가 뭔데? 네 아빠는 할 말이 없어. 내게 이래라저래라 할 자격이 없어."

이다가 고개를 크게 끄덕여 보이더니 힘주어 말했다.

"우리 아빠는 마리아노야. 그건 확실해. 하지만 나랑 언니는 그 누구의 딸도 안 하기로 했어. 우리는 엄마도 엄마로 생각하지 않아."

안젤라는 저속한 말로 섹스 이야기를 할 때처럼 갑자기 목소리를 낮췄다.

"엄마는 걸레야. 네 아빠의 걸레."

"내가 요즘 어떤 책을 읽고 있는데 그 책에서 한 여자애가 자기 아버지 사진에 침을 뱉고 자기 친구한테도 그렇게 하게 해."

"그럼 너는 네 아빠 사진에 침을 뱉을 수 있어?"

내 말에 안젤라가 물었다.

"너는?"

나도 물었다.

"난 엄마 사진에는 침을 뱉을 수 있어."

"난 아니야."

이다가 말했다.

나는 잠시 고민하다 말했다.

"나는 아빠 사진에 오줌도 눌 수 있어."

그 말에 안젤라가 열광했다.

"다 같이 하면 되겠다."

"언니들이 그렇게 하면 내가 그걸 보고 글로 써줄게."

이다가 말했다.

"우리를 글로 쓴다니, 그게 무슨 말이야?"

내가 물었다.

"안드레아 아저씨 사진에 오줌을 누는 모습을 글로 묘사하겠다고."

"우리에 관한 이야기를 쓰려는 거야?"

"응."

나는 기분이 좋아졌다. 두 자매가 자기들 집에서 도망쳐 나와 나처럼 혈연을 끊으려는 것이 마음에 들었다. 그 애들이 막말을 하는 것도 좋았다.

"정말 그런 이야기를 쓰고 싶으면 내가 실제로 경험한 일을 말해줄 수도 있어."

내가 말했다.

"그게 뭔데?"

안젤라가 물었다.

"나는 너희 엄마보다 더 심한 걸레야."

내가 목소리를 낮추고 말했다.

둘 다 내 폭로에 엄청난 관심을 보였다. 내게 하나도 빼놓지 말고 다 이야기해달라고 졸랐다.

"언니도 남자친구가 있어?"

이다가 물었다.

"꼭 남자친구가 있어야 걸레인 건 아니야. 걸레 짓은 아무하고나 할 수 있는 거야."

"네가 아무하고나 그런 짓을 한다는 거야?"

안젤라가 물었다.

나는 그렇다고, 남자아이들과 천박한 사투리로 섹스 이야기를 한다고 했다. 그럴 때면 배꼽이 빠질 정도로 웃게 되는데 웃을 만큼 웃고 나면 남자아이들이 자기들 물건을 꺼내서 내게 만져달라고 하거나 입에 넣어달라고 한다고 했다.

"웩!"

이다가 말했다.

"맞아, 모두 역겨워."

내가 인정했다.

"모두라니?"

안젤라가 물었다.

"남자들 말이야. 그 애들이랑 있으면 기차 화장실에 있는 것
같아."

"그래도 키스는 좋잖아."

이다가 말했다.

나는 세차게 고개를 가로저었다.

"남자들은 키스하는 걸 귀찮아해. 잘 만져주지도 않아. 기회만
있으면 바지 지퍼부터 내리지. 자기들이 만지는 것보다는 여자
쪽에서 만져주기를 원해."

"거짓말. 토니노는 내게 키스해주는걸."

안젤라가 말했다.

안젤라가 내 말을 의심하자 기분이 상했다.

"키스는 해주겠지만 딱 거기까지잖아."

"그렇지 않아."

"그럼 말해봐. 너는 토니노랑 뭘 하는데?"

"토니노는 신앙심이 깊어서 나를 존중해주는 거야."

안젤라가 속삭였다.

"봤지? 너를 존중만 해주는 남자친구가 무슨 소용이야?"

안젤라는 입을 꼭 다물고 고개를 가로저었다. 순간 얼굴에 짜
증스러운 표정이 스쳐 지나갔다.

"토니노와 사귀는 건 그가 나를 사랑해주기 때문이야. 너는 아무도 사랑해주지 않나 보지? 너 낙제까지 했다면서?"

"정말이야?"

이다가 물었다.

"누가 그래?"

안젤라가 머뭇거렸다. 내게 모욕감을 주고 싶은 충동을 참지 못한 것을 이미 후회하고 있는 것 같았다.

"네가 코라도한테 한 말을 코라도가 토니노에게 전했어."

안젤라가 기어들어 가는 소리로 말했다.

이다는 나를 위로하려 했다.

"하지만 우리는 아무한테도 말하지 않았어."

이다가 이렇게 말하면서 내 뺨을 어루만지려 했지만 나는 그 손길을 피하면서 쏘아붙였다.

"너희처럼 멍청한 애들이나 앵무새처럼 교과서를 달달 외우고 진급을 하고 남자친구한테 존중을 받는 거야. 나는 공부 안 해. 낙제도 일부러 당한 거고. 나는 걸레야."

8

아버지는 날이 저문 다음에야 집에 도착했다. 코스탄차 아줌마는 긴장한 것 같았다.

"왜 이렇게 늦었어. 조반나가 온다는 걸 알고 있었잖아."

함께 식사하는 동안 아버지는 즐거운 척했다. 나는 아버지를 잘 알고 있었다. 아버지는 마음에도 없으면서 명랑한 척하고 있었다. 그날 저녁 아버지는 눈에 빤히 보이는 연기를 했고 나는 과거 우리와 함께 살았던 때만큼은 아버지가 그러지 않았기를 빌었다.

나는 나대로 화가 난 상태를 숨기지 않았다. 코스탄차 아줌마의 애정 어린 관심이 성가셨고 기분이 상해서 안젤라는 꼴도 보기 싫었고 내 기분을 풀어주려는 이다의 애정 표현도 참아주기 힘들었다. 마음속 깊은 곳에서 느껴지는 터질 듯한 사악한 기운이 내 얼굴과 눈빛에서 드러날 거라는 생각에 긴장감을 늦출 수 없었다.

결국 나는 이다의 귀에 대고 이렇게 속삭이고 말았다.

"네 생일인데 마리아노 아저씨가 끝까지 안 나타나는 데는 이유가 있을 거야. 네가 너무 징징대고 귀찮게 달라붙어서 그러는 거야."

내 말에 이다는 뺨이라도 한 대 맞은 것처럼 아랫입술을 바르르 떨더니 더는 말을 걸지 않았다.

아버지는 그 일을 그냥 넘기지 않았다. 내가 이다한테 못된 말을 한 걸 알아채고 안젤라와 다정하게 이야기하다가 갑자기 나를 야단쳤다.

"그만해, 조반나. 못되게 굴지 마."

나는 아무 말도 하지 않았다. 나도 모르게 희미한 미소를 지어 보이자 아버지는 더 화가 나서 나를 다그쳤다.

"내 말 알아들었어?"

나는 웃지 않으려고 조심하면서 고개를 끄덕이고는 잠시 후 얼굴이 벌겋게 달아올라 잠깐 화장실에 갔다 오겠다고 했다.

나는 열쇠로 화장실 문을 잠그고 분노로 붉게 달아오른 얼굴을 식히려고 세수를 했다. 아버지는 나를 괴롭힐 수 있다고 생각하는 것 같은데 실은 나도 마음만 먹으면 그렇게 할 수 있다. 거실로 돌아가기 전에 나는 코스탄차 아줌마가 눈물을 흘린 뒤에 그랬던 것처럼 눈 화장을 고치고 주머니에 넣어두었던 팔찌를 꺼내 다시 손목에 채운 뒤 식탁으로 돌아갔다. 안젤라가 놀라서 눈을 동그랗게 뜨고 물었다.

"왜 엄마 팔찌가 너한테 있어?"

"아줌마가 준 거야."

안젤라가 코스탄차 아줌마에게 말했다.

"내가 가지고 싶었는데 왜 조반나에게 준 거예요?"

"나도 이 팔찌 좋은데."

이다가 중얼거렸다.

그러자 얼굴이 잿빛으로 변한 아버지가 끼어들었다.

"팔찌를 돌려줘, 조반나."

코스탄차 아줌마는 고개를 가로저었다. 아줌마도 갑자기 힘이 빠진 것 같았다.

"아니야, 팔찌는 조반나 거야. 내가 선물로 준 거야."

"왜요?"

이다가 물었다.

"착하고 공부도 열심히 하니까."

안젤라와 이다를 보니 둘 다 속상해하고 있었다. 순간 반항심이 누그러들었다. 그 애들이 속상해하는 것을 보니 나도 속이 상했다. 모든 게 슬프고 비참했다. 나도 그 애들도 이젠 뭘 해도 어린 시절처럼 행복해질 수 없었다. 순간 아차 싶었다. 안젤라와 이다가 상처받아 속상한 마음에 자기들 기분 좋자고 그 자리에서 내 비밀을 안다고 할 것 같았기 때문이다. 내가 낙제를 했고, 공부도 안 하고, 태어날 때부터 멍청한 아이라고 할 것 같았다. 단점밖에 없는 아이라서 팔찌를 받을 자격이 없다고 할 것 같았다. 나는 화가 나서 코스탄차 아줌마에게 쏘아붙였다.

"난 착하지도 않고 공부도 열심히 안 해요. 낙제해서 1학년을 반복하고 있다고요!"

코스탄차 아줌마가 도저히 못 믿겠다는 듯 아버지를 바라보자 아버지는 헛기침을 하더니 마지못해 별일 아니라며 무마하려고 했다.

"맞아, 하지만 올해는 잘하고 있으니까 아마 월반할 수 있을 거야. 자, 조반나, 이제 안젤라와 이다에게 팔찌를 돌려주렴."

내가 말했다.

"이 팔찌는 우리 할머니 거예요. 잘 알지도 못하는 사람들한테 줄 수는 없어요."

그 순간 목 깊은 곳에서 냉기와 경멸로 가득한 아버지 특유의 끔찍한 목소리가 터져나왔다.

"그 팔찌 주인이 누군지는 내가 정할 테니 당장 팔찌를 내놔!"

그 말에 나는 팔찌를 풀어서 부엌 가구를 향해 힘껏 던져버렸다.

아버지는 차로 나를 집에 바래다주었다. 나는 예기치 못한 승리감에 도취해 포실리포의 집을 나왔다. 다른 한편으로는 마음이 불편해서 죽을 것만 같았다. 내 책가방에는 팔찌와 어머니를 위한 케이크 한 조각이 들어 있었다. 코스탄차 아줌마는 아버지에게 화를 내면서 바닥에 떨어진 팔찌를 직접 주워왔다. 팔찌가 망가지지 않았는지 확인한 다음 아버지의 눈을 똑바로 바라보면서 팔찌는 조반나 것이며 그것은 돌이킬 수 없는 사실이니 왈가왈부할 것 없다고 힘주어 말했다.

거짓으로라도 명랑한 척할 수 없는 민망한 분위기에서 이다는 촛불을 불었고 그걸로 파티는 끝났다. 코스탄차 아줌마가 넬라 몫이라며 자기 옛 친구에게 케이크를 보내겠다고 하자 안젤라는 우울한 표정으로 케이크를 커다랗게 한 조각 잘라서 열심히 포장해주었다.

아버지는 속이 상할 대로 상해서 보메로를 향해 차를 몰았다. 아버지가 그토록 동요하는 모습은 처음이었다. 내가 원래 알던 얼굴과 몹시 달라 보였다. 두 눈은 희번덕거리고 얼굴 피부가 뼈에 딱 달라붙어 있는 것처럼 수척해 보였다. 말할 때 애쓰지 않으면 발음이 잘 안 되는 것처럼 입술에 힘을 주면서 두서없는 말을 쏟아냈다.

아버지는 이런 식으로 말을 시작했다.

"아빠는 너를 이해한다. 내가 네 엄마 인생을 망쳐서 복수심에 나와 코스탄차와 안젤라와 이다의 인생을 망가뜨리려는 거지?"

말투는 밝았지만 엄청난 긴장감이 고스란히 전해졌다. 나는 덜컥 겁이 났다. 아버지에게 한 대 얻어맞을 수도 있겠다 싶었다. 운전하다 벽에 부딪히거나 다른 차를 들이받을 것만 같았다. 아버지는 그런 내 마음을 알아채고 "내가 무서운가 보구나"라고 중얼거렸다. 나는 거짓말로 그렇지 않다고 했다. 그렇지 않다고, 아버지를 망치고 싶지 않다고, 아버지를 사랑한다고 외쳤다. 하지만 아버지는 고집스레 자기 말이 맞다고 우기며 내게 장광설을 늘어놓았다.

"넌 내가 무서운 거야. 내가 예전 같지 않은 거야. 어쩌면 네가 옳을지도 몰라. 가끔 내가 다른 사람이 되는 건지도 몰라. 그것도 내가 절대로 되고 싶지 않았던 사람이. 너를 놀라게 했다면 미안하다. 내게 시간을 줘. 꼭 네가 알고 있는 아빠의 모습으로 되돌아갈게. 요즘 아빠는 힘든 시기를 보내고 있어. 모든 게 다 무너져내리는 것 같아. 나도 이렇게 될 줄 알고 있었어. 아빠에게 좋지 않은 감정을 품게 된 것을 미안하게 생각하지 마. 당연한 거야.

하지만 네가 내 외동딸이라는 사실만은 잊지 말아줘. 넌 영원히 아빠의 유일한 딸이야. 네 엄마도. 나는 네 엄마를 평생 사랑할 거야. 지금은 힘들겠지만 언젠가는 너도 이해하게 될 거야. 나는 오랫동안 네 엄마에게 충실했어. 하지만 코스탄차는 네가 태어나기 전부터 내가 사랑했던 사람이야. 코스탄차를 이성으로 생각한 건 아니었어. 코스탄차는 내가 원했던 여동생 같았지. 네 고모와는 정반대였어. 똑똑하고, 교양 있고, 섬세했어. 마리아노를 내 친형제로 생각했던 것처럼 코스탄차도 친동생처럼 생각했어.

마리아노는 함께 공부하고 토론하고 속내를 털어놓을 수 있는 친형제 같은 친구였어. 나는 마리아노에 대해 모르는 게 없었어. 마리아노는 평생 코스탄차를 배신했어. 다른 여자들과 관계를 맺고 자기 연애사를 내게 이야기해주기를 즐겼지. 그럴 때마다 나는 코스탄차가 불쌍했어. 안쓰러웠어. 코스탄차의 약혼자에게서, 남편에게서 그녀를 보호해주고 싶었어. 나는 내가 그 둘을 친형제처럼 생각해서 신경이 쓰이는 거라고 믿었어.

그런데 우연히, 정말 우연히 코스탄차와 여행을 하게 된 거야. 출장이었어. 직장과 관련된 일이었지. 코스탄차는 꼭 가고 싶어 했고 나도 마찬가지였어. 그렇다고 처음부터 나쁜 마음을 먹었던 건 아니야. 맹세컨대 난 한 번도 네 엄마를 배신한 적이 없어. 나는 학창시절부터 네 엄마를 사랑했고 그건 지금도 마찬가지야. 나는 너와 네 엄마를 사랑한단다.

그날 우리는 함께 저녁 식사를 했어. 코스탄차 말고 다른 사람도 많았어. 얼마나 많은 대화를 나눴는지 몰라. 식당에서 이야기를 하다가 길을 걸으면서 이야기를 나눴고 나중에는 밤새 내 방에서 이야기를 했어. 마리아노와 네 엄마가 함께 있을 때처럼 침대에 누워서 말이야. 어릴 때 우리 넷은 함께 옹기종기 누워서 이야기를 나누곤 했지. 너도 이해하지? 너랑 이다랑 안젤라는 서로 뭐든 다 털어놓잖아.

그날 방에는 코스탄차와 나 둘뿐이었지. 우리는 우리의 감정이 남매간의 사랑이 아니라는 걸, 다른 종류의 사랑이라는 걸 그때 처음 깨달았어. 우리도 너무 놀랐어. 그런 일이 왜 일어났고 어떻게 일어난 건지는 모르겠어. 그 속에 담긴 진정한 이유는 무엇이고 표면적인 이유는 무엇인지 모르겠어. 그렇다고 우리가 그런 관계를 지속했다고 생각하지 말아줘. 그러지는 않았어. 단지 불가항력적인 강렬한 감정을 느꼈을 뿐이야. 너무나 안타깝구나, 조반나. 미안하다. 팔찌 일도 미안해.

나는 언제나 그 팔찌가 코스탄차의 것이라고 생각했어. 팔찌를 볼 때마다 '코스탄차가 정말 좋아하겠구나. 코스탄차에게 정말 잘 어울리겠어'라고 생각했어. 그래서 내 어머니가 돌아가셨을 때 악착같이 그 팔찌를 가지려 했던 거야. 자기 것이라고 우기는 빅토리아의 뺨을 때릴 정도로. 그러다 네가 태어났을 때 내가 말했지. '아이에게 팔찌를 선물로 줘.' 빅토리아도 가끔은 내 말을 들을 때가 있어. 그런데 내가 그 팔찌를 코스탄차에게 줘버렸어. 나를 한 번도 사랑해주지 않았던 내 어머니의 팔찌를. 어쩌면 내 사랑은 어머니를 아프게 했는지도 몰라. 나도 잘 모르겠어. 가끔 우리가 하는 행동은 행동이 아니라 상징일 수도 있거든. 너 상징이 뭔지 알지? 나중에 설명해줄게. 자기도 모르게 선이 악이 될 수도 있는 거야. 나를 좀 이해해줘. 나는 네게 몹쓸 짓을 하지 않았어. 넌 갓난아이였으니까. 몹쓸 짓은 코스탄차에게 했지. 이미 오래전에 속으로 코스탄차에게 팔찌를 주기로 마음먹었던 그 순간부터."

아버지는 집으로 가는 내내 그런 식으로 말했다. 실제로는 내가 정리한 것보다 훨씬 두서없이 말했다. 아버지처럼 깊이 사유하고 학문에 힘쓰는 사람이, 어떤 일에 대해 확실한 개념을 세울 수 있는 사람이 감정에 휩싸일 때면 그렇게 두서없이 말할 수 있다는 사실을, 나는 믿을 수 없었다. 나는 몇 번이나 아버지의 말을 가로막으려 했다.

'아빠를 이해해요. 그건 저랑 상관없는 일이에요. 아빠 엄마 일이고 아빠랑 코스탄차 아줌마가 알아서 할 일이니 알고 싶지 않아요. 아빠가 힘들다니 마음이 안 좋아요. 저도 힘들어요. 엄마도 마찬가지고요. 이 모든 아픔이 아빠가 우리를 좋아한다는 증거라니 좀 웃기지 않나요?'

비꼬는 말이 아니었다. 처음에는 좋은 것인 줄 알았는데 서서히 또는 갑자기 머리와 뱃속을 퍼져나가 결국은 온몸을 갉아먹는 악한 기운에 대해서 아버지와 논하고 싶은 마음도 없지 않았다. 나는 아버지에게 묻고 싶었다.

'이 악한 기운은 대체 어디서 온 거죠? 어떻게 해야 통제할 수 있죠? 왜 쉽게 없애지 못하고 결국은 공존할 수밖에 없는 거죠?'

그 순간만큼은 아버지가 입으로는 사랑을 말하면서도 빅토리아 고모보다 악에 대해서 훨씬 더 잘 알고 있는 것 같았다. 나 역시 내 안에서 그런 악한 기운을 느꼈고 그 기운이 점점 더 강해지고 있었기 때문에 아버지와 이야기를 나누고 싶었다.

하지만 그것은 불가능한 일이었다. 아버지는 내 말투에서 비아냥거림을 느끼고 더 불안해하면서 변명과 원망을 횡설수설 쏟아냈다. 고집스레 자기 폄하를 하다가 나름의 거창한 이유와 자신의 아픔을 열거하며 스스로에게 면죄부를 주었다. 집에 도착해서 나는 아버지 입술 옆에 입을 맞추고 도망치듯 집으로 들어왔다. 아버지에게서 나는 시큼한 냄새 때문에 비위가 상했다.

"어땠니?"

어머니가 무심히 물었다.

"좋았어요. 코스탄차 아줌마가 엄마 드리라고 케이크를 한 조각 싸줬어요."

"너나 먹으렴."

"안 먹고 싶어요."

"내일 아침으로도?"

"싫어요."

"그럼 갖다버려."

10

그로부터 며칠 후 코라도가 다시 나타났다. 교문을 들어서는데 내 이름을 부르는 소리가 들렸다. 하지만 그의 목소리를 듣기 전부터, 고개를 돌려 학생들 사이에서 코라도의 모습을 발견하기 전부터 나는 이미 그날 아침, 그를 만날 거라는 사실을 알고 있었다. 예감이 들어맞자 기분이 좋아졌다. 사실 얼마 전부터 종종 코라도 생각이 났다. 특히 어머니가 외출하고 나 혼자 집에서 공부하는 지루한 오후면 전에 그랬던 것처럼 그가 갑자기 나타나주기를 바랐다.

그 감정이 사랑이라고 생각하지는 않았다. 내 관심은 다른 데 있었다. 나는 코라도가 나타나지 않고 고모가 직접 와서 팔찌를 돌려달라고 할까봐 걱정스러웠다. 그렇게 되면 고모에게 주려고 쓴 편지는 쓸모없어질 테고 직접 고모와 얼굴을 마주해야 할 텐데 생각만 해도 두려운 일이었다.

그뿐만이 아니었다. 얼마 전부터 내면에서 타락의 욕망을 격렬하게 느끼고 있었다. 그것은 대담무쌍한 욕구였다. 영웅적인 악당이 되고픈 집착이었다. 내가 보기에는 코라도가 그런 내 욕망을 알아차린 것 같았다. 별말 없이 내 욕구를 충족시켜줄 수 있을 것 같았다.

나는 그를 기다렸다. 그가 나를 찾아와주기를 바랐는데 드디어 그날이 온 것이다. 코라도는 평소처럼 진담 반 농담 반으로 내게 학교에 가지 말라고 했고 나는 즉시 그러겠다고 했다. 혹시라도 선생님들이 볼까봐 내가 먼저 그를 교문 밖으로 끌어당기며 플로리디아나에 가자고 했다. 나는 기쁜 마음으로 코라도와 함께 그곳으로 향했다.

코라도는 나를 웃기려고 농담을 하기 시작했지만 나는 그의 말을 가로막고 편지부터 꺼냈다.

"빅토리아 고모한테 전해줄래요?"

"팔찌는?"

"팔찌는 내 거예요. 고모한테 못 줘요."

"분명 화를 낼 텐데. 지금도 나를 닦달하고 있다고. 그 팔찌를 얼마나 아끼는지 너도 알잖아."

"그건 나도 마찬가지예요."

"너 방금 눈빛이 못돼 보였어. 정말 예쁘다. 네가 정말 좋아."

"눈빛만 그런 게 아니에요. 나는 뼛속까지 못돼먹었어요. 타고나기를 그렇게 타고났어요."

"뼛속까지?"

우리는 좁은 길을 벗어나 남의 눈에 잘 띄지 않는, 풀내음이

235

싱그러운 나무와 울타리 사이로 접어들었다. 코라도는 내게 키스부터 했지만 나는 그의 혀가 싫었다. 그는 자신의 거대하고 까끌까끌한 혀를 내 목구멍 끝까지 밀어 넣을 기세로 움직였다. 내게 키스를 하면서 내 가슴을 만졌다. 하지만 그의 손길은 너무 거칠었다. 내 가슴을 너무 세게 쥐었다. 처음에는 스웨터 위로 가슴을 만지다가 손을 브래지어 안으로 집어넣으려 했다. 하지만 거기에 정말로 관심이 있는 것 같지 않았다. 얼마 지나지도 않았는데 벌써 지친 듯이 가슴에서 손을 떼더니 계속 키스를 하면서 내 치마를 들치고 손바닥을 사타구니에 갖다 대더니 거칠게 그 부분을 문질러댔다. 내가 웃으면서 그만하라고 하자 그는 별로 싫어하는 기색 없이 바로 동작을 멈췄다. 성가신 의무에서 벗어난 것을 오히려 기뻐하는 것 같았다.

그는 주변을 살펴보더니 바지 지퍼를 내리고 내 손을 바지 안으로 집어넣었다. 나는 잠시 내가 처한 상황에 대해 생각해보았다. 그가 내 몸을 만지면 아프고 싫었다. 집에 돌아가 잠이나 자고 싶어졌다. 차라리 내가 움직이는 게 나을 것 같았다. 그래야 코라도가 하는 짓을 피할 수 있을 것 같았다. 나는 조심스레 그의 물건을 꺼낸 다음 코라도의 귀에 대고 속삭였다.

"오럴섹스를 해줄게요."

나는 부자연스러운 사투리로 말했지만 솔직히 나도 단어만 알 뿐 그게 뭔지 잘 몰랐다. 커다란 가슴을 게걸스럽게 빨 듯 남자의 물건을 힘차게 빨거나 혀로 핥는 게 아닐까 상상만 해봤을 뿐이다. 나는 코라도가 내게 어떻게 해야 하는지 알려주기를 바랐다. 하지만 그 와중에도 뭐든 그의 거친 혀보다는 더 나을 것 같았다. 길을 잃고 방황하는 느낌이었다. 나는 왜 이곳에 있는 걸까. 왜 이런 짓을 하려는 걸까. 성적인 욕구도 없었다. 재미있는 놀이처럼 느껴지지도 않았고 호기심도 생기지 않았다. 그 뭉툭하고 뻣뻣하고 납작한 살덩이가 분출하는 냄새가 역겨웠다. 나는 너무 불안해서 아이를 데리고 바람을 쐬러 나온 엄마가 길에서 우리를 발견하고 야단을 치거나 욕해주기를 바랐다. 누구든 그렇게 해주기를 바랐다.

하지만 그런 일은 일어나지 않았고 코라도는 아무 말도 해주지 않았다. 내가 보기에 그야말로 넋이 나간 것 같았다. 결국 나는 가벼운 입맞춤을 해주기로 마음먹고 코라도의 물건에 입술을 살짝 갖다 댔다.

다행히 그것만으로도 충분했다. 코라도는 자기 물건을 재빨리 팬티 속으로 집어넣고 짧은 신음소리를 냈다. 그런 다음 우리는 플로리디아나를 산책했지만 나는 이내 지루해졌다. 코라도는 더는 나를 웃기려 하지 않고 진지하고 침착하게 말했다. 나는 사투리가 더 좋은데 그는 억지로 표준어를 쓰려고 했다. 헤어지기 전에 그가 내게 물었다.

"내 친구 로사리오를 기억해?"

"그 뻐드렁니 친구요?"

"응, 좀 못생기긴 했지만 괜찮은 녀석이야."

"못생기진 않았어요. 그냥 그런 정도죠."

"어쨌든 내가 더 잘생겼잖아."

"글쎄요."

"그 친구한테 차가 있어. 우리 함께 드라이브 갈래?"

"봐서요."

"보다니 뭘?"

"나를 재미있게 해주면요."

"재미있게 해줄게."

"한번 생각해볼게요."

내가 말했다.

11

며칠 후 코라도에게 고모 일로 전화가 왔다. 빅토리아 고모가 내가 보낸 편지를 읽고 한 번만 더 감히 자기를 가르치려 든다면 직접 우리 집까지 쫓아와 멍청한 우리 어머니가 보는 앞에서 내 뺨을 갈겨줄 거라고 토씨 하나 틀리지 말고 내게 똑똑히 전하라고 했다는 것이다.

"그러니 제발 팔찌를 돌려줘. 부탁이야. 최대한 다음 주 일요일 전에는 돌려받아야겠대. 성당에서 무슨 행사가 있는데 팔찌를 자랑해야 한다나봐."

코라도는 고모의 말을 전하는 데 그치지 않고 그날 내가 어떻게 해야 할지도 알려주었다. 자기 친구와 함께 차를 타고 우리 집에 와서 나를 파스코네까지 데려다줄 테니 고모에게 팔찌를 돌려주고 함께 즐기러 가자는 것이었다.

"대신 너를 광장까지만 데려다주고 우리는 거기서 기다릴 거야. 네 고모가 화를 내며 펄펄 뛸 테니 내 친구 차로 너를 데려다줬다는 이야기는 하면 안 돼. 그냥 버스를 탔다고 해. 어때,

좋아?"

그 시절 나는 유독 불안해했다. 몸이 안 좋았고 기침도 했다. 나 스스로 끔찍하다고 생각했고 더 끔찍해지기를 바랐다. 언젠가부터 등교하기 전에 거울 앞에서 일부러 미친 여자처럼 옷을 입고 머리를 빗었다. 나는 사람들이 나와 함께 있는 것을 싫어하게 만들고 싶었다. 나 역시 다른 사람들과 있을 때 그런 심정이었으니까.

이웃 사람들, 길을 지나다니는 행인들, 학교 친구들, 선생님들 할 것 없이 하나같이 눈에 거슬렸다. 특히 어머니가 그랬다. 어머니는 쉴 새 없이 담배를 피우고 잠자리에 들기 전에 진gin을 마시고 매사에 느린 말투로 투덜거렸다. 내가 공책이나 책을 사야 한다고 할 때마다 걱정스러워 보이기도 하고 넌덜머리가 난 것처럼 보이기도 하는 표정을 지었다.

가장 참기 힘들었던 건 아버지가 하는 모든 말과 행동에 대해 어머니가 날이 갈수록 헌신적으로 반응한다는 사실이었다. 어머니는 아버지가 자신의 친구이자 아버지의 가장 가까운 친구의 아내와 최소한 지난 15년간 바람을 피웠는데도 그런 일이 없었던 것처럼 행동했고 나는 그런 어머니의 태도에 질려버렸다.

나는 무관심한 표정 연기를 그만두고 일부러 나폴리 사투리와 표준어를 섞어가며 어머니에게 제발 그만하라고 소리치기 시작했다. 아버지를 잊어버리고 영화관에라도 가든가 춤이라도 추러 가라고 고함을 쳤다. 아버지는 이제 어머니 남편이 아니니 죽은 셈 치라고 했다. 어떻게 아직도 어머니를 버리고 코스탄차 아줌마와 살러 가버린 사람을 걱정하고 그 사람 생각만 하냐고 했

239

다. 내가 어머니를 경멸한다는 사실을 알려주고 싶었다. 나는 어머니와 다르고 절대로 어머니처럼 되지 않을 거라는 사실을 알려주고 싶었다.

언젠가 아버지에게 전화가 왔을 때 어머니가 순종적으로 "걱정하지 마. 내가 알아서 할게"라고 했을 때 나는 큰 소리로 욕설과 뜻도 잘 모르는 저질스러운 사투리 표현을 섞어가며 어머니의 고분고분한 말투를 따라 했다. 어머니는 자기 전남편이 내 끔찍한 목소리를 듣지 못하게 얼른 전화를 끊어버렸다. 어머니는 잠시 내 얼굴을 물끄러미 바라보다가 자기 방으로 들어가 버렸다. 아마도 울고 싶어서 그랬을 것이다. 이 모든 상황에 넌더리가 나 있던 나는 코라도의 제안을 받아들였다. 산 자코모 데이 카프리 집에 갇혀서 이런 거지 같은 삶을 사는 것보다는 고모와 얼굴을 마주하고 코라도와 그의 친구에게 오럴섹스나 해주러 가는 편이 나았다.

나는 어머니에게 학교 친구들과 카세르타에 놀러 간다고 했다. 나는 화장을 하고 옷장에 있는 치마 중에서 가장 짧은 치마와 몸에 딱 달라붙고 가슴이 많이 파인 스웨터를 입었다. 어쩔 수 없이 팔찌를 고모에게 돌려주어야 할 상황을 대비해서 팔찌를 핸드백에 집어넣고 코라도와 약속한 아침 9시에 딱 맞춰서 집을 나섰다.

놀랍게도 노란색 차가 나를 기다리고 있었다. 자동차에 전혀 관심이 없는 아버지 덕분에 그런 지식이 별로 없는 나는 그 차가 어떤 차인지는 잘 몰랐다. 하지만 한눈에도 고급스러워 보이는 그 차를 보는 순간 안젤라나 이다와 사이가 소원해져서 그 아이들에게 자랑하지 못하는 게 아쉬웠다. 로사리오는 운전석에, 코라도는 뒷좌석에 앉아 있었다. 오픈카여서 둘 다 햇살을 받으면서 바깥 공기를 쐬고 있었다.

코라도는 내가 현관에서 나오자 호들갑스럽게 인사했지만 내가 로사리오 옆에 앉으려고 하자 명령조로 말했다.

"그건 아니지. 내 옆에 앉아."

나는 기분이 상했다. 푸른 셔츠에 빨간색 넥타이를 하고 금장 단추가 달린 재킷을 걸친 운전자 옆에 앉은 내 모습을 뽐내고 싶었기 때문이다. 머리를 완전히 뒤로 넘기고 긴 송곳니까지 드러낸 로사리오의 옆모습은 강하고 어딘지 위험해 보이는 남성미가 풍겼다. 나는 부드러운 미소를 지어 보이며 고집을 부렸다.

"고맙지만 그냥 여기 앉을래요."

코라도에게서 의외의 사나운 말투가 튀어나왔다.

"귀먹었어? 당장 이리 오지 못해?"

그런 식의 말투에 익숙하지 않아서 순간 겁이 났지만 그럼에도 나는 지지 않고 대답했다.

"로사리오가 오빠 운전기사도 아닌데 누군가 옆에 있어줘야죠."

"지금 운전기사 이야기가 왜 나와? 너는 내 거니까 내 옆에 앉아야지."

"나는 그 누구의 소유물도 아니에요. 어쨌든 이 차는 로사리오 오빠의 것이니까 오빠가 앉으라는 데 앉을게요."

로사리오는 아무 말도 하지 않았다. 그저 웃음기 어린 얼굴로 나를 바라보았을 뿐이다. 짧지만 길게 느껴졌던 그 순간 그는 잠시 내 가슴을 바라보다 오른손으로 자기 옆자리를 쓱 훑었다. 내가 재빨리 그의 옆자리에 자리를 잡고 차 문을 닫자 그는 일부러 끽 하고 바퀴 소리를 내면서 출발했다.

아! 드디어 해낸 것이다. 나는 바람에 휘날리는 머리카락과 얼굴에 쏟아지는 일요일 낮의 따스한 햇볕을 느끼며 긴장을 풀었다. 로사리오의 운전 솜씨는 끝내줬다. 그가 자동차 경주 챔피언처럼 능숙하게 이리저리 방향을 바꿔도 전혀 겁나지 않았다.

"이거 오빠 차예요?"

"응."

"오빠 부자군요?"

"맞아."

"이따 리멤브란차 공원에 갈까요?"

"네가 가고 싶다면 어디든지."

그때 코라도가 손을 뻗어 내 어깨를 꽉 잡으며 끼어들었다.

"대신 내가 하자는 대로 해야 해."

"진정해, 코라도. 잔니나는 자기가 하고 싶은 대로 할 거야."

로사리오가 백미러로 코라도를 바라보며 말했다.

"너나 진정해. 잔니나는 내가 데려온 거야."

"그래서요?"

내가 코라도의 손을 밀어내며 말했다.

"닥쳐, 지금 로사리오랑 말하고 있잖아."

나는 코라도에게 내가 말하고 싶을 때 마음대로 말할 거라고 대꾸하고 파스코네까지 가는 내내 로사리오에게만 관심을 보였다. 그가 자기 차를 자랑스럽게 생각한다는 걸 눈치채고 우리 아버지보다 운전 솜씨가 좋다고 했다. 나는 그가 잘난 척하게 부추기면서 자동차 엔진에 대한 그의 해박한 지식에 관심을 보였다. 나중에 나도 오빠처럼 운전하는 법을 가르쳐달라고 하기까지 했다. 로사리오가 항상 손을 기어에 올려놓고 있는 것을 보고 기어 바꾸는 것을 도와주겠다며 그의 손에 내 손을 포개고 웃음을 터뜨렸다. 내가 평소처럼 키득거리며 웃자 그도 내게 장단을 맞춰주려고 웃었다.

그가 내 스킨십에 흥분했다는 걸 느낄 수 있었다. 사내들은 어쩌면 이다지도 멍청할까. 어떻게 둘 다 가벼운 신체 접촉에 눈이 멀어서 내가 그런 행동을 하는 나 스스로를 역겨워한다는 걸 눈치채지 못하는 걸까. 코라도는 내가 자기 옆에 앉지 않았다고 괴로워했고 로사리오는 내가 자기 옆자리에 앉아 자기 손에 내 손을 포개자 너무나 좋아했다.

조금만 꾀를 내면 그들을 마음대로 부려 먹을 수 있지 않을까. 맨 허벅지와 가슴만 드러내면 되는 걸까. 가벼운 접촉만으로 충분한 걸까. 어린 시절 어머니는 그런 식으로 아버지를 차지한 걸까. 코스탄차 아줌마도 그런 식으로 아버지를 어머니에게서 앗아간 걸까. 빅토리아 고모도 그렇게 엔초를 마르게리타 아주머니에게서 빼앗은 걸까.

의기소침해진 코라도의 손가락이 내 목덜미를 살짝 스친 후 가슴이 봉긋하게 솟아오른 부분의 옷깃을 쓰다듬었다. 나는 그가 그렇게 하도록 내버려두었다. 대신 그 순간 로사리오를 잡은 손에 잠시 힘을 주었다.

'나는 예쁘지도 않은데.'

나는 놀라워하면서 그런 생각을 했다. 하얀 줄무늬가 수놓인 하늘 아래, 나를 쓰다듬는 코라도의 손길을 느끼면서 키득거리는 웃음 속에서 때로는 야하다고 할 수 있는 묘한 뉘앙스의 말을 주고받는 동안, 차도 시간도 쏜살같이 달렸다. 어느새 뾰족한 철망이 쳐진 석회벽과 버려진 오두막과 파스코네 외각에 늘어선 나지막한 담청색 건물들이 모습을 드러내기 시작했다.

익숙한 건물들이 나타나자 갑자기 배가 아프고 방금 전의 대담함은 사라져버렸다. 고모와 마주할 순간이 온 것이다.

"여기서 내려."

코라도가 말했다. 내가 자기 말을 따라야 한다는 사실에 대해 무엇보다 자기 스스로 확신을 잃지 않으려는 말투였다.

"알겠어요."

"광장에 있을 테니까 오래 기다리게 하지 마. 그리고 명심해. 너는 대중교통을 타고 온 거야."

"어떤 거요?"

"버스나 케이블카나 지하철. 우리가 데려다줬다는 말은 절대 하지 마."

"알겠어요."

"최대한 빨리 끝내고."

나는 고개를 끄덕여 보이고 차에서 내렸다.

12

두근거리는 마음으로 조금 걷다 보니 빅토리아 고모 집에 도착했다. 초인종을 누르자 고모가 문을 열어주었다. 처음에는 상황을 이해할 수 없었다. 팔찌에 얽힌 여러 사람의 복합적인 감정에 대해 설명한 다음 그런 이유로 팔찌가 내 것이라고 일장 연설을 하려는데 막상 그럴 틈도 없이 빅토리아 고모는 나를 보자마자 길고 공격적이고 고통스럽고 안쓰러운 독백을 쏟아내기 시작했다.

그런 고모의 태도에 나는 당황하기도 했고 두렵기도 했다. 고모말이 길어질수록 팔찌를 돌려달라는 것은 구실에 지나지 않았다는 사실을 깨달았다. 빅토리아 고모는 내게 정이 들었던 것이다. 나 역시 고모를 좋아한다고 생각했던 것이다. 집으로 나를 부른건 무엇보다 나 때문에 자기가 얼마나 실망했는지 말해주기 위해서였다. 고모는 좀처럼 알아듣기 힘든 사투리로 말했다.

"나는 네가 내 편이 된 줄 알았어. 네 아빠 엄마의 실체를 깨달으면 내가 어떤 사람인지, 오빠 때문에 내가 어떤 삶을 살았는지 알아줄 거라 믿었어. 하지만 그렇지 않았지. 나는 일요일마다 하염없이 너를 기다렸어. 전화 한 통이면 충분했을 텐데 너는 그마저도 하지 않았지. 넌 아무것도 이해하지 못한 거야. 알고 보니네 가족이 콩가루 집안인 게 내 잘못이라고 생각한 거야. 그러고는 어떻게 했지? 이걸 좀 봐. 넌 내게 이 편지를 보냈어. 이따위편지를 말이야. 내가 학교도 제대로 못 나왔다는 사실을 깨닫게하려고. 나는 너처럼 글을 쓰지 못한다는 사실을 깨닫게 하려고. 아! 너는 정말이지 네 아빠랑 똑같아. 아니 네 아빠보다 더 나빠. 나를 존중해주지도 않고 내가 어떤 사람인지도 몰라줘. 너는 감정이 없는 아이야. 그러니 팔찌를 돌려줘. 그건 돌아가신 어머니의 팔찌야. 너는 그 팔찌를 가질 자격이 없어. 내가 틀렸어. 너는 내 혈육이 아니야. 너는 남이나 마찬가지야."

고모는 결국 끝없는 혈족 간의 싸움에서 내가 올바른 편을 선택했다면, 고모를 나의 마지막 남은 피난처이자 인생의 스승으로 선택하고 성당과 마르게리타 아주머니와 아주머니네 아이들을 주일의 은신처로 받아들였더라면 팔찌를 돌려줄 필요가 없었을 거라는 말을 하고 싶었던 것이다. 고함을 치는 고모의 눈빛은 사납고 비통해 보였다. 입안에 고인 하얀 침이 가끔 입술에 튀었다. 빅토리아 고모는 내가 고모를 좋아한다는 사실을 인정하기를 바랄 뿐이었다. 아버지가 얼마나 형편없는 인간인지 깨닫게 해준 것에 대해 고마움을 표하기를 바랄 뿐이었다. 그런 고모를 평생 좋아해주고 감사한 마음으로 노년의 버팀목이 되어주기를 바란 것이었다.

그 자리에 서서 고모의 말을 듣던 나는 고모에게 뭐라고 말할지 결정했다. 말을 하다 보니 부모님이 고모에게 전화를 못 하게 했다는 이야기를 꾸며내게 되었다. 나는 편지에 쓴 말이 사실이라고 했다. 팔찌는 나를 도와주고 구원해주고 올바른 길로 인도해준 고모에 대한 소중한 추억이라고 했다. 벅찬 목소리로 말하면서 나는 거짓을 진실인 것처럼 말하는 내 능력에 감탄했다. 효과적인 단어 선택 능력에 놀랐다. 내가 고모와 닮은 정도가 아니라 오히려 더 형편없는 사람이라는 사실에 놀랐다.

빅토리아 고모는 서서히 안정을 되찾았고 나는 그제야 마음이 놓였다. 이제 고모가 팔찌에 대해서는 잊기를 바라며 적당히 인사하고 나를 기다리는 두 청년에게 돌아갈 일만 남았다.

246

실제로 고모는 팔찌 이야기는 더 꺼내지 않았다. 대신 로베르토의 연설을 들으러 교구 성당에 가자고 우겼다. 불행히도 고모는 꼭 나와 함께 가고 싶어 하는 것 같았다. 고모는 토니노의 친구인 로베르토를 칭찬했다. 줄리아나와 사귄 뒤부터 고모는 그를 특별히 여기는 듯했다.

"얼마나 좋은 청년인지 몰라. 똑똑하고 분별력 있는 청년이지. 성당에 갔다가 다 함께 마르게리타네 집에서 식사할 예정인데 너도 같이 가자꾸나."

고모가 말했다.

나는 예의 바른 어조로 집에 돌아가야 해서 그럴 수 없다고 했다. 그러면서 고모를 진심으로 좋아하는 것처럼 껴안아주었다. 어쩌면 정말로 고모를 좋아하는 건지도 모른다. 이제는 나도 내 감정을 알 수 없었다. 나는 속삭였다.

"그만 가볼게요. 엄마가 기다리시거든요. 대신 조만간 또 들를게요."

고모는 결국 내 말을 따랐다.

"알겠다. 대신 바래다줄게."

"아이, 아니에요. 그러실 필요 없어요."

"버스 정류장까지만."

"아니에요. 정류장이 어디에 있는지 알아요. 감사해요."

아무리 거절해도 소용없었다. 고모는 나를 바래다주겠다고 우겼다. 나는 버스 정류장이 어디에 있는지도 몰랐다. 로사리오와 코라도가 나를 기다리는 장소에서 멀리 떨어진 곳에 있기만을 바랄 뿐이었지만 아무래도 같은 방향인 것 같아 걷는 내내 불안에 떨며 말했다.

"이제 괜찮아요. 고마워요. 이제부터는 혼자 갈게요."

고모는 물러나지 않았다. 고모를 떼어내려고 하면 할수록 뭔가 이상하다는 듯한 표정을 지었다. 모퉁이를 도는 순간 결국 두려워했던 일이 벌어지고 말았다. 버스 정류장은 코라도와 로사리오가 나를 기다리고 있는 바로 그 광장에 있었고 둘은 눈에 띄기 딱 좋게 오픈카 지붕을 열고 있었다.

빅토리아 고모는 햇살 아래 반짝이는 노란색 유광 자동차를 한눈에 알아보았다.

"코라도와 저 멍청이랑 같이 온 거야?"

"아니에요."

"맹세해."

"맹세해요. 정말이에요."

고모는 내 가슴을 밀치고 사투리로 욕설을 퍼부으면서 차를 향해 달려갔다. 하지만 로사리오는 고모를 보자마자 요란한 바퀴 소리와 함께 차를 출발시켰다. 고모는 사납게 고함을 지르며 얼마간 차를 쫓아가다가 신발 한 짝을 벗어서 오픈카를 향해 힘껏 던졌다. 길가에서 몸을 숙인 채 화가 나서 씩씩대는 고모를 남겨두고 차는 유유히 사라졌다.

"거짓말쟁이!"

고모가 신발을 주워들고 나를 향해 다가오면서 헉헉대며 말했다.

"거짓말이 아니에요. 맹세해요."

"그럼 어디 네 엄마한테 전화해서 물어보자꾸나."

"제발 그러지 마세요. 저 애들과 같이 오지는 않았지만 엄마에게는 전화하지 말아주세요."

어머니는 내가 고모를 만나는 것을 원치 않는다고 했다. 그런데 나는 고모가 너무 보고 싶어서 어머니에게 카세르타에 학교 친구들과 놀러 간다고 하고 집에서 나왔다고 했다. 나는 고모를 설득하는 데 성공했다. 자기를 만나기 위해서 어머니를 속였다는 말에 누그러졌다.

"온종일?"

"오후에는 돌아가야 해요."

고모는 미심쩍은 눈길로 내 눈을 빤히 쳐다보았다.

"그러면 나랑 로베르토 강연을 듣고 가렴."

"그러면 늦을 것 같아요."

"나한테 거짓말하고 저 두 자식과 함께 가는 게 발각되는 날엔 나한테 뺨을 맞을 줄 알아."

나는 마지못해 고모 뒤를 따라가며 기도했다.

'하나님, 제발 성당에 안 가게 해주세요. 코라도와 로사리오가 가버리지 않고 다른 곳에서 저를 기다리게 해주세요. 고모를 떼어낼 수 있게 해주세요. 성당에 가면 지루해서 죽을지도 몰라요.'

성당으로 가는 길은 이미 익숙했다. 잡초가 무성하고 쓰레기가 나뒹구는 황량한 길과 낙서가 가득한 벽, 다 쓰러져가는 건물이 늘어선 길을 지나는 동안 빅토리아 고모는 팔을 내 어깨에 두르고 가끔 자기 쪽으로 세게 끌어당겼다.

고모는 주로 줄리아나 이야기를 했다. 골칫덩어리 코라도와 달리 고모는 줄리아나와 토니노를 높이 평가했다. 고모는 줄리아나가 현명해졌다면서 사랑은 햇살과도 같아서 영혼을 따스하게 해준다고 했다. 영감이 떠오른 듯 고모가 어울리지 않는 표현을 쓰자 나는 오히려 혼란스러웠고 기분이 상했다.

나는 실망했다. 어쩌면 고모가 내게 부모님을 염탐하라고 시켰던 것과 똑같이 고모를 관찰해야 했는지도 모른다. 그랬다면 나를 매혹시킨 대담함 뒤에 연약하고 속이기 쉬운 외강내유의 여인이 감추어져 있다는 사실을 눈치챘을 것이다. 고모가 그런 사람이라면 정말 못생긴 거라고, 나는 생각했다. 지극히 평범하기 때문에 못생긴 사람인 것이다.

자동차 소리가 날 때마다 나는 로사리오와 코라도가 다시 나타나 나를 납치해서 데려가주기를 바라면서 곁눈질했지만 다른 한편으로는 고모가 다시 악을 쓰며 화를 낼까봐 두렵기도 했다. 성당에 도착하니 의외로 사람들이 바글거렸다. 나는 곧바로 성수대로 가서 손을 적시고 고모가 억지로 시키기 전에 먼저 성호를 그었다. 사람들의 숨결과 꽃향기가 뒤섞인 냄새와 함께 절제된 말소리가 들렸다. 가끔 아이의 목소리가 튀어나올 때마다 사람들이 쉿하고 조용히 시켰다.

본당 맨 끝에 있는 탁자 뒤로 제단을 등지고 있는 자코모 신부의 왜소한 모습이 보였다. 신부는 힘주어 무언가를 강연하고 있었다. 우리가 들어오는 모습에 기뻐하며 말을 멈추지 않고 고개를 끄덕여 보였다. 비어 있는 맨 뒷줄에 앉고 싶었지만 고모가 내 팔을 잡아 본당 오른편으로 이끌었다. 우리는 앞줄에 앉아 있던 마르게리타 아주머니 옆에 자리를 잡았다. 자리를 맡고 있던 아주머니는 나를 보더니 기뻐서 얼굴이 발그스레해졌다.

나는 뚱뚱하고 보드라운 마르게리타 아주머니와 예민하고 깡마른 고모 사이에 자리를 잡았다. 자코모 신부가 입을 다물자 웅성거리는 소리가 커졌다. 주변을 둘러보니 놀랍게도 맨 앞에 줄리아나가 앉아 있었고 오른편에 토니노의 다부진 어깨와 꼿꼿한 상체가 보였다. 그때 자코모 신부가 말했다.

"앞으로 오게나, 로베르토. 거기서 뭘 하는 건가. 여기 내 옆에 와서 앉게나."

순간 놀라울 정도로 주변이 갑자기 조용해졌다. 마치 일동 모두에게 동시에 호흡곤란이 온 것 같았다.

어쩌면 그런 게 아니었을 수도 있다. 키가 크고 어깨가 약간 구부정한, 그림자처럼 마른 청년이 일어나는 순간 내가 주변의 모든 소음을 지워버린 것일지도 모른다. 그의 등에 나만 볼 수 있는 기다란 금줄이 달려 있는 것 같았다. 금줄이 성당의 돔에 매달린 채 걷는 것처럼 발이 바닥에 닿을락 말락 가볍게 움직이는 것 같았다. 로베르토가 탁자로 다가가 몸을 돌리는 순간 그의 얼굴에서 눈밖에 안 보였다. 아주 파란 눈이었다. 까맣고 야윈, 아무렇게나 뻗친 풍성한 머리와 숱이 무성한 푸른 턱수염 속에 파묻힌 불균형한 얼굴에서 오직 그의 새파란 눈만 보였다.

나는 열다섯 살 생일을 앞두고 있었는데 그때까지 진정으로 누군가에게 이끌린 적은 한 번도 없었다. 코라도에게도 로사리오에게도 마찬가지였다. 하지만 로베르토를 보는 순간, 그가 입을 열기 전에, 어떤 특별한 감정을 드러내기도 전에, 한마디도 하지 않았는데도 가슴속에서 격렬한 고통이 느껴졌다.

그 순간 나는 내 삶 전체가 바뀔 거라는 것을 알았다. 나는 그를 원하고 어떻게 해서든 그를 가져야 한다는 사실을 알았다. 하나님을 믿지도 않으면서 매일 밤낮으로 그를 가지게 해달라고 기도하게 될 거라는 걸 알았다. 오직 그 바람 때문에, 그 희망 때문에, 그 기도 때문에 그 순간 숨이 끊어진 채 바닥에 쓰러지지 않을 수 있었다.

제5장

1

자코모 신부는 본당 끝에 있는 허름한 탁자 뒤에 앉아 오른손에 턱을 괴고 시종일관 경청하는 자세로 로베르토를 바라보았다. 로베르토는 노란 그리스도가 달린 거대한 검은색 십자가와 제단을 등지고 서서 입을 열었다. 무뚝뚝하지만 매혹적인 말투였다. 그가 무슨 말을 했는지는 거의 기억나지 않는다. 잘 모르는 분야라서 표현이 생소했을 수도 있고 너무 흥분해서 말이 제대로 귀에 들어오지 않아서였을 수도 있다.

지금까지도 분명히 로베르토가 했을 법한 말을 많이 기억하고 있지만, 언제 했던 말인지 다 기억하지는 못하기 때문에 어떤 말을 그때 했었고 어떤 말을 나중에 했는지 잘 구분이 되지 않는다. 물론 내가 그를 처음 본 일요일 아침 그가 했을 거라고 짐작되는 말들이 있기는 하다.

좋은 나무는 좋은 과실을 맺고 나쁜 나무는 나쁜 과실을 맺어 결국 장작감으로 불태워진다는 우화를 해석했던 것 같기도 하고 중요한 일을 시작하기 전에 지금 가지고 있는 자원을 정확히 파악해야 한다고 말했던 것 같기도 하다. 예를 들면 탑을 쌓아올릴 때 마지막 돌멩이를 올려놓는 순간까지 필요한 모든 재원을 파악하기 전에는 절대로 일을 시작하면 안 되는 것처럼. 아니면 이웃의 구원을 위해 삶을 바치는 것이야말로 자신의 삶을 허비하지 않는 유일한 방법이라고 상기시키면서 용기를 북돋았던 것 같기도 하다. 그도 아니라면 불의와 비정함과 빈약한 신앙심을 사회적 관습 뒤에 숨기지 말고 진정으로 정의롭고 자비롭고 신실해져야 하는 필요성에 대해 논했던 것 같기도 하다.

솔직히 너무나 오랜 세월이 지나서 이제는 내용을 잘 모르겠다. 내게 그날 강연은 처음부터 끝까지 그의 아름다운 입과 목에서 나오는 매혹적인 소리의 흐름이었다. 나는 로베르토의 목젖이 지구에 바글거리는 셀 수 없이 많은 복제품이 아니라 실제로 인류 최초의 남성이었던 아담의 숨결에 의해 진동하는 것처럼 그의 툭 튀어나온 목젖에서 시선을 떼지 못했다. 까무잡잡한 얼굴에 조각한 듯한 두 눈은 또 얼마나 아름답고 강렬했던가. 긴 손가락과 빛나는 입술도 마찬가지였다.

그날 로베르토는 꽃잎으로 사랑 점을 칠 때처럼 한 단어를 수없이 반복해서 말했는데 그것은 바로 '죄책감'이었다. 다른 것은 몰라도 그 기억만은 확실하다. 로베르토의 말을 들으니 그 단어가 낯설게 느껴졌다. 로베르토는 죄책감의 의미를 바로잡고 제대로 사용해야 한다고 했다. 그는 죄책감이 흐트러진 존재의 조각들을 꿰어줄 바늘이라고 했다. 로베르토는 죄책감이 자기 스스로에 대한 날선 경각심을 유지하기 위한 수단이라고 했다. 양심이 잠들지 못하게 들쑤시는 칼처럼 말이다.

2

로베르토가 연설을 마치자 고모는 나를 줄리아나에게로 이끌었다. 줄리아나는 놀랄 정도로 많이 변해 있었다. 그녀는 어린아이처럼 순수해 보였다. 얼굴에 화장기가 하나도 없었고 성인 여성 같은 분위기가 느껴지지 않았다. 그런 줄리아나를 보니 나의 짧은 치마와 짙은 눈 화장과 립스틱, 가슴이 깊게 파인 옷 때문에 마음이 불편해졌다. 내가 있을 곳이 아닌 것 같다고 생각하고 있는데 줄리아나가 속삭였다.

"너를 다시 봐서 얼마나 기쁜지 몰라. 연설은 마음에 들었니?"

나는 줄리아나와 그녀의 남자친구 연설에 대한 칭찬 몇 마디를 두서없이 웅얼웅얼 내뱉었다. 나를 로베르토에게 소개해주자는 고모의 말에 줄리아나가 우리를 그에게 데려갔다.

"우리 조카야. 정말 똑똑한 아이야."

고모의 자랑스러운 말투에 나는 한층 더 민망해졌다.

"저는 똑똑하지 않아요."

나는 거의 외치다시피 말하며 손이라도 스치고 싶은 마음에 로베르토를 향해 손을 내밀었다.

로베르토는 내 손을 살짝 쥐었다. 그는 다정한 눈빛으로 나를 바라보며 만나서 반갑다고 했다.

"얘가 너무 겸손해서 그래. 으스대기 좋아하는 제 아빠랑 하나도 안 닮았다니까."

고모가 나무라듯 말했다. 로베르토는 내 학교생활에 관해서 물었다. 무슨 공부를 하고 요즘 무슨 책을 읽고 있는지 물었다. 막 던진 질문이 아닌 것 같아서 나는 얼어붙고 말았다. 나는 지루하기 짝이 없는 수업과 잃어버린 시간을 찾는 내용의 도저히 끝날 것 같지 않은 소설에 대해 횡설수설 늘어놓았다. 줄리아나가 로베르토에게 속삭이듯 "사람들이 자기를 찾아"라고 해도 그는 여전히 내 눈을 바라보았다. 그는 내가 훌륭하지만 어려운 책을 읽고 있다는 사실에 감탄했다. 그가 줄리아나를 향해 말했다.

"똑똑한 정도가 아니잖아. 정말 뛰어난 아이야."

고모가 뿌듯해하면서 내가 자기 조카라는 말을 반복하는 동안 교구 사람 두어 명이 지나가면서 로베르토에게 자코모 신부가 있는 쪽을 가리켜 보였다. 나는 로베르토에게 깊은 인상을 남길 만한 말을 생각해내려고 애썼지만, 머릿속이 백지처럼 하얗게 변해서 결국 아무 말도 하지 못했다. 그새 로베르토는 자신의 강연으로 인해 형성된 호감에 떠밀려 못내 아쉬워하며 내게 인사를 하고 자코모 신부 무리에 합류했다.

나는 감히 그를 바라볼 생각조차 하지 못하고 눈부시게 아름다운 줄리아나 곁에 남았다. 그런 줄리아나를 보니 마르게리타 아주머니 집 부엌에 있는 그녀의 아버지 사진이 떠올랐다. 액자 유리에 비쳐 그의 눈동자를 밝히던 전등 불빛이 떠올랐다. 이렇게나 아름다운 젊은 여인에게서 엔초의 얼굴이 보인다는 사실이 놀라웠다.

나는 베이지색 원피스로 감싼 줄리아나의 단아한 육체가 부러웠다. 주변에 행복한 기운을 발산하는 청아한 얼굴이 부러웠다. 처음 줄리아나를 만났을 때만 해도 그 기운은 하이톤의 목소리와 약간 호들갑스러운 손짓으로 나타났다. 그런데 이제는 사랑하는 사람이 있고 사랑받고 있다는 자부심 때문인지 보이지 않는 실로 과한 행동을 하지 못하게 제어당하고 있는 것처럼 행동거지가 단정해졌다. 줄리아나는 어색한 표준어로 내게 말했다.

"무슨 일이 있었는지 들었어. 정말 안됐어. 네 기분이 어떨지 알 것 같아."

그러더니 자기 남자친구가 그랬던 것처럼 두 손으로 내 손을 감쌌다. 나는 그런 줄리아나의 행동이 싫지 않았다. 그녀에게 내 어머니의 고통에 대해 진지하게 털어놓았다. 하지만 그러는 와중에도 로베르토를 시야에서 놓치지 않는 데 온 신경을 집중했다. 그도 나를 바라봐주기를 바랐지만 그런 일은 일어나지 않았다. 오히려 로베르토가 다른 사람들에게 보이는 관심이 내게 보인 관심과 별다를 것이 없다는 사실을 깨달았을 뿐이다. 그는 여유롭게 주변 사람들과 대화를 나누면서 자기에게 말 한마디라도 붙이고 그의 매력적인 미소와 균형 잡히지 않은 아름다움에 흠뻑 빠지고 싶어서 주변에 모여든 사람들이 다른 사람들과도 자연스럽게 이야기를 나눌 수 있는 분위기를 만들었다.

그에게 가까이 갈 수만 있다면 내게도 관심을 가져줄 것 같았다. 내가 대화에 참여할 수 있게 도와줄 것 같았다. 하지만 그럴 경우 더 깊은 이야기를 해야 할 텐데 그러면 로베르토는 내 말이 거짓이라는 것을 바로 알아챌 것이다. 내가 똑똑하지 않고 그가 정말로 중요하게 생각하는 일에 대해서는 아무것도 모른다는 사실을 눈치챌 것이다.

나는 좌절했다. 괜히 그에게 말을 붙이는 데 집착하다 더 비참해질 것 같았다. 그가 나를 정말이지 무식하다고 생각하게 될 것 같았다. 나는 결국 나를 즐겁게 해주려고 애쓰는 줄리아나에게 그만 가봐야겠다고 말했다. 줄리아나는 자기 집에 가서 함께 점심을 먹자고 졸랐다.

"로베르토도 우리와 함께 식사할 거야."

그녀가 말했다. 하지만 나는 겁에 질려서 도망치고만 싶어 잰

걸음으로 성당을 빠져나왔다.

앞뜰로 나와 신선한 공기를 쐬니 현기증이 났다. 나는 충격적인 영화를 보고 나온 사람처럼 주변을 둘러보았다. 집에 돌아가는 법을 모르기도 했지만, 솔직히 돌아가지 못해도 상관없었다. 영원히 그곳에 머무를 수 있을 것 같았다. 회랑 아래서 자면서 먹지도 마시지도 않고 로베르토를 생각하면서 죽어가는 것이다. 그 순간만큼은 그 어떤 애정도 욕구도 중요하지 않았다.

그때 누군가 내 이름을 불렀다. 빅토리아 고모였다. 고모는 내게 다가와 상냥하기 그지없는 목소리로 어떻게든 나를 붙잡아두려다 내가 도통 결심을 바꾸지 않자 산 자코모 데이 카프리까지 가는 방법을 알려주었다.

"지하철을 타고 아메데오 광장으로 가서 거기서 케이블카를 타도록 해. 반비텔리 광장에 도착한 다음부터는 어떻게 가는지 알 거야."

고모는 내가 넋이 나가 있는 것을 보고 "왜 그러니? 무슨 말인지 모르겠어?"라고 묻다 결국 마르게리타 아주머니 집에서 점심 약속이 있는데도 차로 나를 집까지 바래다주겠다고 했다. 내가 정중하게 고모의 제안을 사양하자 내 머리를 쓰다듬고 팔짱을 끼고 축축한 입술로 두어 번 뺨에 입을 맞추며 부담스러울 정도로 감성적인 사투리로 말하기 시작했다. 그런 고모를 보며 나는 고모가 실은 복수의 화신이 아니라 애정을 갈구하는 불쌍한 여자에 지나지 않는다는 사실을 깨달았다. 그 순간 고모는 로베르토 앞에서 내가 고모의 체면을 세워줬기 때문에 나를 더 좋아하게 된 것이었다.

고모가 말했다.

"정말 잘했어. 이것도 공부한다고 하고 그런 책도 읽는다고 하고. 잘했어. 아주 잘했어."

나는 고모에게 죄책감을 느꼈다. 최소한 아버지가 고모에게 느끼고 있을 정도의 죄책감이었다. 나는 죄책감을 만회하고 싶은 마음에 주머니를 뒤져 고모에게 팔찌를 건넸다.

"사실은 고모에게 돌려주고 싶지 않았어요. 제 것이라고 생각했거든요. 하지만 이제 보니 이 팔찌는 그 누구도 아닌 고모의 것이에요."

고모는 내가 그렇게 나오리라고는 상상을 못 했는지 팔찌가 무슨 뱀이나 불길한 징조라도 되는 것처럼 짜증스러운 표정을 감추지 않고 팔찌를 바라보았다. 고모가 말했다.

"됐어. 너한테 준 거잖아. 난 네가 나를 좋아해주는 것만으로도 충분해."

"받으세요."

고모는 마지못해 팔찌를 받아들더니 바로 차지 않고 가방에 집어넣었다. 고모는 내게 꼭 들러붙어 웃으면서 콧노래를 흥얼거리며 버스가 올 때까지 정류장에 머물렀다. 나는 예상치 못했던 내 삶의 또 다른 이야기와 또 다른 자아를 찾기 위해 나아가는 마음으로 결연히 버스에 올랐다.

창가에 앉아서 가는데 경적이 끈질기게 들려왔다. 로사리오의 스포츠카가 추월선에서 버스 옆으로 차를 바짝 대고 따라오고 있었다.

"잔니나, 차에서 내려! 이리 와!"

코라도가 팔을 흔들면서 외쳤다. 코라도와 로사리오는 그때까지 어디선가 끈기 있게 나를 기다리고 있었던 것이다. 내가 자기들의 모든 욕구를 해소해주기를 꿈꾸면서. 나는 그 둘을 안쓰럽게 바라보았다. 바람을 맞으며 질주하는 모습이 너무나 하찮아 보여서 애잔한 마음이 들 정도였다. 로사리오는 운전하면서 차에서 내리라는 손짓을 천천히 해보였고 코라도는 나를 위협적으로 바라보면서 계속해서 외쳤다.

"다음 정류장에서 기다릴게. 우리 재미있게 놀자!"

코라도는 내가 자기 명령에 복종하기를 바라는 것이다. 내가 멍한 표정으로 미소만 지을 뿐 대답하지 않자 로사리오도 내 마음을 파악하기 위해 고개를 들었다. 나는 로사리오만 볼 수 있게 고개를 저으면서 입 모양으로 "너무 늦었어요"라고 했다.

스포츠카는 속도를 내며 버스를 뒤로하고 자취를 감췄다.

3

어머니는 카세르타 나들이가 빨리 끝났다고 놀랐다.

"왜 이렇게 빨리 돌아온 거니? 무슨 안 좋은 일이라도 있었던 거니? 친구랑 싸웠어?"

어머니가 심드렁하게 물었다. 평소처럼 아무 말도 하지 않고 내 방으로 들어가서 음악을 크게 틀어놓고 잃어버린 시간에 관한 이야기나 다른 책을 읽을 수도 있었지만 나는 그렇게 하지 않았다. 대신 밑도 끝도 없이 어머니에게 카세르타가 아니라 빅토리아 고모네 집에 다녀오는 길이라고 했다.

어머니의 얼굴이 실망감에 누렇게 뜨는 것을 보고 나는 몇 년 만에 처음으로 어머니 무릎에 앉아 목에 팔을 두르고 눈에 살며시 입을 맞춰주었다. 어머니는 무릎에 앉히기에는 내가 다 큰 데다 무겁다며 그러지 말라고 했다. 하지만 말로는 내 거짓말과 옷차림과 천박한 화장 때문에 화를 내면서도 그 깡마른 두 팔로 내 허리를 꼭 감싸 안았다. 어머니가 빅토리아 고모에 관해 물었다.

"고모 때문에 놀랐니?"

"아니요."

"불안해 보이는데."

"괜찮아요."

"하지만 손이 찬데다 땀까지 흘렸잖니. 정말 별일 없었어?"

"그렇다니까요."

어머니는 놀라고 긴장하면서도 좋아했다. 아니, 어쩌면 행복과 놀라움과 걱정이 뒤섞인 내 감정을 어머니의 것으로 착각한 것일 수도 있다. 어머니에게 로베르토 이야기를 들려주지는 않았다. 그를 묘사할 적당할 표현을 찾지 못해 나 자신이 싫어질 것 같았기 때문이다. 대신 성당에서 흥미로운 강연을 들었다고 했다.

"일요일마다 신부님이 자기랑 친한 어떤 굉장한 사람을 성당으로 초대해서 본당 맨 끝에 탁자를 놓고 함께 토론해요."

"무슨 토론인데?"

"그 내용을 설명하지는 못할 것 같아요."

"거봐. 지금 불안해하고 있잖아."

나는 불안하지 않았다. 불안하다기보단 행복한 흥분 상태였다. 어머니가 걱정스런 표정으로 며칠 전 우연히 마리아노 아저씨를 만났는데 내가 카세르타로 놀러 가기로 한 그날 오후 함께 커피나 한잔하자고 집으로 초대했다는 사실을 말해줬는데도 그런 내 기분은 변하지 않았다. 그 소식마저 내 기분을 망치지 못했다.

"마리아노 아저씨랑 사귀고 싶어요?"

내가 물었다.

"말도 안 되는 소리."

"대체 왜 아무도 진실을 말하지 못하는 거죠?"

"조반나, 맹세컨대 나는 진심이야. 우리는 아무 사이도 아니었고 그건 지금도 마찬가지야. 하지만 네 아빠도 마리아노를 다시 만나는데 나라고 그러지 말란 법은 없잖니?"

어머니의 마지막 말에 마음이 아팠다. 어머니는 최근 마리아노 아저씨가 자기 딸들을 보러 코스탄차 아줌마네 집에 갔다가 아버지와 마주쳤으며 두 친구는 아이들을 위해서 정중한 대화를 나누게 되었다고 무덤덤한 말투로 이야기해주었다.

"아빠는 자기를 배신한 친구랑은 화해하면서 왜 양심도 없이 자기 친동생과는 화해하지 않는 거죠?"

"마리아노는 빅토리아와는 달리 상식적인 사람이니까."

"그렇지 않아요. 마리아노 아저씨는 대학교수이고 아빠 기분을 맞춰주는 데다 아저씨랑 함께 있으면 아빠가 중요한 사람처럼 느껴지니까 화해한 것이고 빅토리아 고모와 있으면 아빠 본모습이 생각나니까 그러는 거예요."

"너 지금 네가 아빠에 대해 어떤 식으로 말하고 있는지 알고 있니?"

"몰라요."

"그럼 이제 그만하렴."

"저는 제 생각을 말하는 거예요."

나는 내 방으로 도망치듯 들어가 로베르토 생각에 빠져들었다. 로베르토를 내게 소개해준 사람은 빅토리아 고모다. 로베르토는 우리 부모님이 아니라 빅토리아 고모의 세계에 속하는 사람이었다. 빅토리아 고모는 로베르토와 친했고 그를 좋아했다. 고모는 로베르토와 줄리아나의 약혼을 허락했다. 아니 어쩌면 둘이 사귀도록 부추겼을 수도 있다. 그렇게 생각하니 고모가 마리아노 아저씨와 코스탄차 아줌마를 비롯해서 부모님이 평생 가깝게 지내온 친구들을 다 합한 것보다 섬세하고 똑똑한 사람처럼 느껴졌다.

나는 신경이 예민해진 상태로 욕실에 들어가 꼼꼼하게 화장을 지우고 청바지와 하얀 블라우스로 갈아입었다. 내가 우리 집 가정사와 부모님의 행동을 들려주면 로베르토는 뭐라고 할까. 썩어문드러진 우정의 부활에 대해 뭐라고 할까.

순간 인터폰이 격렬하게 울려 흠칫 놀랐다. 잠시 후 마리아노 아저씨와 어머니의 목소리가 들려왔다. 나는 어머니가 억지로 나를 불러내지 않기를 바랐다. 다행히 아무 말이 없기에 나도 공부를 시작했다. 하지만 어머니는 "조반나! 어서 와서 마리아노 아저씨에게 인사하렴!"이라고 소리쳤고 나는 한숨을 내쉬며 책을 덮고 아저씨에게 인사하기 위해 일어났다.

나는 아저씨의 여윈 모습에 충격을 받았다. 어머니와 둘이서 살빼기 시합이라도 하는 것 같았다. 그런 아저씨의 모습을 보니 측은한 마음이 들었지만 그리 오래가지는 않았다. 코라도와 로사리오가 그랬던 것처럼 나를 보자마자 아저씨의 시선이 내 가슴에 꽂혔기 때문이다. 블라우스로 완전히 가렸는데도 말이다. 홀린 듯한 아저씨의 시선이 거슬렸다.

"그새 다 컸구나."

아저씨가 감격에 겨워 외치며 나를 껴안고 내 뺨에 입을 맞추려 했다.

"초콜릿 하나 먹을래? 아저씨가 가져오셨어."

나는 공부해야 한다는 핑계로 거절했다.

"잃어버린 1년을 만회하려고 열심히 공부하고 있다는 소식은 들었다."

나는 조용히 고개를 끄덕이면서 그만 가보겠다고 했다. 나가기 전에 또다시 내 몸을 훑는 아저씨의 시선에 수치심을 느꼈다.

로베르토는 내 눈만 바라봤었다고 나는 속으로 생각했다.

4

내게 무슨 일이 일어났던 건지 이해하기까지 별로 오랜 시간이 걸리지 않았다. 나는 첫눈에 반했던 것이다. 첫눈에 반한다는 표현을 책에서는 많이 봤지만, 왠지 모르게 내 감정을 그렇게 표현하고 싶지 않았다. 차라리 로베르토를, 그의 얼굴과 목소리와 내 손을 감싸주었던 그의 손길을 불안한 나날 속에서 내게 찾아온 기적 같은 위안이라고 생각하고 싶었다.

그를 다시 만나고 싶었다. 그를 처음 본 그 잊지 못할 순간, 나는 그를 가지고 싶다는 격렬한 욕망을 느꼈다. 하지만 처음 느꼈던 혼란스러운 감정이 누그러지자 냉정한 현실 감각이 되살아났다. 로베르토는 성인이고 나는 10대였다. 로베르토는 착하고 아름다운 여자를 사랑하고 있었다. 로베르토는 밀라노에 살기 때문에 연락할 방법이 없었고 나는 그가 무엇을 중요하게 생각하는지도 몰랐다. 유일한 접선책인 빅토리아 고모는 복잡하기 짝이 없는 사람이었고 고모와 만날 때마다 어머니가 슬퍼할 것이었다.

무엇을 해야 할지 결정하지 못한 상태로 며칠이 지났다. 문득 부모님은 자기들 행동에 내가 어떻게 반응하는지 신경조차 쓰지 않는 마당에 왜 나는 이렇게 끊임없이 부모님의 반응을 걱정해야 하는지 의문이 들었다. 결국 나는 참지 못하고 어느 날 오후 집에 혼자 남은 틈을 타서 고모에게 전화를 걸었다. 지난번 점심 식사 초대를 거절한 것도 후회됐다. 중요한 기회를 놓친 것만 같았다. 나는 은근슬쩍 고모에게 로베르토가 올 법한 날을 물은 뒤 때맞춰 고모를 만나러 가야겠다고 생각했다. 팔찌까지 돌려주었으니 내 전화를 반갑게 받을 거라 생각했는데 막상 전화를 거니 고모는 내게 말할 기회조차 주지 않았다.

내가 거짓말로 카세르타에 간다고 하고 고모를 만난 바로 다음 날 어머니가 전화를 걸어 맥없는 목소리로 나를 좀 내버려두라고, 다시는 나를 만나지 말라고 했다는 것이다. 고모는 그래서 화가 나 있었다. 고모는 자기 올케를 욕하면서 현관문 앞에서 기다리고 있다가 칼로 찔러버릴 거라고 했다.

"감히 내가 자기한테서 너를 빼앗으려 한다고 하다니. 정작 내 삶의 이유를 앗아가버린 건 자기들이면서. 네 아빠 엄마는 내 삶의 이유를 앗아갔어. 팔찌만 돌려주면 그만이라고 생각한 너도 마찬가지고."

고모가 내게 악을 썼다.

"네 부모 편을 들 생각이면 다시는 전화하지 마! 알아들었어?"

고모는 얼마간 가쁜 숨을 몰아쉬면서 자기 오빠 부부에 대해 험한 욕설을 쏟아내다 갑자기 전화를 끊어버렸다.

나는 고모 편이고 나도 어머니가 고모에게 전화해서 화가 난다는 말을 해주려고 다시 전화를 걸었지만, 고모는 전화를 받지 않았다. 나는 우울했다. 그 순간만큼은 고모의 애정이 절실했다. 고모가 없으면 다시는 로베르토를 만날 수 없을 것 같아 두려웠다.

시간은 빠르게 흘렀다. 처음 며칠을 쓰라린 실망감 속에서 보낸 후 나는 처절한 성찰의 시간을 보냈다. 그러다 보니 어느 때부턴가 로베르토가 멀리 있는 산처럼 느껴졌다. 어렴풋이 윤곽만 보이는 푸른 형상 같았다. 파스코네 주민 가운데 내가 성당에서 봤던 것처럼 로베르토를 명확하게 파악한 사람은 아무도 없을 거라고 나는 생각했다. 로베르토는 그곳에서 태어나 자랐고 어렸을 때부터 토니노와 친하게 지냈다. 모두 로베르토가 황량한 동네를 밝히는 빛나는 조각인 듯 그를 소중하게 생각했다.

줄리아나 역시 로베르토의 본질을 알아보고 그 때문에 그를 사랑하게 된 건 아닐 것이다. 줄리아나가 로베르토를 사랑하게 된 건 그가 고향 사람이기 때문일 것이다. 고약한 악취가 풍기는 공업 단지 출신인데도 특별한 후광을 지닌 사람이기 때문일 것이다. 밀라노에서 대학을 나온 데다 사람들에게 뛰어난 능력을 인정받았기 때문일 것이다. 어쩌면 정이 많은 그 동네 사람들의 특성 때문에 오히려 로베르토의 특별함을 못 알아보는 것일 수도 있다.

로베르토를 그저 재능이 많은 일반 사람처럼 대해서는 안 된다. 로베르토는 보호받아 마땅한 존재다. 만약 내가 줄리아나였다면 나는 어떻게든 그가 우리 집으로 점심을 먹으러 오지 못하게 막았을 것이다. 어떻게든 빅토리아 고모나 마르게리타 아주머니나 코라도 같은 사람들이 그를 망가뜨리지 못하게 했을 것이다. 그가 나를 선택한 의미가 퇴색하지 않도록 최선을 다했을 것이다. 로베르토를 내가 속한 세계에서 멀리 떨어뜨려 놓을 것이다. 그에게 함께 도망가자고, 내가 밀라노로 가겠다고 할 것이다.

줄리아나는 자기가 얼마나 행운아인지 잘 모르는 것 같았다. 나라면 로베르토와 가까워져도 어머니를 소개하는 자리를 만들어서 그에게 시간을 낭비하게 하는 일은 절대로 만들지 않을 것이다. 우리 어머니가 빅토리아 고모나 마르게리타 아주머니보다는 훨씬 멀쩡한 사람인데도 말이다. 아버지는 더욱더 소개해주지 않을 것이다.

로베르토가 발산하는 기운을 사라지지 않게 하려면 그를 정성껏 돌봐줘야 한다. 나는 내게 그럴 능력이 있다는 걸 알고 있다. 나는 많은 것을 바라는 게 아니었다. 그의 친구가 되는 것만으로도 충분했다. 친구가 되어서 지금껏 잘 몰랐던 내 내면 어디

엔가 그에게 필요한 능력이 숨겨져 있다는 사실을 보여주고 싶었다.

5

그 무렵 나는 외모는 예쁘지 않아도 내면은 아름다워질 수 있을 거라고 믿기 시작했다. 하지만 그렇게 되려면 어떻게 해야 할까. 내가 모난 성격이라는 건 나도 이미 알고 있었다. 나도 모르게 못된 말을 하고 못된 행동을 했다. 온실 안의 화초 같은 한심한 계집이 되고 싶지 않아서 일부러 착한 마음을 억누르는 면도 없잖아 있었다. 나는 구원의 길을 찾고도 그 길로 가지 못하거나 스스로 그 길을 걸을 만한 자격이 없다고 생각하는 사람이 된 것 같았다.

어느 날 오후 우연히 파스코네 교구의 자코모 신부와 마주쳤을 때, 나는 그런 심정이었다. 왜 그곳에 갔었는지 이유는 잘 기억나지 않지만, 나만의 생각에 잠겨 반비텔리 광장을 걷다가 하마터면 자코모 신부와 부딪힐 뻔했다.

"잔나나!"

신부가 외쳤다. 신부가 눈앞에 나타난 순간 주변의 광장과 건물들은 모두 사라져버리고 잠시나마 성당으로 되돌아간 것 같았다. 빅토리아 고모 옆에 앉아서 탁자 뒤에 서 있는 로베르토의 모습을 보고 있는 것만 같았다. 모든 것이 제자리로 돌아온 후에는 신부가 나를 알아봐주고 내 이름을 기억해줘서 기뻤다. 기분이 너무 좋아서 그를 초등학교 시절부터 알고 지낸 또래 친구처럼 꼭 껴안았다. 하지만 이내 내가 쑥스러워서 말을 더듬거리며 깍듯한 존칭을 쓰자 그는 내게 말을 편하게 하라고 했다.

자코모 신부는 케이블카를 타러 몬테산토에 가는 중이라고 했다. 나는 케이블카 정류장이 있는 곳까지 길동무를 해주겠다고 한 뒤 성당에서 로베르토의 강연을 듣고 감동한 이야기를 다소 다급하고 수선스럽게 늘어놓기 시작했다.

"로베르토 오빠는 언제 다음 강연을 하나요?"

내가 물었다.

"그의 강연이 마음에 들었니?"

"네."

"복음서에 대해 얼마나 멋진 강연을 했는지 너도 들었지?"

사실 그날 강연 내용에 대해서는 기억나는 것이 아무것도 없었다. 나는 복음서에 문외한이었다. 그날 강연 중에 머릿속에 깊이 각인된 것은 오직 로베르토뿐이다. 그런데도 나는 고개를 끄덕여 보이고 속삭였다.

"학교에는 로베르토 오빠처럼 흡입력 있는 선생님이 없어요. 그가 오면 꼭 강연을 들으러 갈게요."

내 말에 자코모 신부의 안색이 어두워졌다. 나는 그제야 그가 평소와는 달라 보인다는 사실을 깨달았다. 얼굴이 누렇게 뜬 데다 두 눈은 붉게 충혈되어 있었다.

신부가 말했다.

"로베르토는 돌아오지 않을 거야. 이제는 성당에서 그런 자리를 마련하는 일도 없을 거고."

나는 너무나 속상했다.

"사람들이 싫어했나요?"

"내 상사들과 몇몇 교구 사람이 싫어했어."

그 말에 나는 화가 나고 실망스러웠다.

"신부님의 상사는 하나님이 아니었던가요?"

"네 말이 맞아. 하지만 규칙을 정하는 건 그분의 부하들이지."

"그럼 그 사람들을 거치지 말고 하나님께 직접 부탁해보세요."

자코모 신부는 그분께선 너무나 먼 곳에 계신다는 듯한 손짓을 해보였다. 그의 손가락과 손등과 손목에 커다랗고 울긋불긋한 자국들이 보였다.

"하나님은 이 일과 상관없어."

자코모 신부가 미소를 지으면서 말했다.

"기도해도 소용이 없나요?"

"나는 나약한 사람이란다. 이제는 기도마저 직업적인 업무가 되어버렸나봐. 너는 어떠니? 너는 믿음이 없어도 기도를 하니?"

"네."

"기도가 도움이 됐니?"

"아니요. 기도는 성공하지 못한 마술과 같아요."

자코모 신부가 입을 다물었다. 말실수를 한 것 같아서 사과해야 할 것 같았다.

"가끔 말이 머릿속에 떠오르는 대로 나와요. 죄송해요."

내가 중얼거렸다.

"뭐가 죄송해? 덕분에 기분이 좋아졌어. 너를 만나서 다행이야."

자코모 신부는 무슨 비밀이라도 감춘 것처럼 자신의 오른손을 바라보았다.

"어디 아프세요?"

내가 물었다.

"케르바케르가에 있는 의사 친구를 방문하고 돌아오는 길이야. 단순한 발진이래."

"어쩌다 그렇게 된 거죠?"

"하기 싫은 일을 하라는 강요에 복종하면 마음도 복잡해지고 모든 것에 영향을 미치게 된단다."

"그럼 복종이란 피부병과 같은 것인가요?"

자코모 신부는 잠시 당황한 눈길로 나를 바라보다가 미소를 지었다.

"그래, 네 말이 맞아. 복종은 피부병이야. 너는 효과 좋은 치료제고. 절대로 변하지 말아라. 언제나 머릿속에 떠오르는 것을 말하도록 해. 너랑 조금만 더 이야기를 하면 내 상태도 더 좋아질 것 같구나."

내가 충동적으로 말했다.

"저도 더 좋아지고 싶어요. 그러려면 어떻게 해야 하나요?"

자코모 신부가 대답했다.

"언제 어디서 나타날지 모르는 교만함을 쫓아버려야 한단다."

"그러고요?"

"다른 이들을 선하고 정의롭게 대하렴."

"그러고요?"

"네 나이에 제일 하기 힘든 일이 있지. 아버지 어머니를 공경

하는 일이야. 하지만 힘들어도 노력해야 한단다, 잔니나. 그건 아주 중요한 일이야."

"저는 더 이상 제 부모님을 이해할 수 없어요."

"어른이 되면 분명 이해할 수 있을 거야."

다 똑같다. 모두 어른이 되면 다 이해할 거라고 한다. 내가 말했다.

"차라리 어른이 되지 않을래요."

케이블카 정류장에서 나눈 작별 인사를 마지막으로 나는 다시는 자코모 신부를 보지 못했다.

로베르토에 대해서도, 빅토리아 고모에게서 내 이야기를 들었는지도, 혹시나 고모가 우리 집 가정사를 들려주었는지도 끝내 묻지 못했다. 다만 쭈뼛대며 이런 말을 하기는 했다.

"저는 제가 못생기고 못된 것 같아요. 그런데도 사랑받고 싶어요."

하지만 너무 늦었다. 내가 속삭이듯 내 속마음을 털어놓았을 땐, 자코모 신부는 이미 내게서 등을 돌린 후였다.

6

그날 만남은 내게 도움이 되었다. 나는 우선 부모님과의 관계에 변화를 주기로 했다. 부모님을 깍듯하게 대할 생각은 조금도 없었지만 적어도 지금보다는 더 가깝게 지낼 방법을 찾기로 했다.

공격적인 말투를 누그러뜨리는 게 쉽지는 않았지만, 어머니와의 관계에서만큼은 내 노력이 성과를 거두었다. 나는 어머니가 빅토리아 고모와 통화한 사실을 끝내 언급하지 않았다. 하지만 가끔은 어머니에게 악을 쓰고 싶어졌다. 어머니를 윽박지르고 원망하고 비난하고 힐난하고 싶어졌다. 어머니는 내가 난리를 쳐도 아무런 반응을 보이지 않았다. 마음만 먹으면 귀머거리가 될 수 있는 것처럼 무덤덤했다.

나는 어머니에 대한 태도를 조금씩 바꾸기 시작했다. 외출할 일이 없고 집에 찾아올 사람이 없을 때도 머리를 곱게 손질하고 옷을 차려입은 어머니의 모습을 복도에서 관찰하기 시작했다. 고통에 갉아 먹혀 뼈만 앙상한 등을 구부정하게 숙인 채 몇 시간이고 일만 하는 어머니의 모습을 바라보고 있다 보면 안쓰러운 마음이 들었다.

어느 날 저녁 어머니를 몰래 훔쳐보는데 문득 빅토리아 고모 생각이 났다. 물론 그 둘은 원수지간인 데다 교육 면에서나 교양 수준에서나 비교 대상이 아니었다. 하지만 빅토리아 고모는 이미 오래전에 죽은 엔초를 아직도 사랑하고 있었고 나는 그런 빅토리아 고모의 정절이 대단하다고 생각했다. 놀랍게도 갑자기 내 어머니가 그런 빅토리아 고모보다도 더 고귀한 정신을 지닌 것처럼 느껴져 몇 시간 동안이나 그 문제를 두고 고민했다.

빅토리아 고모는 자신의 사랑에 대한 응답을 받았다. 고모의 연인은 평생 고모를 사랑해주었으니까. 하지만 어머니는 그렇지 못했다. 어머니는 세상에서 가장 비열한 방식으로 배신당했는데도 아버지에 대한 감정을 그대로 간직한 것이다. 어머니는 자기 전남편이 없는 자신의 삶을 생각할 수 없었고 그런 삶을 원하지도 않았다.

가끔 아버지가 낯 두껍게 전화를 걸어올 때만 겨우 자신의 존재 의미를 찾는 것 같았다. 그런 어머니의 맹목적인 순종이 갑자기 좋아졌다. 나는 왜 그런 어머니의 의존성을 공격하고 비난했을까. 절대적인 사랑에서 나오는 어머니의 강인함을 어쩌다 나약함으로 착각했던 걸까. 그렇다. 그것은 나약함이 아니라 강인함이었다.

한번은 어머니에게 객관적으로 말한다는 투로 이야기했다.

"마리아노 아저씨가 좋으면 그냥 사귀지 그러세요."

"대체 몇 번이나 말해야 알아듣겠니? 나는 마리아노가 싫어."

"아빠는요?"

"네 아빠는 네 아빠지."

"왜 아빠 욕은 한 번도 안 하세요?"

"말하는 것과 생각하는 것은 다른 거란다."

"그럼 속으로는 감정을 드러내세요?"

"조금은 그래. 하지만 결국에는 우리가 행복했던 시간이 생각나서 네 아빠를 증오해야 한다는 사실을 잊어버리지."

아빠를 증오해야 한다는 사실을 잊었다는 어머니의 말에서 나는 진실되고 살아 있는 감정을 느꼈고 이를 계기로 아버지에 대해서도 다시 생각해보기로 마음먹었다.

이제는 아버지와 만날 기회가 거의 없었다. 나는 두 번 다시 포실리포에 가지 않았고 안젤라와 이다마저 내 삶에서 지워버렸다. 하지만 아버지가 나와 어머니를 버리고 코스탄차 아줌마와 아줌마의 딸들에게로 가버린 이유를 이해하려고 아무리 애써보아도 도저히 그럴 수 없었다. 예전에는 아버지가 어머니보다 훨씬 뛰어난 사람이라고 생각했었는데 지금은 아버지가 특별날 것이 하나도 없어 보였다. 심지어는 부정적인 면에서조차 특별할 것이 없었다. 가끔 아버지가 나를 학교에 데리러 오면 아버지의 불평불만을 열심히 들어주었지만 그래봤자 죄다 거짓말 같았다.

아버지는 나에게 자신이 행복하지 않다는 사실을 믿게 하려 했다. 우리랑 같이 산 자코모 데이 카프리에 살 때보단 아주 조금 덜 불행할 뿐 행복한 건 아니라는 사실을 이해시키려 했다. 물론 아버지의 말을 곧이곧대로 믿지 않았다. 하지만 그런 아버지의 모습을 보니 이런 생각이 들었다.

'지금 아버지에 대한 감정은 접어놓고 어린 시절 아버지를 사랑했던 때를 생각해보자. 아버지가 저지른 짓을 보고도 어머니가 여전히 아버지를 사랑하고 아버지를 증오해야 한다는 사실을 잊어버리기까지 하는 걸 보면 어렸을 때 아무런 이유 없이 아버지를 특별하게 생각했던 건 아닐지도 몰라.'

나는 아버지의 좋은 점을 찾기 위해 애썼다. 아버지에 대한 애정 때문이 아니었다. 나는 이미 아버지에게 아무런 감정도 느끼지 못했다. 그저 어머니가 사랑할 만한 가치가 있는 사람을 사랑했기를 바라는 마음에 아버지를 만날 때마다 상냥하게 대하려고 노력했을 뿐이었다. 나는 아버지에게 학교 이야기를 해주고 선생님들과 얽힌 시시한 일화들을 들려주었다. 별것 아닌 일로 아버지를 치켜세우기도 했다. 가령 아버지가 나에게 라틴어 문학 작품에 나오는 어려운 문장을 설명해주거나 이발을 하고 왔을 때 말이다.

"이번엔 머리를 너무 짧게 자르지 않아서 좋네요. 이발소를 바꿨어요?"

"아니? 집 바로 앞에 있는 이발소를 뭐하러 바꾸겠니. 게다가 내가 머리에 신경 쓸 일이 뭐 있어. 이미 하얗게 세기 시작했는데. 젊고 아름다운 네 머리라면 모를까."

나는 아버지의 칭찬을 무시했다. 솔직히 그 상황에 적합한 말은 아니었다.

"아빠 머리는 하얗게 세지 않았어요. 이마 쪽이 조금 희끗희끗해지기 시작했을 뿐이에요."

"나도 이제 늙었단다."

"아빠 제가 어렸을 때 더 나이 들어 보였어요. 그새 더 젊어진 것 같아요."

"고통받는 사람은 젊어질 수 없어."

"충분히 고통스럽지 않으셨나 보죠. 마리아노 아저씨랑 다시 연락한다면서요?"

"누가 그래?"

"엄마가요."

"그렇지 않아. 자기 딸들을 보러 올 때만 가끔 만나는 정도야."

"마리아노 아저씨랑 사이가 안 좋아요?"

"아니."

"그럼 뭐가 문제죠?"

문제랄 것은 없었다. 아버지는 내가 그립고 나에 대한 그리움 때문에 괴롭다는 말을 하고 싶을 뿐이었다. 아버지의 연기력이 너무나 훌륭했기 때문에 가끔은 아버지가 못 믿을 사람이라는 사실을 잊어버리곤 했다.

아버지는 여전히 잘생겨 보였다. 어머니처럼 살이 빠지지도 않았고 자코모 신부처럼 피부에 발진 같은 것이 생기지도 않았다. 아버지의 다정한 목소리를 듣다 보면 다시 유년 시절로 돌아가 아버지에게 의지하게 될 것 같았다. 그러던 어느 날 평소처럼 하굣길에 아버지와 함께 판차로티와 파스타크레슈타를 먹다가 갑자기 복음서를 읽고 싶다고 말했다.

"왜?"

"좋지 않은 생각인가요?"

"아니야, 아주 좋은 생각이야."

"제가 기독교인이 되는 건 어떻게 생각하세요?"

"전혀 문제없지."

"세례를 받아도 돼요?"

"일시적으로 변덕 부리는 게 아니라면 괜찮아. 네게 신앙심이 생겼다면 마음대로 하려무나."

아버지가 전혀 반대하지 않았는데도 내 계획을 털어놓은 것을 바로 후회했다. 로베르토를 만난 후로 아버지의 권위를 인정하기 힘들어졌다. 사랑받을 만한 사람이 아닌 것 같았다. 아버지가 내 인생과 무슨 상관이 있단 말인가. 내가 과거처럼 아버지의 권위를 인정하고 애정을 쏟을 일은 절대 없을 것이다. 복음서를 읽는 것도 성당에서 연설한 그 청년을 위해서였다.

시작과 동시에 실패로 돌아가기는 했지만, 아버지와 가까워지려고 시도하면서 로베르토를 다시 보고 싶다는 욕망이 더 명확해졌다. 나는 그런 내 감정을 참지 못하고 다시 빅토리아 고모에게 전화를 걸었다. 고모는 담배에 찌들어 허스키해진 목소리로 침울하게 전화를 받았다. 이번에는 공격적으로 나오거나 욕설을 퍼붓지는 않았지만 그렇다고 특별히 다정하지도 않았다.

"그래, 용건이 뭐냐?"

"고모가 잘 지내는지 궁금했어요."

"잘 지내고 있다."

"일요일에 한번 들러도 돼요?"

"뭐하러?"

"고모 보러요. 참, 그리고 지난번에 줄리아나 언니 남자친구를 알게 되어서 좋았어요. 혹시 그 사람이 근처에 올 일이 있으면 인사라도 하고 싶어요."

"이제 성당에서 그런 모임은 못 하게 됐어. 자코모 신부도 쫓겨날 판이야."

빅토리아 고모는 내가 얼마 전에 자코모 신부를 만나서 이미 모든 것을 알고 있다고 말할 틈을 주지 않았다. 고모의 사투리가 심해졌다. 고모는 교구 사람과 주교들과 추기경들과 교황을 비롯한 모든 사람에게 화가 나 있었다. 자코모 신부와 로베르토도 예외가 아니었다.

"이번엔 자코모 신부가 도가 지나쳤어. 그는 치료제와 같은 존재였어. 약을 먹고 조금 나아지는 줄 알았는데 부작용이 생긴 거지. 그 바람에 상태가 전보다 더 안 좋아졌고."

고모가 말했다.

"로베르토 오빠는요?"

"로베르토는 뭐든 너무 쉽게 생각해. 불쑥 나타나서 모든 것을 엉망으로 만들어놓고 떠나서 몇 달 동안 코빼기도 안 보여. 그 애는 밀라노에서 살지, 여기에 남을지 결정해야 해. 이런 상황은 줄리아나에게도 좋을 게 없어."

"하지만 사랑하면 괜찮아요. 사랑은 좋은 영향을 줘요."

내가 말했다.

"네가 사랑에 대해서 뭘 알아?"

"사랑은 좋은 거예요. 사랑하면 오랜 이별도 극복할 수 있어요. 사랑은 뭐든 이겨낼 수 있어요."

"넌 철부지야, 잔니나. 말만 그럴듯하게 하지 제대로 아는 것은 아무것도 없구나. 사랑이란 뒷간 문에 달린 유리처럼 탁한 거란다."

나는 그 표현에 충격을 받았다. 고모가 들려준 엔초와의 사랑 이야기와도 모순되는 것 같았다. 그래도 나는 고모의 말에 맞장구를 치면서 더 오래 이야기하고 싶다고 했다.

"마르게리타 아주머니네 가족과 로베르토 오빠와 다 함께 점심을 먹을 때 저도 가도 될까요?"

고모는 내 부탁에 심기가 불편했는지 갑자기 사납게 돌변했다.

"넌 그냥 집에 있어. 네 엄마는 여기가 네가 올 만한 곳이 아니라고 하더라."

"하지만 저는 모두 다 보고 싶어요. 혹시 거기에 줄리아나 언니가 있나요? 줄리아나 언니랑 이야기해볼게요."

"줄리아나는 자기 집에 있다."

"토니노 오빠는요?"

"너는 토니노가 맨날 우리 집에서 먹고 자고 싸는 줄 아니?"

고모는 그렇게 말하고는 늘 그렇듯이 저속하고 무례하게 일방적으로 전화를 끊어버렸다. 나는 고모가 나를 초대해주기를 바랐다. 방문 날짜를 정하고 싶었다. 6개월 후가 되었든 1년 후가 되었든 언제라도 좋으니 로베르토를 다시 만날 수 있다는 확신을 가질 수 있기를 바랐다. 일이 생각대로 풀리지는 않았지만 그래도 왠지 모를 기분 좋은 흥분을 느꼈다.

빅토리아 고모가 줄리아나와 로베르토의 관계에 대해서 확실히 말해주지는 않았지만 뭔가 일이 꼬였다는 것 정도는 눈치챌 수 있었다. 물론 고모의 판단을 완전히 신뢰할 수는 없었지만 두 연인이 좋아하는 무언가를 고모가 못마땅해하고 있을 확률이 높았다. 좋은 마음으로 인내심을 가지고 꾸준히 노력하다 보면 고모와 두 연인 사이에서 중재자 역할을 할 수 있을 것 같았다. 모든 사람의 언어를 구사할 수 있는 사람이 될 수 있을 것 같았다. 나는 우선 복음서부터 찾기로 했다.

8

우리 집에는 복음서가 없었다. 하지만 내게는 책 제목만 말하면 기다렸다는 듯이 내 앞에 대령해주는 아버지가 있었다. 실제로 아버지와 대화를 나눈 지 며칠 후에 아버지는 주석이 달린 복음서를 들고 학교에 찾아왔다.

"그냥 읽기만 하면 안 돼. 이런 책은 공부하면서 읽어야 하는 거야."

아버지는 두 눈을 반짝이며 그렇게 말했다. 아버지의 존재는 책이나 사상이나 고상한 문제를 다룰 때 비로소 빛을 발했다. 그런 모습을 보니 아버지는 자기가 어머니와 내게 한 짓을 스스로에게 숨기지 못할 때만 머릿속이 백지처럼 하얘지면서 불행해진다는 사실이 확실해졌다.

아버지는 책에 꼼꼼히 주석을 달아가면서 위대한 사상을 공부할 때 너무나 행복해했다. 그 순간만큼은 부족한 것이 아무것도 없었다. 아버지는 코스탄차 아줌마 집으로 삶의 터전을 옮겼고 그곳에서 편안하게 살고 있었다. 아버지의 새 서재는 창문 너머로 바다가 보이는, 햇살이 가득한 커다란 방이었다.

얼마 전에는 내가 어렸을 때부터 알고 지내온 자기 친구들과 모임을 다시 시작했다. 물론 마리아노 아저씨는 포함되지 않았다. 하지만 아버지는 이미 모든 것이 정상적으로 돌아온 것처럼 행동하는 데 익숙해졌고, 그렇게 지내다 보면 언젠가는 마리아노 아저씨도 모임에 다시 합류하게 될 터였다. 그러니 자신의 악행과 마주할 수밖에 없는 공허한 순간만 피하면 아버지가 기분을 망칠 일은 없었다.

아버지는 그런 순간을 교묘하게 잘 피했다. 그런 아버지에게 때마침 복음서를 읽고 싶다는 내 요청은 좋은 기회로 느껴졌을 것이다. 나와의 관계를 회복했다는 느낌을 받았을 것이다.

실제로 주석이 달린 복음서를 준 지 얼마 안 돼서 아버지는 번역서를 읽는 것도 괜찮지만 그래도 원본을 읽는 것이 중요하다며 고대 그리스어와 라틴어본 복음서까지 가져다주었다. 그러면서 밑도 끝도 없이 발급받기 까다로운 증명서를 어머니에게 대신 받아달라는 부탁을 전해달라고 했다. 나는 책을 받아들고 어머니에게 이야기해보겠다고 했다.

내가 증명서 이야기를 꺼내자 어머니는 발끈하면서 불편한 심기를 드러내고 짜증을 냈지만 결국에는 아버지의 부탁을 들어주었다. 어머니는 수업과 과제물 검사와 원고 수정 때문에 바쁜 데도 짬을 내서 몇몇 관공서를 직접 방문해 긴 줄을 서거나 태만한 공무원들과 싸워야 했다.

그 일을 계기로 나는 내가 얼마나 변했는지 깨달았다. 어머니가 아버지에게 드디어 자신의 임무를 완수했다는 소식을 알리는 통화를 방에서 들었을 때도 나는 어머니의 순종적인 태도에 분노하지 않았다. 어머니가 과도한 흡연과 밤마다 독주를 마신 탓에 갈라진 목소리로 아버지에게 호적과에서 발급받은 서류와 국립 도서관에서 복사한 문서와 대학교에서 찾아온 서류 따위를 가지러 집으로 오라고 애틋하게 말하는 소리를 들으면서도 그다지 화가 나지 않았다. 어느 날 저녁 아버지가 불신에 가득 찬 표정으로 집에 나타나 거실에서 어머니와 대화를 나눴을 때도 특별히 못마땅해하지 않았다. 거실에서 어머니의 웃음소리가 두어 번 들렸지만, 그게 다였다. 아마 어머니도 자신의 웃음이 이제는 지나가버린 과거의 웃음이라는 것을 깨달았을 것이다.

나는 멍청하면 어머니만 손해라고 생각하지 않았다. 이제는 어머니의 감정을 이해할 수 있을 것 같았다. 대신 아버지에 대한 내 감정은 더 오락가락했다. 나는 기회주의자 같은 아버지가 싫었고 아버지가 인사하려고 나를 불렀을 때 싫은 티를 냈다.

"그래, 복음서는 잘 읽고 있니?"

아버지가 성의 없이 물었다.

"네, 그런데 이야기가 마음에 들지 않아요."

내가 대답했다.

"이야기가 마음에 들지 않는다니 재미있구나."

아버지는 내 이마에 입을 맞추고 문 앞에서 말했다.

"나중에 그 주제에 대해 토론해보자꾸나."

아버지와 토론이라니. 그런 일은 절대로, 절대로 없을 것이다. 나는 아버지와 할 말이 없었다. 처음 복음서를 읽기 시작했을 때 나는 그 책이 로베르토처럼 나를 하나님의 사랑으로 이끌어주는 동화 같은 이야기일 거라고 생각했다. 나는 그런 사랑이 필요했다. 내 몸은 고압 전류가 흐르는 전선처럼 잔뜩 긴장한 상태였으니까. 그런데 그 글은 동화처럼 전개되지 않았다. 실제 존재하는 장소에서 실제로 존재했던 사람들이 실제 직업을 가지고 일하는 이야기였다.

복음서의 가장 지배적인 감정은 흉악함이었다. 한 편을 읽고 다음 편으로 넘어갈수록 이야기는 더 끔찍해졌다. 그렇다. 복음서에는 정말이지 끔찍한 이야기가 담겨 있었다. 읽으면 읽을수록 신경이 날카로워졌다. 복음서에 따르면 우리는 인간이 선과 악 중에서 어떤 것을 선택하는지 지켜보고 있는 주님의 종에 지나지 않았다.

말도 안 되는 설정이었다. 어떻게 그런 비굴한 조건을 받아들일 수 있단 말인가. 하나님 아버지는 저 높은 하늘에 계시는데 그의 자식들인 인간은 이곳 진흙탕에서 피를 흘리며 뒹굴고 있다는 사실을 받아들일 수 없었다. 하나님이 우리의 아버지이고 그의 창조물인 우리는 한 가족이라는 사실에 나는 두려움과 분노를 동시에 느꼈다.

나는 인간을 이토록 연약하게 만든 하나님 아버지가 싫었다. 인간을 끊임없이 고통에 노출시키고 이토록 쉽게 부패하게 만든 그가 싫었다. 우리가 인형이라도 되는 것처럼 배고픔과 목마름, 질병과 공포, 잔혹함과 교만함, 때로는 불신으로 인한 배신의 가능성을 내재하고 있는 좋은 감정까지도 어떻게 다루는지 바라보고만 있는 그가 싫었다.

동정녀를 통해 아들을 낳고 그 아들을 자신의 창조물들 가운데 가장 불행한 자들이 겪는 최악의 상황에 몰아넣은 것도 싫었다. 기적을 일으킬 수 있는 능력이 있는데도 그 힘을 인류의 상황을 개선하는 데에는 아무런 도움이 되지 않는 하찮은 놀이에만 허비한 아들도 싫었다. 자기 어머니는 홀대하면서 아버지인 하나님에게는 화낼 용기조차 없는 아들이 싫었다. 자기 아들을 끔찍한 고통 속에 죽게 내버려두고 도움 요청에 응하지 않은 하나님이 싫었다.

그렇다. 복음서에 나오는 이야기는 나를 우울하게 했다. 마지막 부활 이야기는 또 어떠한가. 끔찍하게 고문을 당한 육체가 생명을 되찾는다니. 나는 부활한 자들에 대한 공포심에 밤잠을 이루지 못했다. 어차피 영원히 살 수 있다면 왜 굳이 죽음을 경험해야 하나. 게다가 부활한 망자들이 바글거리는 세상에서 영생이 무슨 의미란 말인가. 영생이란 정말로 보상인 걸까. 영원히 견딜 수 없는 끔찍한 상태로 살아가는 것에 지나지 않는 건 아닐까.

그렇다. 하늘에 계시는 우리 아버지는 「마태복음」과 「마가복음」에 나오는 비정한 아버지다. 배가 고파서 빵을 달라는 아들에게 뱀과 전갈을 주는 아버지 말이다. 내 아버지와 그런 하나님 아버지에 대해 논한다면 나도 모르게 이렇게 말할 것 같았다.

"복음서에 나오는 하나님 아버지는 아빠보다도 더 형편없어요."

나는 오히려 하나님의 피조물에 감정이 이입됐다. 설사 그 피조물이 매우 형편없는 존재라 할지라도. 피조물은 힘든 환경에서 살아가고 있었다. 그럼에도 이 진흙탕 같은 현실에서 진정으로 넓은 도량을 보이는 이들이 있다면 나는 그들 편에 설 것이다. 예컨대 나는 아버지가 아니라 어머니 편이었다. 아버지는 지고지순한 어머니를 이용하고 나서는 아양을 떨며 고맙다고 말하는 사람이었다.

어느 날 저녁 어머니가 내게 말했다.

"네 아빠는 너보다도 어려. 너는 그새 자랐는데 그이는 여전히 어린애 같아. 네 아빠는 평생 자라지 않을 거야. 놀랍도록 똑똑하고 자신만의 놀이에 심취한 아이로 남겠지. 그래서 잘 돌봐주지 않으면 다칠 거야. 어렸을 때부터 그런 네 아빠의 특성을 알아차렸어야 했는데. 오히려 지금보다 그때가 더 성숙해 보였지."

어머니는 자신이 아버지를 잘못 봤다는 걸 알았지만 그런데도 아버지에 대한 사랑을 여전히 고이 간직하고 있었다. 나는 그런 어머니를 다정하게 바라보았다. 나 역시 어머니와 같은 사랑을 하고 싶었지만 그런 사랑을 받을 만한 자격이 없는 남자를 사랑하고 싶지는 않았다.

"요즘 무슨 책을 읽고 있니?"

어머니가 물었다.

"복음서요."

"복음서는 왜?"

"좋아하는 남자가 있는데 복음서에 대해서 아주 잘 알거든요."

"그 사람에게 반했니?"

"엄마도 참, 아니에요. 그 사람은 여자친구가 있는걸요. 그저 친구가 되고 싶을 뿐이에요."

"아빠한테는 복음서 이야기를 하지 마라. 토론한답시고 네 독서를 망쳐놓을 거야."

복음서라면 이미 마지막 한 줄까지 다 읽었기 때문에 그럴 위험은 없었다. 아버지가 내용을 물어봐도 일반적인 이야기만 했을 것이다. 나는 언젠가 로베르토와 복음서에 대해 깊이 있는 대화를 나누며 내 의견을 조리 있게 말하고 싶었다. 처음 성당에서 로베르토를 봤을 때만 해도 그 사람 없이는 못 살 것 같았는데 시간이 지나니 삶은 예전과 똑같이 흘러갔다. 로베르토가 내 삶에서 불가피한 존재가 될 거라는 느낌도 바뀌어갔다.

내게 불가피한 것은 그의 육체가 아니었다. 나는 로베르토가 저 멀리 밀라노에서 멋지고 의미 있는 일을 많이 하면서 모두에게 인정받으며 행복하게 지내고 있다고 상상하면서 그 대신 꼭 달성해야 할 어떠한 목표를 세워야겠다고 생각했다. 그래서 나는 로베르토에게 존중받을 만한 사람이 되기로 했다. 나는 아직 로베르토가 어떤 사람이라고 규정할 수 없었다. 예를 들면 어떤 상황에 처했을 때 나의 행동에 대해 그가 어떻게 평가할지 알 수 없었다. 그럼에도 로베르토는 뭐라 반박할 수 없는 권위를 가진 사람처럼 보였다.

그 무렵 나는 매일 저녁 잠들기 전 삶이라는 참기 힘든 노력에 대한 보상으로 내 몸을 애무하던 것을 그만두었다. 나는 죽음을 피할 수 없는 가련한 운명의 피조물이 유일하게 지닌 작은 행운은 삶의 고통을 완화하거나 허벅지 사이에 끼운 장치를 작동시켜 약간의 쾌락을 느끼는 순간만이라도 고통을 잊을 수 있는 것이라고 생각했다. 하지만 행여 로베르토가 이 사실을 알게 되면 혼자서 욕구를 해결하는 인간을 잠시나마 제 곁에 두었던 것을 후회할 것만 같았기에 나는 그 일을 그만두기로 했다.

9

나는 다시 열심히 공부하기 시작했다. 특별히 그렇게 하려고 마음을 먹었던 것은 아니다. 갈수록 학교라는 곳이 저속한 수다나 떨려고 오는 장소처럼 느껴졌지만, 그냥 공부가 익숙해졌던 것 같다. 얼마 안 가서 성적도 꽤 좋아졌고 학교 친구들을 대하기도 더 편해졌다. 아직 친구를 사귀고 싶지는 않았지만 가끔 토요일 저녁에 같은 반 아이들과 밖에서 만나기도 했다. 물론 심술궂게 말하고 갑작스럽게 분노를 표출하고 꽁하게 입을 다물어버리는 버릇은 여전했지만 그래도 조금씩 나아지는 것 같았다.

가끔은 그릇, 컵, 스푼, 길가에 굴러다니는 돌멩이며 마른 잎사귀 따위를 물끄러미 바라보다가 그 생김새에 감탄하곤 했다. 인공적인 것이든 자연적인 것이든 상관없었다. 나는 어릴 때부터 익숙했던 리오네 알토의 거리를 처음 보는 것처럼 관찰하기 시작했다. 상점과 거리를 오가는 행인들과 8층짜리 건물들이며 황토색이나 녹색 또는 하늘색 벽에 그어놓은 하얀 줄무늬 같은 발코니를 멍하니 바라보았다. 그동안 수없이 지나다녔던 산 지아코모 데이 카프리가의 검은 용암석 길과 핑크그레이 또는 녹이 슨 것처럼 보이는 색상의 오래된 사무실 건물들과 공원에 빠져들었다.

사람들도 마찬가지였다. 학교 선생님들, 이웃들, 상점 주인들, 보메로가를 지나는 행인들을 바라보면 그들의 행동과 눈빛과 표정이 신기하게 느껴졌다. 그럴 때면 모든 사람과 사물의 은밀한 깊이를 알아내는 것이 내 임무라는 생각이 들었다.

그런 기분은 오래가지 않았다. 그러지 않으려 해도 매사에 짜증이 날 때가 있었다. 그럴 때면 누구든 신랄하게 비판하고 아무나 붙잡고 시비를 걸고 싶어졌다. 잠들기 전이면 그런 사람이 되고 싶지 않다는 생각도 들었지만 어쩔 수 없었다. 나는 원래 그런 사람이니까. 인내심을 잃고 못된 말을 하거나 고자질을 하고 나면 그런 내 태도를 고쳐야겠다고 다짐하는 대신 그보다 더한 짓도 할 수 있을 것 같은 잔혹한 쾌락을 느꼈다. 나는 생각했다.

'사랑스럽지 않아도 상관없어. 아무도 나를 사랑해주지 않아도 돼. 내가 어떤 심정으로 사는지 아는 사람은 아무도 없어.'

그런 내게 로베르토에 대한 생각은 일종의 안식처였다.

놀랍고도 다행스럽게 못 말리는 내 성격에도 시간이 갈수록 나를 찾고 파티에 초대하는 친구가 많아졌다. 그들은 나의 사나운 면까지 좋아해주는 것 같았다. 내가 코라도와 로사리오를 멀리할 수 있었던 것도 아마 그런 친구들의 달라진 태도 덕분이었을 것이다. 둘 중 먼저 내 앞에 나타난 것은 코라도였다. 그는 학교로 찾아와 내게 말했다.

"플로리디아나에 산책이나 가자."

거절하고 싶었지만 나를 바라보는 친구들의 호기심을 자극하고 싶은 마음에 고개를 끄덕이고는 내 어깨에 팔을 두르려는 그의 손길을 피했다. 코라도는 나를 웃기려 했고 나도 예의상 웃어주었다. 하지만 그가 길 밖에 있는 나무 울타리 쪽으로 나를 데려가려 하자 처음에는 부드럽게 그리고 나중에는 딱 잘라서 싫다고 했다.

"우리 사귀는 거 아니었어?"

코라도가 정말로 어이없어하면서 물었다.

"아닌데요."

"아니라고? 그럼 우리 사이에 있었던 일은?"

"우리 사이에 무슨 일이 있었는데요?"

"너도 알잖아."

코라도가 민망해하면서 말했다.

"기억 안 나요."

"너도 즐거웠다고 했었잖아."

"거짓말이었어요."

코라도는 풀이 죽은 것 같았다. 예상치 못한 반응이었다. 내 말을 못 믿겠는지 머뭇머뭇 내게 키스하려고 고집을 부리다 결국 맥없이 중얼거렸다.

"난 너를 이해할 수 없어. 넌 내게 상처를 줬어."

우리는 하얀 계단에 자리를 잡았다. 우리 앞에는 투명한 돔 아래 있는 것처럼 보이는 찬란한 나폴리의 전경이 펼쳐져 있었다. 돔 바깥으로 푸른 하늘이 펼쳐져 있었고 돔 안은 도시를 구성하는 모든 돌멩이가 호흡하고 있는 듯 김이 서린 것처럼 보였다.

"너 실수하는 거야."

코라도가 말했다.

"실수라고요?"

"너는 네가 나보다 더 낫다고 생각하나 본데 너는 나를 잘 몰라."

"오빠는 어떤 사람인데요?"

"기다려봐. 알게 될 거야."

"그럼 기다릴게요."

"로사리오는 안 기다려줄걸?"

"여기서 그 사람 이야기가 왜 나오는 거죠?"

"로사리오는 너한테 반했으니까."

"말도 안돼요."

"그렇다니까. 네가 맞장구쳐주니까 자기를 좋아하는 줄 알잖아. 줄곧 네 가슴 이야기만 한다고."

"로사리오 오빠가 착각한 거예요. 나는 좋아하는 사람이 따로 있다고 전해주세요."

"그게 누군데?"

"그건 말 못 해요."

코라도가 하도 물고 늘어져서 주제를 바꿔보려 했지만 그는 또다시 내 어깨에 팔을 두르려고 했다.

"그게 나야?"

"아니요."

"좋아하지도 않으면서 그런 짓을 해줬다고?"

"그래요."

"그럼 너는 창녀구나?"

"그것도 내 마음이에요."

나는 로베르토에 관해 묻고 싶었지만 코라도가 그를 싫어한다는 사실을 알고 있어서 일부러 줄리아나 이야기를 먼저 꺼냈다. 코라도가 로베르토를 욕하면서 내 말을 가로막을 것이 뻔했기 때문에 줄리아나 이야기를 통해 간접적으로 물어볼 속셈이었다.

"줄리아나 언니는 정말 예뻐요."

나는 그녀에 대한 칭찬으로 말문을 열었다.

"예쁘긴. 아침에 맨 얼굴을 못 봐서 그래. 그 애는 무덤에서 나온 시체처럼 말라가고 있어."

코라도는 저속한 말로 줄리아나가 대학물 먹은 약혼자를 어떻게든 잃지 않으려고 성녀 행세를 하고 있다고 했다. 실제로는 성스러운 것과는 거리가 멀면서 말이다. 코라도는 여자 형제가 있는 사람들은 여자가 모든 면에서 남자보다 못하다는 걸 알기 때문에 여자를 탐하지 않을 거라고 했다.

"그렇게 생각한다면 당장 이 손 치우고 다시는 내게 키스할 생각하지 말아요.”

“무슨 말이야. 나는 너를 사랑해.”

“사랑에 빠져서 눈에 콩깍지가 씌었나봐요?”

“그렇지 않아. 하지만 너나 줄리아나나 똑같은 여자라는 걸 잊어버리곤 해.”

“로베르토 오빠도 마찬가지예요. 그 사람은 오빠가 나를 보는 것처럼 줄리아나 언니를 보는 거예요.”

코라도는 신경이 예민해졌다. 내 말에 기분이 상한 것이다.

“로베르토 눈에 뭐가 제대로 보이겠어. 그 자식은 눈이 멀었어. 여자에 대해서 아무것도 모른다고.”

“그럴지도 몰라요. 그래도 로베르토 오빠가 입을 열면 다들 그의 말에 귀를 기울이잖아요.”

“너도 그래?”

“나는 아니죠.”

“멍청한 놈들이나 로베르토 녀석을 좋아하는 거야.”

“그럼 줄리아나 언니도 멍청하다는 건가요?”

“그래.”

“똑똑한 사람은 오빠뿐이고요?”

“나랑 너랑 로사리오. 로사리오가 너를 만나고 싶대.”

나는 잠시 생각한 후 말했다.

“숙제가 많아요.”

“로사리오가 화낼 텐데. 그 자식은 사르젠테 변호사 아들이란 말이야.”

“중요한 사람인가 보네요?”

"중요하기도 하고 위험하기도 하지."

"나는 시간이 없어요. 오빠들과 달리 나는 학생이란 말이에요."

"이제부터 책벌레하고만 친하게 지내려는 거야?"

"그렇지는 않아요. 하지만 예를 들면 오빠와 로베르토 오빠는 정말 달라요. 그러면 공부하느라 허비할 시간도 없을 거예요."

"또 그 자식 이야기야? 너 그 자식한테 반했냐?"

"그럴 리가요."

"만약 네가 로베르토에게 반했다는 걸 로사리오가 알면 그놈을 가만두지 않을 거야. 직접이든 남을 시켜서든."

나는 이제는 정말 가봐야겠다며 다시는 로베르토 이야기를 꺼내지 않았다.

10

얼마 지나지 않아 로사리오도 학교 앞에 나타났다. 나는 삐드렁니 때문에 억지 미소를 띠고 오픈카에 기대어 있는 키 크고 깡마른 로사리오를 한눈에 알아보았다. 그는 부자임을 과시하듯 옷을 요란하게 차려입고 있었다. 학교 친구들에게 재수 없는 자식으로 찍히기 딱 좋은 옷차림이었다. 내가 자기는 못 보더라도 그의 노란색 오픈카는 못 보고 지나치기 힘들 거라 생각했는지 내게 특별히 알은체도 하지 않았다.

그의 생각은 틀리지 않았다. 모두 감탄하며 그의 차를 쳐다보고 있었기 때문에 원격조종이라도 당한 것처럼 마지못해 그에게 다가간 나까지 덩달아 사람들의 눈에 띌 수밖에 없었다. 로사리오는 보란 듯이 태연히 운전석에 앉았고 나 역시 그 못지않게 아무렇지 않은 듯 조수석에 앉았다.

"집으로 바로 데려다줘요."

내가 말했다.

"분부대로 하옵지요."

그가 말했다.

그는 시동을 걸고 학생들이 물러서게 경적을 울리면서 신경질적으로 차를 출발시켰다.

"우리 집이 어딘지 기억해요?"

차가 산 마르티노 쪽으로 이어지는 도로에 접어들었을 때 내가 불안해서 물었다.

"산 자코모 데이 카프리에 살잖아."

"지금 그 방향이 아니잖아요."

"나중에 데려다줄게."

그는 산 엘모성 아래의 좁은 길에서 차를 세우더니 고개를 돌려 언제나 즐거워 보이는 표정으로 나를 바라보았다.

"잔나, 난 처음 봤을 때부터 네가 마음에 들었어. 조용한 곳에서 둘만 있을 때 이 말을 해주고 싶었어."

로사리오가 사뭇 심각하게 말했다.

"난 못생겼어요. 예쁜 여자나 찾아봐요."

"넌 못생기지 않았어. 넌 독특해."

"그게 그 말이죠."

"아니야, 네 가슴은 조각상 같아."

그가 내게 입을 맞추려고 내 쪽으로 몸을 쭉 뻗었지만 나는 뒤로 물러나 고개를 돌렸다.

"오빠와 키스할 수 없어요. 이빨이 튀어나온 데다 입술은 너무 얇아요."

내가 말했다.

"그럼 다른 애들은 내게 어떻게 키스할 수 있었겠어?"

"그 여자들에게는 치아가 없었나 보죠. 그럼 그 애들한테 키스 해달라고 해요."

"그만 놀려, 잔니나. 나한테 이러면 안 되지."

"내 잘못이 아니에요. 그렇게 계속 웃고 있으니까 장난치고 싶 어지잖아요."

"내 입 모양 때문에 그래. 마음은 더없이 진지하다고."

"나도 마찬가지예요. 오빠가 나보고 못생겼다고 해서 나도 뻐 드렁니라고 부른 거예요. 비겼으니까 이제 그만 집에 데려다줘 요. 엄마가 걱정하실 거예요."

하지만 로사리오는 물러서지 않고 여전히 나에게 몸을 바짝 붙이고 또다시 내가 독특해서 마음에 든다고 했다. 목소리를 내 리깔면서 자신의 진지한 마음을 왜 몰라주느냐고 하다가 갑자기 괴로워하면서 외쳤다.

"코라도 자식은 거짓말쟁이야. 네가 자기랑 이상한 짓을 했다 던데 나는 안 믿어."

나는 차문을 열고 내리는 척하면서 화난 목소리로 말했다.

"그만 갈래요."

"기다려. 코라도랑은 했는데 왜 나랑은 못 하겠다는 거야?"

나는 인내심을 잃고 소리쳤다.

"오빠 정말 짜증나요! 나는 아무 짓도 안 해요. 그 누구하고
도요!"

"너 좋아하는 놈이 있구나."

"그런 사람 없어요."

"코라도 말로는 네가 로베르토 마테세 자식을 본 이후로 정신
이 나갔다던데."

"나는 로베르토 마테세가 누군지도 몰라요."

"그 자식이 누군지 내가 말해줄게. 그 자식은 허풍쟁이야."

"그러면 내가 아는 로베르토가 아닌가 보네요."

"내 말 믿어. 그 자식은 그런 놈이야. 못 믿겠으면 네 앞에 끌고
와서 보여줄게."

"로베르토 오빠를 내 앞에 데려오겠는 거예요? 오빠가?"

"그렇게 하라고 말만 해."

"그럼 로베르토 오빠가 온다고요?"

"제 발로 오지는 않겠지. 억지로 데려오겠다는 거야."

"정말 웃긴다. 내가 아는 로베르토 오빠는 그 누구의 명령도
듣지 않아요."

"그거야 얼마나 힘이 있는 사람의 명령이냐에 따라 다르지. 적
당한 힘만 있으면 누구든 복종시킬 수 있어."

나는 불안한 눈빛으로 로사리오를 바라보았다. 그는 웃고 있
었지만, 눈빛만은 더없이 진지했다.

"어떤 로베르토든 나는 관심 없어요. 관심 없기는 코라도 오빠
도 오빠도 마찬가지예요."

내가 말했다.

로사리오는 내 브래지어 안에 뭔가 감추어져 있기라도 한 것처럼 내 가슴을 뚫어지게 쳐다보다가 퉁명스레 내뱉었다.

"키스해주면 집에 바래다줄게."

그 순간 그가 마음만 먹으면 정말로 나를 해칠 수 있을 것 같다는 확신이 들었다. 그와 동시에 모순적이게도 로사리오가 못생기기는 했지만 그래도 코라도보다는 나은 것 같았다. 아주 잠시, 그가 악마처럼 보였다. 그가 눈부신 악마가 되어 두 손으로 내 머리를 부여잡고 억지로 키스한 뒤 목숨을 잃을 만큼 힘껏 나를 차창 쪽으로 밀치는 장면이 눈앞을 스쳐 지나갔다.

"아무것도 안 해줄 거예요. 오빠가 안 바래다주면 내려서 나 혼자 갈 거예요."

내가 말했다.

그는 한참 동안 내 눈을 바라보다 결국 시동을 걸었다.

"분부대로 하지요."

11

나는 같은 반 사내아이들도 내 커다란 가슴에 관심이 있다는 사실을 알게 됐다. 그 이야기를 해준 건 내 짝꿍 미렐라였다. 그 애는 고등학교 2학년인 제 친구의 말도 전해주었다. 미렐라의 친구는 실베스트로라는 남자애였는데 다들 부러워할 만한 오토바이를 타고 다녔기 때문에 학교에서 꽤 인기가 있었다. 미렐라는 그 자식이 교정에서 큰 소리로 이렇게 말했다고 한다.

"걔 엉덩이도 나쁘지 않지. 베개로 얼굴을 가리면 떡칠 만하겠어."

그 말을 듣고 나는 잠을 이루지 못했다. 분노와 수치심에 밤새
도록 울었다. 처음에는 아버지에게 이야기해볼까 생각도 해보았
지만 그런 생각은 어린 시절의 쓸모없는 잔해일 뿐이었다. 어렸
을 때 나는 내 모든 문제를 아버지가 나서서 해결해줄 거라고 믿
었다. 하지만 이내 어머니의 납작한 가슴과 코스탄차 아줌마의
둥글고 풍만한 가슴이 떠오르면서 실은 아버지야말로 실베스트
로, 코라도, 로사리오보다 여자 가슴을 더 좋아할지도 모른다는
생각이 들었다. 아버지는 분명 뭇 사내들과 다를 바가 없을 것이
다. 내가 자기 딸이 아니었다면 아버지 역시 내가 듣는 앞에서 실
베스트로가 나에 대해서 말했던 것처럼 빅토리아 고모에 대해
모멸적인 이야기를 했을 것이다.

아버지는 빅토리아 고모가 얼굴은 못생겼지만 가슴이 크고
엉덩이가 탄탄해서 엔초가 베개로 고모 얼굴을 가리고 그 짓을
했을 거라고 말했을 것이다. 불쌍한 고모. 아버지 같은 사람을 오
빠로 두다니. 사내들은 하나같이 저속하고 그들의 사랑의 언어
는 잔혹하기 이를 데 없다. 그들은 여자에게 수치심을 주고 자신
의 음탕한 길로 이끄는 것을 즐긴다.

나는 좌절했다. 아직도 고통스러운 순간이면 머릿속에 전기폭
풍 같은 것이 휘몰아칠 때가 있는데 그때도 그런 느낌과 함께 로
베르토도 그런 식으로 말하는 건 아닐까 하는 생각이 섬광처럼
머릿속을 스쳐 지나갔다. 하지만 그럴 리는 없었다. 그런 상상을
했다는 사실에 기분만 상했다.

나는 로베르토라면 분명 줄리아나에게 상냥한 말만 해줄 거

라고 생각했다. 물론 그는 줄리아나를 원할 것이다. 당연하지 않은가. 하지만 그녀를 부드럽게 대할 것이다. 나는 로베르토와 줄리아나가 서로에게 예의를 지키는 연인일 거라고 생각하며 마음의 안정을 되찾았다.

나는 어떻게든 로베르토와 줄리아나를 둘 다 좋아하기로 마음먹었다. 로베르토와 줄리아나가 평생 모든 비밀을 털어놓을 수 있는 사람이 돼야겠다고 결심했다. 그러니 가슴이니, 엉덩이니, 베개 따위에는 신경을 끄자. 실베스트로는 아무도 아니었다. 그는 나에 대해서 아는 것이 아무것도 없었다. 어렸을 때부터 내 곁에 있으면서 내 몸의 성장 과정을 알고 있는 친오빠가 아니었다. 남자 형제가 없어서 차라리 다행이었다. 그런 자식이 감히 모두가 듣는 앞에서 나에 대해 그런 말을 하다니.

마음은 진정되었지만 미렐라의 폭로로 인한 충격이 희미해지기까지는 꼬박 며칠이 걸렸다. 어느 날 아침 교실에 있는데 그날따라 쓸데없는 잡념 없이 머리가 맑았다. 수업 시간에 연필을 깎고 있는데 휴식 시간 종이 울렸다. 복도에 나가보니 마침 실베스트로가 있었다. 실베스트로는 맷집이 좋은 소년이었다. 키도 나보다 10센티미터는 더 컸다. 피부는 새하얗고 주근깨가 많았다. 그날 날씨가 더워서 그는 노란색 반소매 셔츠를 입고 있었다.

나는 아무 생각 없이 온 힘을 다해 그의 팔에 연필심을 꽂아넣었다. 그는 소리를 질렀다. 갈매기 울음소리 같은 긴 비명이었다. 그는 자기 팔을 바라보면서 연필심이 박혔다고 했다. 눈에 눈물이 그렁그렁했다.

"뒤에서 누가 밀었어. 미안해. 일부러 그런 건 아니야."

나는 이렇게 외치고 연필을 확인한 뒤 말했다.

"정말 연필심이 부러졌네? 어디 한번 봐봐."

사실 나도 놀랐다. 내 손에 칼이 있었다면 나는 어떻게 행동했을까? 그의 팔에 칼을 찔러 넣었을까? 아니면 다른 곳을 찔렀을까? 실베스트로는 친구들이 자기 편을 들어주자 나를 교장 선생님 앞으로 끌고 갔다. 나는 교장 선생님 앞에서도 휴식 시간에 서로 밀고 밀치다가 그렇게 된 것이라고 했다. 거대한 가슴과 베개 이야기를 꺼내는 건 너무 비참했기 때문이다. 나는 못생겼다는 사실을 인정하기 싫어하는 사람처럼 보이고 싶지 않았다.

미렐라가 나를 돕기 위해 내가 실베스트로를 공격한 진짜 이유를 말할 생각이 없다는 것을 알았을 때 오히려 안심이 되었다. 나는 사고였다는 말만 되풀이했다. 교장 선생님은 천천히 실베스트로를 진정시키고 내 부모님을 학교로 불렀다.

12

어머니는 그 이야기를 듣고 몹시 힘들어했다. 어머니는 내가 다시 공부를 열심히 하기 시작했다는 것을 알고 있었다. 잃어버린 1년을 만회하기 위해 시험을 보기로 한 내 결정에 기대가 컸다. 그런 어머니에게 그 바보 같은 소동은 또 다른 배신이나 마찬가지였다. 아마도 그 사건 때문에 어머니는 아버지가 떠나버린 후 어머니도 나도 전처럼 품위를 지키면서 살 수 없다는 사실을 확신하게 된 듯했다.

어머니는 스스로를 지킬 줄 알아야 하며 자기 자신이 어떤 사람인지 잊으면 안 된다고 했다. 나는 어머니가 그렇게 화난 모습을 한 번도 본 적이 없었다. 하지만 내게 화를 내지는 않았다. 언젠가부터 어머니는 나 때문에 힘들 때마다 과도하게 빅토리아 고모 탓을 했다. 어머니는 내가 그렇게 행동하면 고모의 뜻을 이루어주는 것이라고 했다. 고모가 행동과 말투까지 나를 자기와 똑같이 만들려 한다고 했다. 그렇게 말하는 어머니의 작은 눈은 전보다 더 퀭해 보였고 얼굴뼈가 피부를 뚫고 나올 것만 같았다.

어머니가 느릿느릿 말했다.

"네 고모는 나랑 네 아빠가 허울만 좋은 사람들이라는 사실을 증명해 보이고 싶은 거야. 우리는 조금 신분 상승을 했지만 너는 나락으로 떨어질 테니 싸움은 무승부로 끝날 거라는 사실을 증명하고 싶은 거야."

어머니는 이 말을 마치고 전화를 걸어 모든 걸 전남편에게 고해바쳤다. 나에게 말할 때와는 달리 다시 침착해진 목소리였다. 어머니는 소리 죽여 아버지와 대화를 나누었다. 두 사람만의 비밀 계약이라도 맺는 것 같았다. 일부러 어긋나게 행동해서 그 계약을 깨뜨리려 할수록 더 소외되는 느낌이었다. 나는 속상해하면서 생각했다.

'어쩌다 이렇게 모든 것이 산산조각 나버린 걸까. 아무리 조각을 맞춰보려 해도 잘 되지 않아. 나는 문제가 있어. 나뿐만이 아니야. 모두 다 마찬가지야. 로베르토와 줄리아나만 빼고.'

그렇게 생각하는 동안 어머니는 전화로 "부탁이니 당신이 좀 가봐"라고 했다. 그러고는 몇 번이고 "알아. 당신 말이 옳아. 당신이 바쁘다는 거 나도 알고 있어. 그래도 부탁이니 제발 당신이

가봐"라고 했다. 통화가 끝나자 나는 어머니에게 못마땅하다는
듯이 말했다.

"아빠가 교장 선생님이랑 만나는 거 싫어요."

"닥치고 우리가 하라는 대로 해."

어머니가 말했다.

우리 교장 선생님은 자기 설교를 얌전히 듣다가 자식에게 한
두 마디 야단치는 부모님들에게는 친절하지만, 자식 편을 드는
부모님들에게는 유별나게 가혹하게 구는 것으로 정평이 나 있
었다.

어머니는 괜찮았다. 어머니는 교장 선생님을 어떻게 대해야
하는지 잘 알았으니까. 그에 비해 아버지는 대놓고 자기는 학교
의 '학'자만 들어도 신경이 날카로워진다고 말하는 사람이었다.
아버지는 동료 교사들이 자기를 짜증 나게 한다고 했고 학교 내
위계질서와 학교운영위원회의 관습을 경멸했다. 가끔은 그런 식
으로 말하는 것을 은근히 즐기는 것 같았다.

아버지는 자기가 알아서 학부모 면담을 피했다. 자신이 학교
를 방문하면 그 피해는 분명 내게 올 거라는 사실을 알고 있었기
때문이다. 하지만 그날만큼은 아버지도 수업이 끝날 즈음 약속
시간에 맞춰서 학교에 찾아왔다. 나는 마지못해 복도에 있는 아
버지에게 다가갔다. 나는 불안해하면서 일부러 나폴리 사투리를
섞어서 말했다.

"아빠, 정말로 일부러 그런 게 아니에요. 하지만 아빠는 그냥
제 말이 틀렸다고 해주세요. 그렇지 않으면 상황이 더 안 좋아질
거예요."

아버지는 내게 걱정하지 말라면서 교장실에서 매우 정중한 태도를 보였다. 아버지는 교장 선생님 말에 주의 깊게 귀를 기울였다. 그녀가 고등학교 교장 일이 얼마나 힘든지 시시콜콜 늘어놓기 시작하자 맞장구를 치며 현재 장학사의 무지에 얽힌 이야기를 들려주었다. 그러더니 느닷없이 귀걸이가 잘 어울린다고 칭찬을 했다. 교장 선생님은 기뻐하면서 눈을 깜빡이며 그만하라는 투로 허공에 대고 손을 가볍게 휘저어 보이더니 손으로 입을 가리면서 웃었다.

교장 선생님의 수다가 끝나지 않을 것처럼 느껴진 순간 아버지는 갑자기 내 나쁜 행동에 대한 이야기를 꺼냈다. 그때 나는 숨이 멎는 줄 알았다. 아버지는 내가 분명 실베스트로를 일부러 찔렀을 거라고 말했기 때문이다. 자기는 나를 잘 안다면서 내가 그렇게 반응한 데는 분명 그럴 만한 이유가 있었을 거라고 했다. 자기는 그 이유가 무엇인지 모르고 알고 싶은 마음도 없지만 오랜 경험상 남녀가 싸우면 항상 남자는 틀리고 여자가 옳았다고 했다. 물론 그날은 내가 잘못했지만 어쨌든 사내아이들은 자신의 행동에 책임을 질 수 있게 잘 가르쳐야 한다고 했다. 겉으로 보기에는 책임이 없어 보이는 상황에서조차 말이다.

물론 이것은 요약일 뿐 그날 아버지는 한참 동안 이야기를 했다. 아버지가 구사하는 문장은 매력적이면서 예리했다. 감탄이 절로 흘러나올 정도로 우아하면서 그 어떤 이견도 인정하지 않는 대단한 권위가 느껴지는 말투였다.

나는 불안에 떨면서 교장 선생님이 아버지의 말에 대답하기를 기다렸다. 교장 선생님은 고분고분한 목소리로 아버지를 선생님이라 불렀다. 내가 여자로 태어난 것이 수치스럽게 느껴질 정도로 아버지에게 홀딱 빠진 것 같았다. 나 역시 아무리 공부를 열심히 하고 사회적으로 중요한 사람이 되어도 결국은 그런 취급을 당할 운명이라는 사실이 부끄러웠다. 그런데도 악에 받친 고함을 지르는 대신 나는 만족에 가까운 감정을 느꼈다.

교장 선생님은 아버지를 놓아주려 하지 않았다. 아버지의 목소리를 더 듣고 싶은 마음에 꼬리에 꼬리를 물고 질문을 던지는 것이 눈에 빤히 보였다. 아마도 교장 선생님은 아버지에게서 칭찬을 더 듣고 싶을 것이다. 생각이 깊고 친절하고 섬세해 보이는 사람과 친구가 되기를 바랐던 것일 수도 있다.

교장 선생님이 우리를 보내주고 싶지 않아 망설일 때부터 교정에 나오자마자 나는 아버지가 나를 웃기려고 교장 선생님의 말투와 머리를 정돈하는 몸짓과 자신의 칭찬에 반응하는 표정을 흉내 낼 줄 알았다. 아버지는 실제로 그랬다.

"너 교장 선생님이 눈 깜빡이는 걸 봤니? 머리를 매만지는 그 손짓이며 말투는 또 어떻고? 어머, 맞아요. 선생님. 어머, 아녜요."

나는 어린애처럼 웃었다. 벌써 아버지에 대한 어린 시절의 존경심이 되살아나고 있었다. 나는 민망해하면서도 큰 소리로 웃었다. 이 감정을 받아들여야 할지 아니면 아버지가 그런 감탄의 대상이 될 만한 사람이 아니라는 사실을 기억해내야 할지 판단이 서지 않았다. 교장 선생님 앞에서는 잘못을 저지르는 쪽은 언제나 남자들이고 그에 대한 책임을 져야 한다고 했으면서 왜 아빠는 한 번도 엄마나 나에 대해서 책임을 지지 않았느냐고, 아빠는 거짓말쟁이라고, 나는 다른 사람들에게 호감을 얻는 아빠의 능력이 두렵다고 외쳐야 할지 판단이 서지 않았다.

13

임무를 훌륭하게 완수했다는 만족감 덕에 아버지의 흥분은 차에 탈 때까지 수그러들지 않았다. 아버지는 운전석에 앉아 출발할 준비를 하면서도 쉴 새 없이 거드름을 피웠다.

"오늘 넌 소중한 교훈을 얻은 거야. 상대방이 누구든 자기편으로 만들 수 있어야 한단다. 이제 고등학교를 졸업할 때까지 저 여자는 네 편이 되어줄 거야."

그 말에 나는 도저히 참지 못하고 대꾸했다.

"제 편이 아니라 아빠 편이겠죠."

아버지는 내 말투에 담긴 증오심을 눈치챘다. 자화자찬을 늘어놓은 걸 수치스러워하는 것 같기도 했다. 아버지는 바로 시동을 걸지 않고 방금 전 자기 모습을 지우고 싶은 듯 두 손으로 이마와 턱을 위아래로 문질렀다.

"혼자 해결하고 싶었니?"

"네."

"아빠가 잘못한 거니?"

"아빠는 아주 잘했어요. 아빠가 사귀자고 하면 교장 선생님은 당장에라도 그러자고 할 기세던데요?"

"그럼 내가 어떻게 했어야 하니?"

"아빠 일에나 신경 쓰고 전 그냥 내버려두셨어야죠. 아빠는 우리를 떠났잖아요. 새 아내와 딸들이 생겼으니 저랑 엄마는 내버려두세요."

"네 엄마랑 나는 서로 좋아해. 너는 사랑하는 나의 유일한 딸이고."

"거짓말."

순간 아버지의 눈빛이 분노로 번뜩였다. 기분이 상한 것 같았다. 내가 실베스트로를 공격할 힘을 누구에게서 물려받았는지 알 것 같았다. 하지만 아버지는 끓는 피를 삭이고 조용히 말했다.

"그만 집에 데려다주마."

"우리 집이요 아니면 아빠 집이요?"

"네가 가고 싶은 곳으로."

"전 아무 데도 가고 싶지 않아요. 결국은 항상 아빠가 하고 싶은 대로 하잖아요. 아빠는 사람을 잘 조종하니까요."

"대체 무슨 말이니?"

아버지의 피가 다시 끓어올랐다. 눈동자만 봐도 알 수 있었다. 마음만 먹으면 정말로 인내심을 잃게 만들 수 있을 것 같았다. 하지만 아버지는 절대 내 뺨을 때리지 않을 거라고 생각했다. 사실 그럴 필요도 없을 것이다. 아버지는 말 한마디로 나를 파멸시키고도 남을 사람이었다. 마음만 먹으면 그럴 수 있는 사람이었다. 어렸을 때부터 그런 연습을 했고 빅토리아 고모와 엔초의 사랑도 그렇게 망가뜨렸다. 내가 아버지를 실망시키기 전에는 나를 자기처럼 만들고 싶어서 내게도 그런 훈련을 시켰다.

하지만 아버지는 나를 공격하지 않을 것이다. 아버지는 자신이 나를 사랑한다고 생각하고 있었다. 그렇기에 내게 상처를 줄까봐 두려워하고 있었다. 나는 태도를 바꿔서 속삭였다.

"죄송해요. 아빠가 저 때문에 걱정하지 않았으면 좋겠어요. 저 때문에 하기 싫은 일을 억지로 하느라 시간 낭비를 하지 않으셨으면 좋겠어요."

내가 말했다.

"그러면 행동을 똑바로 해야지. 대체 어쩌다 그 녀석을 찌를 생각까지 하게 된 거니? 그러면 안 돼. 그건 올바른 방법이 아니야. 그래서 네 고모도 초등학교밖에 못 나온 거야."

"뒤처진 1년을 만회하려고 해요."

"듣던 중 반가운 소식이로구나."

"빅토리아 고모도 다시는 안 만나기로 했고요."

"네 스스로 그렇게 결정했다면 다행이구나."

"대신 마르게리타 아주머니네 자식들과는 친하게 지내려고요."

아버지가 당황한 눈초리로 나를 바라보았다.

"마르게리타가 누구지?"

처음에는 아버지가 마르게리타 아주머니를 모르는 척하는 거라고 생각했지만 이내 생각이 바뀌었다. 고모는 아버지의 가장 은밀한 비밀까지 속속들이 알고 있었지만, 아버지는 고모와 연을 끊은 후로는 고모 소식에 귀를 닫고 살았다. 고모와 수십 년에 걸쳐 싸움을 벌이고 있으면서 고모의 인생에 대해서는 아는 것이 아무것도 없었다. 그런 오만함에서 나오는 무심함은 아버지가 증오를 표출하는 중요한 방식이었다.

"마르게리타 아주머니는 고모 친구예요."

내 설명에 아버지는 짜증을 냈다.

"맞아, 이름이 기억나지 않았어."

"아주머니에게는 삼 남매가 있어요. 토니노와 줄리아나와 코라도요. 셋 중에서 줄리아나 언니가 가장 뛰어나요. 저는 줄리아나 언니가 좋아요. 저보다 다섯 살 많은데 참 똑똑해요. 언니 남자친구는 밀라노에서 학교를 다니고 그곳에서 대학을 졸업했어요. 저도 만나봤는데 훌륭한 사람이었어요."

"이름이 뭔데?"

"로베르토 마테세요."

순간 아버지가 긴가민가하면서 물었다.

"로베르토 마테세라고?"

나는 아버지가 언제 그런 말투로 이야기하는지 잘 알고 있었다. 아버지는 어떤 사람에 대해 순수한 경외심과 미묘한 질투심을 동시에 느낄 때 그런 말투를 썼다. 아버지는 궁금해졌는지 내가 어디서 로베르토를 만났는지 알고 싶어 했고 곧바로 내가 말하는 로베르토가 가톨릭 대학교에서 발행하는 중요 잡지에 뛰어난 글을 기고하는 젊은 학자와 동일인물이라고 확신했다. 순간 자긍심과 반항심을 동시에 느끼며 얼굴이 확 달아올랐다. 나는 생각했다.

'아무리 책을 많이 읽고 공부를 하고 글을 써도 아빠는 로베르토를 따라갈 수 없어요. 아빠도 그 사실을 아시잖아요. 지금도 인정하고 있잖아요.'

아버지가 놀라면서 물었다.

"그 로베르토 마테세를 파스코네에서 만났다고?"

"네, 성당에서요. 로베르토 오빠는 그곳 출신인데 나중에 밀라노로 이사 간 거예요. 빅토리아 고모 소개로 알게 됐어요."

내 몇 마디로 인해 아버지의 지리학적 지식에 혼란이 생긴 것 같았다. 밀라노와 보메로와 아버지의 고향 파스코네를 연결하는 게 힘든 것 같았다. 하지만 아버지는 재빨리 정신을 추스르면서 아버지답고 선생님다운 이해심 가득한 말투를 되찾았다.

"그래 잘했다. 관심 있는 사람이 생기면 그 사람에 대해 알아갈 권리와 의무가 있지. 그러면서 성장하는 거니까. 아빠는 단지 네가 안젤라나 이다와 멀어진 것이 안타깝구나. 셋이 닮은 점이 그렇게나 많은데. 예전처럼 친하게 지내야 한다. 안젤라도 파스코네에 친구들이 생긴 것을 아니?"

평소 아버지가 파스코네 이야기를 할 때면 쓸쓸함과 경멸이 뒤섞인 짜증스러운 말투가 나왔다. 그것은 나뿐만이 아니라 안젤라와 말할 때도 마찬가지였을 것이다. 아마도 그런 식으로 자기 양딸 안젤라의 새 친구들을 깎아내리려 했을 것이다. 하지만 그 순간만큼은 아버지의 말투가 평소보다 덜 악의적으로 느껴졌다. 어쩌면 그동안 내가 지나쳤던 것일 수도 있다. 나중에 나도 속상할 거라는 사실을 뻔히 알면서도 나는 아버지를 비참하게 만들고 싶은 욕구를 참지 못했다. 나는 차 키를 돌려 시동을 거는 아버지의 고운 손을 가만히 바라보다 결심했다.

"좋아요, 잠깐 아빠 집에 들를게요."

"오늘은 짜증 내지 않을 거지?"

"네."

아버지는 기분이 좋아져서 차를 출발시켰다.

"내 집이 아니야. 네 집이기도 해."

"알아요."

내가 말했다.

포실리포로 가는 동안 긴 침묵을 깨고 내가 물었다.

"안젤라와 이다랑 대화를 많이 나누나요? 그 애들과 잘 지내요?"

"그런 편이지."

"마리아노 아저씨보다 아빠가 그 애들과 더 친하게 지내요?"

"어쩌면 그럴지도 몰라."

"그 애들과 저를 다 사랑하세요?"

"무슨 소리니? 아빤 너를 더 사랑해."

14

그날 나는 기분 좋은 오후를 보냈다. 이다는 내게 자작시 두 편을 낭독해주었다. 모두 아름다웠다. 내가 좋아하면서 칭찬해주자 이다는 나를 꼭 껴안아주고는 학교에 대한 불평불만을 털어놓기 시작했다. 이다는 학교가 지루하고 억압적인 곳이라고 했다. 학교야말로 자신의 문학적 소명을 자유롭게 표현하는 데 가장 큰 장애물이라고 했다. 언젠가 우리 셋의 관계에서 영감을 받아서 쓰고 있는 장편 소설을 꼭 보여주겠다고 약속했다. 물론 소설을 마무리할 시간이 생긴다면 말이다.

안젤라는 안젤라대로 틈만 나면 나를 만지고 껴안으려 들었다. 나와 함께 있는 것이 새삼스러워서 사실인지 확인하려는 것 같았다. 안젤라는 너무나 다정하게 어린 시절 우리의 추억을 늘어놓다가 웃음을 터뜨리다 갑자기 눈물이 그렁그렁 맺히기도 했다. 그 애가 무슨 말을 했는지 거의 기억나지 않지만 내가 별다른 말 없이 그저 고개를 끄덕여주고 웃어주었던 기억은 난다. 안젤라가 지나치게 미화해서 왜곡되긴 했지만, 그렇게나 행복해하는 것을 보니 이미 지나간 과거일 뿐이라고 생각했던 그 시절이 정말로 그리웠다.

"넌 어쩜 그렇게 말을 잘하니?"

이다가 공부하러 억지로 자기 방으로 간 후에 안젤라가 내게 말했다. 사실 나도 안젤라에게 똑같은 말을 해주고 싶었다. 코라도와 로사리오를 비롯해 빅토리아 고모의 세계를 경험하면서 나는 일부러 나폴리 사투리와 억양을 익혔다. 하지만 안젤라를 만나니 자연스럽게 우리만의 은어를 사용하게 됐다. 읽었다는 사실조차 잊고 있었던, 어렸을 때 읽은 수많은 책에서 익힌 표현들이었다.

"너는 나를 혼자 내버려두었어."

안젤라가 특별히 원망하는 기색 없이 내게 말했다. 그녀는 웃으면서 그동안 어디에 있든 자기가 있을 곳이 아닌 것 같은 느낌이 들었다고 했다. 나와 함께 있을 때만 모든 것이 정상처럼 느껴진다고 했다. 나는 우리가 서로의 소중함을 깨닫게 된 것이 좋았다. 안젤라도 기뻐하는 것 같았다. 토니노에 대해 묻자 안젤라가 말했다.

"토니노와 헤어지려고."

"왜?"

"싫어졌어."

"하지만 잘생겼잖아."

"마음에 들면 너나 가져."

"사양할게."

"봐, 너도 안 좋아하잖아. 사실 나도 네가 좋아한다고 해서 토니노를 좋아했던 거야."

"거짓말."

"정말이야. 난 항상 그랬어. 네가 뭘 좋아한다고 하면 나도 좋아하려고 노력했어."

나는 일부러 토니노네 삼 남매를 칭찬했다. 토니노가 성격도 좋고 욕심도 적당히 있다고 했다. 하지만 안젤라는 토니노가 항상 지나치게 진지하다고 했다. 자기가 무슨 예언자도 아닌데 말을 너무 아낀다고 했다. 안젤라는 토니노가 애늙은이 같고 신부들과 지나치게 친하게 지낸다고 했다. 자주 만나지도 않지만 그마저도 만날 때마다 아직까지 성당에서 토론회를 열었다는 이유로 자코모 신부를 콜롬비아로 보내버린 일만 이야기한다고 했다.

토니노는 그런 말밖에 할 줄 몰랐다. 그는 영화나 텔레비전이나 책이나 가수에 대해서 아무것도 몰랐다. 다른 이야기를 해봤자 고작 집 이야기만 할 뿐이었다. 인간은 집을 잃은 달팽이 같은 존재여서 밖에 너무 오래 머무를 수 없다는 것이다.

줄리아나는 달랐다. 줄리아나는 개성이 있었고 최근 들어 살이 많이 빠지기는 했지만 아름다웠다.

"줄리아나는 스무 살인데 훨씬 어려 보여. 내가 대단한 사람도 아닌데 내 말을 놓치지 않고 주의 깊게 들어. 가끔은 나를 겁내는 것 같기도 해. 줄리아나가 너에 대해서 뭐라고 한 줄 알아? 네가 대단하대."

안젤라가 말했다.

"내가?"

"응."

"거짓말."

"정말이야. 줄리아나 남자친구도 그렇게 생각한다고 했어."

나는 그 말에 마음이 들떴지만, 내색하지 않았다. 안젤라의 말을 믿어도 될까? 줄리아나가 나를 대단하게 생각한다고? 로베르토도? 안젤라가 나를 기분 좋게 해서 나와 다시 가까워지고 싶은 마음에 한 말은 아닐까? 나는 안젤라에게 내가 대단하기는커녕 밑에 미개한 생물을 숨기고 있는 돌멩이에 지나지 않는 것 같다고 했다. 하지만 나중에 토니노와 줄리아나와 혹시라도 로베르토와 외출할 계획이 있으면 기꺼이 산책 정도는 함께하고 싶다고 했다.

안젤라는 내 말에 기뻐했다. 그 주 토요일에 안젤라가 내게 전화를 했다. 줄리아나가 못 오니 당연히 로베르토도 오지 못하지만 토니노와는 만나기로 했다는 것이다. 혼자 토니노와 만나면 지루하니 내게 함께 가달라고 했다. 나는 흔쾌히 허락했다. 그 주 토요일 우리는 함께 바다를 끼고 마르젤리나에서 팔라초 레알레까지 걸었다. 나와 안젤라가 토니노를 가운데 두고 걸었다.

토니노를 몇 번 만났지? 한 번? 두 번? 내 기억에 그는 어딘가 어설퍼 보이지만 만나면 기분이 좋아지는 청년이었다. 토니노는 키가 크고 군살이 하나도 없었다. 까만 머리에 이목구비가 단정했고 수줍은 성격 때문에 말과 행동을 아꼈다. 나는 얼마 되지 않아 안젤라가 그를 왜 못 견뎌 하는지 알 수 있었다.

토니노는 말 한마디를 할 때도 그에 대한 결과를 생각하는 사람이었다. 토니노의 말을 듣다 보면 문장을 완성해주거나 필요 없는 말을 지워주고 싶은 생각이 들었다. 무슨 말인지 알아들었으니 그다음 이야기를 하라고 외치고 싶은 충동이 생겼다. 하지만 나는 인내심을 가지고 토니노를 대했다. 안젤라가 딴생각을 하거나 바다나 건물을 바라보는 동안 나 혼자 한참 토니노에게 이것저것 묻다 보니 그의 말이 흥미롭게 느껴졌다.

토니노는 자기가 비밀리에 건축 공부를 하고 있다는 말로 말문을 열었다. 어떻게 뛰어난 성적으로 시험에 합격했는지 듣는 사람이 진이 다 빠질 정도로 상세하게 들려주었다. 그러고 나서는 빅토리아 고모 이야기로 넘어갔다.

자코모 신부가 어쩔 수 없이 교구를 떠난 후부터 고모가 평소보다 더 까칠해지고 모두를 힘들게 한다고 했다. 내가 조심스럽게 유도한 덕분에 나중에는 로베르토 이야기도 많이 했다. 로베르토에 대한 토니노의 무한한 존경과 애정에 나중에는 안젤라가 로베르토는 줄리아나랑 사귈 게 아니라 토니노랑 사귀었어야 했다고 말할 정도였다.

나는 질투나 악의라고는 전혀 없는 토니노의 헌신적인 태도가 좋았다. 그의 말을 듣자 마음이 애틋해졌다. 그는 로베르토는 대학에서 밝은 미래가 보장되어 있다고 했다. 그가 최근에 권위 있는 국제 학술지에 글을 기고했다는 것이었다. 그는 로베르토는 선하고 겸손하며 의심이 많은 사람의 마음도 움직일 수 있는 에너지를 가지고 있다고 했다. 로베르토는 주변 사람들에게 긍정적인 기운을 불어넣는 사람이라고 했다. 나는 그의 말을 한 번도 끊지 않고 귀를 기울였다. 나라면 토니노가 로베르토를 느리게 칭찬하는 말을 영원히 들어줄 수도 있었지만 시간이 갈수록 안젤라가 대놓고 싫은 티를 냈기 때문에, 서둘러 그날 저녁 만남을 마무리 지어야 했다.

"로베르토 오빠와 줄리아나 언니는 밀라노에서 살게 되는 건가요?"

내가 물었다.

"응."

"결혼한 다음에요?"

"줄리아나는 당장이라도 가고 싶어 하지."

"그런데 왜 안 가는 거죠?"

"네 고모가 어떤지 알잖아. 네 고모가 우리 어머니까지 설득해서 지금은 둘 다 줄리아나가 밀라노에 가기 전에 결혼부터 하기를 바라고 있어."

"로베르토 오빠가 나폴리에 오면 만나고 싶어요."

"그래."

"줄리아나 언니랑 같이요."

"네 전화번호를 알려줘. 전화하라고 할게."

작별 인사를 할 때 토니노는 내게 고맙다고 했다.

"오늘 저녁 정말 즐거웠어. 고마워, 곧 다시 만났으면 좋겠다."

"우리 둘 다 공부할 게 산더미야."

안젤라가 토니노의 말을 싹둑 잘라버렸다.

"맞아, 하지만 마음만 먹으면 시간이야 낼 수 있지."

내가 말했다.

"파스코네에는 안 와?"

"우리 고모가 어떤지 알잖아요. 좋아 죽겠다고 할 때는 언제고 수틀리면 못 잡아먹어서 안달이죠."

토니노는 안타까워하면서 고개를 가로저었다.

"네 고모는 나쁜 사람은 아니지만 이런 식이면 다 떠나고 혼자 남게 될 거야. 줄리아나까지도 요즘은 네 고모를 힘들어해."

토니노는 빅토리아 고모가 자신의 십자가라고 했다. 삼 남매가 어린 시절부터 빅토리아 고모 때문에 겪은 고초에 대해 이야기하려는 찰나 안젤라가 퉁명스레 그의 말을 잘라버렸다. 토니노는 안젤라에게 키스하려 했지만 안젤라는 그의 입술을 피했다.

"도저히 못 참겠어!"

안젤라는 토니노가 뒤돌아서자마자 외치다시피 말했다.

"너도 답답해 죽겠지? 항상 똑같은 주제에 똑같은 말만 한다니까? 물러 터져서 농담도 할 줄 모르고 잘 웃지도 않아."

나는 안젤라가 불만을 터뜨리게 내버려두었다. 가끔 그녀의 말에 맞장구를 쳐주기도 했다. 안젤라는 토니노가 분위기 깨는 데는 선수라고 했다.

"그래도 보기 드문 사람이야. 사내들은 하나같이 거칠고 못생기고 냄새가 풀풀 나는데 토니노는 지나칠 정도로 감정을 절제하는 것뿐이잖아. 답답해서 몸에 사리가 생겨도 그를 버리지는

마. 저만한 남자를 또 어디서 만나겠어?"

내가 말했다.

우리는 계속해서 웃었다. 물러 터졌다느니 분위기 깨는 데는 선수라느니 하는 표현이 너무 재미있었다. 특히 몸에 사리가 생긴다는 말 때문에 많이 웃었다. 어렸을 때 마리아노 아저씨한테 들은 표현이었던 것 같다. 안젤라는 토니노가 뭔가 숨기는 것처럼 그녀나 다른 사람의 눈을 똑바로 바라보지 않는다며 웃었다.

안젤라는 토니노가 자기를 껴안을 때마다 바지가 부풀어 오른다고 했다. 물론 자기가 먼저 역겨워서 몸을 빼기는 하지만 토니노는 그럴 때마저 아무런 행동을 하지 않았고, 지금까지 한 번도 자기 브래지어 안에 손을 집어넣은 적이 없다고 했다. 우리는 그런 말을 하면서 함께 웃었다.

15

다음 날 전화가 와서 받아보니 줄리아나였다. 줄리아나의 말투는 상냥하면서도 매우 진지했다. 농담처럼 가볍게 다룰 수 없는 중요한 용건이 있는 사람 같았다. 줄리아나는 토니노에게서 내가 전화할 거라는 말을 듣고 너무나 기뻐 자기가 먼저 전화를 걸었다면서 나를 만나고 싶다고 했다. 로베르토도 나를 만나고 싶어 한다고 했다. 다음 주에 어떤 회의에 참석하러 나폴리에 올 예정인데 그때 만나면 좋겠다고 했다.

"나를 만나고 싶다고요?"

"그래."

"언니는 괜찮지만 로베르토 오빠는 쑥스러워서 어떻게 만나요."

"왜? 로베르토가 얼마나 상냥한데."

오래전부터 그런 기회를 기다리고 있던 나는 당연히 줄리아나의 제안을 받아들였다. 흥분을 가라앉히기 위해서 그리고 줄리아나와 어느 정도 친해진 상태에서 로베르토를 만나기 위해서 나는 줄리아나에게 그 전에 같이 산책이라도 하자고 했다. 내 말에 줄리아나는 좋아하면서 그날도 괜찮다고 했다. 줄리아나는 포리아가에 있는 치과에서 비서로 일하고 있었기 때문에 우리는 늦은 오후 카부르 광장 지하철역에서 만났다. 어린 시절 나를 상냥하게 대해주었던 박물관 구역의 외할머니와 외할아버지가 떠올라 예전부터 좋아하던 동네였다.

멀리서 줄리아나의 모습을 보는 순간 나는 우울해졌다. 키가 훤칠한 줄리아나가 균형 잡힌 자태로 나를 향해 다가오는 모습에서 자신감과 자긍심이 느껴졌다. 성당에서 줄리아나를 봤을 때 느꼈던 특유의 단정함이 그새 옷차림과 신발과 걸음걸이에까지 스며들어서 자연스럽게 몸에 밴 것 같았다.

줄리아나는 나를 편하게 해주려고 명랑하게 말을 걸었고 우리는 특별한 목적지 없이 함께 걸었다. 줄리아나의 가냘픈 몸매와 가벼운 화장은 그녀에게 왠지 모를 존경심마저 불러일으키는 금욕적인 아름다움을 부여했고 나는 그런 그녀의 아름다움에 압도되어 박물관을 지나 산타 테레사 오르막길 초입까지 걸으면서 아무 말도 하지 못했다.

로베르토가 시골 소녀를 시에나 나올 법한 아가씨로 만들어 놓은 거라고 나는 생각했다.

내가 외쳤다.

"정말 못 알아보겠어요. 성당에서 봤을 때보다 더 예뻐졌어요."

"고마워."

"사랑의 힘인가봐요."

내가 대담하게 말했다. 코스탄차 아줌마와 어머니가 자주 쓰던 표현이었다.

줄리아나는 내 말에 웃으면서 그런 게 아니라고 했다.

"사랑이 로베르토를 말하는 거라면 아니야. 로베르토와는 상관없어."

줄리아나는 자기 스스로 변화의 필요성을 느꼈다고 했다. 그래서 열심히 노력했고 지금도 노력 중이라고 했다. 처음에는 자기 이야기라고 하지 않고 사람이라면 누구나 자기가 존중하고 사랑하는 사람 마음에 들고 싶은 거라고 일반적으로 말했다. 하지만 추상적으로 말하다 말이 꼬이자 결국 로베르토는 자기 모습을 있는 그대로 받아들인다고 털어놓았다. 로베르토는 줄리아나가 어렸을 때와 변함없이 똑같은 모습이든 변하든 상관없이 그녀를 좋아해준다고 했다. 그는 줄리아나에게 아무것도 강요하지 않았다. 머리는 어떻게 하라느니, 옷은 어떻게 입으라느니 따위의 말은 하지 않았다.

"걱정되나 보구나. 로베르토가 허구한 날 책만 붙들고 있고 다른 사람들을 주눅 들게 하고 강압적으로 말하는 사람인 것 같아? 그렇지 않아. 나는 로베르토가 어렸을 때를 기억해. 로베르토는 공부를 아주 열심히 하는 학생은 아니었어. 우등생처럼 열심히 공부한 적은 한 번도 없었어. 항상 길에서 공놀이나 하는 것처럼 보였지. 로베르토는 하나에 집중하기보다는 이것저것 배우는 스타일이야. 열 가지 일을 한꺼번에 하곤 했어. 그는 좋은 것과 독이 든 것을 구분할 줄 모르는 동물 같아. 뭐든 다 좋다고 하는데 그건 그가 뭐든 한 번 손대기만 하면 입이 딱 벌어질 정도로 놀라운 변화를 일궈내는 능력이 있기 때문이야. 그건 내가 실제로 경험해봐서 알아."

줄리아나가 말했다.

"아마 사람들도 그렇게 변화시키나봐요."

줄리아나는 웃음을 터뜨렸다. 신경질적인 웃음이었다.

"네 말이 맞아. 넌 정말 똑똑하구나. 그는 사람들도 변하게 만들어. 나도 로베르토 곁에 있다 보니 바뀌어야겠다는 욕구를 느꼈던 거야. 지금도 마찬가지고. 물론 내 변화를 제일 처음 눈치챈 사람은 빅토리아였어. 네 고모는 우리가 자기한테 완전히 의존하지 않으면 못 견뎌 해. 그래서 화가 난 거야. 빅토리아는 내가 멍청해지고 있다고 했어. 너무 안 먹어서 빗자루처럼 말라간다고. 하지만 엄마는 내가 변한 모습을 좋아해. 내가 더 변하기를 바라고 있어. 토니노와 코라도도 나처럼 변하기를 바라고 있어. 어느 날 저녁 엄마가 빅토리아가 들을까봐 내게 몰래 이런 말을 했어. '로베르토와 함께 밀라노로 떠날 때 꼭 토니노와 코라도도 데려가렴. 너희들은 여기에 남으면 안 돼. 여기 있어봤자 좋을 게 하나도 없어'라고 말이야.

하지만 잔나, 빅토리아는 아무것도 놓치지 않아. 빅토리아는 작은 속삭임도, 심지어는 입 밖으로 말하지 않은 말까지 다 들을 수 있어. 빅토리아는 엄마에게 화를 내는 대신 로베르토가 마지막으로 파스코네에 왔을 때 그에게 대놓고 말했어. 너는 여기서 태어나서 자랐고 밀라노는 나중에 간 것이니까 여기로 돌아와야 한다고 말이야. 로베르토는 언제나처럼 그녀의 말을 잘 들어줬어. 그이는 바람에 살랑거리는 나뭇잎의 속삭임에도 귀를 기울이는 사람이니까. 하지만 빅토리아의 말을 끝까지 듣고 나서 그는 어딜 가든 매듭짓지 못한 문제를 두고 떠나서는 안 된다면서 지금은 우선 밀라노에 매듭지어야 할 일이 있다고 깍듯하게 말했어. 로베르토는 그런 사람이야. 이야기를 들어주기는 하지만 결국에는 자기 길을 가지. 호기심이 이끄는 길을 선택하든가 어쩌면 다른 사람들의 제안을 따를 수도 있어."

"결혼하면 밀라노로 가겠네요?"

"응."

"로베르토 오빠는 빅토리아 고모랑 싸우게 되겠죠?"

"아니야. 그전에 내가 빅토리아와 관계를 끝낼 거야. 토니노도, 코라도도 그렇게 할 거야. 하지만 로베르토는 달라. 로베르토는 자기 뜻을 고수하면서 그 누구와의 관계도 끊지 않아."

줄리아나는 로베르토를 숭배하고 있었다. 줄리아나는 로베르토의 선한 의지를 가장 높이 샀다. 나는 로베르토를 향한 줄리아나의 절대적인 신뢰를 느낄 수 있었다. 줄리아나는 로베르토를 자신의 구원자라고 생각했다. 로베르토는 줄리아나를 고향과 변변찮은 학력과 섬약한 어머니와 내 고모의 막강한 영향에서 벗어나게 해줄 사람이었다.

줄리아나에게 로베르토를 만나러 밀라노에 자주 가는지 묻자 그녀의 표정이 어두워졌다. 줄리아나는 빅토리아 고모가 원치 않기 때문에 밀라노에 가기가 쉽지 않다고 했다. 토니노가 데려 다줘서 서너 번 가긴 했지만, 그것만으로도 도시와 사랑에 빠지기 충분하다고 했다.

로베르토는 친구가 많았고 그중에는 꽤 영향력 있는 사람들도 있었다. 로베르토는 줄리아나를 그들 모두에게 소개하고 싶어서 여기저기 데리고 다녔다. 멋진 경험이었지만 줄리아나는 그 후부터 불안해졌다고 했다. 그런 자리에 다녀오면 심장이 미친 듯이 뛰었다고 했다. 로베르토가 자기를 친구 집에 데리고 갈때마다 줄리아나는 대체 왜 로베르토가 저런 대단한 아가씨들이 차고 넘치는 밀라노에 살면서 자기처럼 멍청하고 무식하고 옷도 제대로 못 갖춰 입는 여자를 선택한 건지 자기 자신에게 물었다고 했다.

"물론 그건 그가 나폴리에 있더라도 마찬가지였겠지만. 여기도 너처럼 괜찮은 여자가 있잖아. 안젤라는 또 어떻고. 예쁘고 세련된 데다 말은 또 얼마나 잘하는지 몰라. 그에 비해서 나는 어떻지? 나는 누구지? 나는 로베르토와 무슨 상관이 있지?"

줄리아나가 말했다.

줄리아나가 나의 뛰어남을 인정해주어서 내심 기분이 좋았지만, 그녀에게는 말도 안 된다고 했다. 안젤라와 나는 우리 부모님이 가르쳐준 대로 말하는 것뿐이라고 했다. 옷도 어머니가 선택해주는 것을 입거나 혼자 골라도 실은 어머니의 취향이 반영된 것이라고 했다. 중요한 건 로베르토가 줄리아나를, 오직 그녀만을 원한다는 것이다. 그가 줄리아나를 있는 그대로 사랑하기때문이다. 그는 절대로 줄리아나를 다른 여자와 바꾸지 않을 것이다.

"언니는 예쁘고 생기가 넘치는걸요! 나머지는 배우면 돼요. 이미 그러고 있잖아요. 원하면 내가 도와줄게요. 안젤라도 그렇게 할 거예요. 우리가 도와줄게요."

내가 외쳤다.

우리는 왔던 길로 되돌아왔다. 나는 줄리아나를 카부르 광장 지하철역까지 바래다주었다.

"로베르토를 만나는 걸 부담스럽게 생각하지 마. 정말이야. 그이는 담백한 사람이야."

줄리아나가 말했다.

우리는 포옹을 나누었다. 새로운 우정에 만족감을 느끼면서도 한편으로는 나도 빅토리아 고모와 같은 생각을 하고 있었다. 나는 로베르토가 밀라노를 떠나 나폴리에 정착하기를 원했다. 고모가 미래의 신랑 신부를 설득해서 내가 그들과 친하게 지내면서 원하면 매일 보러 갈 수 있는 파스코네 같은 곳에서 살게 되기를 바랐다.

16

나는 실수를 저지르고 말았다. 안젤라에게 줄리아나를 만났고 곧 로베르토도 만날 예정이라는 이야기를 한 것이다. 안젤라는 그 소식을 달가워하지 않았다. 제 입으로 토니노를 욕하고 줄리아나를 칭찬해놓고는 갑자기 태도가 돌변해서 토니노는 착한데 줄리아나가 욕심이 많아 제 오빠를 괴롭힌다고 했다. 나는 이내 안젤라가 질투하고 있다는 사실을 깨달았다. 안젤라는 줄리아나가 자기한테 말도 없이 바로 내게 연락한 걸 못마땅해하는 것이었다.

"줄리아나랑은 안 만나는 게 좋아. 줄리아나는 어른이라 우리를 애 취급해."

어느 날 저녁 산책을 하다 안젤라가 말했다.

"그렇지 않아."

"내 말이 맞아. 처음에는 말을 잘 듣는 학생처럼 내 말에 귀 기울여주었다고. 내 옆에 찰싹 달라붙어서 '정말 잘 됐다. 네가 토니노랑 결혼하면 우리는 친척이 되는 거야'라고 했어. 줄리아나는 가식적이야. 갑자기 다가와 친구인 척하지만, 사실은 제 이득만 챙겨. 이제 나만으로는 만족하지 못해서 너한테 집착하는 거야. 나를 이용만 하고 버린 거야."

"과장하지 마. 줄리아나는 좋은 사람이야. 우리 둘 다 줄리아나와 친하게 지낼 수 있어."

나는 애써 안젤라를 진정시키려 했지만 완전히 성공하지는 못했다. 안젤라와 이야기하다 보니 그 애가 한꺼번에 너무 많은 것을 원해서 계속 불행한 거라는 사실을 알았다. 안젤라는 토니노와 헤어지고 싶었지만 줄리아나에게는 정이 들어서 그녀와의 관계를 유지하고 싶어 했다. 그러면서도 줄리아나가 자기를 쏙 빼놓고 나한테 들러붙지 않기를 바랐다. 또 로베르토의 존재가 자기와 나와 줄리아나가 새로이 결성할 수도 있는 삼총사 관계에 방해가 되지 않기를 바랐으며 내가 삼총사의 일원이기는 하되 언제나 줄리아나가 아니라 자신을 최우선시해주기를 바랐다.

내가 좀처럼 호응해주지 않자 안젤라는 줄리아나를 헐뜯으며 그녀가 로베르토의 희생양인 것처럼 이야기했다.

"줄리아나가 하는 모든 일은 로베르토를 위한 일이야."

안젤라가 말했다.

"멋진 일 아니야?"

"너는 노예 노릇이 멋져 보여?"

"나는 사랑은 아름답다고 생각해."

"로베르토는 줄리아나를 사랑하지 않는데?"

"네가 그걸 어떻게 알아?"

"줄리아나가 자기 입으로 그랬어. 로베르토가 자기 같은 사람을 좋아할 리 없다고."

"사랑에 빠진 사람이라면 누구나 사랑받지 못할까봐 두려워하는 법이야."

"줄리아나처럼 불안에 떨면서 살 거면 사랑이 무슨 소용이야?"

"줄리아나가 불안에 떠는지 네가 어떻게 알아?"

"토니노랑 그 커플을 같이 만났던 적이 있거든."

"그런데?"

"줄리아나는 로베르토가 자기를 싫어할까봐 안절부절못하더라."

"그건 로베르토도 마찬가지겠지."

"로베르토는 밀라노에 있잖아. 주변에 여자가 얼마나 많겠어."

안젤라의 마지막 말에 나는 신경이 날카로워졌다. 로베르토가 다른 여자들을 사귀는 것은 상상조차 하기 싫었다. 차라리 그가 죽는 날까지 줄리아나에게 충실한 게 나았다.

"줄리아나는 배신당할까봐 두려워하는 거야?"

내가 물었다.

"특별히 그렇다고 하지는 않았지만 내 생각에는 그래."

"나도 로베르토를 본 적이 있는데 배신할 사람처럼 보이지는 않았어."

"네 눈에는 네 아빠가 바람피울 사람처럼 보였니? 아니잖아. 그런데도 네 아빠는 우리 엄마랑 바람이 나서 네 엄마를 배신 했어."

"내 아빠랑 네 엄마는 가식적인 사람들이야."

나는 싸늘하게 대답했다.

"이런 이야기를 하는 게 싫어?"

안젤라는 의아한 표정을 지어 보였다.

"응, 말도 안 되는 비교니까."

"네 말이 맞을지도 몰라. 그래도 나는 그 로베르토란 남자를 시험해보고 싶어."

"어떻게?"

순간 안젤라의 두 눈이 반짝였다. 그녀는 입을 벌리고 등을 활 모양으로 만들며 가슴을 한껏 내밀어 보였다.

"이렇게."

그녀가 말했다.

안젤라는 그런 도발적인 표정과 자세로 그에게 말을 걸겠다 고 했다. 가슴이 깊이 파인 옷과 미니스커트를 입고 로베르토와 어깨를 부딪치고 그의 팔에 가슴을 갖다 대고 허벅지에 손을 올려놓고 산책할 때 팔짱을 끼겠다고 했다. 안젤라는 혐오스러운 표정으로 사내들이란 하나같이 멍청하기 짝이 없어서 그렇게 하면 나이에 상관없이 이성을 잃는다고 했다. 여자가 깡말랐든 뚱뚱하든 여드름이 잔뜩 났든 이가 들끓든 상관없다고 했다.

나는 안젤라의 불평불만에 화가 났다. 그 애가 이야기를 시작했을 때만 해도 어린 시절로 돌아간 느낌이었는데 갑자기 닳을 대로 닳은 여자처럼 저질스럽게 말하고 있었다.

나는 위협적인 말투를 애써 참으며 말했다.

"감히 로베르토에게 그런 짓을 할 생각은 하지도 마."

"왜? 줄리아나를 위해서 그러는 거야. 그가 좋은 사람이면 다행인 거고 아니면 우리가 줄리아나를 구해주는 거잖아."

안젤라가 의아해했다.

"내가 줄리아나라면 굳이 우리가 자기를 구해주기를 바라지 않을 거야."

안젤라는 이해가 안 된다는 표정으로 나를 바라보다가 말했다.

"농담한 거야. 약속 하나만 해줄래?"

"무슨 약속?"

"줄리아나가 연락하면 내게도 곧장 알려줘. 나도 로베르토를 만날 때 함께 있고 싶어."

"좋아, 하지만 줄리아나가 자기 남자친구를 곤란하게 하고 싶지 않다고 하면 나도 어쩔 수 없어."

안젤라가 아무 말 없이 눈을 내리깔았다가 잠시 후 시선을 들었을 때 나는 그녀의 눈빛에서 가슴 아픈 무언가를 확인하고자

하는 마음을 읽었다.

"우리 사이는 변했어. 너는 나를 좋아하지 않아."

"아니야, 나는 너를 좋아해. 죽을 때까지 좋아할 거야."

"그렇다면 키스해줘."

나는 안젤라의 볼에 키스를 해주었다. 안젤라는 나의 입술을 찾았지만 나는 그녀의 입술을 피했다.

"우린 이제 어린아이가 아니잖아."

내 말에 안젤라는 슬픔에 잠겨 메르젤리나로 떠나버렸다.

17

어느 날 줄리아나에게서 전화가 왔다. 줄리아나는 로베르토도 올 거라며 그 주 일요일에 아메데오 광장에서 만나자고 했다. 나는 그렇게나 갈망하고 상상해왔던 순간이 정말 다가왔음을 깨닫고 또다시 두려움을 느꼈다. 처음보다 더 격렬한 두려움이었다. 내가 숙제가 많다고 더듬거리자 줄리아나가 웃으면서 말했다.

"진정해, 잔니나. 로베르토는 널 안 잡아먹어. 나는 그에게 내게도 공부를 열심히 하고 말도 잘하는 친구가 있다는 걸 보여주고 싶어. 그러니 내 부탁 좀 들어줘."

나는 혼란스러움을 느끼고 망설이다가 일부러 상황을 복잡하게 만들어서 로베르토와의 만남을 피하려고 안젤라 이야기를 꺼냈다. 원래는 줄리아나가 정말로 자기 약혼자와 만나게 해준다면 쓸데없는 성가신 상황과 긴장을 피하기 위해 안젤라에게 아무 말도 하지 않기로 결심했었다.

하지만 때로는 잠재되어 있던 생각으로 인해 예기치 못한 이미지가 눈앞에 떠오를 때가 있다. 나는 안젤라의 모습을 떠올리면서 줄리아나가 탐탁지 않아 하며 "그럼 할 수 없지. 다음에 만나자"라고 말할 거라고 생각했다. 마음속으로 그보다 한 걸음 더 나아가 안젤라가 로베르토에게 눈꺼풀을 깜박이며 입술을 동그랗게 오므리고 깊게 파인 가슴을 한껏 앞으로 내미는 상상을 했다. 순간 안젤라가 줄리아나와 로베르토의 관계를 마음껏 망쳐놓고 헤어지게 하도록 안젤라를 로베르토 옆에 붙여놓으면 해일처럼 엄청난 결과를 초래할 것 같았다.

"문제가 또 하나 있어요. 지난번에 안젤라를 봤을 때 로베르토 오빠랑 만날 거라고 이야기했어요."

"그런데?"

"자기도 오고 싶대요."

줄리아나는 한참 말이 없다가 입을 열었다.

"잔니나, 나는 안젤라를 좋아해. 하지만 그 애는 쉬운 아이가 아니야. 모든 일에 간섭하려 하거든."

"나도 알아요."

"로베르토를 만난다고 말하지 않으면 안 돼?"

"그건 안 돼요. 어떤 경로로든 내가 로베르토 오빠를 만났다는 사실을 알게 될 거고 그러면 다시는 나와 말하지 않으려고 할 거예요. 그러니 만나지 않는 게 좋을 것 같아요."

줄리아나는 또다시 침묵한 후 말했다.

"좋아, 그럼 그 애도 오라고 해."

그때부터 심장이 두근거리기 시작했다. 로베르토에게 무식하고 멍청한 애처럼 보일까봐 불안해서 잠이 오지 않았다. 하마터면 아버지에게 전화해서 삶과 죽음, 신과 기독교와 공산주의에 관해서 물을 뻔했다. 교리와 원칙으로 점철된 아버지의 대답을 로베르토와의 대화에서 활용하기 위해서였다. 나는 그런 충동을 겨우 참아냈다. 내 머릿속에 천상의 존재처럼 간직하고 있는 로베르토의 이미지를 아버지의 세속적인 옹졸한 마음으로 더럽히고 싶지 않았다. 그다음에는 외모에 대한 집착이 시작됐다. 무슨 옷을 입어야 할까. 어떻게 해야 조금이라도 더 예뻐 보일까.

어렸을 때부터 옷에 관심이 많던 안젤라와 달리 나는 기나긴 위기가 시작된 후부터 반발심에 예뻐지고 싶다는 생각을 아예 접어버렸다.

'나는 못생겼어. 못생긴 사람이 예뻐지려고 하는 것보다 꼴불견인 건 없어.'

나는 이렇게 결론을 내리고 청결에만 집착해서 틈만 나면 몸을 씻었다. 머리끝에서 발끝까지 검은 옷을 걸치고 내 모습을 감추거나 반대로 진한 화장을 하고 요란한 옷을 입어 의도적으로 촌스럽게 하고 다녔다. 하지만 이번만큼은 봐줄 만한 선에서 타협점을 찾고 싶어서 셀 수 없이 많은 옷을 걸쳐보았다. 끝까지 마음에 드는 옷을 찾지 못해 나는 지나치게 어울리지 않는 색상만 피하기로 했다. 어머니에게 안젤라를 만나러 간다고 외치고는 현관을 나서서 산 자코모 데이 카프리 아래로 걸어갔다.

너무 긴장을 해서 이러다가는 몸살이 날 것 같았다. 케이블카가 평소처럼 요란스레 아메데오 광장을 향해 천천히 내려가는 동안 나는 가다가 넘어져서 땅바닥에 머리를 부딪쳐 죽어버릴지도 모른다고 생각했다. 그게 아니면 화를 못 이기고 누군가의 눈알을 뽑아버릴 것 같았다. 나는 땀을 뻘뻘 흘리면서 조금 늦게 약속 장소에 도착했다. 가는 내내 머리카락이 고모처럼 두피에 딱 달라붙을까봐 머리를 매만지느라 정신이 없었다.

광장에 도착하자마자 나를 향해 손을 흔드는 안젤라의 모습이 눈에 들어왔다. 안젤라는 바 밖에 앉아서 벌써 뭔가를 홀짝이고 있었다. 나는 안젤라 곁에 다가가 자리를 잡았다.

햇볕이 따스했다.

"저기 온다."

안젤라가 낮게 속삭이는 목소리에 나는 그들이 내 등 뒤에 있다는 사실을 깨달았다. 나는 돌아보고 싶은 마음을 꾹 참았다. 안젤라는 자리에서 일어났지만 나는 그냥 앉아 있었다. 줄리아나가 내 어깨 위에 가볍게 손을 올리며 "안녕, 잔니나"라고 말하는 순간 나는 곁눈으로 줄리아나의 잘 다듬은 손과 갈색 재킷 소매 그리고 그 아래로 살짝 드러난 팔찌를 보았다. 안젤라는 예의 바르게 인사를 하기 시작했고 나도 줄리아나의 인사에 대답하고 무슨 말이라도 하려 했다. 하지만 재킷 소매에 반쯤 가려진 팔찌가 내가 고모에게 돌려준 바로 그 팔찌라는 것을 알아차리고 너무 놀라 안녕이라는 인사조차 제대로 나오지 않았다.

'아! 빅토리아 고모.'

나는 이 상황을 어떻게 해석해야 할지 몰랐다. 고모는 정말로 부모님이 말한 그대로였다. 그 팔찌가 없으면 못 살 것처럼 굴더니 자기 친조카인 내게서 빼앗은 팔찌를 자기 대녀에게 준 것이다. 팔찌는 줄리아나 팔목에서 눈부시게 빛났다. 팔찌는 그녀의 팔목에서 더 가치 있어 보였다.

18

로베르토와 두 번째 만남으로써 실은 그와의 첫 만남에 대해 기억나는 것이 별로 없다는 사실을 확인할 수 있었다. 간신히 정신을 차리고 자리에서 일어나니 줄리아나에게서 몇 걸음 뒤처진 곳에 로베르토가 있었다. 로베르토는 키가 아주 컸다. 190센티미터가 넘는 것 같았다. 하지만 의자에 앉는 순간 지나치게 거대해 보이지 않으려고 몸을 움츠리는 것 같았다. 마치 모든 세포를 꾹꾹 눌러서 의자 위에 차곡차곡 쌓아놓은 것처럼 보였다. 보통 키였던 걸로 기억하고 있었는데 오늘 다시 보니 어떻게 보면 강인해 보이고 어떻게 보면 왜소해 보였다. 그는 자기 몸을 자유자재로 늘이고 줄일 수 있는 사람이었다.

그의 외모는 훌륭했다. 내가 기억하고 있던 것보다 생김새가 훨씬 수려했다. 새까만 머리에 시원하게 드러난 이마, 빛나는 눈빛, 광대뼈가 높고 코가 오뚝했다. 입은 또 어떤가. 아! 가지런하고 새하얀 치아가 까무잡잡한 피부와 대비를 이루면서 눈부시게 빛났다.

하지만 그의 행동은 나를 당황하게 만들었다. 바 테이블에 앉아 함께 있는 동안 성당에서 인상 깊게 보았던 달변가다운 면모는 느껴지지 않았다. 말도 길게 하지 않고 몸짓에서 호소력이 느껴지지도 않았다. 눈빛만은 그날 제단에 서 있을 때와 똑같았다. 그는 미묘하게 장난기 서린 눈빛으로 세세한 부분까지 아무것도 놓치지 않았다. 하지만 눈빛만 빼면 사람 좋고 이해심 많고 숫기 없는 교수 같은 느낌이었다. 학생들을 편하게 대하고 친절한 말투로 명확하고 정확한 질문을 던지고 학생의 답변을 중간에 끊지 않고 끝까지 들은 뒤 별다른 말 없이 넉넉한 미소를 지어 보이면서 그만 가봐도 좋다고 말해주는 그런 교수 말이다.

로베르토와는 달리 줄리아나는 신경질적으로 끊임없이 수다를 떨었다. 줄리아나는 우리를 약혼자에게 소개하고 우리에 대한 찬사를 늘어놓았다. 그늘인데도 몸에서 광채가 나는 것 같았다. 애써 무시하려 했지만 가끔 줄리아나의 가녀린 손목에서 팔찌가 반짝일 때마다 줄리아나가 저토록 눈이 부신 건 아마 팔찌의 마력 때문일 거라고 생각했다.

줄리아나의 외모는 눈부셨지만 그녀의 언변은 그렇지 않았다. 왜 저렇게 말을 많이 하나 싶었다. 무슨 걱정을 하는지 알 수 없었다. 확실한 건 나와 안젤라의 외모를 경계하는 건 아니었다는 것이다. 안젤라는 평소처럼 예뻤지만 예상과는 달리 과하게 치장하고 오지는 않았다. 치마가 지나치게 짧지 않았고 스웨터도 세련됐지만 가슴이 많이 파이지는 않았다. 미소를 짓고 자신감 있는 태도를 보이면서도 특별히 로베르토를 유혹하는 행동을 하지 않았다.

나로 말하자면 한마디로 꿔다놓은 보릿자루가 된 것 같았다. 차라리 정말로 그렇게 되고 싶었다. 나는 풍만한 가슴을 재킷 아래 숨기고 칙칙하고 뚱한 표정으로 앉아 있었다. 나는 그런 역할에 잘 어울렸다. 줄리아나는 우리 외모 때문에 걱정할 필요가 전혀 없었고 당연히 경쟁심 같은 것도 없었다. 나는 줄리아나가 우리가 자기 기대에 부응하지 못할까봐 걱정한다는 것을 알았다. 줄리아나는 로베르토에게 자기가 좋은 집안의 아이들과 교제한다는 걸 보여주고 싶어 했다. 보메로 지역 출신에다 고등학교에 다니는 예의 바른 우리가 로베르토 마음에 들기를 바랐다.

줄리아나가 우리를 그곳에 부른 건 자신이 파스코네의 흔적을 지워내고 로베르토와 함께 밀라노에서 살 자격을 갖추기 위해 준비하고 있다는 걸 보여주기 위해서였다. 내가 예민해진 건 아마 팔찌가 아니라 그런 이유 때문이었을 것이다.

나는 다른 사람이 나를 과시하는 것을 원치 않았다. 부모님이 자기 친구들에게 내가 뭐든 잘한다는 것을 보여주려 하던 때와 비슷한 느낌을 받았다. 뭔가를 억지로 잘해야 할 때마다 나는 허둥거리곤 했다.

나는 아무 말도 하지 않고 멍하니 앉아 있었다. 두어 번 대놓고 시계를 보기까지 했다. 로베르토는 적당한 인사말을 나눈 후에 줄곧 선생님다운 말투로 안젤라하고만 이야기를 나눴다. 로베르토는 안젤라에게 학교 이야기를 물었다. 학교 시설은 어떤지, 체육관은 있는지, 선생님들 연령대는 어떻게 되며 수업은 어떻고 쉬는 시간에는 무엇을 하는지 물었다. 안젤라는 야무진 학생다운 말투로 이야기를 멈추지 않았다. 시종일관 미소를 띠고 웃으면서 자기 친구들과 선생님들에 얽힌 재미있는 일화를 들려주었다.

줄리아나는 미소를 띤 채 듣고만 있지 않고 종종 대화에 끼어들었다. 의자를 자기 약혼자 쪽으로 붙이고는 가끔 로베르토가 안젤라의 재치 있는 말에 조용히 웃을 때마다 큰 소리로 따라 웃으면서 그의 어깨에 머리를 기댔다. 아까보다는 안정되어 보였다. 안젤라는 잘하고 있었고 로베르토도 지루해 보이지 않았다. 그러다 그가 물었다.

"그러면 책은 언제 읽니?"

안젤라가 말했다.

"못 읽어요. 어렸을 때는 책을 많이 읽었는데 지금은 그러지 못해요. 학교가 나를 산 채로 잡아먹고 있거든요. 대신 동생은 책을 많이 읽어요. 조반나도요. 얘도 책을 정말 많이 읽어요."

안젤라는 애정이 담뿍 담긴 시선을 내게 보내며 나를 사랑스럽게 가리켰다.

"잔니나."

로베르토가 말했다.

"조반나예요."

내가 퉁명스레 그의 말을 바로잡았다.

"그래, 조반나. 너를 기억하고 있었어."

로베르토가 말했다.

"그거야 쉽죠. 나는 빅토리아 고모와 똑같이 생겼으니까요."

"아니, 그래서 너를 기억하는 건 아니야."

"그럼 왜죠?"

"아직은 나도 잘 모르겠어. 나중에 생각나면 말해줄게."

"그럴 필요 없어요."

필요 없을 리가 있나. 나는 단정치 못하고 못생긴 데다 어두운 표정으로 거만하게 입을 꾹 다물고 있는 사람으로 기억되고 싶지 않았다. 나는 그의 눈을 똑바로 바라보았다. 그의 눈빛에 서린 호감에 다시 용기를 얻었다. 끈적거리는 호감이 아니라 장난기 섞인 상냥한 호감이었다.

나는 애써 그의 시선을 피하지 않았다. 호감이 성가심으로 바뀌는 건 아닌지 보고 싶었기 때문이다. 나는 고집스레 그의 눈을 바라보았다. 방금 전까지만 해도 생각지 못한 일이었다. 눈만 깜빡여도 그에게 질 것 같았다.

로베르토는 마음씨 좋은 선생님 같은 말투로 나에게 안젤라와는 달리 학교에 다니면서도 어떻게 책을 읽을 수 있냐고 물었다. 우리 학교 선생님들은 숙제를 많이 내주지 않느냐고 물었다. 나는 시무룩한 말투로 선생님들은 길들여진 짐승처럼 기계적으로 천편일률적인 수업을 하고 그에 못지않게 기계적으로 자기들이 학생이어도 도저히 하지 못할 분량의 숙제를 내준다고 했다. 하지만 나는 숙제에 상관없이 읽고 싶을 때 책을 읽는다고 했다. 책을 읽다가 몰입하면 밤낮을 가리지 않는다고 했다. 학교는 내게 전혀 중요하지 않다고 했다.

무슨 책을 읽느냐는 질문에 우리 집에는 사방이 다 책이라고 했다. 예전에는 아버지가 무슨 책을 읽을지 충고해주었지만, 아버지가 떠난 뒤에는 마음 가는 대로 에세이나 소설 등 가리지 않고 읽는다고 했다. 내 모호한 대답에 로베르토는 가장 최근에 읽은 책이라도 좋으니 제목을 알려달라고 했다. 그래서 나는 복음서 이야기를 했다. 사실 복음서를 읽은 지 벌써 몇 달이 지났고 지금은 다른 책을 읽고 있었지만, 로베르토에게 좋은 인상을 주기 위해서 거짓말을 한 것이다. 나는 그 순간이 오기를 고대하며 공책에 그에게 말해줄 감상까지 써놓았다.

고대했던 순간이 오자 나는 아무런 망설임 없이 짐짓 침착한 척 그의 얼굴을 똑바로 바라보며 말을 쏟아내기 시작했다. 사실 내 내면은 격분한 상태였다. 아무런 이유 없는 분노였다. 아니다. 어쩌면 마태복음, 마가복음, 누가복음, 요한복음에 쓰여 있는 글 때문에 화가 난 것일지도 모른다.

　　분노는 오직 로베르토를 제외한 내 주변에 있는 모든 것을 지워버렸다. 광장과 신문팔이와 지하철 터널과 눈부신 녹음이 우거진 공원과 안젤라와 줄리아나까지도. 말을 마친 후에 나는 시선을 내리깔았다. 머리가 아팠다. 숨 가빠 하는 것을 로베르토가 눈치채지 못하게 애써 호흡을 가다듬었다.

　　긴 침묵이 흘렀다. 그제야 나는 안젤라가 자랑스러운 눈길로 나를 바라보고 있다는 사실을 알아차렸다. 내가 자기 친구인 것이 자랑스러웠던 것이다. 안젤라의 눈빛이 그렇게 말하고 있었다. 그런 안젤라를 보고 나는 힘을 얻었다. 안젤라와 달리 줄리아나는 로베르토 곁에 바싹 붙어 의아한 눈길로 나를 바라보았다. 내가 혼란을 일으켰다는 것을 눈빛으로 알려주려는 것 같았다. 로베르토가 내게 물었다.

　　"그러니까 너는 복음서에 나오는 이야기가 끔찍하다는 거니?"

　　"네."

　　"왜지?"

　　"앞뒤가 들어맞지 않으니까요. 예수는 하나님의 아들인데 쓸데없는 기적이나 일으키다가 배신당해서 십자가에 못 박히잖아요. 그뿐만이 아니에요. 아버지에게 십자가만은 피하게 해달라고 부탁하는데 아버지는 그의 고통을 덜어주기 위해 손가락 하나 까닥하지 않아요. 왜 하나님은 자기 스스로 고통받으러 오지 않은 거죠? 왜 자신의 창조물의 악행의 책임을 자기 아들에게 떠넘기는 거죠? 아버지의 뜻을 따른다는 건 무엇을 의미하죠? 고통의 잔에 든 것을 남김없이 들이마시는 건가요?"

로베르토가 어느새 장난기가 사라진 표정으로 고개를 살짝 가로저었다.

흥분해서 정확히 기억나지는 않지만 그때 그가 한 말은 대략 이렇다.

"신은 단순한 존재가 아니야."

"나 같은 사람도 신을 이해하려면 단순해질 필요가 있어요."

"단순한 신은 신이 아니야. 신은 우리와는 다른 존재지. 우리는 신과 소통할 수 없어. 우리와는 차원이 다른 존재이기 때문에 질문의 대상이 아니라 기도의 대상이야. 자신을 드러낼 때도 조용히 드러내. 평범한 사람들을 통해서 소중한 침묵의 신호를 보내시곤 해. 그분의 의지를 따르는 것은 고개를 숙이고 그분에 대한 믿음의 의무를 받아들이는 거야."

"안 그래도 의무가 너무 많은 걸요."

순간 로베르토의 눈빛에 다시 장난기가 어렸다. 그가 나의 무례함에 흥미를 보이자 뿌듯했다.

"하나님을 향한 의무는 가치 있는 거야. 시를 좋아하니?"

"네."

"읽기도 하고?"

"가끔요."

"시 역시 단어로 구성되어 있잖아. 지금 우리 대화처럼. 시인이 우리가 쓰는 평범한 단어를 취해서 대화라는 형식에서 해방시키는 순간 평범한 단어들은 예기치 못한 에너지를 발산해. 하나님도 그런 식으로 나타나시는 거야."

"하지만 시인은 하나님이 아니잖아요. 시를 쓰는 인간일 뿐이에요."

"하지만 시로 인해 시야가 트이고 놀라운 경험을 할 수 있어."

"훌륭한 시인이 쓴 시일 때만 그렇죠."

"시로 인해 경이로움을 맛보기도 하고 신선한 충격을 받기도 하잖아."

"그럴 때도 있죠."

"하나님도 그런 존재야. 바닥도, 벽도, 천장도 보이지 않는 어두운 방에 있다가 갑자기 큰 충격을 받는 것과 같아. 깊이 생각할 필요도 토론할 필요도 없어. 그것은 신앙의 문제이기 때문이야. 믿음이 있으면 말이 되는 거고 그렇지 않으면 말이 안 되는 거야."

"내가 왜 충격 같은 걸 믿어야 하죠?"

"신앙심 때문이지."

"나는 신앙심이 뭔지 잘 몰라요."

"범죄소설에 나오는 추리와 비슷한 거야. 대신 종교에서 미스터리는 끝까지 풀리지 않아. 신앙심은 그런 거야. 마지막까지 밝혀지지 않은 존재를 밝히기 위해 앞으로 나아가려고 노력하는 거야."

"무슨 말인지 잘 모르겠어요."

"미스터리는 원래 이해할 수 있는 것이 아니야."

"풀리지 않은 미스터리는 사람을 두렵게 해요. 나는 예수의 무덤에 갔다가 시체가 없어진 것을 보고 도망치는 세 여인에게 오히려 더 감정 이입이 돼요."

"인생이 따분해지면 그땐 도망쳐야 해."

"나는 인생이 괴로워질 때 도망치는 거라고 생각해요."

"현재 삶에 만족하지 못하니?"

"내가 하고 싶은 말은 아무도 십자가에 못 박혀서는 안 된다는 거예요. 더더구나 자기 아버지의 의지로 그런 일이 일어나면 안 된다는 거죠. 그런데 현실은 그렇지 않았잖아요."

"현실이 마음에 들지 않으면 바꿔야지."

"주님의 창조물도요?"

"그럼. 우리는 그러기 위해서 창조되었는걸."

"하나님도 바꿀 수 있어요?"

"필요하다면 하나님도 바꿔야지."

"조심하세요. 신성모독적인 발언이에요."

잠깐이지만 자기에게 맞서려는 내 노력을 알아챈 로베르토의 눈에 감동의 눈물이 맺히는 것 같은 느낌을 받았다. 로베르토가 말했다.

"신을 모독함으로써 그분께 조금이라도 가까이 갈 수 있다면 나는 그렇게 하겠어."

"정말요?"

"그래, 나는 그분을 좋아해. 그렇기에 그분께 조금이라도 다가갈 수 있다면 뭐든지 할 수 있어. 설령 그것이 그분을 모독하는 일일지라도. 그러니 너도 성급하게 포기하지 마. 조금만 더 시간이 지나면 네가 이해한 것보다 복음서가 더 많은 의미를 담고 있다는 걸 알게 될 거야."

"복음서 말고도 좋은 책은 많아요. 복음서를 읽은 건 지난번 성당에서 오빠의 연설을 듣고 호기심이 생겼기 때문이었어요."

"다시 읽어봐. 복음서는 고난과 십자가에 대해 이야기하고 있어. 다시 말하면 복음서는 너를 가장 혼란스럽게 하는 고통에 대한 이야기야."

"나를 혼란스럽게 하는 건 침묵이에요."

"너는 처음 30분 동안 아무 말도 하지 않고 있었잖아. 그런데 지금 너를 좀 봐. 말을 하고 있잖아."

안젤라가 신이 나서 외쳤다.

"그럼 조반나가 신인가 보네요."

로베르토는 웃지 않았고 나는 신경질적인 웃음이 나오려는 것을 겨우 참았다.

로베르토가 말했다.

"왜 네가 기억에 남았는지 이제 알았어."

"왜죠?"

"네 말에는 힘이 있어."

"그건 오빠도 마찬가지예요."

"나는 일부러 그러는 게 아니야."

"나는 일부러 그래요. 나는 교만하거든요. 착하지도 않고 가끔 정의롭지도 못해요."

이번에는 우리 셋을 제외하고 로베르토만 웃었다. 줄리아나는 목소리를 낮춰서 늦으면 안 되는 약속이 있다는 사실을 상기시켜주었다. 즐거운 모임을 마무리하는 것을 안타까워하는 것 같았다. 줄리아나는 자리에서 일어나 안젤라와 포옹하고 내게는 상냥하게 고개를 끄덕여 보였다. 로베르토도 우리에게 작별 인사를 했다. 그가 허리를 숙여 내 두 뺨에 입 맞추는 순간 나는 전율을 느꼈다. 로베르토와 줄리아나 커플이 크리스피가 쪽으로 멀어져가자 안젤라가 내 팔을 끌어당겼다.

"너 정말 굉장했어."

안젤라가 기뻐하며 외쳤다.

"굉장하긴, 내 독서법이 잘못됐다잖아."

"그렇지 않아. 네 말을 귀 기울여 들은 정도가 아니라 너랑 토론을 했잖아."

"로베르토는 모든 사람과 토론을 해. 그나저나 너는 입만 살았구나? 로베르토를 유혹한다고 하지 않았어?"

"네가 하지 말라고 했잖아. 어쨌든 하고 싶어도 못했을 거야. 지난번에 토니노랑 만났을 때는 멍청해 보였는데 지금 보니 대단한 사람이네."

"다른 사람들과 별다를 바 없어."

안젤라가 계속해서 "너와 나를 대하는 태도를 비교해봐. 둘 다 교수님 같았어"라면서 내 말을 끊는데도 나는 대수롭지 않은 척했다. 안젤라는 우리 목소리를 흉내 내고 일부 대화 내용을 희화화했다. 나는 인상을 쓰기도 하고 웃음을 터뜨리기도 했지만, 속으로는 기뻐서 정신을 잃을 지경이었다.

안젤라 말이 맞았다. 로베르토는 나와 대화를 했다. 하지만 충

분하지 않았다. 그와 이야기를 더 하고 싶었다. 지금 당장, 오후
에도, 내일도 영원히 그와 이야기를 나누고 싶었다. 하지만 그런
일은 일어나지 않을 거라는 생각에 만족감은 이미 사라지고 너
무 슬퍼서 정신을 잃을 것만 같았다.

19

나는 급격히 기분이 안 좋아졌다. 로베르토와 만남으로써 내
가 소중하게 생각하는 유일한 사람이, 그토록 짧은 대화만으로
내 마음을 기분 좋고 짜릿한 온기로 가득 채운 사람이 나와는 전
혀 다른 세계에 속한다는 사실만 깨닫게 됐다. 내게는 짧은 시간
만 할애할 수밖에 없다는 사실이 명확해졌다.

산 자코모 데이 카프리로 돌아오니 집은 텅 비어 있었다. 어머
니는 한심하기 짝이 없는 친구들과 나가버리고 집 안에는 도시
의 소음만 들릴 뿐이었다. 나는 외로웠다. 무엇보다도 구원의 희
망이 없었다. 안정을 찾으려고 침대에 누워 잠을 청했다가 줄리
아나의 팔목에 감긴 팔찌 모습이 떠올라 화들짝 잠에서 깼다. 마
음이 가라앉지 않았다. 아마도 악몽을 뒀던 것 같다.

빅토리아 고모에게 전화를 거니 고모가 바로 "여보세요"라고
악을 쓰듯 말했다. 싸우다가 전화를 받은 것 같은 목소리였다. 전
화가 울리기 직전에 더 큰 소리로 악을 쓰다가 전화를 받은 것
같았다.

"저 조반나예요."

내가 속삭였다.

고모는 목소리를 낮추지 않았다.

"그래, 원하는 게 뭐냐?"

"제 팔찌에 대해서 여쭤보고 싶어서요."

고모가 내 말을 가로막았다.

"네 팔찌라고? 이제 우리 사이가 이렇게까지 된 거냐? 감히 나한테 전화를 걸어서 팔찌가 네 것이라고 해? 잔니나, 내가 너를 너무 좋게만 대한 모양인데 이젠 아니다. 너는 네가 있어야 할 곳에 얌전히 있어. 알겠니? 팔찌는 나를 좋아하는 사람에게 줄 거야. 내 말 알아들었어?"

고모가 이야기를 제대로 못 한 건지 내가 알아듣지 못한 건지 모르겠지만 나는 이 상황을 이해할 수 없었다. 분명한 건 내가 때를 잘못 맞춰서 전화를 걸었다는 것이다. 겁이 나기도 하고 애초에 전화를 걸었던 이유조차 생각나지 않아 수화기를 내려놓으려던 참에 줄리아나의 외침이 들렸다.

"잔니나예요? 바꿔주세요. 그리고 이제 그만해요. 더는 한마디도 듣고 싶지 않아요!"

그 뒤로 마르게리타 아주머니 소리도 들렸다. 아마 모녀가 함께 고모네 집을 방문했던 모양이다. 아주머니는 대충 이렇게 말했던 것 같다.

"빅토리아! 부탁이니 그 애를 내버려둬. 그 애는 아무런 상관이 없어."

고모는 그래도 막무가내로 소리를 질렀다.

"들었지, 잔니나? 이 사람들은 아직도 너를 애 취급해. 네가 애니? 애야? 아니라면 대체 왜 줄리아나와 그 애 남자친구 사이에

346

끼어든 거니? 팔찌 이야기로 귀찮게 하지 말고 말 좀 해봐! 너는 우리 오빠보다 못한 사람이야? 듣고 있을 테니 어디 한번 말 좀 해봐. 너는 네 아비보다 더 오만하니?"

고모가 말을 마치자마자 줄리아나가 다시 소리를 질렀다.

"그만해요! 미쳤어요? 제대로 알지도 못하면서 입을 함부로 놀리지 말아요!"

순간 전화가 끊겼다. 나는 어안이 벙벙해서 수화기를 들고 가만히 있었다. 무슨 일이 일어난 거지. 왜 고모는 나를 그렇게 공격한 걸까. "제 팔찌"라고 하지 않았어야 했던 걸까. 그렇게 말하지 않았어야 했나. 하지만 그것은 잘못된 표현이 아니었다. 고모가 내게 선물한 팔찌가 아니던가. 게다가 나는 팔찌를 돌려달라고 전화한 것이 아니었다. 왜 고모가 그 팔찌를 간직하지 않았는지 묻고 싶었을 뿐이었다. 고모는 그 팔찌를 그렇게나 소중하게 여기면서 대체 왜 다른 사람에게 주지 못해서 안달일까.

나는 수화기를 내려놓고 다시 침대에 누웠다. 정말 악몽을 꾼 것 같았다. 묘지 앞에서 본 엔초의 사진이 나왔던 것 같다. 안 그래도 불안해서 미칠 것만 같은데 이제는 수화기 너머로 들려온 목소리들까지 맴돌았다. 머릿속에서 목소리들이 다시 들렸다.

그제야 나는 빅토리아 고모가 그날 아침 내가 로베르토와 만나서 화가 났다는 사실을 알았다. 줄리아나에게 아침에 있었던 일을 들은 것이다.

하지만 고모는 대체 뭐가 못마땅해서 그렇게 화가 난 걸까. 차라리 내가 그 자리에 함께 있었으면 좋았겠다는 생각이 들었다. 줄리아나의 말을 자세히 들었으면 좋았을 텐데. 자초지종을 들으면 아메데오 광장에서 정말 무슨 일이 있었는지 이해할 수 있을 것 같았다.

순간 다시 전화가 울려 흠칫 놀랐다. 받기가 두려웠지만 어머니일지도 모른다는 생각에 복도로 나가 조심스레 수화기를 들었다.

"여보세요?"

줄리아나가 속삭였다.

줄리아나는 울었는지 코를 훌쩍이면서 빅토리아 고모 대신 사과했다.

"오늘 아침에 내가 실수를 했나요?"

내가 물었다.

"아니야, 잔나나. 로베르토는 너를 아주 좋아해."

"정말요?"

"그럼."

"다행이네요. 나도 대화를 나눌 수 있어서 정말 기뻤다고 꼭 전해주세요."

"그럴 필요 없어. 네가 직접 말해. 로베르토가 내일 오후에 너를 다시 만나고 싶대. 물론 네가 원한다면 말이야. 셋이 함께 커피라도 한잔하자."

누가 끈으로 내 머리를 꽉 옥죄는 것처럼 머리가 아팠다. 내가 속삭였다.

"좋아요, 고모는 아직도 화가 많이 났어요?"

"아니야, 걱정하지 마."

"고모를 바꿔줄 수 있어요?"

"그러지 않는 편이 좋아. 지금 좀 예민하셔."

"왜 나한테 화가 난 거죠?"

"제정신이 아니어서 그래. 언제나 그랬어. 덕분에 우리 모두의 삶이 엉망이 되었지."

제6장

1

사춘기 시절 나의 시간은 더디게 흘러갔다. 그것은 거대한 회색 블록들로 구성되어 있었다. 간혹 혹처럼 툭 튀어나온 부분이 있었는데 그곳은 녹색이나 붉은색이나 보라색으로 칠해져 있었다. 회색 블록에는 시간도, 날도, 달도, 연도도, 계절의 구분도 없었다. 더운가 하면 추위가 찾아왔고 비가 내리는가 하면 이내 햇볕이 내리쬐었다. 튀어나온 부분에도 확실한 시간이 없었다. 날짜보다는 튀어나온 부분의 색깔이 더 중요했다. 색깔에 따라 특정한 감정을 나타내는데 그 색깔이 유지되는 기간도 일정하지 않았다.

지금 이 글을 쓰고 있는 나는 그 사실을 안다. 적합한 단어를 찾으려는 순간 느리게 흐르던 시간은 소용돌이가 되고 색깔은 믹서 안에 여러 가지 색의 과일을 집어넣었을 때처럼 뒤섞여버린다. 그렇게 되면 '세월이 흘러'라는 표현만 공허해지는 것이 아니다. '어느 날 오후' '어느 날 아침' '어느 날 저녁' 같은 말도 그저 편의상의 표현이 되어버린다.

그 시절에 대해서 확실히 말할 수 있는 건 특별히 힘들게 노력한 것도 아닌데 낙제한 1년을 만회했다는 사실이다. 미처 몰랐는데 나의 기억력은 뛰어났고 학교 수업보다 책에서 더 많은 것을 배웠다. 집중하지 않아도 내용을 모두 기억했다.

학교에서의 작은 성공 덕분에 부모님과의 관계도 좋아졌다. 부모님은 다시 나를 자랑스럽게 여겼다. 아버지가 특히 그랬다. 하지만 나는 전혀 기쁘지 않았다. 부모님의 그늘은 내게 도무지 사라지지 않는 성가신 통증 같았다. 잘라내고 싶은 불편한 신체 부위 같았다.

나는 아버지와 어머니를 이름으로 부르기로 했다. 처음에는 부모님과 거리를 유지하고 싶은 냉소적인 마음이었는데 나중에는 한 발 더 나아가 그런 행위를 통해 부모 자식 관계를 부정하게 되었다.

넬라는 날이 갈수록 징징대고 영양실조 환자처럼 말라갔다. 그녀는 멀쩡하게 잘 먹고 잘살고 있는 남편을 둔 과부였다. 넬라는 전남편의 물건을 고집스레 끝까지 내어주지 않고 아직도 소중하게 간직했다. 그녀는 빈껍데기일 뿐인 안드레아의 방문과 이미 사망을 선고받은 그들의 결혼생활의 무덤 너머에서 걸려오는 그의 전화를 반겼다.

나는 넬라가 가끔가다 마리아노를 만나는 것도 전남편이 얼마나 대단한 일을 하고 있는지 묻기 위해서라고 믿었다. 전남편에 대한 집착만 빼면 넬라는 나를 포함해 일상이 강요하는 수많은 숙제를 이를 악물고 열심히 해냈다. 다행히 넬라가 내게 쏟는 열정은 산더미같이 쌓인 학생들의 과제물을 교정하고 별 볼일 없는 연애 소설을 그럴싸하게 만들 때의 열의보다 못했다. 시간이 갈수록 너도 이제 다 컸으니 알아서 하라고 할 때가 많아졌다.

드디어 지나친 간섭을 받지 않고 외출할 수 있게 되어 나는 기뻤다. 넬라와 안드레아가 나에 관한 관심을 끄면 끌수록 좋았다. 아! 특히 안드레아는 그 입을 좀 다물어주었으면 했다. 안드레아는 안젤라와 이다를 만나러 내가 포실리포에 가거나, 나와 판차로티와 파스타크레슈타를 먹으러 그가 학교로 찾아올 때마다 의

무감으로 세상살이에 대한 현명한 조언을 늘어놓았는데 시간이 갈수록 나는 그런 그의 말을 듣고 있기가 힘들었다.

로베르토와 친구가 되고 싶다는 나의 바람은 기적적으로 실현되고 있었다. 자기 일과 자기가 저지른 악행 때문에 정신이 다른 곳에 있는 안드레아 대신 오히려 로베르토에게 올바른 지침과 교육을 받는 느낌이 들었다. 지금은 너무나 먼 과거가 되어버린 어느 날 저녁, 안드레아는 산 자코모 데이 카프리가의 음침한 아파트에서 경솔한 발언으로 나의 자신감을 앗아가 버렸다. 그런데 줄리아나의 약혼자가 잃어버린 나의 자신감을 상냥하고 다정하게 내게 되돌려준 것이었다. 로베르토와 알고 지내는 사이라는 게 너무나 뿌듯하고 안드레아가 진지하게 관심을 나타내는 모습을 보고 싶기도 해서 이따금 로베르토의 이야기를 꺼내면 안드레아는 궁금해하면서 로베르토가 어떤 사람이고, 그와 어떤 대화를 나누고, 혹시라도 그에게 자신과 자신이 하는 일에 대해서 이야기했는지 알고 싶어 했다.

안드레아가 정말로 로베르토를 높이 평가했는지는 잘 모르겠다. 그 부분을 판단하기는 쉽지 않다. 안드레아의 말을 못 믿게 된 지 오래니까.

한번은 안드레아가 로베르토를 두고 나폴리처럼 거지 같은 도시에서 적절한 시기에 발을 빼 밀라노의 명망 높은 대학에서 경력을 쌓는 데 성공한 행운아라고 했다. 이런 말을 한 적도 있다.

"너보다 더 나은 사람과 친하게 지내는 건 좋은 일이야. 뒤처지지 않고 신분 상승을 할 수 있는 유일한 방법이란다."

나중에는 내게 로베르토를 소개해달라고 몇 차례 부탁까지 했다. 안드레아는 그가 어렸을 때부터 속해 있던 분란과 악의가 가득한 무리에게서 이제 벗어나고 싶었던 것이다. 순간 그가 연약하고 하찮은 존재처럼 느껴졌다.

2

실제로 로베르토와 나는 친구가 됐다. 그렇다고 우리 사이를 과장하고 싶지는 않다. 그가 나폴리에 가끔 왔기 때문에 그를 만날 기회는 자주 없었다. 하지만 몇 번 만나다 보니 우리만의 관습 같은 것이 생겼다. 물론 우리 둘은 직접적인 관계가 아니었고 언제나 줄리아나와 함께였지만 만날 때마다 아주 잠깐이라도 둘이서만 대화를 나누는 방법을 찾아냈다.

처음에는 몹시 불안했다. 그를 만날 때마다 내가 너무 과했던 것은 아닌지 걱정했다. 그의 사고를 따라가겠다는 생각 자체가 (그는 나보다 거의 열 살이나 연상이었다. 나는 고등학생이고 그는 대학에서 강의를 했다) 주제넘은 것은 아닌지 걱정이 됐다. 분명 비웃음을 살 만한 행동을 했을 거라고 생각했다.

머릿속으로 그가 한 말과 내가 한 말을 수천 번 곱씹어보고는 복잡한 문제에 대해 함부로 가볍게 말한 것 같아 수치스러워했다. 그럴 때면 마음속 깊은 곳에서 불안감이 커져만 갔다. 어린 시절 부모님이 속상해할 거라는 걸 뻔히 알면서도 충동적으로 잘못을 저지른 후에 느꼈던 것과 비슷한 감정이었다. 그러다 보면 과연 그가 내게 호감이 있는지조차 의심스러웠다. 내 기억 속에서 로베르토의 장난스러운 말투는 과장되어 노골적인 조소로 변했다. 언뜻 그의 말투에서 느꼈던 경멸감과 내가 그저 그에게 잘 보이고 싶은 마음에서 나오는 대로 지껄였던 말이 생각나서 온몸에 오한이 들고 속이 울렁거렸다. 토악질이라도 해서 그런 나 자신을 내쫓고 싶었다.

하지만 현실은 달랐다. 나는 그와 만날 때마다 발전했다. 로베르토의 말을 들으면 관련된 정보를 찾고 책을 읽고 싶은 욕구가 생겼다. 그와의 다음 만남을 준비하다 보면 하루하루가 빠르게 지나갔다. 그와 심오한 주제에 관해 토론하고 싶어서 입이 근질거렸다. 나는 이해력을 높이고 싶은 마음에 읽을 만한 책을 찾아 아버지가 집에 두고 간 책들을 뒤졌다. 하지만 무엇을, 누구를 더 잘 이해해야 한단 말인가. 복음서? 성부와 성자와 성령? 초월과 침묵? 신앙의 부재와 복합성? 예수 그리스도의 극단적 성향? 불평등의 두려움? 날로 심각해지는 약한 자들에게 가해지는 폭력? 한계 없는 자본주의 체제의 야만과 로봇의 등장과 공산주의의 절박한 필요성?

로베르토의 시각은 광범위했고 계속해서 내 생각의 틀을 깨뜨리고 나아갔다. 하늘과 땅을 연관 짓고 모르는 게 없었다. 수많은 예시와 이야기와 인용문과 이론을 마음대로 뒤섞을 줄 알았다. 그런 로베르토에게 나는 아무것도 모르는 주제에 아는 체나 하는 애송이처럼 보였을 게 틀림없다는 확신과 다음번에는 더 발전된 모습을 보여줄 수 있을 거라는 희망을 오가며 힘겹게 그를 뒤쫓아갔다.

3

그 무렵 나는 마음의 안정을 찾고 싶을 때마다 자주 줄리아나나 안젤라를 찾았다. 당연히 안젤라보다는 줄리아나가 더 가깝고 편하게 느껴졌다. 줄리아나와는 로베르토 생각을 하면서 함께 시간을 보낼 수 있었기 때문이다. 로베르토의 긴 부재 기간에 우리는 그에 대해 이야기를 하면서 보메로를 산책했다. 그럴 때마다 나는 줄리아나를 관찰했다. 그녀는 싱그러운 매력을 발산했고 언제나 고모의 팔찌를 차고 있었다. 남자들의 눈길은 하나같이 줄리아나를 향했다. 그들은 그녀의 모습을 놓치는 게 안타까운 듯 지나가기 전에 마지막으로 한 번 더 뒤돌아보곤 했다. 줄리아나 옆에 있으면 나는 없는 거나 마찬가지였다. 그런 줄리아나지만 내가 만물박사처럼 어려운 단어를 쓰면 기운을 잃었고 생기가 사라졌다. 언젠가 줄리아나가 내게 이렇게 말했다.

"너는 책을 정말 많이 읽는구나."

"학교 숙제를 하는 것보다 책을 읽는 게 더 좋아요."

"나는 책을 조금만 읽어도 지치는데."

"습관이 안 돼서 그런 거예요."

나는 독서에 대한 열정을 아버지에게서 물려받았다는 사실을 인정했다. 어렸을 때 책의 중요성과 지적 활동의 놀라운 가치를 깨닫게 해준 것도 바로 아버지였다.

"일단 그런 생각이 머릿속에 박히면 헤어나기 힘들거든요."

내가 말했다.

"지식인들은 좋은 사람들이니 다행이지 뭐."

"우리 아빠는 좋은 사람이 아니에요."

"하지만 로베르토는 좋은 사람이잖아. 너도 마찬가지고."

"나는 지식인이 아니에요."

"그렇지 않아. 너는 공부도 열심히 하고 어떤 주제든 토론을 할 수 있고 모든 사람에게 열려 있잖아. 네 고모에게까지 말이야. 나는 그러지 못해. 인내심이 없거든."

솔직히 줄리아나가 나를 높이 평가한다고 생각하니 기분이 좋았다. 줄리아나가 지식인을 어떻게 생각하는지 알고 나서는 그녀의 기대에 부응하기 위해 애썼다. 그도 그럴 것이 그녀와 있을 때 가벼운 이야기만 하면 내가 로베르토 앞에서는 최선을 다하는데 자기랑은 수준 낮은 이야기만 한다고 속상해했기 때문이기도 했다. 실제로 줄리아나는 나에게 복잡한 이야기를 하게 했다. 내가 읽었거나 읽고 있는 책 중에서 좋아하는 책 이야기를 해달라고 했다.

"어떤 내용인지 말해줘."

그녀가 내게 말하곤 했다. 영화와 음악에 대해서도 절박할 정도로 알고 싶어 했다. 그때까지 그 누구도, 안젤라와 이다조차 내가 좋아서, 의무가 아니라 취미로 하는 것에 대해서 그렇게 오랫동안 말할 기회를 주지 않았다.

학교에서도 마찬가지였다. 학교 선생님들은 독서로 인한 다소 산만한 나의 수많은 관심사에 대해 잘 몰랐고『톰 존스』같은 책의 줄거리를 들려달라고 부탁하는 친구도 없었다. 그렇기 때문에 그 무렵 우리는 함께 있는 것이 좋았고 자주 만났다.

나는 몬테산토 케이블카역에서 줄리아나를 기다렸다가 해외 여행이라도 떠나는 것처럼 행복해하는 그녀와 함께 보메로로 갔다. 우리는 반비텔리 광장에서 아르티스티 광장까지, 또는 그 반대로 아르티스티 광장에서 반비텔리 광장까지 함께 걸었다. 그럴 때면 수많은 이름과 책 제목과 이야기로 줄리아나를 사로잡는 게 좋아서 지나가는 행인들과 자동차와 상점들은 눈에 들어오지 않았다. 그 순간 줄리아나는 오직 내가 읽은 책과 내가 본 영화와 내가 들은 음악만을 보고 듣는 것 같았다.

로베르토가 없을 때 나는 그의 약혼녀 앞에서 광범위한 지식의 수호자 행세를 했다. 나보다 나이도 훨씬 많고 외모도 빼어난 줄리아나는 자기가 바라는 것은 내가 나 자신의 우월성을 깨닫는 것뿐이라는 듯한 눈길로 내 입만 바라봤다. 하지만 가끔은 줄리아나에게 문제가 있다고 느꼈다. 억지로 불안한 마음을 억누르고 있는 것 같았다. 그럴 때면 긴장이 되고 수화기 너머로 들었던 빅토리아 고모의 화난 목소리가 생각났다.

"대체 왜 줄리아나와 그 애 남자친구 사이에 끼어든 거니? 너는 우리 오빠보다 못한 사람이야? 듣고 있을 테니 어디 한번 말 좀 해봐. 너는 네 아비보다 더 오만하니?"

나는 그저 줄리아나에게 좋은 친구가 되어주고 싶을 뿐이었다. 빅토리아 고모의 술수에 넘어가 줄리아나가 그 반대로 생각하고 나를 멀리할까봐 두려웠다.

4

우리는 안젤라와도 자주 만났다. 안젤라는 우리가 자기를 빼놓고 만나면 기분 나빠했다. 하지만 줄리아나와 안젤라는 잘 맞지 않았다. 안젤라와 함께 있으면 줄리아나는 더 불안해했다. 안젤라는 수다쟁이여서 나와 줄리아나를 놀리기 좋아했다. 들으라는 듯이 토니노에 대해 안 좋게 말하고 진지한 이야기를 하려 할 때마다 비아냥댔다. 안젤라가 그럴 때마다 나는 개의치 않았지만, 줄리아나는 속상해하면서 자기 오빠를 두둔하고 나중에는 안젤라의 농담에 거친 사투리로 대응했다.

나와 있을 때는 잘 드러나지 않던 면이 안젤라와 있을 때는 도드라졌고 언제든 둘의 관계는 파탄 날 위기에 있었다. 아메데오 광장에서 로베르토를 만난 후 그 커플의 일에 끼어들려는 생각을 버리기는 했지만 나와 둘만 남으면 안젤라는 줄리아나와 로베르토에 대해서 잘 아는 척했다. 나는 안젤라가 관심을 접어서 다행이라고 생각하면서도 한편으로는 못마땅하기도 했다.

"너는 로베르토가 싫어?"

어느 날 안젤라가 우리 집에 왔을 때 내가 물었다.

"아니."

"그럼 뭐가 문제야?"

"문제될 건 없어. 단지 네가 로베르토와 이야기할 때는 다른 사람들이 끼어들 여지가 없기는 해."

"줄리아나가 있잖아."

"불쌍한 줄리아나."

"무슨 말이야?"

"두 교수님 사이에서 줄리아나가 얼마나 지루해하는지 알아?"

"그렇지 않아."

"지루하지만 자기 자리를 지키려고 그렇지 않은 척하는 거야."

"자기 자리라니?"

"약혼녀 자리 말이야. 치과 비서인 줄리아나 같은 사람이 너와 로베르토가 이성과 신앙을 논하는 말을 들으면서 어떻게 지루하지 않을 수 있겠어?"

나는 발끈했다.

"그럼 너는 재미있으려면 목걸이나 팔찌나 팬티나 브래지어 이야기나 해야 한다는 거야?"

내 말에 안젤라는 기분이 상했다.

"나는 그런 이야기만 하지 않아."

"예전엔 안 그랬는데 요즘엔 그러잖아."

"아니야."

내가 사과하자 안젤라가 말했다.

"알았어. 하지만 너도 심했어."

그러고는 그 애답게 복수라도 하는 듯 일부러 내게 악의적인 말을 내뱉었다.

"그나마 줄리아나가 가끔 밀라노에 로베르토를 만나러 가서 다행이야."

"그게 무슨 말이야?"

"드디어 둘이 같이 자면서 연인끼리 할 일을 한다는 거지."

"하지만 줄리아나가 밀라노에 갈 때는 항상 토니노가 데려다 주잖아."

"너는 토니노가 밤낮으로 보초라도 설 것 같아?"

"그럼 너는 사랑하면 꼭 섹스를 해야 한다고 생각해?"

내가 쏘아붙였다.

"당연하지."

"토니노에게 둘이 같이 자는지 어디 한번 물어봐."

"물어봤는데 토니노는 그런 문제에 대해선 입이 무거워."

"할 말이 없는 거겠지."

"그게 아니라 토니노도 섹스 없는 사랑이 가능하다고 생각하는 거야."

"그렇게 생각하는 사람이 또 있어?"

"너."

안젤라가 갑자기 슬픈 미소를 지으며 말했다.

5

안젤라는 내가 언제부턴가 섹스에 대해서 재미있는 이야기를 해주지 않는다고 했다. 내가 음탕한 이야기를 하지 않는 것은 사실이었지만 그것은 단지 얼마 안 되는 경험을 과장하는 게 유치하게 느껴졌기 때문이기도 하고 들려줄 만한 이야깃거리가 다 떨어졌기 때문이기도 했다.

로베르토와 줄리아나와의 관계가 더욱 돈독해진 다음부터 나는 학교 친구들과 연필 사건 이후로 나를 졸졸 따라다니면서 자기와 몰래 사귀자고 한 실베스트로를 멀리했다. 무엇보다도 나는 내게 끈질기게 야한 제안을 하며 성가시게 구는 코라도를 냉정하게 대했고 주기적으로 학교까지 찾아와 만초니가에 있는 자기 소유의 다락방에 함께 가자는 로사리오에게 조심스럽지만 단호한 태도를 보였다.

그 세 구애자들은 이제 어쩌다 보니 재수가 없어서 엮이게 된 타락한 부류에 속했다. 그런 나와는 달리 안젤라는 완전히 딴사람이 됐다. 그 애는 계속해서 토니노를 두고 바람을 피우면서 나와 이다에게 학교 남자친구들, 심지어는 학교 교사와 있었던 일을 세세하게 들려주었다. 학교 교사는 오십이 넘었는데 안젤라조차 그 이야기를 하면서 혐오스러워하며 인상을 찌푸렸다.

나는 안젤라의 혐오감에 충격을 받았다. 그 감정이 진심이었기 때문이다. 나 역시 그런 혐오감을 잘 알고 있었기에 안젤라에게 "네 얼굴에 혐오감이 고스란히 드러나. 우리 이야기 좀 하자"라고 말하고 싶었다. 하지만 우리는 그런 이야기를 하지 않았다. 섹스에 관련된 이야기라면 뭐든 흥미로워야 한다는 분위기가 형성되어 있었으니까. 나 역시 안젤라는 물론 이다에게 또다시 코라도의 오줌 냄새를 맡느니 차라리 수녀가 되는 게 낫다는 사실을 인정하고 싶지 않았다. 뿐만 아니라 나는 안젤라가 섹스에 대해 심드렁한 내 태도를 로베르토에 대한 순정으로 해석할까봐 두려웠다.

솔직히 말해 진실을 명확하게 정의하는 것은 힘든 일이다. 혐오감 역시 모호한 감정이라 말로 다 표현하기 어렵다. 코라도가 하면 역겨운 짓이 로베르토가 하면 그렇지 않을 수도 있다. 결국 나는 안젤라의 모순적인 행동을 지적해주는 정도에서 끝내기로 마음먹고 그녀에게 말했다.

"왜 토니노랑 사귀면서 다른 사람들과 그런 짓을 하는 거니?"

"토니노는 좋은 사람이고 다른 놈들은 돼지니까."

"그럼 너는 돼지들이랑 그 짓을 하는 거야?"

"그래."

"왜?"

"그 자식들이 나를 바라보는 시선이 좋아서."

"그럼 토니노에게도 그렇게 봐달라고 해."

"토니노는 그렇게 못해."

"남자가 아닌가 보네."

한번은 이다가 말했다.

"아니야, 토니노는 남자다워."

"그런데?"

"돼지가 아닐 뿐이야. 그게 다야."

"거짓말."

이다가 말했다.

"남자는 다 돼지야."

"다 그렇지는 않아."

내가 로베르토를 생각하며 말했다.

"이다 말이 맞아."

안젤라가 자기와 몸이 스치면 발기하는 토니노를 기발하게 묘사하며 말했다.

안젤라와 이다 말고 로베르토나 줄리아나와 그런 주제에 대해서 한 번도 진지한 대화를 한 적이 없다는 생각이 떠오른 건 아마도 안젤라가 신이 나서 떠들던 그 순간이었을 것이다.

365

로베르토는 이런 이야기를 피하려 할까. 아니다. 분명 내 말에 대답해줄 것이다. 그런 주제에 대해서도 매우 논리정연한 사고를 할 게 틀림없었다. 문제는 줄리아나가 그 주제를 불편하게 생각할 수도 있다는 거였다. 하필 약혼자와 함께 있을 때 그런 이야기를 할 필요는 없을 테니까. 아메데오 광장에서의 만남을 빼면 사실 우리는 겨우 잠깐씩 여섯 번 정도 만났다. 객관적으로 각별한 사이라고는 할 수 없었다. 수준 높은 주제를 두고 토론할 때 항상 구체적인 예시를 드는 로베르토에게 차마 이런 질문을 할 용기를 낼 수는 없을 것 같았다.

'왜 조금만 깊이 파보면 모든 주제는 결국 섹스와 이어지는 거죠? 아주 심오한 주제마저도. 왜 섹스는 하나의 수식어로 표현하기 힘든 거죠? 민망함, 시시함, 비극, 명랑함, 기분 좋음, 두려움과 같은 수많은 표현을 하나씩도 아니고 동시에 사용할 수밖에 없는 걸까요? 섹스 없이 위대한 사랑이 가능할까요? 남녀 간 성적인 행위가 사랑하고 사랑받고자 하는 욕구를 망치지 않을 수 있는 걸까요?'

나는 줄리아나와 로베르토에게 내가 자기들의 사생활을 염탐하려 한다는 인상을 주지 않기 위해 이런 식으로 무심히, 혹은 조금 엄숙하게까지 느껴질 수 있는 말투로 질문하는 상상을 했다. 하지만 나는 내가 그런 질문을 못 할 거라는 걸 이미 알고 있었다. 나는 이다를 물고 늘어졌다.

"너는 왜 남자는 다 돼지라고 생각하는 거니?"

"그렇게 생각하는 게 아니야. 확신하는 거야."

"그럼 네 아빠도 돼지겠네?"

"그럼, 우리 아빠는 언니 엄마랑 같이 자는 사이잖아."

나는 흠칫 놀라서 쌀쌀맞게 말했다.

"네 아빠랑 우리 엄마는 가끔 친구로서 만나는 거야."

"내 생각도 그래."

안젤라가 끼어들었다.

이다는 고개를 세차게 가로저으면서 확신에 찬 말투로 말했다.

"둘은 친구 사이가 아니야."

그러고는 외쳤다.

"나는 절대로 남자한테 키스하지 않을 거야. 구역질 나."

"토니노처럼 잘생기고 착한 남자여도?"

안젤라가 물었다.

"응, 나는 여자한테만 키스할 거야. 내가 쓴 이야기를 들어볼래?"

"싫어."

안젤라가 말했다.

나는 조용히 이다의 녹색 신발을 바라보았다. 내 가슴을 쳐다보던 그 애 아버지 생각이 났다.

6

그날 이후 안젤라와 나는 로베르토와 줄리아나 이야기를 자주 나누게 됐다. 안젤라는 내게 말해주려고 일부러 토니노에게서 정보를 캐내곤 했다.

어느 날 안젤라는 내게 전화로 이번에는 빅토리아 고모와 마르게리타 아주머니가 크게 싸웠다는 소식을 전해주었다. 로베르토가 당장 줄리아나와 결혼해서 나폴리에 정착해야 한다는 고모의 말에 마르게리타 아주머니가 동의하지 않아서 싸움이 일어난 거라고 했다. 고모가 언제나처럼 난리를 치고 마르게리타 아주머니는 언제나처럼 침착하게 반대 의견을 제시하는 동안 줄리아나는 남 이야기를 듣듯이 아무 말도 하지 않고 가만히 있다가 갑자기 악을 쓰면서 접시며 그릇이며 컵을 마구잡이로 집어던지기 시작했다는 것이다. 힘이 센 빅토리아 고모조차 줄리아나를 말리지 못했다. 줄리아나는 소리를 질렀다.

"지금 당장 떠나야겠어! 로베르토에게 갈 거야! 전부 다 지긋지긋해!"

결국 토니노와 코라도가 나서서 줄리아나를 진정시켜야 했다는 것이다.

그 이야기를 듣고 나는 심란해졌다.

"이게 다 남의 일에 참견하려 드는 고모 때문이야."

"모두 다 책임이 있어. 줄리아나가 질투심이 많은가봐. 토니노는 로베르토 말이라면 팥으로 메주를 쑨다 해도 믿을 수 있대. 그 정도로 올곧고 충직하다면서. 하지만 줄리아나는 토니노가 밀라노에 데려다줄 때마다 소란을 일으키나봐. 여학생들이 로베르토와 너무 친한 척하거나 동료 여자 강사가 아양을 떤다는 이유로."

"못 믿겠어."

"내 말 믿어. 줄리아나는 겉으로 보기에는 차분해 보이지만 토니노 말로는 신경쇠약증을 앓고 있대."

"그게 무슨 말이야?"

"기분이 안 좋으면 아무것도 먹지 않고 울면서 악을 쓴다나봐."

"지금은 좀 어떻대?"

"지금은 괜찮아졌대. 오늘 저녁에 나랑 토니노랑 영화 보러 갈거야. 너도 같이 갈래?"

"가면 나는 줄리아나랑 있을 테니 토니노를 떠넘기지 마."

안젤라가 웃음을 터뜨렸다.

"토니노랑 같이 있고 싶지 않아서 너한테 같이 가자고 하는 거야. 이젠 정말 못해 먹겠어."

결국 영화관에 같이 가기는 했지만, 일진이 좋지 않았다. 그날 오후에도 안 좋은 일이 있었고 특히 저녁에는 더 힘이 들었다. 우리는 플레이비시토 광장 감브리누스 카페 앞에서 만나 톨레도 광장에 있는 모데르니시모 극장으로 향했다. 줄리아나와는 한마디도 나누지 못했다. 그녀의 불안한 시선과 핏발 선 흰자위와 팔목에 찬 팔찌가 눈에 들어왔다. 안젤라가 재빨리 줄리아나와 팔짱을 끼는 바람에 나는 토니노와 몇 걸음 뒤에서 걸었다.

"잘 지내요?"

내가 토니노에게 물었다.

"그럼."

"오빠가 줄리아나 언니를 로베르토 오빠네 집에 가끔 데려다준다고 들었어요."

"자주 그러지는 못해."

"나도 로베르토 오빠를 몇 번 만났어요."

"알아, 줄리아나한테서 들었어."

"예쁜 커플이에요."

"맞아."

"결혼하면 나폴리에 자리를 잡게 될 거라고 들었어요."

"안 그럴 것 같아."

나는 토니노에게서 그 이상의 정보를 얻지 못했다. 토니노는 친절했고 나를 즐겁게 해주려 했지만, 그 주제에 대해서만큼은 아니었다. 결국 나는 그가 베니스에 있는 친구 이야기를 하도록 내버려두었다. 토니노는 그 친구를 찾아가 베니스로 이사 갈 수 있는지 알아볼 거라고 했다.

"안젤라는 어떻게 하고요?"

"안젤라는 나랑 잘 안 맞아."

"그렇지 않아요."

"사실이야."

그러던 중에 모데르니시모 극장에 도착했다. 무슨 영화를 상영했었는지는 잘 기억나지 않는다. 언젠가는 기억이 나겠지. 토니노는 우리의 영화비를 모두 내주었고 사탕과 아이스크림까지 사주었다. 우리는 사탕과 아이스크림을 먹으면서 불이 아직 꺼지지 않은 상영관으로 들어가 토니노, 안젤라, 줄리아나 그리고 나 순서로 자리를 잡았다. 처음에는 우리 뒤에 앉은 세 청년들에게 별 신경을 쓰지 않았다. 기껏해야 열여섯 정도 되어 보이는, 안젤라나 내 남자 동창들 부류의 남학생들이었다. 그들이 낄낄대고 수군거리는 소리가 들렸지만 나와 안젤라와 줄리아나는 별로 신경 쓰지 않고 토니노만 쏙 빼놓고 우리끼리 신나게 수다를 떨기 시작했다.

셋은 우리가 자기들을 무시하자 술렁거리기 시작했다. 가장 대담해 보이는 청년이 큰 소리로 "이리로 와서 우리 옆에 앉아. 진짜 영화는 우리가 보여줄게"라고 소리친 다음부터 나도 그 셋의 존재를 신경 쓰게 되었다. 안젤라가 긴장해서 웃으면서 뒤돌아보자 청년들은 따라 웃으며 다시 한번 자기들 옆에 와서 앉으라고 했다. 고개를 돌려 그들을 본 순간 나는 생각이 바뀌었다. 학교 동창들과는 분위기가 달랐다. 학교에 다녀서 조금 상태가 나아보일 뿐 코라도나 로사리오 부류에 가까웠다.

나는 줄리아나를 바라보았다. 나보다 나이가 많은 그녀에게서 여유 있는 미소를 기대했는데 줄리아나는 잔뜩 굳은 표정으로 귀머거리처럼 아무것도 들리지 않는 듯 꼼짝도 하지 않고 심각하게 스크린만 바라보고 있는 토니노를 살피고 있었다.

광고가 시작되자 대담한 청년이 아름답다고 속삭이며 줄리아나의 머리를 쓰다듬었고 다른 청년은 안젤라의 의자를 흔들어대기 시작했다.

"저 애들이 나를 귀찮게 해. 그만두게 해줘."

안젤라가 토니노의 팔을 끌어당기면서 말했다. 줄리아나가 그냥 내버려두라고 했는데 안젤라에게 하는 말인지 아니면 자기 오빠에게 하는 말인지 알 수 없었다. 확실한 건 안젤라가 줄리아나의 말을 무시하고 화가 나서 토니노에게 쏘아붙였다.

"도저히 못 참겠어. 다시는 오빠와 데이트하지 않을 거야."

그 말이 끝나자마자 대담한 청년이 기다렸다는 듯 외쳤다.

"잘했어! 우리 옆에 자리가 비었으니 이리 오라니까?"

관객 중 누군가가 "쉿!" 하고 조용히 하라고 하자 토니노는 서두르는 기색 없이 천천히 말했다.

"여기는 자리가 불편하니 앞에 가서 앉자."

그가 일어나자 줄리아나도 기다렸다는 듯이 벌떡 일어났고 나도 재빨리 일어났다.

"오빠 정말 꼴불견이야."

잠시 망설이다 자리에서 일어난 안젤라가 토니노에게 말했다.

몇 줄 앞으로 가서 똑같은 순서로 앉은 후에 안젤라는 토니노에게 뭐라고 귓속말을 했다. 안젤라는 화가 난 것 같았다. 나는 이번 일을 핑계로 안젤라가 토니노와 헤어지려 한다는 사실을 알았다.

영원히 끝날 것 같지 않던 광고가 끝나고 다시 불이 켜졌다. 세 청년이 장난을 치며 웃는 소리가 들렸다. 돌아보니 셋이 요란스레 좌석을 한 줄, 두 줄, 세 줄 타고 넘더니 눈 깜짝할 사이에 다시 우리 바로 뒷줄에 앉았다. 무리의 대표격인 청년이 말했다.

"저 멍청이 같은 자식에게 휘둘리다니. 이런 취급을 받으니 기분이 영 별로인걸? 너희랑 같이 영화를 보고 싶다니까?"

그 후 일은 순식간에 벌어졌다. 조명이 꺼지고 요란한 소리와 함께 영화가 시작됐다. 청년의 목소리는 음악에 묻히고 우리 모두 한 줌의 빛 안에서만 존재하게 되었다.

"저 자식들이 오빠한테 멍청하다고 하는 거 들었어?"

안젤라가 큰 소리로 토니노에게 말했다. 청년들은 낄낄대고 관객들은 "쉿" 소리를 냈다. 순간 토니노가 자리에서 벌떡 일어났다.

"그러지 마, 오빠."

토니노는 줄리아나의 외침을 무시하고 안젤라의 뺨을 갈겼다. 어찌나 세게 때렸는지 안젤라의 머리가 내 광대뼈에 부딪혀서 너무 아팠다. 청년들은 당황해서 입을 다물었고 토니노는 바람이 열린 문을 거칠게 닫아버릴 때처럼 얼굴을 일그러뜨리더니 차마 입에 담을 수 없는 욕설을 조단조단 쏟아냈다. 안젤라는 울음을 터뜨렸고 줄리아나는 내 손을 꼭 잡고 말했다.

"여기서 나가야 해. 어서 토니노 오빠를 데리고 나가자."

줄리아나는 안젤라나 자기나 내가 아니라 토니노가 위험에 빠졌다고 생각하는 것 같았다. 그러는 동안 무리의 대표는 정신을 차리고 말했다.

"아이고 무서워라. 무서워 죽겠네. 이 광대 놈아! 여자만 상대하지 말고 이리 와."

"오빠! 그냥 애들일 뿐이야!"

줄리아나가 녀석의 목소리를 지워버리려는 듯 외쳤다.

토니노는 순식간에 그 청년의 머리를 손으로 잡고 (어쩌면 귀였을 수도 있지만 확실한 건 아니다) 떼어낼 기세로 잡아당기다가 다른 한 손으로 청년의 턱을 향해 주먹을 날렸다. 그 바람에 청년은 뒤로 날아갔다가 입에서 피를 질질 흘리면서 제자리에 가서 앉았다. 다른 청년들은 친구를 도와주려다 토니노가 좌석을 타고 넘어 쫓아가려 하자 정신없이 출구를 찾았다. 줄리아나는 토니노가 청년들의 뒤를 쫓지 못하게 그에게 매달렸다. 그런 상황에서 영화 초반부의 배경음악은 크게 흘러나왔고 관람객들은 고함을 질렀고 안젤라는 계속 울었고 부상당한 청년은 악을 써댔다. 토니노는 자기 동생을 밀쳐버리고 의자에 앉아 몸을 바들바들 떨면서 울며 욕설을 퍼붓는 청년에게 달려들었다.

토니노는 청년의 뺨을 갈기고 주먹으로 내리치면서 사투리로 욕설을 퍼부었다. 말이 너무 빠르고 분노로 가득해서 나로서는 알아듣기조차 힘들었다. 욕설이 연쇄 폭발이라도 일으키는 것처럼 연달아 터져 나왔다. 영화관 사람들이 불을 켜고 경찰을 부르라며 고함을 지르기 시작했다. 나와 줄리아나와 안젤라까지 토니노의 팔에 매달려 외쳤다.

"이제 그만해. 어서 가자. 어서!"

우리는 겨우 토니노를 이끌고 출구까지 왔다.

"가, 오빠! 어서 가! 도망쳐!"

줄리아나가 토니노의 어깨를 내리치며 소리 쳤다.

"이 도시에서는 멀쩡한 사람이 맘 편하게 영화 한 편 볼 수 없어."

그가 사투리로 두어 번 내뱉었다.

그는 내가 동의해주기를 바라며 나를 쳐다보았고 나는 그를 달래기 위해 고개를 끄덕여 보였다. 그러자 토니노는 단테 광장을 향해 달려갔다. 눈이 퀭하고 입술에는 푸르스름한 멍이 들어 있었지만 잘생겨 보였다.

7

우리도 잰걸음으로 산토 스피리토 쪽으로 몸을 숨겼다. 파냐세카의 행인들 사이에 섞인 후에야 마음이 놓였다. 그제야 내가

얼마나 놀랐었는지 실감했다. 안젤라도 풀이 죽어 있었고 줄리
아나는 자기가 직접 싸운 것처럼 머리가 헝클어지고 재킷 목깃
이 반쯤 찢겨나가 있었다. 팔목을 보니 팔찌는 무사했지만 더는
반짝이지 않았다.

"당장 집에 가봐야겠어."

줄리아나가 내게 말했다.

"어서 가요. 토니노 오빠가 어떤지 전화해줘요."

"놀랐니?"

"네."

"미안해. 오빠는 평소에는 잘 참는데 가끔은 눈에 보이는 것이
없는 것처럼 이성을 잃어."

안젤라가 눈물이 그렁그렁해서 끼어들었다.

"나도 놀랐단 말이에요."

줄리아나는 화가 나서 하얗게 질린 얼굴로 외쳤다.

"닥쳐! 너는 그냥 입 닥치고 가만히 있어!"

줄리아나가 그렇게 화내는 모습은 처음이었다. 줄리아나는 내
뺨에 입 맞춘 뒤 집으로 갔다.

나와 안젤라는 함께 케이블카를 타러 갔다. 나는 혼란스러웠
다. 가끔 눈에 보이는 것이 없는 것처럼 토니노가 이성을 잃는다
는 줄리아나의 말이 맴돌았다. 가는 내내 안젤라가 징징대는 소
리를 흘려들었다. 안젤라는 풀이 죽었다. 자기가 어리석었다고
했다. 그러다 빨갛게 부어오른 뺨을 만져보고 목까지 아프니까
화가 나서 소리를 질렀다.

"감히 내 뺨을 때리다니. 엄마 아빠한테도 맞은 적이 한 번도

없는데. 다시는 토니노를 안 볼 거야. 절대로!"

안젤라는 울다가 다른 아픔을 호소했다. 줄리아나가 나한테만 인사를 하고 가버렸다는 것이다.

"내 잘못이 아니야. 토니노가 그런 짐승 같은 자식인지 내가 어떻게 알았겠어?"

그러다 안젤라의 집 앞에서 헤어지기 전에는 이렇게 속삭였다.

"그래, 내가 잘못했어. 하지만 토니노도 줄리아나도 못 배워먹었어. 그 둘이 그런 사람일 줄은 꿈에도 생각하지 못했어. 그렇게 내 뺨을 때리다니. 잘못하면 나를 죽일 수도 있었어. 하마터면 그 애들도 죽을 뻔했어. 내가 그런 짐승 같은 놈을 좋아했다니."

나는 그런 안젤라에게 쏘아붙였다.

"그렇지 않아. 토니노와 줄리아나는 예의 바른 사람들이야. 누구든 눈에 보이는 것이 없는 것처럼 이성을 잃을 때가 있잖아."

나는 느린 걸음으로 집에 올라갔다. '눈에 보이는 것이 없다'는 표현이 머릿속에 맴돌았다.

'안녕하세요. 다시 만나요. 마실 것을 드릴 테니 편히 계세요. 볼륨을 좀 낮춰주실 수 있을까요? 감사합니다. 천만에요.'

이렇게 멀쩡해 보이는 사람들에게도 언제든 검은 베일이 드리워질 수 있는 것이다. 갑자기 눈이 멀어서 거리를 가늠하지 못하고 부딪힐 수 있다. 어떠한 한계를 넘어가면 모든 사람이 앞을 못 보게 되는 걸까, 아니면 어떤 사람들만 그러는 걸까. 인간의 본모습은 모든 것을 명확하게 볼 수 있을 때 드러나는 걸까, 아니면 증오나 사랑처럼 농도가 짙고 무거운 감정에 의해서 눈에 보이는 것이 없어질 때 드러나는 것일까. 엔초는 빅토리아 고모 때

376

문에 눈이 멀어 마르게리타 아주머니를 못 보게 된 걸까. 아버지는 코스탄차 아줌마 때문에 눈이 멀어 어머니가 보이지 않게 된 걸까. 나는 실베스트로의 모욕적인 언사 때문에 눈에 보이는 게 없었던 걸까. 로베르토도 그럴까. 그러면 언제 어디서나 그 어떤 감정적인 동요에도 쾌활함과 평온함을 유지할 수 있을까.

집 안은 어둡고 쥐 죽은 듯 조용했다. 어머니는 토요일 저녁을 밖에서 보내기로 한 것 같았다. 그때 전화가 울렸다. 줄리아나일 거라는 생각에 재빨리 받아보니 토니노였다. 그는 침착한 목소리로 느리게 말했다. 이제는 그런 침착함이 토니노의 강인한 성품의 증거인 것 같아서 좋았다.

"네게 사과하고 작별 인사를 하고 싶었어."

"어디로 가는데요?"

"베니스로."

"언제 출발하나요?"

"오늘 밤에."

"왜 그런 결정을 내렸어요?"

"그렇지 않으면 내 삶은 끝장이니까."

"줄리아나 언니는 뭐라고 해요?"

"아무 말도 안 했어. 내가 떠난다는 걸 모르니까. 아무도 내가 떠나는 걸 몰라."

"로베르토 오빠도요?"

"응. 내가 오늘 저녁에 한 짓을 알면 나와 다시는 말을 섞지 않을 거야."

"어차피 언니가 이야기할 텐데요."

"그래도 내 입으로는 하지 않을 거야."

"나중에 주소를 보내줄래요?"

"자리 잡는 대로 편지를 쓸게."

"왜 하필 나한테 전화를 한 거죠?"

"너는 이해할 수 있는 사람이니까."

전화를 끊자 나는 슬퍼졌다. 부엌에 가서 물을 조금 마신 후 다시 복도로 나왔다. 그런데 그것이 끝이 아니었다. 한때 부모님의 침실이었던 방의 문이 열리고 어머니가 나타났다. 평상시 옷차림이 아니었다. 중요한 행사에 갈 때처럼 옷을 차려입고 있었다. 어머니는 태연하게 말했다.

"영화관에 간다고 하지 않았었니?"

"그냥 안 갔어요."

"우리는 이만 나가볼게. 바깥 날씨는 어떠니? 겉옷을 걸쳐야 하니?"

그때 어머니와 같은 방에서 어머니처럼 옷을 잘 차려입은 마리아노 아저씨가 얼굴을 내밀었다.

8

그 일은 우리 집의 길고 긴 위기의 종지부이자 어른들의 세계로 가기 위한 나의 힘겨운 여정에서 매우 중요한 순간이었다. 나는 마리아노 아저씨를 상냥하게 대하기로 했다. 어머니에게 그날 저녁 날씨가 따뜻하다고 대답하고 평소처럼 내 가슴을 훔쳐보는 마리아노 아저씨의 시선을 참으며 그가 내 뺨에 입을 맞추는 것을 허락하기로 마음먹었다. 바로 그 순간, 나는 그 무엇도 내가 어른이 되는 것을 막지 못하리라는 사실을 깨달았다. 어머니와 마리아노 아저씨의 등 뒤로 현관문이 닫힌 후, 나는 욕실로 가서 내 몸에서 그들의 흔적을 지워내고 싶은 것처럼 오랫동안 샤워를 했다.

거울 앞에서 머리를 말리는데 웃음이 나왔다. 모든 것이 거짓이었다. 심지어는 내 머릿결이 아름답다는 말까지도. 내 머리카락은 두피에 딱 달라붙는 데다 아무리 노력해도 윤기가 흐르지 않았고 풍성해지지도 않았다. 얼굴로 말하자면 조화로움과는 거리가 멀었다. 빅토리아 고모 얼굴처럼 말이다.

하지만 진짜 문제는 내가 그 사실을 대수롭지 않게 넘기지 못한 데서 시작됐다. 아름답고 섬세한 얼굴을 타고난 축복받은 사람도 조금만 자세히 뜯어보면 못생기고 투박한 얼굴과 똑같은 지옥을 숨기고 있다는 사실을 알 수 있다. 상냥함까지 더해져서 더욱 돋보이는 눈부시게 아름다운 얼굴은 투박한 얼굴보다 더 큰 고통의 조짐을 내포하고 있었다.

안젤라만 해도 그렇다. 그 애는 영화관에서 한바탕 난리를 치르고 토니노가 자신의 삶에서 영원히 사라지자 너무 슬퍼서 못된 아이가 됐다. 안젤라는 전화로 내가 자기편을 들어주지도 않고 남자한테 뺨을 맞게 내버려두고 줄리아나 말만 들었다면서 한참 동안 나를 원망했다. 그런 게 아니라고 말해봤지만 부질없는 일이었다. 안젤라는 그날 일을 코스탄차 아줌마와 내 아버지에게까지 들려주었다고 했다. 그 말을 들은 코스탄차 아줌마는 안젤라 편을 들어주었고 내 아버지 안드레아는 토니노가 어느 집 자식이고 어디에서 태어나고 자랐는지 듣고 난 뒤에 한술 더 떠서 불같이 화를 냈다고 했다. 그것도 안젤라가 아니라 나한 테 말이다. 안젤라는 내 아버지가 "그런 부류의 인간들이 어떤지 잘 알고 있는 조반나는 너를 보호해줬어야 했어"라고 말했다고 했다.

"하지만 너는 나를 보호해주지 않았어."

안젤라가 소리를 지르는 순간 나는 그녀의 매혹적이고 사랑 스럽고 단정한 얼굴이 포실리포의 집에서 하얀 수화기를 귀에 댄 채 나보다 더 못생기게 일그러지는 상상을 했다.

"부탁이니 이제부터는 제발 나를 가만히 좀 내버려둬. 속마음 을 털어놓고 싶으면 안드레아나 네 엄마한테 털어놔. 그 두 사람 이 나보다 너를 잘 이해해줄 테니까."

그렇게 말하고 나는 수화기를 내려놓았다.

나는 줄리아나와 더 가까워졌다. 안젤라는 틈만 나면 전화해 서 함께 외출하자면서 나와 화해하려 했다. 하지만 나는 안젤라 가 그럴 때마다 선약이 있다거나 줄리아나를 만난다는 핑계를 댔다. 나는 직간접적으로 줄리아나는 네 꼴을 못 봐주니 함께 다 닐 수 없다는 걸 이해시키려 했다.

나는 어머니와도 거의 말을 하지 않았다. "오늘 저녁에 집에 없을 거예요. 파스코네에 갈 거예요" 같은 무미건조한 말만 했 다. 어머니가 왜 파스코네에 가냐고 물으면 그냥 그러고 싶어서 라고 했다. 내가 그런 식으로 행동한 건 과거에 나를 구속했던 제 약들에서 벗어나고 싶어서였을 것이다. 내게 부모님과 친구들의 판단이나 가치가 중요하지 않다는 것을 알리고 싶어서였을 것이다. 내가 그들이 바라는 이미지에 들어맞지 않는다는 사실을 확실히 해두고 싶어서였을 것이다.

9

내가 줄리아나와 가깝게 지낸 이유는 로베르토와 가까워지기 위해서였다. 굳이 그 사실을 부정하고 싶은 마음은 없다. 하지만 토니노가 아무런 말도 없이 빅토리아 고모와 고모의 횡포 속에 줄리아나만 혼자 내버려두고 떠나간 후 그녀에게는 정말로 내가 필요한 것 같았다.

어느 날 오후 줄리아나는 흥분한 목소리로 내게 전화를 걸어와 자기 어머니가 갑자기 로베르토에게 지금 당장 결혼해서 나폴리에서 살든지, 아니면 약혼을 파기하라고 말하라고 시켰다고 했다. 물론 그 뒤에는 빅토리아 고모가 있었다.

줄리아나가 절망적으로 말했다.

"나는 못 해. 로베르토는 지금 너무 바빠. 경력상 중요한 일을 맡았거든. 그런 그에게 지금 당장 나와 결혼해달라고 하는 건 미친 짓이야. 게다가 나는 여기서 영원히 떠나고 싶단 말이야."

줄리아나는 이 모든 상황에 넌덜머리를 냈다. 나는 그녀에게 마르게리타 아주머니와 빅토리아 고모에게 로베르토의 사정을 이야기해보라고 했다. 줄리아나는 한참을 망설이다 그렇게 말해봤지만 자기 말을 전혀 받아들이지 않고 되레 그녀의 머릿속에 말도 안 되는 생각을 주입하려 한다고 했다.

"둘 다 무식하기 짝이 없어. 로베르토가 자기 대학 경력에 우선순위를 두고 결혼 문제를 등한시한다면 그건 곧 그가 나를 사랑하지 않는다는 것을 의미하고 결국 지금 나는 시간 낭비를 하고 있다는 거야."

줄리아나가 절망적으로 말했다.

문제는 그런 식의 주입이 아예 효과가 없는 건 아니었다는 것이다. 얼마 지나지 않아 나는 줄리아나마저 가끔 로베르토를 의심한다는 사실을 눈치챘다. 물론 그런 말을 들으면 줄리아나는 대부분 분노하면서 자기 어머니 머릿속에 나쁜 생각을 집어넣으려는 빅토리아 고모에게 화를 냈지만 이런 상황이 계속 반복되자 어느새 줄리아나마저 우울해했다.

"내가 어떤 곳에 살고 있는지 좀 봐."

어느 날 오후 줄리아나를 만나러 갔을 때 집 근처 황량한 길을 따라 걷던 중에 그녀가 말했다.

"로베르토는 이런 곳이 아니라 밀라노에서 살아. 항상 바쁘고 만나는 사람들은 다 똑똑해. 너무 바빠서 전화를 걸어도 받지 못할 때가 있어."

"그게 그의 삶인걸요."

"내가 로베르토의 삶이어야지."

"나는 잘 모르겠어요."

내 말에 줄리아나가 예민해졌다.

"잘 모르겠다고? 그럼 로베르토는 어떻게 살아야 하지? 공부하고 대학교 여자 동료들이나 여학생들이랑 수다나 떨면서? 빅토리아 말이 맞아. 그가 나와 결혼하지 않으면 우리 관계도 끝이야."

로베르토가 일 때문에 열흘 동안 런던에 출장을 가게 되자 상황은 더 복잡해졌다. 줄리아나는 평소보다 훨씬 더 불안해했는데 가만히 들어보니 문제는 해외 출장이 아니었다. 나는 이미 로베르토가 두세 번 해외 출장을 간 적이 있다는 사실을 알게 되었다. 물론 이번보다는 더 짧은 이틀이나 사흘 일정이기는 했다. 진짜 문제는 그가 혼자 떠나는 게 아니라는 것이었다. 그 말에 나도 긴장했다.

"그럼 누구랑 가는데요?"

"미켈라랑 다른 교수 두 명이랑."

"미켈라가 누군데요?"

"로베르토한테 꼬리 치는 여자."

"그럼 언니도 같이 가요."

"조반나, 나보고 어디를 같이 가라는 거야? 우린 자란 환경이 달라. 내가 어떤 곳에서 자랐는지 생각해봐. 빅토리아와 우리 어머니가 어떤 사람들인지 생각 좀 해봐. 이 동네가 얼마나 거지 같은지 생각해보라고. 너에겐 뭐든 쉽겠지만 내겐 그렇지 않아."

나는 줄리아나의 말이 부당하다고 생각했다. 나는 자기를 이해하려고 이렇게 노력하고 있는데 정작 그녀는 내게 어떤 걱정거리가 있는지 전혀 몰랐다.

나는 아무런 내색을 하지 않고 줄리아나가 불만을 털어놓도록 내버려두었다. 그녀를 안정시키려 했다. 나는 언제나처럼 로베르토가 뛰어난 사람이라는 점을 강조했다. 로베르토는 보통 사람이 아니었다. 그는 매우 영적이고 교양 있고 충직한 사람이었다. 미켈라라는 여자가 대놓고 유혹해도 그는 절대로 넘어가지 않을 것이다. 로베르토는 줄리아나를 사랑한다고, 나는 그녀에게 말했다. 그러니 실수하지 않을 거라고 말해주었다.

내 말에 줄리아나는 웃음을 터뜨리더니 냉소적으로 돌변했다. 그 변화가 너무나 갑작스러워 순간 토니노와 영화관에서 있었던 일이 떠올랐다. 줄리아나는 불안한 눈빛으로 나를 바라보며 평소와는 달리 심한 사투리로 말했다.

"로베르토가 나를 사랑하는지 네가 어떻게 알아?"

"나만 그렇게 생각하는 게 아니에요. 모두 그렇게 생각하고 있어요. 아마 그 미켈라라는 여자도 그럴 거예요."

"사내들은 결국 다 똑같아. 몸만 살짝 스쳐도 같이 잘 생각을 하지."

"빅토리아 고모가 그랬나 본데 말도 안 되는 소리예요."

"네 고모가 못된 말을 하기는 하지만 실없는 소리를 하지는 않아."

"어쨌든 로베르토 오빠를 믿어야 해요. 그렇지 않으면 계속 괴로울 거예요."

"나는 지금도 괴로워, 조반나."

순간 나는 줄리아나가 미켈라가 로베르토랑 자고 싶은 정도가 아니라 그를 자신에게서 빼앗아 결혼까지 하려고 마음먹었다고 생각한다는 사실을 알았다. 내 생각에는 로베르토는 공부하느라 바빠서 줄리아나가 그런 의심을 한다는 사실조차 모를 것 같았다. 그러니 로베르토에게 줄리아나는 그가 자기를 떠날까봐 두려워한다고, 지금 너무 불안해하고 있으니 안심시켜달라고 말해주면 문제가 해결될 것 같았다. 적어도 줄리아나에게 로베르토 전화번호를 알려달라면서 내가 댄 이유는 그랬다. 나는 지나가는 말로 물었다.

"혹시 말이에요. 원하면 내가 로베르토 오빠랑 이야기해볼게요. 그 미켈라라는 여자랑 어떤 관계인지 알아봐줄게요."

"그렇게 해줄 수 있어?"

"그럼요."

"내가 시켜서 전화한 것처럼 보이면 안 돼."

"걱정 말아요."

"둘이 무슨 말을 했는지 한마디도 빠짐없이 다 알려줘야 해."

"당연하죠."

10

나는 수첩에 로베르토의 집 전화번호를 받아적고 번호 위에 빨간 색연필로 직사각형 표시를 했다. 어느 날 오후, 나는 어머니가 집에 없는 틈을 타서 몹시 흥분한 상태로 그에게 전화를 걸었다. 로베르토는 갑작스러운 내 전화에 깜짝 놀라는 것 같았다. 걱정하는 것 같기도 했다. 줄리아나에게 무슨 일이 있다고 생각한 것 같았다. 실제로 로베르토가 제일 처음 물었던 것도 줄리아나의 안부였다. 나는 줄리아나는 잘 있다고 대답한 뒤 몇 마디 횡설수설하다 내가 전화한 이유를 그럴싸하게 포장하기 위해 억지로 쥐어 짜 생각해두었던 서론을 통째로 생략해버리고 다짜고짜 으름장을 놓았다.

"줄리아나 언니와 결혼하기로 해놓고 그렇게 하지 않으면 오빠는 무책임한 사람이 되는 거예요."

잠시 침묵이 흐른 뒤 로베르토의 웃음소리가 들려왔다.

"나는 반드시 약속을 지키는 사람이야. 네 고모가 시켜서 전화한 거니?"

"아니요, 내가 하고 싶어서 한 거예요."

그때부터 우리는 긴 대화를 나눴다. 너무나 사적인 이야기를 거리낌 없이 하는 그의 태도가 오히려 나를 더 불편하게 했다. 로베르토는 줄리아나를 사랑한다고 했다. 그녀가 결혼하고 싶지 않다고 하지 않는 이상 그 무엇도 그들의 결혼을 막지 못할 것이라고 했다. 나는 줄리아나가 로베르토를 세상에서 가장 사랑한다는 말로 그를 안심시켰다. 하지만 줄리아나는 자신감이 없어서 그를 잃을까봐, 그가 다른 여자와 사랑에 빠질까봐 두려워하고 있다고 했다. 로베르토는 자기도 그 사실을 이미 알고 있다고, 그런 줄리아나를 안심시키기 위해 최선을 다하고 있다고 했다.

나는 로베르토를 믿지만, 외국에 가면 새로운 여자를 만날 수도 있지 않느냐고 물었다.

"줄리아나 언니는 오빠도, 오빠가 하는 일도 전혀 이해하지 못해요. 이해해주는 여자가 있으면 어떻게 할 거죠?"

로베르토는 내게 긴 이야기를 들려주었다. 나폴리와 파스코네, 그리고 그곳에서 보낸 자신의 유년 시절에 관한 이야기였다. 그는 자기 고향을 멋지게 묘사했다. 적어도 내가 생각하던 이미지와는 매우 달랐다. 그는 그곳에 갚아야 할 빚이 있다고 했다. 고향에서 시작된 줄리아나에 대한 그의 사랑은 자신이 청산해야 할 빚이 있다는 사실을 끊임없이 상기시켜주는 일종의 각서 같은 것이라고 했다. 내가 그 빚이 대체 무엇이냐고 묻자 그는 자신은 고향에 대해 관념적인 배상의 의무가 있으며 평생을 바쳐도 그 빚을 다 갚지 못할 것이라고 했다. 로베르토의 말에 내가 물었다.

"그러니까 파스코네를 대신해서 줄리아나 언니와 결혼하겠다는 말인가요?"

내 말에 로베르토는 곤란해하면서 미처 생각하지 못했던 부분을 일깨워줘서 고맙다고 했다. 그는 조금 힘들어하면서 말했다.

"내가 줄리아나와 결혼하려는 건 그녀가 내 부채가 인격화된 존재이기 때문이야."

스스로 자기 자신을 구원할 수는 없다고 엄숙히 선언할 때도, 로베르토는 목소리를 높이지 않았다. 로베르토가 일부러 단순한 문장을 구사하는 바람에 가끔은 학교 친구들과 이야기하는 것 같은 느낌이 들었다. 그의 태도에 어떤 면에서는 마음이 편했고 어떤 면에서는 조금 씁쓸했다. 그가 나 같은 철부지 소녀에게 적합한 화법을 골라서 구사하는 건 아닌가 싶기도 했다. 잠깐이지만 아마도 그 미켈라라는 여자와 대화를 나눌 때는 나보다 훨씬 풍성하고 복합적인 표현을 쓸 거라는 생각이 들었다. 그래봤자 내가 무엇을 할 수 있겠는가. 나는 나와 이야기해줘서 고맙다고 그에게 인사했고 그는 내게 줄리아나에 대한 이야기를 들어줘서 고맙다고, 자기들을 향한 내 우정에 고맙다고 했다.

"토니노 오빠가 떠난 후로 언니는 매우 괴로워하고 있어요. 많이 외로워해요."

"알아, 내가 어떡하든 바로잡아볼게. 목소리 들어서 반가
웠어."

"나도요."

11

나는 로베르토와 나눈 이야기를 토씨 하나 빼놓지 않고 줄리
아나에게 전했다. 다행히 내 말을 들은 줄리아나의 얼굴에 생기
가 돌았다. 로베르토가 런던으로 떠난 다음에도 특별히 힘들어
하는 것 같지 않았다. 로베르토가 런던에서 전화도 하고 감동적
인 편지도 보냈다고 했다. 미켈라 이야기는 아예 꺼내지도 않았
다. 중요한 잡지에 로베르토가 쓴 기고문이 게재되었다는 소식
을 들었을 때는 너무나 좋아했다.

줄리아나는 로베르토를 자랑스럽게 생각하는 것 같았다. 자기
가 쓴 글이 실린 것처럼 행복해했다. 하지만 그 일을 자랑할 사람
이 나밖에 없다고 웃으며 투덜거렸다. 빅토리아 고모나 마르게
리타 아주머니나 코라도가 그 가치를 알아줄 리 없었고 그나마
유일하게 자신을 이해해줄 토니노마저 머나먼 곳에서 웨이터로
일하고 있으니 말이다. 우리는 그가 아직도 공부하고 있는지조
차 몰랐다.

"읽어봐도 돼요?"

내가 물었다.

"나한테는 그 잡지가 없어."

"언니는 읽어본 거죠?"

줄리아나는 내가 당연히 로베르토가 자기가 쓴 글을 모두 그녀에게 보여줄 거라고 생각한다는 사실을 깨달았다. 실제로 나는 그렇게 생각했다. 안드레아도 언제나 자기 글을 넬라에게 보여주고 특별히 애착을 느끼는 부분은 나에게도 보여주곤 했으니까.

줄리아나의 표정이 순간 어두워졌다. 그녀의 눈빛에서 내 말에 그렇다고, 로베르토가 쓴 글을 읽었다고 대답하고 싶은 그녀의 마음을 알 수 있었다. 실제로 줄리아나는 기계적으로 내 말에 고개를 끄덕이다가 결국 시선을 내리깔고 말았다. 다시 얼굴을 들었을 때는 화난 표정이었다.

"아니, 읽어보지 않았고 읽고 싶지도 않아."

"왜요?"

"읽어도 무슨 말인지 모를까봐."

"그래도 읽어봐야죠. 로베르토 오빠에게는 중요할 텐데."

"중요하게 생각했으면 보여줬겠지. 내게 잡지를 보내주지 않은 걸 보면 어차피 내가 이해하지 못할 거라고 생각한 거야."

그때 우리는 톨레도가를 걷고 있었던 걸로 기억한다. 날씨가 무더웠다.

방학이 시작될 때여서 얼마 안 있어 성적표가 집으로 날아올 터였다. 거리는 소년 소녀들로 가득했다. 숙제에 대한 부담 없이 바깥바람을 쐬고 있으니 기분이 좋았다. 줄리아나는 거리가 왜 분주한지 이해하지 못하겠다는 눈빛으로 아이들을 바라보다 이마에 손을 갖다 댔다.

"아직 둘이 같이 살지 않아서 그래요. 결혼하면 자기가 쓴 글을 다 보여줄 거예요."

줄리아나의 기분이 가라앉는 것 같아서 내가 급히 말했다.

"미켈라에게는 이미 다 보여주고 있는걸."

줄리아나의 말에 나도 상처를 받았다. 하지만 미처 뭐라 대꾸할 틈도 없이 줄리아나의 말이 끝나자마자 우렁찬 남자 목소리가 줄리아나와 내 이름을 연달아 불렀다. 둘이 동시에 돌아보니 길 건너편 바 입구에 로사리오가 서 있었다. 줄리아나는 짜증스레 손사래를 치고는 못 들은 척 그대로 지나치려 했다. 하지만 내가 로사리오에게 알은체를 하는 바람에 그는 벌써 우리를 향해 길을 건너고 있었다.

"사르젠테 변호사 아들이랑 아는 사이야?"

줄리아나가 물었다.

"코라도 오빠가 소개해줬어요."

"멍청한 자식 같으니라고."

로사리오는 예의 그 웃는 낯으로 길을 건넜다. 우리를 만나서 매우 기쁜 것 같았다.

그가 말했다.

"파스코네와 멀리 떨어진 곳에서 이렇게 만나다니 인연이네. 이리들 와. 맛있는 걸 사줄게."

줄리아나가 차갑게 말했다.

"우리 바빠."

로사리오가 걱정하는 척하며 수선을 떨었다.

"아니, 왜? 몸이 안 좋아? 기분이 나빠?"

"아니, 나는 멀쩡해."

"애인이 질투할까봐 그래? 그 자식이 나랑은 말도 섞지 말라고 했어?"

"내 애인은 네 존재조차 몰라."

"하지만 너는 알잖아, 아니야? 애인 몰래 항상 내 생각을 하고 있잖아. 그 자식에게도 사실대로 말해. 다 털어놓으란 말이야. 연인 사이에 비밀이 있으면 안 되지. 그렇지 않으면 관계가 틀어져서 괴로울 거야. 나는 네가 괴롭다는 걸 알아. 너를 볼 때마다 너무 초췌해져서 안타깝게 생각해. 예전엔 그렇게 보드랍고 풍만했는데 지금은 꼭 빗자루 같아."

"그러는 너는 얼마나 잘생겼는데?"

"네 애인보다는 낫지. 이리 와, 잔니나. 스폴리아텔레 하나 먹을래?"

"너무 늦었어요. 그만 가봐야 해요."

내가 말했다.

"내가 차로 바래다줄게. 파스코네에 줄리아나를 내려주고 리오네 알토로 가자."

로사리오는 우리를 바로 이끌었다. 하지만 일단 테이블에 앉자 문 바로 옆에 있는 구석 자리에 앉아서 거리와 지나다니는 행인들만 바라보고 있는 줄리아나는 거들떠보지도 않고 스폴리아텔레를 먹는 나를 향해 쉴 새 없이 떠들어댔다. 내게 너무 가까이 달라붙는 바람에 이따금 뒤로 물러나야 했다. 로사리오는 귓속말로 내게 거북할 정도로 칭찬을 늘어놓는가 하면 큰 소리로 내 눈과 머리가 예쁘다고 했다. 급기야는 귓속말로 내게 아직 처녀인지 묻기에 이르렀고 나는 신경질적으로 웃으면서 그렇다고 했다.

"나는 갈래."

줄리아나가 퉁명스레 쏘아붙이고 바에서 나가 버렸다.

로사리오는 내게 만초니가에 있는 자기 집 이야기를 꺼냈다. 그곳에서 바다가 보인다며 집 주소와 층수를 알려주었다. 헤어지기 전에 그는 마지막으로 말했다.

"우리 집에 가지 않을래? 언제까지나 너를 기다릴게."

"지금요?"

내가 짐짓 관심 있는 척 물었다.

"네가 원할 때."

"지금은 안 돼요."

나는 진지하게 말하고 스폴리아텔레를 사줘서 고맙다고 한 뒤 먼저 걸어가고 있는 줄리아나를 따라잡았다. 줄리아나가 화를 내며 외쳤다.

"저 자식에게 여지를 주지 마."

"나는 그런 적 없어요. 자기 마음대로 저러는 거예요."

"네 고모가 너희 둘이 같이 있는 걸 보면 둘 다 죽은 목숨이야."

"알아요."

"만초니가에 있는 집 이야기를 했지?"

"네, 어떻게 알았어요?"

줄리아나는 머릿속에 떠오르는 이미지를 떨쳐내려는 것처럼 세차게 고개를 가로저었다.

"가본 적 있어서."

"로사리오랑요?"

"로사리오가 아니면 누구랑 갔겠어?"

"최근에요?"

"무슨 말이야. 지금 너보다 더 어렸을 때 일이야."

"왜 갔었는데요?"

"그땐 내가 지금보다 더 멍청했으니까."

나는 줄리아나가 그때 이야기를 해주길 바랐지만 그녀는 할 이야기가 없다고 했다. 로사리오는 아무것도 아닌 주제에 자기 아버지만 믿고 세상이 자기 것인 줄 안다고 했다.

"그 자식 아버지는 나폴리의 추악한 일면을 상징하는 사람이야. 아무도 바꾸지 못하는 추악한 이탈리아를 상징하는 사람이야. 로베르토의 멋진 글과 말로도 바꿀 수 없어."

로사리오는 그저 데이트를 몇 번 했다는 이유만으로 줄리아나를 만날 때마다 그 일을 꺼내도 된다고 생각하는 멍청이였다. 줄리아나의 눈에 눈물이 고였다.

"나는 파스코네에서 떠나야 해. 나폴리에서 떠나야 해. 빅토리아는 나를 여기에 붙잡아두려 해. 빅토리아는 싸움닭이니까. 그런데 로베르토도 속마음은 빅토리아와 같아. 자기가 빚이 있다고 했다면서? 대체 무슨 빚이 있다는 거야? 나는 로베르토와 결혼해서 밀라노의 예쁜 집에서 평화롭게 살고 싶어."

나는 줄리아나를 미심쩍게 바라보았다.

"로베르토가 이곳으로 돌아오고 싶어 해도요?"

줄리아나는 고개를 세차게 가로젓더니 울음을 터뜨리고 말았다. 우리는 단테 광장에서 걸음을 멈췄다.

"왜 그래요?"

내 말에 줄리아나는 손끝으로 눈물을 훔치고 속삭였다.

"로베르토를 만나러 갈 때 함께 가줄래?"

"그럼요."

나는 주저 없이 대답했다.

12

마르게리타 아주머니는 내게 그 주 일요일에 자기 집에 와달라고 했다. 나는 아주머니 집에 가기 전에 먼저 빅토리아 고모네부터 들렀다. 나는 내가 줄리아나의 동행자 역할을 맡게 된 배후에 고모가 있을 거라고 확신했다. 그러니 고모에게 고분고분하게 굴지 않으면 그 기회를 박탈당할 수도 있었다. 얼마간 고모와 마주칠 일이 거의 없었다. 줄리아나를 보러 갔을 때 잠깐 본 게 다였는데 그때마다 고모는 나에 대해 이중적인 태도를 보였다.

고모는 내게서 자신과 닮은 면이 보이면 내가 예뻐서 어쩔 줄 몰라 하다가 아버지와 비슷한 모습이 보이면 나 역시 아버지가 자기와 자기가 사랑했던 사람들에게 한 것과 똑같은 짓을 할 거라고 의심하는 것 같았다. 솔직히 말하면 고모에 대한 감정이 양면적인 건 나도 마찬가지였다. 비범한 어른이 되고 싶을 때는 고모가 멋있었지만 고모에게서 내 아버지의 모습이 보이면 그녀가 혐오스럽게 느껴졌다.

그날 아침 갑자기 끔찍하지만 흥미로운 생각이 떠올랐다. 나도, 빅토리아 고모도, 아버지도 우리의 뿌리를 잘라낼 수는 없으며 결국은 상황에 따라서 우리끼리 서로 사랑하고 증오하기를 반복할 거라는 생각이었다.

어쨌든 그날은 운이 좋았다. 고모는 나를 보고 매우 반가워했다. 나는 고모가 언제나처럼 부담스럽게 나를 껴안고 내게 키스하게 내버려두었다. 고모는 나를 너무나 사랑한다고 했다. 우리는 서둘러 마르게리타 아주머니 집으로 향했다. 가는 도중에 고모는 내가 이미 알고 있는 사실을 털어놓았다. 아주 가끔 줄리아나가 밀라노에 로베르토를 만나러 갈 때면 항상 토니노와 함께 갔다는 것이다. 물론 나는 그 사실을 모르는 척했다.

"그런데 토니노가 가족을 버리고 베니스로 가버렸잖니."

순간 빅토리아 고모의 눈에 고통과 원한이 뒤섞인 눈물이 고였다. 고모는 코라도는 절대 못 믿으니 내 생각이 났다고 했다.

"당연히 도와드려야죠."

"대신 제대로 도와야 해."

나는 빅토리아 고모를 자극하기로 마음먹었다. 고모는 기분이 좋으면 그런 식의 대화도 좋아했다.

"무슨 말이죠?"

"잔니나, 마르게리타는 부끄러워서 말을 못 하지만 나는 아니야. 그러니 내 말 똑똑히 들으렴. 밤낮으로 줄리아나 곁에 붙어 있겠다고 약속해. 내 말 무슨 뜻인지 알겠니?"

"네."

"그래, 내 말 새겨들어. 사내들이 원하는 건 딱 하나야. 하지만 줄리아나는 결혼 전에 그걸 주어서는 안 돼. 그렇지 않으면 로베르토는 줄리아나와 결혼해주지 않을 거야."

"로베르토는 그런 부류의 사람이 아니에요."

"사내들은 다 그런 부류야."

"저는 잘 모르겠어요."

"잔나, 내가 다 그렇다면 그런 거야. 다 똑같다니까."

"엔초 아저씨도요?"

"그이는 더했지."

"그런데 고모는 왜 아저씨에게 원하는 것을 준 거죠?"

빅토리아 고모는 놀라면서도 흡족한 표정으로 나를 바라보았다. 고모는 웃으며 내 어깨를 꽉 껴안고 내 뺨에 키스를 했다.

"잔나, 넌 나랑 똑같구나. 아니, 나보다 더 독종이야. 이러니 내가 너를 좋아할 수밖에. 내가 엔초에게 그가 원하는 것을 준 건 그가 이미 결혼한 데다 아이가 셋이었기 때문이야. 내가 주지 않으면 그를 포기할 수밖에 없는 상황이었기 때문이지. 나는 그를 포기할 수 없었어. 너무나 사랑했으니까."

나는 고모의 대답에 만족하는 척했다. 하지만 속으로는 고모가 얼마나 꼬인 사람인지 말해주고 싶었다. 기회비용을 따져서 사내들이 원하는 걸 내주는 것은 옳지 않다고 말하고 싶었다. 줄리아나는 다 큰 성인이니 하고 싶은 대로 해도 된다고, 그러니 고모에게도 마르게리타 아주머니에게도 스무 살이나 먹은 다 큰 처녀를 감시할 권리는 없다고 말하고 싶었다. 하지만 내 유일한 소원은 밀라노에 가서 로베르토를 만나 그가 어디에서 어떻게 사는지 내 두 눈으로 확인하는 것뿐이었다. 게다가 나는 빅토리아 고모를 너무 자극하면 안 된다는 사실을 잘 알고 있었다. 지금처럼 같이 웃다가 작은 실수만으로 나를 쫓아내고도 남을 사람이었으니까. 결국, 나는 고모의 말에 맞장구를 쳐주었고 그새 마르게리타 아주머니 집에 도착했다.

나는 줄리아나를 열심히 감시하겠다는 말로 마르게리타 아주머니를 안심시켰다. 믿음직스러운 인상을 주기 위해 내가 고급 표준어를 구사하는 동안 빅토리아 고모는 자기 대녀에게 "알아들었지? 언제나 잔니나와 붙어 다녀야 한다. 꼭 둘이 같이 자야해"라고 계속 으름장을 놓았다. 줄리아나는 그런 빅토리아 고모에게 성의 없이 고개를 끄덕여 보였다. 그 와중에 코라도의 비웃는 듯한 시선이 눈에 거슬렸다.

코라도는 나를 버스 정류장까지 데려다주겠다고 몇 차례 말했다. 빅토리아 고모와의 계약이 성사된 뒤, 그러니까 무슨 일이 있어도 일요일 저녁까지는 돌아와야 하고 기차표는 로베르토가 사주기로 했다는 사실을 확인한 뒤에 내가 자리에서 일어나자 코라도도 나를 따라나섰다. 거리를 지나 정거장에서 버스를 기다리는 내내 코라도는 나를 놀려댔다. 농담조로 모욕적인 말을 해댔다. 대놓고 예전에 내게 해줬던 짓을 또 해달라고 했다.

"한 번만 빨아줘. 이번이 마지막이야. 가까운 곳에 버려진 공장이 있어."

그가 내게 사투리로 말했다.

"싫어요. 더러워요."

"로사리오랑 그 짓을 하기만 해봐. 당장 네 고모에게 이를 거야."

"그러든가 말든가요."

내 어설픈 사투리에 코라도가 크게 웃었다.

나도 덩달아 웃음이 터져 나왔다. 떠난다는 생각에 기뻐서 코라도와도 싸우고 싶지 않았다. 집에 돌아가는 내내 밀라노 여행을 갈 수 있게 허락을 받으려면 어머니에게 어떤 거짓말을 둘러대야 할지 고심했다. 하지만 그것도 잠시일 뿐 어머니를 속이려는 노력조차 아깝다는 생각이 들어 저녁 식사를 하면서 어머니에게 통보하듯이 빅토리아의 대녀인 줄리아나가 밀라노에 애인을 만나러 가는데 내가 동행하기로 했다고 통보했다.

"이번 주말에?"

"네."

"하지만 토요일은 네 생일이잖니. 벌써 생일 파티를 준비했는데. 네 아빠도 오기로 했어. 안젤라와 이다도."

순간 마음이 공허해졌다. 어렸을 때 생일 파티를 얼마나 좋아했던가. 그런데 내 생일조차 모르고 있다니. 어머니보다 내 자신에게 미안한 마음이 들었다. 스스로의 가치를 높이지 못하고 줄리아나의 그늘에 가려 들러리 같은 존재가 되어버린 것이다. 왕자님을 만나러 가는 공주님을 모시고 가는 못난 시녀로 전락해버린 것이다. 고작 그런 역할을 맡으려고 따뜻한 가족의 오랜 전통을 포기해야만 하는 걸까. 촛불도 못 불고 깜짝 선물도 못 받고?

그렇다. 나는 스스로 인정하고 넬라에게 말했다.

"파티는 내가 돌아오면 해요."

"네가 엄마를 속상하게 하는구나."

"별일도 아닌데 힘들어하지 마세요."

"네 아빠도 속상해할 텐데."

"아빠는 오히려 좋아할 거예요. 줄리아나의 애인은 아빠도 존경하는 훌륭한 사람이에요."

어머니는 내가 가족에 대한 애정이 없는 것이 자기 책임이라고 생각하는지 불만스레 인상을 찌푸렸다.

"너 진급은 하는 거니?"

"엄마, 제 일은 제가 알아서 할 테니 상관하지 마세요."

"우리는 네게 하나도 중요하지 않구나."

어머니가 중얼거렸다.

나는 어머니에게 그렇지 않다고 했지만, 마음속으로는 로베르토가 더 중요하다고 생각했다.

13

그 주 금요일 저녁, 내 사춘기를 통틀어 가장 무분별한 임무가 시작됐다.

밀라노행 야간여행은 매우 지루했다. 줄리아나와 이야기를 나누려 해봤지만, 그녀는 엄청나게 거대한 빨간색 여행 가방과 터질듯이 커다란 핸드백을 들고 역에 왔을 때 얼마 안 되는 필수품만 담은 자그마한 여행 가방을 들고 있는 나를 본 후로 줄곧 서먹하게 굴었다. 내가 다음 날이 내 열여섯 번째 생일이라고 말한 뒤로 더 그랬다.

줄리아나는 자기한테 끌려오는 바람에 생일 파티를 망쳐 미안하다고 한 뒤 입을 다물어버렸다. 허심탄회하게 이야기할 분위기가 아닐뿐더러 그럴 기분도 나지 않았다. 잠시 후 나는 배가

고프니 먹을 것이 있는지 찾으러 가겠다고 했다. 그러자 줄리아 나가 커다란 핸드백에서 마르게리타 아주머니가 준비해준 맛있 는 음식들을 심드렁하게 꺼내주었다. 정작 줄리아나는 달콤한 튀김빵만 겨우 몇 입 베어 물었을 뿐이고 나 혼자 거의 모든 음 식을 먹어치웠다.

객실이 만석이어서 우리는 겨우 침대칸에 자리를 잡았다. 줄 리아나는 불안해서 넋이 나간 것 같았다. 계속 뒤척였고 화장실 한 번 안 가다가 도착할 때가 되자 거의 한 시간 동안이나 화장 실에 틀어박혀 있었다. 줄리아나는 머리를 단정하게 손질하고 가볍게 화장을 하고 옷까지 갈아입고 자리로 돌아왔다.

우리는 잠시 복도에 머물렀다. 차창 밖으로 창백한 햇살이 떠 오르고 있었다. 줄리아나는 내게 자기 모습이 너무 과하지 않은 지, 어울리지 않는 부분은 없는지 물었다. 나는 줄리아나를 안심 시켰고 그제야 그녀는 긴장이 조금 풀린 듯 다정한 목소리로 내 게 속마음을 털어놓았다.

"난 네가 부러워."

"왜요?"

"자신을 바꾸려 하지 않고 지금 네 모습에 자신감이 있잖아."

"그렇지 않아요."

"아니야, 네게는 너만의 무언가가 있어."

"나는 가진 게 아무것도 없어요. 언니야말로 모든 것을 다 가 졌죠."

줄리아나는 고개를 내젓고 속삭였다.

"로베르토는 네가 똑똑하다는 말을 입에 달고 다녀. 감수성이 뛰어나다고 말이야."

순간 얼굴이 화끈 달아올랐다.

"그렇지 않아요."

"사실인걸. 빅토리아 고모가 나를 보내주지 않으려 했을 때 너한테 같이 가달라고 부탁해보라는 생각을 한 것도 로베르토였어."

"나는 고모가 결정한 줄 알았어요."

줄리아나는 미소를 지었다. 물론 최종 결정은 고모가 내린 것이었다. 고모 허락 없이는 아무것도 할 수 없으니까. 하지만 처음 그런 생각을 한 건 로베르토였다. 줄리아나는 로베르토 이름은 일절 언급하지 않고 자기 어머니에게 그 생각을 전했고, 그 후 마르게리타 아주머니가 빅토리아 고모와 상의한 것이다.

감정이 복받쳐 올랐다. 로베르토가 내가 밀라노로 오기를 원했다니. 줄리아나는 이제야 말문이 틔었지만 나는 흥분을 가라앉히지 못하고 그녀의 말에 건성으로 대답했다. 이제 잠시 후면 그를 다시 보게 될 것이다. 그의 집에서 온종일 함께 먹고 자게 될 것이다. 나는 서서히 마음을 가라앉혔다.

"로베르토 오빠 집에 어떻게 가는지 알아요?"

"그럼, 하지만 어차피 로베르토가 우리를 데리러 올 거야."

줄리아나는 다시 한번 자기 얼굴을 살피고 가방에서 가죽 주머니를 꺼냈다. 주머니를 뒤집자 손바닥 위로 고모의 팔찌가 미끄러지듯 떨어졌다.

"찰까?"

"안 될 것 없죠."

"나는 항상 걱정돼. 네 고모는 내 손목에서 팔찌가 보이지 않으면 화를 내. 그러면서 내가 팔찌를 잃어버릴까봐 불안해하면서 나를 달달 볶아. 그러면 나는 겁이 나."

"조심하면 되죠. 그 팔찌가 마음에 들어요?"

"아니."

"왜요?"

줄리아나는 곤란해하면서 한참 동안 말이 없었다.

"왜 그런지 몰라?"

"몰라요."

"토니노가 이야기해주지 않았어?"

"네."

"이 팔찌는 우리 아빠가 우리 할머니, 그러니까 엄마의 엄마에게서 훔쳐서 네 고모의 어머니한테 선물로 준 거야. 그때 우리 할머니는 중병을 앓고 계셨대."

"훔쳤다고요? 엔초 아저씨가요?"

"그래, 몰래 가져갔대."

"고모는 그 사실을 알고 있어요?"

"당연히 알지."

"마르게리타 아주머니도요?"

"엄마한테 들은 이야기야."

순간 부엌에 있는 경찰복 차림의 엔초 사진이 떠올랐다. 그는 죽어서까지 권총으로 무장하고 자기 여인들을 지켜주고 있었다. 아내와 애인이 함께 자신의 사진을 숭배하게 만든 것이다.

사내들의 위력은 어마어마하다. 가장 보잘것없는 사내마저 우리 고모처럼 용감하고 사나운 여자들에게 영향을 미친다.

나도 모르게 빈정대는 말투가 튀어나왔다.

"그러니까 언니 아빠가 다 죽어가는 장모에게서 이 팔찌를 훔쳐서 아직 팔팔한 자기 애인 어머니한테 선물했다는 거네요?"

"맞아, 그렇게 된 거야. 우리 집은 항상 가난했어. 아빠는 자기를 잘 모르는 사람들에게는 잘 보이고 싶어 했지만 자기에게 이미 마음을 빼앗긴 사람들에게는 서슴지 않고 상처를 주곤 했어. 우리 엄마는 아빠 때문에 고통받았어."

"고모도 마찬가지죠."

내가 별생각 없이 말했다.

하지만 그 두 마디를 내뱉은 순간 나는 진실을 깨달았다. 그제야 그 말의 무게가 고스란히 느껴졌다. 평소에 빅토리아 고모가 왜 팔찌에 대해 이중적인 태도를 보였는지 이제는 알 것 같았다.

고모는 겉으로는 그 팔찌를 원하는 것처럼 행동했지만 사실은 팔찌를 없애버리고 싶었던 것이다. 표면적으로는 엔초가 특별한 날 새 장모에게 준 선물이지만 실제로는 다 죽어가는 노파한테서 훔친 물건이었다. 이모저모 따져보니 아버지가 자기 누이의 애인에 대해서 한 말이 다 틀린 것은 아니었고 팔찌는 그 증거였다. 더 나아가 고모가 들려준 세상에 둘도 없을 순애보가 실은 순애보와는 거리가 멀었음을 의미했다.

줄리아나가 경멸이 가득 담긴 어투로 말했다.

"네 고모는 다른 사람에게 고통을 줄 뿐 정작 자기가 고통을 받지는 않아. 내게 이 팔찌는 힘겹고 고통스러웠던 시절을 의미해. 이 팔찌를 보면 마음이 불안해져. 이 팔찌는 불행을 가져와."

"팔찌가 무슨 죄가 있어요. 나는 이 팔찌가 마음에 들어요."

"그럴 줄 알았어. 로베르토도 이 팔찌를 좋아하거든."

줄리아나가 냉소와 실망이 뒤섞인 표정으로 말했다.

줄리아나가 팔찌 차는 것을 도와주는 동안 기차가 역으로 들어갔다.

14

나는 줄리아나보다 먼저 분주한 기차역 플랫폼에 서 있는 로베르토를 알아보았다. 나는 로베르토가 승객들의 행렬 속에서 우리를 알아볼 수 있게 손을 높이 들었다. 그러자 로베르토도 바로 손을 들어주었다. 여행 가방을 끌고 가던 줄리아나의 발걸음이 빨라졌고 로베르토는 그런 그녀를 향해 다가왔다. 둘은 온몸이 으스러질 듯 서로를 꼭 껴안았다. 부서진 몸의 파편을 뒤섞어 한 몸이 되려는 것 같았다. 오히려 포옹 후에는 가벼운 입맞춤만 주고받았다. 그런 다음 로베르토는 두 손으로 내 손을 꼭 잡고 줄리아나와 같이 와줘서 고맙다고 했다.

"네가 아니었으면 우리는 언제 다시 만났을지 몰라."

로베르토는 줄리아나에게서 거대한 여행 가방과 커다란 핸드백을 받아들었고 나는 내 초라한 가방을 들고 몇 발짝 뒤에서 그들을 따라갔다.

'이렇게 보니 평범해 보이네.'

나는 로베르토의 뒷모습을 바라보며 생각했다.

'아니, 그의 수많은 재능 중에는 자신을 평범한 사람처럼 보이

게 하는 능력도 있는 거야.'

아메데오 광장의 바에서부터 그와 만날 때는 언제나 중후한 교수님을 대하는 느낌이었다. 잘은 모르지만 뭔가 심오한 주제로 강의를 할 것 같은 교수님 같았다. 하지만 틈만 나면 자기 옆에 꼭 붙어 있는 줄리아나를 향해 고개를 숙여 키스를 하는 지금의 로베르토는 영락없는 스물다섯 살 청년이었다. 영화나 텔레비전에 나오거나 길을 가다 흔히 눈에 띄는 젊은 연인의 모습이었다.

색이 누렇게 바랜 긴 계단 앞에서 그는 내 가방도 들어주겠다고 했지만 내가 단호하게 거절하자 다정하게 다시 줄리아나의 가방을 챙겼다. 밀라노는 내게 낯선 도시였다. 지하철을 20분 타고 가다가 내려서 15분 정도 걷자 로베르토의 집에 도착했다. 우리는 어두운 돌계단을 따라 5층까지 올라갔다. 여행 가방을 들고 홀로 걸으면서 나는 뿌듯함을 느끼며 아무 말도 하지 않았고 줄리아나는 부담에서 벗어나 마음이 편한 듯 내내 재잘거렸다. 처음으로 그녀가 매순간 행복해 보였다.

문이 세 개 있는 복도가 나오자 로베르토는 첫 번째 현관문을 열고 우리를 집 안으로 안내했다. 희미한 가스 냄새가 나기는 했지만 나는 그의 집이 마음에 들었다. 깨끗하지만 어머니가 만든 질서에 얽매여 답답한 우리 집과는 달리 로베르토의 집은 무질서함 속에 청결한 느낌이 있었다. 우리는 여기저기 책더미가 쌓인 복도를 지나 보기 드문 고가구가 있는 커다란 방으로 들어갔다. 그곳에는 파일로 뒤덮인 책상, 테이블, 칙칙한 빨간색 소파, 책으로 가득한 벽 선반, 육각형 플라스틱 받침대 위에 놓인 텔레비전이 있었다.

로베르토는 줄리아나보다는 주로 나를 바라보며 관리인 아주머니가 매일 집 청소를 해주는데도 집이 구조적으로 그리 아늑하지 않다고 사과했다.

나는 재치 있게 받아치려 했다. 로베르토가 내 건방진 말투를 좋아하는 것을 알고 있었기에 되도록 그런 느낌을 유지하려 했다. 하지만 줄리아나는 내게 대답할 틈을 주지 않고 말했다.

"이제부터는 관리인 아주머니를 부를 필요 없어. 내가 알아서 할게. 얼마나 아늑해지는지 지켜봐줘."

줄리아나는 로베르토의 목에 매달려 역에서 만났을 때처럼 꼭 껴안고 이번에는 아주 길게 키스했다. 나는 가방 둘 곳을 찾는 척하며 애써 시선을 다른 곳으로 돌렸다. 줄리아나는 내게 이미 그 집 안주인이 된 것 같은 말투로 이런저런 지침을 알려주었다.

줄리아나는 집에 대해 이미 훤히 꿰고 있었다. 전압이 낮은 조명 때문에 더 칙칙해 보이는 부엌으로 나를 끌고 가 관리인 아주머니가 미처 신경 쓰지 못한 부분들을 지적하고 재빨리 바로잡으면서 이런저런 물건들이 있는지 확인했다. 그러면서 끊임없이 로베르토에게 말을 걸었다. 줄리아나는 지지, 산드로, 니나라는 이름을 언급하면서 그들의 안부를 물었다. 모두 로베르토의 학교와 관련이 있는 사람들이었다. 줄리아나는 인물마다 얽힌 일화에 대해서 잘 알고 있는 것 같았다. 로베르토가 조반나가 지루하겠다고 두어 번 말했지만 나는 그렇지 않다고 외쳤고 줄리아나는 신이 나서 말을 이었다.

내가 아는 줄리아나와는 전혀 다른 사람 같았다. 밀라노에서 줄리아나의 말투는 단호하다 못해 가끔 독단적이기까지 했다. 줄리아나의 말을 듣다 보니 (적어도 줄리아나는 그런 뉘앙스를 풍겼다) 로베르토는 줄리아나에게 자신의 일상생활과 직장 문제와 학업 문제를 상세하게 이야기해주고 있을 뿐 아니라 줄리아나가 그를 이해하고 지원해주고 올바른 길로 인도해줄 능력이 있는 것처럼 대한다는 사실을 깨달았다. 로베르토는 줄리아나에게 정말로 그만한 능력과 지혜가 있다고 믿는 것처럼 행동했다. 로베르토가 줄리아나에게 그런 믿음을 주자 줄리아나는 그로 인해 놀랍고도 담대하게 그에 합당한 역할을 연기할 힘을 얻는 것이다.

하지만 로베르토가 "아니, 꼭 그런 건 아니야"라고 다정다감하게 반대 의견을 제시하면 줄리아나는 말을 멈추고 얼굴이 빨개져서 말투가 거칠어졌다. 그러다 재빨리 의견을 바꿔서 자기도 로베르토와 생각이 같다는 걸 증명하려 했다. 그럴 때는 줄리아나의 원래 모습이 엿보였다. 그녀의 고통과 답답한 마음을 이해할 수 있었다. 로베르토가 갑자기 줄리아나가 멍청한 말을 늘어놓고 있을 뿐이고 그에게 줄리아나의 말은 못으로 금속판을 긁는 소음에 지나지 않는다는 사실을 깨우쳐주는 순간 줄리아나는 그대로 바닥에 쓰러져 숨을 거둘 것이었다.

물론 이런 아슬아슬한 상황을 눈치챈 건 나만이 아니었다. 로베르토는 그런 작은 틈이 보일 때마다 재빨리 줄리아나를 자기 쪽으로 끌어당겨 그녀에게 상냥하게 말을 걸고 키스를 해주었다. 나는 그런 그들의 모습을 못 본 척하려고 딴청을 피워야 했다. 로베르토가 "다들 배고프지? 집 가까운 데 있는 바에 가자.

거기 빵이 정말 맛있거든"이라고 외친 것도 아마 그런 나의 민망함을 눈치챘기 때문이었을 것이다.

그로부터 10분 후 정신없이 커피와 달콤한 케이크를 먹다 보니 이 미지의 도시에 호기심이 생겼다. 로베르토에게 말하자 그는 우리에게 시내 구경을 시켜주겠다고 했다. 로베르토는 밀라노에 대해서 모르는 게 없었다. 조금 유식한 척하기는 했지만 우리에게 성심성의껏 중요한 건축물을 보여주고 거기에 얽힌 이야기를 해주었다. 우리는 그날이 밀라노가 파괴되기 전에 도시를 볼 마지막 기회인 양 성당과 정원과 광장과 박물관을 쉬지 않고 돌아다녔다.

줄리아나는 기차에서 한숨도 못 자서 피곤하다면서도 도시 구경을 하면서 매우 즐거워했고 그것만큼은 거짓인 것 같지 않았다. 줄리아나는 젊은 교수의 애인이 되려면 언제나 시선은 예리하고, 귀는 활짝 열어두어야 한다는 생각으로 배움에 대한 집착과 의무감을 보였다. 그런 줄리아나와는 달리 나는 심란했다.

그날 나는 길과 광장과 건물의 이름과 거기에 얽힌 이야기들을 취합해 들으면서 미지의 장소를 속속들이 익숙한 곳으로 만드는 즐거움을 경험했다. 하지만 신경 쓰이는 점도 있었다. 산책을 하던 도중 나에게 나폴리에 대해 가르쳐준다면서 끊임없이 자기 지식을 자랑했던 아버지와 그런 아버지를 우러러보는 딸역할에 충실했던 내 과거가 생각났기 때문이었다. 나는 속으로 로베르토도 결국에는 조금 젊기만 할 뿐 결국 내 아버지와 같은 부류의 사람은 아닌지 로베르토 역시 또 다른 함정이 아닌지 나 자신에게 물었다.

나는 파니니와 맥주를 먹고 마시면서 농담을 하고 새로운 이동 경로를 짜는 그의 모습을 바라보았다. 줄리아나와 한쪽 구석에서, 야외에서 또는 커다란 나무 밑에서 둘이 이야기하는 모습을 바라보았다. 줄리아나는 긴장한 채, 로베르토는 평온한 표정으로. 아니면 줄리아나 눈에 눈물이 맺힌 채, 로베르토는 귀가 빨갛게 달아오른 채. 그날이 내 생일인 것을 알고 기다란 팔을 활짝 펴고 나를 향해 유쾌하게 다가오는 로베르토를 바라보았다.

나는 로베르토가 우리 아버지 같은 사람일 리 없다는 확신이 들었다. 두 사람 사이의 간극은 너무나 컸다. 하지만 나는 여전히 아버지의 말을 경청하는 딸 같았다. 나는 그런 느낌이 싫었다. 나는 여인이고 싶었다. 사랑받는 여인이고 싶었다.

밀라노를 구경하는 동안, 로베르토의 말에 귀를 기울이다가도 내가 대체 왜 여기에 있나 싶었다. 로베르토와 줄리아나 꽁무니를 쫓아가면서 내가 여기서 저들과 뭘 하는 건가 싶었다. 가끔 나는 일부러 멈춰서서 로베르토가 대수롭지 않게 지나친 벽화의 일부를 오랫동안 쳐다보았다. 계속해서 둘이 앞서고 내가 뒤따라가는 상황을 피하고 싶어서 일부러 그렇게 했다. 그때마다 줄리아나가 고개를 돌리고 내게 말했다.

"잔니나, 뭐하고 있어? 어서 따라와. 그러다 길 잃어버리겠다."

아! 차라리 정말 길을 잃어버렸으면. 차라리 저 둘이 우산처럼 나를 어딘가에 놓아두고 나에 대해 완전히 잊어버렸으면. 하지만 로베르토가 내 이름을 부르고, 나를 기다려주고, 줄리아나에게 이미 해준 말을 나를 위해 반복해주고, "맞아, 그런 생각은 나도 못 해봤어"라며 내 말에 장단을 맞춰주면 바로 기분이 좋아져서 환희를 느꼈다.

여행은 얼마나 멋진 일인가. 모르는 것이 없고 지성과 외모와 성품이 특출나고 나 혼자서는 절대 깨닫지 못할 사물의 가치를 설명해주는 사람을 알아간다는 것은 얼마나 멋진 일인가.

15

그날 늦은 오후 집에 돌아온 후에 상황이 조금 복잡해졌다. 어떤 여자가 명랑한 목소리로 저녁 약속을 확인하는 전화 메시지를 남긴 것이다. 지칠 대로 지쳐 있던 줄리아나는 여자 목소리를 듣더니 짜증이 난 것 같았다. 하지만 로베르토는 약속을 잊은 걸 아쉬워했다. 오래전 직장동료들과 한 약속인데 줄리아나도 다 아는 사람들이라고 했다. 그러자 줄리아나도 그들을 기억한다며 싫은 내색을 감추고 즐거운 표정을 지었다. 하지만 줄리아나와 어느 정도 친해져서 그녀가 정말로 행복한지 아니면 불안한지 구분할 수 있게 된 나는 저녁 약속이 줄리아나의 기분을 망쳐놓았다는 걸 알았다.

"나는 동네 구경이나 하고 있을게요."

내가 말했다.

"아니, 왜? 우리랑 함께 가자. 다 좋은 사람들이야. 너도 그들이 마음에 들 거야."

로베르토가 말했다.

나는 거듭 사양했다. 정말로 가고 싶지 않았다. 가봤자 입을

410

꾹 다물고 우울한 표정으로 앉아 있든가 아니면 괜히 공격적으로 변할 게 뻔했다. 의외로 줄리아나는 그런 내 편을 들어주었다.

"맞아, 아는 사람도 없는데 지겨울 거야."

하지만 로베르토는 의미를 알 수 없는 내용이 담긴 책을 보듯 집요하게 나를 바라보았다.

"너는 말로는 지겹다고 하면서 어떤 상황에서도 지겨워하지 않아."

나는 그때 로베르토의 말투에 놀랐다. 평소 대화할 때와 말투가 달랐다. 딱 한 번, 성당에서 그를 보았을 때 그런 말투를 썼었다. 머릿속을 밝혀주는, 신념에 가득 찬 열정적인 말투였다. 나보다 나에 대해서 더 잘 알고 있는 것 같은 말투였다.

순간 그때까지 겨우겨우 잡고 있던 균형이 깨져버렸다. 나는 화가 났다.

'아니야, 나는 지겨워 죽을 것 같아. 당신은 내가 얼마나 지겨웠는지 몰라. 지금도 지겨워서 미칠 것 같아. 당신 때문에 여기 오지 말았어야 했어. 혼란에 혼란만 더해졌을 뿐이야. 당신이 친절하게 대해주어도, 당신이 아무리 마음을 써주어도 어쩔 수 없어.'

분노가 내 마음을 헤집어놓은 그 순간 모든 것이 변했다. 나는 로베르토의 말이 사실이기를 바랐다. 내 머릿속 어디엔가 그에게 모든 것을 명확하게 만드는 능력이 있다는 생각이 자리 잡았고 그 순간부터 로베르토가, 오직 로베르토만이 내게 내 참모습을 보여주기를 바랐다. 줄리아나가 속삭였다.

"잔니나는 이미 할 만큼 했어. 싫은 일을 억지로 시키지 말자."

"아니, 괜찮아요. 나도 갈래요."

나는 단지 일을 복잡하게 만들지 않고 싶어서 함께 가는 거라는 인상을 주려고 내키지 않은 말투로 줄리아나의 말을 막았다.

줄리아나는 의아한 표정으로 나를 쳐다보더니 머리를 감으러 가버렸다. 그녀는 머리 모양이 제대로 안 나온다고 투덜대면서 머리를 말리고, 화장을 하고, 빨간 원피스를 입을지 아니면 갈색 치마에 녹색 블라우스를 받쳐 입을지 고민을 하고, 귀걸이와 목걸이를 할지 아니면 팔찌까지 할지 망설이다가 자기 선택에 대한 확신을 얻으려고 내게 조언을 구했다. 그러면서 틈만 나면 말했다.

"억지로 갈 필요 없으니까 너라도 여기 있어. 나는 어쩔 수 없지만 그럴 수만 있다면 그냥 너랑 여기에 있고 싶어. 거기 모인 사람들은 입만 살아 있는 대학 사람들이야. 얼마나 잘난 척하는지 상상도 못 할걸?"

줄리아나가 그렇게 말하면 내가 두려워할 거라 믿고 자신의 두려움을 내게 요약해주었다. 하지만 나는 어렸을 때부터 식자층의 영양가 없고 허세 가득한 대화에 익숙했다. 마리아노 아저씨와 아버지와 그들의 친구들도 허구한 날 그런 식이었으니까. 물론 나는 그런 대화가 싫었지만 그렇다고 주눅이 들지는 않았다. 그래서 나는 걱정하지 말라고, 줄리아나를 위해 함께 가서 말동무를 해주겠다고 했다.

그렇게 해서 우리는 함께 작은 레스토랑에 갔다. 키가 크고 호리호리한 은발의 레스토랑 주인이 정중하면서도 반가운 태도로 로베르토를 맞아주었다. 주인은 로베르토에게 뭔가를 꾸미고 있는 말투로 준비가 다 되었다고 말하면서 시끄럽게 떠드는 손님들이 앉아 있는 기다란 테이블이 보이는 작은 홀을 가리켰다. 사람이 정말 많다는 생각과 함께 초라한 내 옷차림 때문에 마음이 불편해졌다. 처음 만나는 사람들과 빨리 친해지는 데 도움이 될 만한 매력이 내게는 하나도 없었다. 게다가 대충 훑어만 봐도 그 자리에 있는 여자들은 하나같이 젊고 사랑스럽고 교양 있어 보였다. 모두 안젤라처럼 여성스러운 스타일이었다. 상냥한 태도와 꾀꼬리처럼 예쁜 목소리로 자신의 매력을 빛낼 줄 아는 여자들이었다.

남자들은 수적으로 열세였다. 로베르토와 나이가 비슷하거나 약간 더 들어 보이는 남자 두세 명뿐이었다. 그들의 시선은 일제히 아름답고 상냥한 줄리아나를 향했다. 로베르토가 나를 소개해주었지만 내 초라한 행색 때문인지 사람들은 내게 별 관심을 보이지 않았다.

테이블에서 로베르토와 줄리아나는 나란히 붙어 앉고 나는 그 둘과 멀리 떨어지게 됐다. 자리에 앉는 순간 나는 참석한 사람들 가운데 정말로 함께 있고 싶어서 그 자리에 나온 사람은 한 명도 없다는 사실을 알아차렸다. 예의 바른 태도 뒤에 증오심과 긴장감이 흐르고 있었다. 모두 그런 식으로 저녁을 보내고 싶지는 않았을 것이다.

하지만 로베르토가 입을 여는 순간 그곳에도 파스코네 성당의 신도들 사이에 형성됐던 것과 유사한 분위기가 감돌았다. 로베르토의 몸과 목소리, 몸짓과 시선은 마치 접착제 같았다. 나만큼 그를 사랑하고, 그를 사랑한다는 이유로 서로를 사랑하게 된 사람들 사이에 있는 그를 바라보고 있으니 불현듯 나도 그 거부할 수 없는 유대감을 공유하게 된 것 같았다.

로베르토의 목소리와 눈빛은 너무나도 인상적이었다. 그렇게 많은 사람들 가운데 섞여 있는 모습을 보니 지난 몇 시간 동안 줄리아나와 나에게 밀라노 구경을 시켜주었던 사람보다 훨씬 대단해 보였다. 그 순간 로베르토는 내게 "너는 말로는 지겹다고 하면서 어떤 상황에서도 지겨워하지 않아"라고 말했던 로베르토와 더 닮아 보였다. 나는 그에게 그런 말을 들은 게 나만의 특혜가 아니었다는 사실을 깨달았다. 로베르토에게는 사람들에게 자신이 생각했던 것보다 더 뛰어난 사람임을 일깨워주는 재능이 있었다.

모두 음식을 먹고 웃고 토론을 하며 남의 말에 끼어들었다. 각자 나로서는 이해하기 힘든 거대한 담론들을 마음속에 담고 있는 듯했다. 기억을 더듬어보면 그날 저녁 밤새도록 불의와 기아와 빈곤에 대해 이야기했던 것 같다. 타인에게서 빼앗은 것을 제 것으로 취하는 부정한 인간의 횡포 앞에 무엇을 해야 하는지, 어떤 행동을 취해야 하는지에 대해서 이야기했던 것 같다. 그날 식탁 앞에 둘러앉은 사람들은 진지한 분위기에서 기분 좋게 이런 이야기를 나눴다.

그런 상황에 처하면 법에 의존해야 하나? 하지만 법이 불의의 편에 선다면? 법 자체가 불의이고 국가의 폭력으로 그런 법을 보호하는 거라면?

사람들의 눈빛은 긴장감으로 빛났고 어려운 말을 쓰는데도 진정성 있는 열정이 느껴졌다. 그들은 먹고 마시면서 해박한 논쟁을 벌였다. 남자들보다 여자들이 더 열성적이어서 놀랐다. 나는 아버지의 서재에서 들려오는 논쟁 조의 목소리에 익숙했다. 안젤라와의 장난스런 토론이나 가끔 진심이 아니면서 선생님 마음에 들려고 꾸며낸 거짓 열정에 익숙했다.

하지만 그날 그 식당에 있던 여자들은 진심이었다. 그들의 태도는 전투적이었고 성향은 이타적이었다. 모두 현재 대학에서 강의하고 있거나 장래에 교수가 될 사람들이었다. 그들은 내가 한 번도 들어보지 못한 단체와 협회를 언급했다. 머나먼 이국땅에서 돌아온 지 얼마 되지 않은 사람들은 자기들이 직접 경험한 끔찍한 이야기를 들려주었다. 특히 로베르토 앞에 앉은 미켈라라는 검은 머리 여자의 강렬한 발언이 인상적이었다.

줄리아나가 의식하던 바로 그 미켈라였다. 그녀는 자기 눈앞에서 벌어진 탄압의 실태를 들려주었다. 어디에서 있었던 일이었는지는 기억이 잘 나지 않는다. 어쩌면 일부러 기억에서 지워버렸는지도 모른다. 내용이 너무나 끔찍해서 미켈라 스스로 눈물을 참느라 중간에 말을 멈춰야 했다.

그동안 줄리아나는 아무 말도 하지 않고 마지못해 음식을 먹고 있었다. 지난밤 기차를 타고 온 데다 낮에는 밀라노 관광을 하느라 피곤해서 넋이 나간 것 같았다. 하지만 미켈라의 기나긴 연설을 듣는 동안에는 접시에 포크를 내려놓고 그녀에게서 시선을 떼지 못했다.

미켈라의 외모는 촌스러운 편이었다. 테가 얇은 커다란 안경 뒤로 눈빛이 강렬하게 빛났고 새빨간 입술은 도톰했다. 그녀는 처음에는 테이블에 모인 사람들을 향해 말하다가 나중에는 로베르토만 바라봤다. 이상한 일은 아니었다. 다들 자기도 모르게 로베르토에게 각기 다른 사람들의 주장을 모아서 정리하는 역할을 맡겼으니까. 로베르토의 목소리를 통해 요약될 때 그것은 공동의 신념이 되었다. 하지만 가끔이나마 다른 참석자들의 존재를 기억하는 보통 사람들과 달리 미켈라는 오직 로베르토의 관심에만 집착했다. 내가 보기에 미켈라의 말이 길어질수록 줄리아나는 점점 더 시드는 것 같았다. 얼굴이 점점 야위어서 피부가 거의 투명해 보일 지경이었다. 훗날 병들고 늙어서 망가진 줄리아나의 노년의 모습을 미리 보는 것 같았다.

그 순간 그녀는 무엇 때문에 괴로워했던 걸까. 아마도 질투심 때문일 것이다. 어쩌면 질투심이 아닐 수도 있다. 실제로 미켈라는 줄리아나의 질투심을 일으킬 만한 행동은 전혀 하지 않았다. 예컨대 예전에 안젤라가 내게 남자 꼬시는 법을 가르쳐줄 때 보여준 그런 종류의 행동 말이다.

줄리아나의 얼굴이 일그러진 건 아마도 미켈라의 목소리가 지닌 힘 때문이었을 것이다. 그녀의 입에서 나오는 문장의 파급 효과와 예시와 일반화를 넘나들며 문제를 제기할 줄 아는 능력 때문이었을 것이다. 줄리아나의 얼굴에서 생기가 사라질 즈음 그녀의 입에서 거칠고 사나운 사투리가 튀어나왔다.

"그런 자식은 칼빵을 먹여놓지 그랬어. 그럼 문제가 해결됐을 텐데."

순간 나는 줄리아나가 그곳에 적합하지 않은 말을 했다는 사실을 깨달았다. 아마 줄리아나도 그랬을 것이다. 하지만 그것은 미켈라가 끝없이 늘어놓는 말을 멈추기 위해 줄리아나가 생각해낼 수 있었던 유일한 문장이었을 것이다. 정적이 흐르는 동안 자기가 부적합한 말을 했다고 깨달은 줄리아나의 눈이 유리처럼 투명해졌다. 그러다 기절이라도 할 것 같았다. 줄리아나는 정신을 차리려고 신경질적인 웃음을 터뜨렸다. 이번에는 절제된 표준어로 로베르토를 향해 말했다.

"적어도 우리 고향에서는 그랬을 거야, 그렇지 않아?"

로베르토는 줄리아나의 어깨에 팔을 두르고 그녀를 자기 쪽으로 끌어당긴 후 이마에 키스를 해주고 말문을 열었다. 그가 말하는 동안 줄리아나의 경박한 말이 남긴 파장은 서서히 지워졌다.

"우리 고향에서만이 아니야. 어디에서나 다 마찬가지일 거야. 그게 가장 쉬운 해결책이니까."

그가 말했다.

하지만 로베르토는 쉬운 해결책을 선호하지 않았다. 그날 참석한 사람 중에 그런 방식을 좋아하는 사람은 없었다. 줄리아나도 다급히, 또다시 사투리로 폭력에 폭력으로 대응하는 것에 반대한다고 했다. 하지만 이번에도 버벅대다가 모두 로베르토에게만 집중하자 바로 입을 다물어버렸다. 나는 그런 그녀가 안쓰러웠다.

로베르토가 말했다.

"불의에는 단호하고 집요하게 대응해야 해. 이웃에게 그런 짓을 하면 안 된다고 해야 해. 그래도 똑같은 짓을 하면 계속 반대해야 해. 힘으로 억압하려 들면 다시 일어나야 해. 내가 일어나지 못하게 되면 다른 이들이 일어날 거고, 그들마저 못 일어나게 되면 또 다른 이들이 일어날 거야."

로베르토는 말하는 내내 식탁을 바라보다가 갑자기 고개를 들어 매혹적인 눈빛으로 사람들의 얼굴을 하나하나 바라보았다.

그러자 모두 그것이야말로 폭력에 대한 올바른 대응이라고 확신하게 되었다. 줄리아나와 나까지도. 놀랍게도 참석자 중에 미켈라만 울컥 화를 냈다. 그녀는 나약함으로 불의의 힘에 맞설 수는 없다고 했다. 순간 침묵이 흘렀다. 분노가 허락될 분위기가 아니었다. 설령 아주 미약한 분노일지라도.

줄리아나 쪽을 바라보니 화가 잔뜩 난 표정으로 미켈라를 쏘아보고 있었다. 나는 줄리아나가 또다시 미켈라에게 맞서기 위해 끼어들까봐 두려웠다. 하지만 줄리아나가 라이벌이라고 생각하는 미켈라의 마지막 몇 마디는 폭력에는 칼로 맞서야 한다는 방금 전 줄리아나의 의견과 더 가까웠다. 줄리아나가 미처 입을 열기 전에 로베르토가 말했다.

"정의로운 이들은 약자일 수밖에 없어. 그들의 정의는 힘이 거세된 것이니까."

불현듯 얼마 전에 읽은 짧은 문구가 생각나 나도 모르게 다른 문구들과 섞어서 중얼거렸다.

"그들은 배부른 신에게 고기와 기름을 바치기를 그만두고 그것을 이웃과 과부, 고아와 이방인에게 주는 아둔한 이의 나약함을 가지고 있으니."

나는 침착하고 약간 냉소적인 말투로 이 말을 내뱉었다.

로베르토가 재빨리 내 말에 맞장구를 치면서 아둔한 이의 비유를 발전시켜준 덕분에 다들 내 발언을 마음에 들어 했다. 아마도 미켈라는 예외겠지만. 그녀는 호기심 어린 시선으로 나를 바라보았다. 그때 줄리아나가 아무 이유 없이 요란하게 웃었다.

"뭐가 웃겨?"

미켈라가 싸늘하게 물었다.

"나는 웃지도 못해?"

"그래, 우리 모두 함께 웃자. 오늘은 조반나의 열여섯 번째 생일이니까."

로베르토가 자기는 웃지도 않으면서 1인칭 복수를 주어로 사용하며 말했다.

바로 그때 홀의 불빛이 꺼지고 웨이터가 커다란 케이크를 들고 나타났다. 새하얀 케이크 위로 촛불 열여섯 개가 흔들리고 있었다.

16

정말이지 멋진 생일 파티였다. 모두 나를 친절하고 상냥하게 대해주었다. 하지만 얼마 지나지 않아 줄리아나가 너무 피곤하다고 해서 우리는 집으로 돌아왔다.

줄리아나는 아파트에 돌아온 다음부터는 아침처럼 안주인 행세를 하지 않았고, 나는 그런 그녀의 변화에 놀랐다. 그녀는 홀린 듯 거실 창문 너머로 어둠을 응시하며 로베르토가 하자는 대로 내버려두었다. 로베르토는 자상하게도 우리에게 새 수건을 갖다주었다. 침대 소파가 정말 불편한 데다 펼치기가 힘들어서 관리인 아주머니만 능숙하게 사용할 줄 안다고 너스레를 떨었다. 실제로 그는 침대가 펴지지 않아 애를 먹었다. 깨끗한 시트를 깐 더블 베드 사이즈의 침대를 거실 한가운데 펼치기까지 한참을 낑낑댔다.

"좀 싸늘한데 혹시 이불이 있나요?"

내가 시트를 만져보고 묻자 로베르토는 고개를 끄덕여 보이고는 침실로 사라졌다.

"어느 쪽에서 잘래요?"

내가 줄리아나에게 물었다.

"네가 편히 자게 나는 로베르토랑 잘게."

줄리아나는 차창 너머 어둠에서 시선을 떼고 말했다.

"고모한테 언니랑 같이 자겠다고 맹세했는데요."

그렇게 될 줄 이미 알고 있었지만 나는 그래도 이야기를 해봤다.

"오빠도 맹세했지만 한 번도 약속을 지켜본 적이 없어. 너는 그러고 싶니?"

"아니요."

"나는 네가 좋아."

줄리아나는 별 감동 없이 내 뺨에 입을 맞췄다. 그새 로베르토가 이불과 베개 하나를 들고 왔고 이번에는 줄리아나가 침실로 사라졌다. 로베르토는 내가 먼저 일어나 아침 식사를 하고 싶을 때를 대비해 커피와 비스킷과 찻잔이 어디에 있는지 알려주었다. 보일러 가스 냄새가 심해서 내가 로베르토에게 물었다.

"가스가 새는 것 같은데 우리는 죽는 걸까요?"

"아니, 죽지 않을 거야. 창문이 헐겁거든."

"열여섯 살에 죽고 싶지는 않아요."

"여기 산 지 7년이 됐는데 나는 멀쩡해."

"누가 내가 안 죽는다고 보장해주죠?"

그가 미소를 지으면서 말했다.

"아무도 못 해주지. 네가 있으니 좋다. 잘 자."

그것이 우리 둘이 주고받은 유일한 대화였다. 로베르토는 줄리아나가 기다리는 침실로 들어가 문을 닫았다.

나는 잠옷을 찾기 위해 가방을 열었다. 줄리아나가 우는 소리가 들렸다. 그가 뭔가를 속삭이자, 줄리아나도 무언가를 속삭였다. 그러더니 둘이 함께 웃었다. 처음에는 줄리아나가 나중에는 로베르토가. 나는 둘이 빨리 잠들기를 바라며 욕실로 가서 옷을 벗고 양치질을 했다. 침실 문이 열렸다가 닫히더니 말소리가 들려왔다. 줄리아나가 욕실 문을 두드리면서 들어가도 되냐고 물었다. 나는 욕실 문을 열어주었다. 줄리아나는 팔에 하얀 레이스가 달린 푸른 잠옷을 걸치고 있었다. 마음에 드냐는 그녀의 물음에 나는 예쁘다고 해주었다. 줄리아나는 비데에 물을 틀고 옷을 벗기 시작했고 나는 급히 욕실에서 나왔다.

나는 정말 멍청이다. 어쩌자고 이런 상황을 자처한 걸까. 이불속으로 들어가는데 소파가 끼익거렸다. 줄리아나는 균형 잡힌 몸에 착 감기는 잠옷을 입고 거실을 지나갔다.

잠옷 속에는 아무것도 걸치고 있지 않았다. 작지만 봉긋한 가슴이 사랑스러웠다. 잘 자라는 그녀의 말에 나도 잘 자라고 대답해주었다. 나는 불을 끄고 머리를 베개 밑으로 집어넣은 다음 베개로 귀를 막았다. 섹스에 대해 나는 얼마나 알고 있나. 모든 것을 알고 있다고도 할 수 있고 아무것도 모른다고도 할 수 있다. 책에서 읽은 내용, 자위의 쾌락, 안젤라의 입과 몸 그리고 코라도의 성기. 처음으로 나의 처녀성이 수치스러웠다. 내가 줄리아나라고 생각하고 그녀의 쾌락을 상상하는 것만은 피하고 싶었다. 나는 줄리아나가 아니다. 내가 있는 곳은 거실이지 로베르토의 침실이 아니었다. 나는 그가 내게 키스하고 내 몸을 만지고 엔초가 빅토리아 고모에게 그랬듯 그가 내 몸에 들어오는 것을 원치 않는다. 나는 두 사람의 친구니까.

그런데도 나는 이불 속에서 땀을 뻘뻘 흘리고 있었다. 머리카락은 이미 흠뻑 젖은 데다 숨을 쉴 수 없어서 결국 베개를 치워버렸다. 살이 너무 물렁거리고 끈적끈적했다.

나는 온 신경을 뼈에만 집중시키려고 집 안에서 나는 소리들을 구분해보았다. 나무 끼익거리는 소리, 냉장고 진동 소리, 보일러에서 나는 듯한 조그맣게 탁탁거리는 소리와 좀이 나무 책상을 갉아 먹는 소리. 정작 침실에서는 아무런 소리도 들려오지 않았다. 침대 스프링이 삐걱거리는 소리도, 한숨 소리마저도 새어 나오지 않았다. 아마도 둘 다 피곤하다고 솔직히 털어놓고 잠이 든 것일지도 모른다. 소리를 내지 않으려고 침대를 사용하지 말자고 몸짓으로 이야기한 것일 수도 있다. 일어서서 하고 있을지도 모른다. 어쩌면 조심하느라 숨도 안 쉬고 신음을 참는 것일지도 모른다.

나는 그들의 육체가 그림에서 본 자세로 결합하는 모습을 상상하다가 내가 그런 생각을 하고 있다는 것을 자각하는 순간 그 이미지를 머릿속에서 지워버렸다. 어쩌면 둘은 정말로 서로를 욕망하지 않는 것일지도 모른다. 온종일 관광하고 수다나 떨면서 시간을 허비하지 않았나. 그렇다. 둘 사이는 뜨겁지 않은 것이다. 그렇게 절대적인 정적 속에서 사랑을 나눌 수 있을 거라고는 생각할 수 없었다. 나라면 웃으면서 열정적인 말을 쏟아냈을 것이다.

그때 침실 문이 조심스럽게 열렸다. 까치발로 거실을 가로지르는 줄리아나의 어두운 실루엣이 보였다. 그녀가 다시 욕실에 들어가는 소리와 물 흐르는 소리가 들렸다. 나는 조금 울다가 잠이 들었다.

17

나는 구급차 사이렌 소리에 잠이 깼다. 새벽 4시였다. 내가 어디에 있는지 바로 떠오르지 않았다. 기억이 돌아온 후에는 평생 불행하게 살 거라는 생각이 들었다.

나는 날이 밝을 때까지 잠을 이루지 못하고 침대에 누워 내 앞에 놓인 불행한 미래에 대한 계획을 세밀하게 세웠다. 나는 신중하게 로베르토 곁에 머물러야 했다. 로베르토와 줄리아나가 나를 좋아하게 만들어야 했다. 그들이 무엇을 좋아하는지 알아나가야 했다. 로베르토와 멀지 않은 곳에 직장을 구해야 했다. 대학 강사 같은 직업 말이다. 장소는 줄리아나 뜻대로 된다면 밀라노가 되겠고, 고모 뜻대로 된다면 나폴리가 되겠지. 둘의 관계를 영원히 지속시켜야 한다. 위기를 극복하고 아이들 키우는 것을 도와주어야 한다. 나는 부스러기에 만족하면서 그들의 주변에 머물기로 마음먹었다. 그런 생각을 하다 나도 모르게 다시 잠이 들었다.

9시에 흠칫 놀라 눈을 떠보니 집 안은 아직 고요했다. 욕실로 가서 일부러 거울을 보지 않고 세수를 하고 전날 입었던 셔츠 속에 몸을 감췄다. 침실에서 숨죽인 목소리가 들려오는 것 같아서 부엌을 뒤져 세 사람의 식기를 식탁에 올려놓고 커피를 끓였다. 하지만 침실에서 들려오는 소리는 커지지 않았고 문도 열리지 않았다. 줄리아나도, 로베르토도 얼굴을 내비칠 기미가 없었다. 얼마 후 줄리아나가 웃음인지 신음인지를 참는 듯한 소리를 냈다. 그 소리를 듣고 너무나 괴로워서 참지 못하고 과감하게 노크를 하기로 마음먹었다. 이성적으로 내린 결정이라기보다는 조바심에서 나온 행동이었을 수도 있다.

순간 정적이 흘렀다. 나는 다시 한번 절박하게 노크를 했다.

"무슨 일이니?"

"커피를 끓였는데 침실로 가져다줄까요?"

로베르토의 물음에 내가 명랑하게 말했다.

"우리가 나갈게."

로베르토가 말했다. 하지만 그와 동시에 줄리아나가 외쳤다.

"정말 고마워. 그래 줄래?"

둘은 동시에 다른 말을 한 것이 재미있어서 웃었고 나는 한층 더 명랑한 말투로 외쳤다.

"5분만 기다려줘요!"

나는 쟁반을 찾아서 커피잔, 접시, 식기, 빵, 비스킷, 버터 그리고 하얗게 핀 곰팡이를 걷어낸 딸기잼과 김이 나는 커피포트를 올려놓았다. 바로 그 순간 내 유일한 생존법이 실현되고 있다는 생각에 갑작스러운 만족감으로 들떠 아침을 준비했다. 그런데 한 손으로 침실 문 손잡이를 내리는 순간 쟁반이 기우는 바람에 깜짝 놀랐다. 커피포트를 포함한 모든 것이 바닥에 떨어질까봐 두려웠지만 그런 일은 벌어지지 않았다. 그런데도 방금 전의 만족감은 사라져버렸다. 쟁반을 지탱하고 있던 빈약한 균형이 내게도 전이된 것이다. 나는 쟁반이 아니라 내가 바닥에 쓰러질 것 같아 조심스레 걸음을 내디뎠다.

예상대로 방은 어둡지 않았다. 블라인드는 위로 올라가 있고 창문도 반쯤 열려 있었다. 둘은 얇은 흰 이불을 덮고 침대에 누워 있었다. 로베르토는 민망한 표정으로 침대 헤드에 머리를 기대고 있었다. 지나치게 넓은 어깨에 비해 가슴은 좁은, 평범한 사내의 모습이었다. 줄리아나는 벗은 어깨를 드러낸 채 검은 털로 뒤덮인 로베르토의 가슴에 뺨을 기대고 있었다. 쓰다듬다 만 듯 한쪽 손을 로베르토의 얼굴에 갖다 대고 있는 줄리아나의 표정은 기쁨으로 가득했다.

그 모습을 보는 순간 내가 세웠던 계획이 무너져 내렸다. 로베르토와 줄리아나를 향해 가까이 다가갈수록 내 불행은 수그러들지 않았다. 그들의 행복을 지켜보는 관람객이 된 것 같았다. 순간 줄리아나는 내가 그런 역할을 맡기를 원했을 거라는 느낌이 들었다. 쟁반에 아침 식사를 준비하는 짧은 시간 동안 둘 다 옷 정도는 걸칠 수 있었을 것이다. 하지만 줄리아나는 분명 로베르토를 제지하고 알몸으로 침대에서 빠져나와 환기하기 위해 창문을 열고 뜨거운 밤을 보낸 젊은 여인다운 포즈를 취하러 침대 속으로 다시 기어들어 갔을 것이다. 침대 시트 밑에서 그의 몸에 착 달라붙어서 그의 다리에 자신의 다리를 올려놓은 채로 말이다.

도움을 청하면 언제든 달려갈 채비를 하는 친한 이모 같은 사람이 되겠다는 나의 생각은 그나마 나은 것이었다. 줄리아나가 연출한 광경은 (그렇다. 그것은 분명 그녀가 연출한 광경이었다) 견딜 수 없을 정도로 잔인하게 느껴졌다. 그녀는 영화 속 주인공처럼 보이고 싶었던 것이다. 아마 악의는 전혀 없었을 것이다. 그저 그런 식으로 자신의 행복에 형태를 부여하고 싶었을 것이다. 그냥 스쳐 지나가 버릴 그 순간을 나에게 직접 보게 해서 나를 산증인 삼아 오래도록 간직할 수 있게 나의 등장을 이용한 것이다. 그런데도 나는 신중하게 일부러 줄리아나 쪽 침대 가장자리에 앉아서 다시 한번 전날 생일 파티에 대한 감사 인사를 하고 그들과 함께 커피를 홀짝였다.

둘은 그새 포옹을 풀었다. 줄리아나는 침대 시트로 몸을 대충 가렸고 로베르토는 드디어 셔츠를 걸쳤다. 물론 그나마도 줄리아나가 시켜서 내가 직접 건네준 거였지만.

"정말 친절하구나, 잔나나. 평생 오늘 아침을 못 잊을 거야."

줄리아나는 이렇게 외치며 나를 껴안으려다 하마터면 베개에 올려둔 쟁반을 엎을 뻔했다. 로베르토는 커피를 한 모금 마신 후 감정을 부탁받은 그림처럼 나를 바라보다가 문득 무심히 말했다.

"너 참 예쁘다."

돌아갈 때 줄리아나는 떠날 때와는 전혀 달랐다. 기차가 속 터질 정도로 느린 속도로 달리는 동안 줄리아나는 나를 객실과 어두운 창 사이에 있는 복도에 붙잡아두고 말을 멈추지 않았다.

로베르토는 우리를 역까지 바래다주었다. 둘은 가슴 아픈 작별 인사를 했다. 몇 번이나 키스를 하고 꼭 껴안았다. 나는 그들을 그저 바라볼 수밖에 없었다. 예쁜 커플이었다. 로베르토는 딱 봐도 줄리아나를 사랑하고 있었고 줄리아나는 그런 로베르토의 사랑 없이 살 수 없었다. 그런데도 "너 참 예쁘다"라는 로베르토의 말이 머릿속에서 떠나지 않았다. 그 말을 듣는 순간 가슴이 내려앉는 것 같았지만 나도 모르게 듣기 싫은 목소리로 퉁명스레 대답하고 말았다. 너무 흥분해서 말까지 버벅댔다.

"놀리지 말아요."

내 말에 줄리아나가 재빨리 로베르토의 말을 거들며 진지하게 말했다.

"정말이야, 잔니나. 넌 정말 예뻐."

"하지만 난 빅토리아 고모랑 똑같이 생겼는걸요."

내가 중얼거리자 두 사람은 흥분했다.

"빅토리아랑 닮았다니, 너 미쳤어?"

로베르토는 웃음을 터뜨렸고 줄리아나는 손사래를 쳤다. 그 말에 나는 바보처럼 울음을 터뜨리고 말았다. 사레 들렸을 때처럼 짧은 울음이었지만 그 두 사람을 불안하게 만들기에는 충분했다. 특히 로베르토가 걱정했다.

"왜 그래? 진정해. 우리가 무슨 실수했니?"

나는 민망해서 바로 감정을 추슬렀지만, 로베르토가 해준 칭찬만은 마음속에 고이 간직했다. 역 플랫폼에서 기차를 기다리다 객실에 가방을 싣고 줄리아나와 로베르토가 마지막까지 차창 너머로 이야기를 나누던 그 순간까지도.

기차가 출발한 뒤에도 우리는 복도에 머물렀다. 나는 분위기를 바꿀 겸, "너 참 예쁘다"는 로베르토의 목소리를 머릿속에서 지우고 줄리아나를 위로하기 위해 말했다.

"로베르토 오빠는 언니를 정말 사랑하나봐요. 그렇게 사랑받으면 얼마나 기분이 좋을까요?"

내 말에 줄리아나는 갑작스러운 절망감에 사로잡혀 감정이 폭발하고 말았다. 표준어와 사투리를 반씩 섞어가며 말을 멈추지 않았다. 우리는 여행 내내 꼭 붙어 앉아 있었다. 서로의 엉덩이가 스쳤고 그녀는 자주 내 팔이나 손을 잡았다. 하지만 몸만 붙어 있을 뿐, 사실 따로 여행을 하고 있었다. 로베르토의 "너 참 예쁘다"는 그 세 마디가 계속해서 귓가에 맴돌았다. 나는 그의 목소리를 만끽했다. 그의 말은 나를 부활하게 만든 비밀의 주문 같았다.

줄리아나는 자기가 괴로워하는 이유를 털어놓으려 했다. 분노와 불안감 때문에 찌푸린 얼굴로 한참 동안 자기 마음의 상태를 털어놓는 동안 나는 그런 줄리아나의 말에 귀 기울이며 계속 말하라고 부추겼다. 하지만 줄리아나가 눈을 부릅뜨고 검지와 중지에 머리카락을 돌돌 말았다가 갑자기 손가락이 뱀으로 변하기라도 한 듯 흠칫하며 풀고 괴로워해도 나는 행복했다. 너무 행복해서 줄리아나에게 다짜고짜 "로베르토 오빠가 나보고 참 예쁘다고 한 말이 진심일까요?"라고 묻고 싶었다.

줄리아나의 독백은 길게 이어졌다. 그녀는 내 말이 맞다고 했다.

"그래, 로베르토가 나를 사랑하는 건 맞아. 하지만 내가 그를 훨씬 더 많이 사랑해. 그이 덕분에 내 인생이 변했으니까. 내가 평생 머무를 운명이었던 곳에서 나를 갑자기 데리고 나와 자기 옆에 머물게 해주었으니까. 그러니 이제 나는 로베르토 곁에 머무를 수밖에 없어. 내 말 이해하니? 만약 로베르토가 변심해서 나를 멀리하면 나는 어찌해야 할 바를 모를 거야. 정체성을 잃어버릴 거야. 로베르토는 달라. 로베르토는 항상 자기 자신을 잘 알았지. 어렸을 때부터.

나는 로베르토가 어렸을 때를 기억해. 그가 입을 열면 어떤 일이 일어났는지 너는 상상도 못 할 거야. 너도 사르젠테 변호사의 아들을 알지? 로사리오는 나쁜 놈인데도 아무도 그에게 손을 못 대. 로베르토는 그런 로사리오의 마음까지 빼앗았어. 뱀 다루듯 그를 진정시켰지. 이런 일을 직접 경험하지 않고서 로베르토를 제대로 안다고 할 수 없어. 나는 그런 일을 수도 없이 보았어. 로사리오처럼 멍청한 사람들만이 아니야.

어제저녁을 생각해봐. 그곳에 있는 사람들은 모두 교수였잖아. 최고의 엘리트들만 모였지. 너도 봐서 알겠지만 모두 로베르토를 위해 모인 거였어. 로베르토 마음에 들려고 그렇게 똑똑한 척하고 예의 바르게 군 거야. 로베르토만 없으면 그들은 서로 못 잡아먹어서 안달이야. 로베르토가 다른 곳으로 시선을 돌리는 순간 그들이 무슨 말을 하는지 너도 한번 들어봐야 해. 다들 악랄해지고 서로를 질투하면서 모질고 추잡한 말을 주고받아. 그러니 잔나, 나와 로베르토는 비교할 수 없어. 내가 지금 기차에서 죽어버리면 물론 로베르토는 마음 아파하겠지. 괴로워할 거야. 하지만 그렇다고 자기 본모습을 잃지 않을 거야.

나는 그렇지 않아. 물론 그가 죽는다는 가정은 하지 않겠어. 그런 일은 상상할 수도 없으니까. 하지만 만약 로베르토가 나를 떠난다면 나는 죽어버릴 거야. 너도 봤지? 여자들이 그를 어떤 시선으로 바라보는지. 하나같이 예쁘고 똑똑하고 아는 것도 많은 여자들이야. 행여나 로베르토가 그런 여자 때문에 나를 버리면 나는 죽어버릴 거야. 예를 들면 미켈라 같은 여자 말이야. 그 여자는 오직 로베르토와 이야기하려고 모임에 나오는 거야. 다른 사람한테는 관심이 하나도 없어. 미켈라는 중요한 사람이야. 나중에 큰 인물이 될 수도 있어. 미켈라는 그래서 로베르토를 원하는 거야. 로베르토와 함께라면 자기가 대통령도 될 수 있다고 생각하니까. 그런 미켈라가 내 자리를 차지하면 나는 죽어버릴 거야. 어쩔 수 없어. 살아도 살 이유가 없을 테니까."

줄리아나는 몇 시간에 걸쳐 이런 이야기를 늘어놓았다. 그녀는 눈을 크게 뜨고 입술을 실룩이며 집요하게 말을 이어갔다. 나는 황량한 기차 복도에서 줄리아나의 끝없는 속삭임에 귀 기울여주었다. 줄리아나의 말을 듣다 보니 그녀에 대한 안타까운 마음과 함께 경외심이 생겼다.

줄리아나는 어른이었다. 그에 비하면 나는 철부지 소녀에 지나지 않았다. 나라면 줄리아나처럼 잔혹한 현실을 명확하게 응시하지 못했을 것이다. 가장 힘든 순간이면 나 스스로에게조차 감정을 숨길 줄 알았으니까. 그런 나에 비해 줄리아나는 눈을 감지도, 귀를 막지도 않고 정확하게 자신의 상황을 파악했다.

나는 줄리아나를 위로해주려 애쓰지 않았다. 그저 가끔 내가 믿고 싶은 말을 해주었다. 로베르토는 오래전부터 밀라노에 살았기 때문에 미켈라 같은 여자들을 수도 없이 알고 있을 거라고 말해주었다.

"언니 말이 맞아요. 그 여자들은 모두 로베르토 오빠에게 반했어요. 하지만 오빠는 언니와 함께 살고 싶어 하잖아요. 그건 언니가 다른 여자들과 전혀 다르기 때문이에요. 그러니 변하면 안 돼요. 지금 이대로의 모습으로 남아야 해요. 그래야 오빠가 언니를 영원히 사랑할 거예요."

그게 다였다. 나는 애절하게 들리는 말투로 줄리아나에게 훈수를 두고 그다음부터는 그녀가 독백을 읊조리는 동안 침묵 속에서 나만의 독백 속으로 빠져들었다.

'나는 예뻐지지 못할 거야. 평생 그럴 거야. 로베르토는 내가 스스로 못생겼다고 생각하고 방황한다는 걸 알고 동정심에서 거짓말로 나를 위로하려 한 거야. 그래서 내게 그런 말을 해준 거야. 하지만 그게 아니라면? 로베르토가 정말로 내 눈에는 보이지 않는 나의 아름다움을 보고 좋아한 거라면? 물론 그는 줄리아나가 듣는 데서 내게 예쁘다고 했어. 그러니 딴 맘이 있는 건 아니었을 거야. 줄리아나도 그걸 아니까 맞장구쳐준 거겠지. 하지만 단어 속에 딴 맘이 꼭꼭 숨겨져서 로베르토 자신도 알아채지 못했던 거라면? 지금 이 순간 그 생각이 다시 수면에 떠올라 로베르토가 자기 말을 곱씹으며 〈왜 내가 그런 말을 한 거지? 내 진심은 무엇이었지?〉라고 고민하고 있는 건 아닐까? 정말 로베르토의 진심은 무엇이었을까?'

나는 진실을 알아야 했다. 너무나 중요했다. 그의 전화번호를 아니까 전화를 해봐야겠다. 그에게 "정말로 내가 예쁘다고 생각하나요?"라고 물어봐야겠다.

"신중히 말해줘요. 내 얼굴은 아빠 때문에 이미 한 번 바뀌어서 못생겨졌단 말이에요. 당신까지 장난삼아 내 얼굴을 바꾸지는 말아줘요. 갑자기 예쁜 얼굴로 만들지는 말아줘요. 다른 사람들의 말에 영향을 받는 건 지긋지긋하단 말이에요. 내 본모습이 무엇인지 알고 싶어요. 내가 어떤 사람이 될지 알고 싶어요. 그러니 도와줘요."

그렇다. 로베르토는 이런 식의 말을 좋아할 것이다. 하지만 이런 말을 해봤자 무슨 소용이 있겠는가. 그의 애인이 이렇게 자신의 고통을 내게 고백하고 있는데, 내가 그에게 무엇을 바랄 수 있겠나. 내가 예쁘다는 걸 그가 인정해주기를 바라고 있는 걸까. 다른 여자들보다 예쁘다고, 자기 약혼녀보다 예쁘다고 말해주기를 바라는 걸까. 정말 그런 걸까. 혹시 그보다 더, 훨씬 더 많은 것을 바라는 건 아닐까.

줄리아나는 인내심을 가지고 자기 이야기를 들어준 내게 고마워했다. 감정이 복받친 듯 갑자기 내 손을 잡고 칭찬해주었다.

"너 정말 대단했어. 말 한마디로 미켈라에게 보기 좋게 한 방 먹였지. 고마워, 잔니나. 앞으로도 항상 나를 도와줘. 언제까지나. 딸을 낳으면 네 이름을 붙여줄게. 너처럼 똑똑하게 자라도록."

줄리아나는 무슨 일이 있어도 자기를 도와줄 것을 내게 맹세
하게 했다. 나는 그러겠다고 맹세했지만, 그걸로 충분치 않았는
지 내게 계약을 맺자고 했다. 결혼해서 밀라노에 가기 전까지 자
기가 또다시 정신을 못 차리고 사실이 아닌 것을 믿지 않게 도와
주기로 말이다.

내가 그러겠다고 하니까 그제야 줄리아나는 조금 진정하는
것 같았다. 우리는 침대칸에서 잠시나마 눈을 붙이기로 했고 나
는 곧바로 잠이 들었다. 날이 밝고 나폴리까지 얼마 남지 않았을
때, 줄리아나가 나를 흔들어 깨웠다. 선잠에서 깨자 줄리아나가
겁에 질린 눈빛으로 내게 팔목을 내밀었다.

"어떡하니, 잔니나. 팔찌가 없어졌어."

19

나는 침대칸 밖으로 나갔다.

"어떻게 된 거죠?"

"나도 잘 몰라. 팔찌를 어디에 놔뒀는지 모르겠어."

줄리아나가 핸드백과 가방을 다 뒤져봤지만 팔찌는 나오지
않았다. 나는 그녀를 진정시키려 했다.

"분명히 로베르토 오빠 집에 놔두고 왔을 거예요."

"아니야, 여기 핸드백 주머니에 넣어두었단 말이야."

"확실해요?"

"확실한 건 아무것도 없어."

"피자집에서는 팔찌를 하고 있었나요?"

"팔찌를 차려고 했던 건 기억나는데 생각만 하고 실제로 그러진 않았나 봐."

"나는 팔찌를 본 것 같은데…"

기차가 역에 들어갈 때까지 우리는 그런 식의 대화를 주고받았다. 줄리아나의 불안함이 전염돼 팔찌 잠금 부분이 망가져서 팔찌를 잃어버렸거나 지하철이나 기차에서 그녀가 잠든 사이에 다른 칸 승객이 훔쳐간 건 아닌지 나까지 걱정이 되었다. 우리 둘 다 빅토리아 고모가 화나면 어떻게 되는지 잘 알고 있었다. 팔찌 없이 이대로 돌아가면 골치 아파질 게 뻔했다.

기차에서 내리자마자 줄리아나는 공중전화를 향해 달려가 로베르토의 번호를 눌렀다. 전화벨이 울리는 동안 줄리아나는 손가락으로 머리를 빗었다. 반쯤 열린 그녀의 입에서 "전화를 안 받네"라는 말이 새어 나왔다. 줄리아나는 나를 쳐다보며 다시 한번 로베르토가 전화를 받지 않는다고 했다. 그녀는 잠시 후 자기 파괴적인 집착에 사로잡혀 벽을 내리치면서 사투리로 험한 말을 내뱉었다.

"미켈라랑 섹스하느라 못 받는 거야."

마침내 로베르토가 전화를 받자 재빨리 불안감을 감추고 계속해서 머리카락을 손가락으로 돌돌 말면서 다정한 말투로 말했다. 줄리아나는 로베르토에게 팔찌 이야기를 들려준 뒤 잠시 말이 없다가 고분고분한 목소리로 "알겠어, 5분 후에 다시 전화할게"라고 했다. 하지만 줄리아나는 수화기를 내려놓자마자 화를 내며 "마저 떡을 치러 가야 하나 봐"라고 했다.

내가 듣기 거북해서 그만 진정하라고 외치자 그제야 줄리아
나도 부끄러워하면서 고개를 끄덕였다. 줄리아나는 내게 사과한
뒤 로베르토가 자기는 팔찌를 못 봤지만 지금 찾아보겠다고 했
다면서 상황을 설명해주었다. 내가 여행 가방 옆에 서서 기다리
는 동안 줄리아나는 신경이 곤두선 채 앞뒤를 오가면서 자신을
쳐다보거나 추잡한 말을 던지는 사내들에게 사납게 대들었다.

"5분 지났어?"

줄리아나가 내게 외치다시피 물었다.

"10분 지났어요."

"지났다고 말 좀 해주지."

줄리아나는 공중전화 쪽으로 달려가서 토큰*을 집어넣었다.
이번에는 로베르토가 곧바로 전화를 받았다. 줄리아나는 로베르
토의 말을 가만히 듣고 있다가 "다행이다"라고 했다. 내게도 로
베르토의 목소리가 들리기는 했지만, 내용은 알아듣기 힘들었
다. 그가 수화기 너머에서 말하는 동안 줄리아나는 안심한 목소
리로 내게 속삭였다.

"로베르토가 팔찌를 찾았대. 부엌에 놔뒀었나봐."

그러고는 로베르토에게 사랑의 말을 속삭이려고 일부러 내게
서 등을 돌렸지만 들리기는 마찬가지였다. 줄리아나는 전화를
끊고 나서 잠시 마음을 놓는 것 같았지만 그도 잠시일 뿐 "내가
떠나자마자 미켈라가 로베르토 침대에 기어들지 않을 거라는 걸
어떻게 믿지?"라고 했다.

---

* 과거에는 동전 대신 공중전화용 토큰이 따로 있었다.

줄리아나는 지하철 계단에 멈춰 섰다. 가는 길이 반대 방향이라 거기에서 헤어져야 했다. 줄리아나가 말했다.

"조금만 기다려. 집에 돌아가기 싫어. 빅토리아에게 취조당하고 싶지 않아."

"고모가 물어봐도 대답하지 말아요."

"그 거지 같은 팔찌가 없다고 나를 괴롭힐 거야."

"너무 불안해하지 말아요. 어떻게 이렇게 살 수 있겠어요?"

"난 매사에 불안해. 지금 너랑 이야기하면서도 무슨 생각을 한 줄 아니?"

"무슨 생각을 했어요?"

"미켈라가 로베르토 집에 가면 어떻게 하나. 거기서 팔찌를 보고 가져가버리면 어쩌나 하는 생각을 했어."

"미켈라가 그런 짓을 하게 로베르토 오빠가 내버려둘 리도 없지만, 솔직히 미켈라라면 팔찌 정도는 마음껏 살 수 있어요. 언니 마음에도 안 드는 팔찌를 미켈라가 왜 좋아하겠어요?"

줄리아나는 손가락으로 머리카락을 돌돌 말면서 나를 바라보며 속삭였다.

"로베르토는 그 팔찌를 좋아하거든. 미켈라는 로베르토가 좋아하는 거라면 뭐든 좋아하고."

줄리아나는 또다시 몇 시간 동안이나 반복하던 기계적인 동작으로 손가락에 감긴 머리카락을 풀려고 했다. 하지만 그럴 필요가 없었다. 머리카락은 그대로 줄리아나의 손가락에 감겨 있었으니까. 줄리아나는 공포에 질린 표정으로 머리카락을 쳐다보며 속삭였다.

"어떻게 된 거지?"

"너무 불안해서 머리카락을 잡아 뜯었나봐요."

줄리아나는 시뻘겋게 달아오른 얼굴로 머리카락을 바라봤다.

"잡아 뜯은 게 아니야. 저절로 빠진 거야."

줄리아나는 머리카락 한 움큼을 새로 부여잡으며 말했다.

"이것 좀 봐."

"잡아당기지 말아요."

줄리아나가 머리카락을 잡아당기자 그녀의 기다란 머리가 손가락 사이에 남았다. 얼굴로 쏠렸던 핏기가 가시더니 이번에는 백지장처럼 창백해졌다.

"나는 죽는 걸까? 잔나, 이러다 죽는 걸까?"

"머리카락 좀 빠졌다고 죽지는 않아요."

나는 그녀를 진정시키려고 했다. 하지만 그 순간 줄리아나에게는 어린 시절부터 지금까지 받은 모든 스트레스가 감당할 수 없을 정도로 한꺼번에 밀려들었던 것 같았다. 아버지, 어머니, 빅토리아, 그녀를 둘러싸고 어른들이 외치던 이해할 수 없는 고함으로 점철된 과거의 기억에서부터 현재 로베르토에 대한, 그러니까 그가 자기한테 너무 과분해서 그를 잃을 수도 있다는 불안감까지 말이다.

줄리아나는 내게 자기 두피를 봐달라고 했다.

"머리카락을 들추고 자세히 봐줘."

시키는 대로 그녀의 두피를 보니 머리 한가운데 보일 듯 말 듯 머리카락이 비어 있는 곳이 보였다. 나는 줄리아나를 지하철 플랫폼까지 바래다주었다.

"빅토리아 고모에게 팔찌 이야기는 하지 말아요. 밀라노를 구경한 이야기만 해요."

내가 줄리아나에게 당부했다.

"하지만 팔찌에 관해 물으면 어떡해?"

"시간을 끌어봐요."

"당장 내놓으라고 하면?"

"나한테 빌려줬다고 하세요. 우선 가서 좀 쉬어야 해요."

나는 줄리아나가 잔투르코행 기차에 오르도록 겨우 설득했다.

20

우리의 뇌가 어떻게 전략을 짜고 그것을 들키지 않고 실행하는지 아직도 나는 너무나 궁금하다. 무의식의 영역에 속한다는 말은 너무 막연하고 어쩌면 위선적이라고까지 할 수 있는 설명이리라.

나는 무슨 수를 써서라도 당장 밀라노로 돌아가고픈 내 마음을 잘 알고 있었다. 그런 내 마음을 완전히 알고 있으면서도 모르는 척했다. 도착한 지 한 시간 만에 또다시 그 힘든 여행길에 오르려는 진짜 목적을 인정하지 않고 그 여행의 필요성을, 절박함을, 고귀한 이유를 거짓으로 만들어냈다.

나는 팔찌를 찾아서 줄리아나의 불안함을 덜어줘야겠다고 생각했다. 줄리아나가 차마 하지 못한 말을 로베르토에게 해주기로 마음먹었다. 도덕적인 부채니 사회적인 부채니 하는 말도 안되는 이유에 신경 쓰지 말고 늦기 전에 줄리아나와 결혼해서 그녀를 데리고 파스코네를 떠나라고 말하려 했다. 고모의 분노를 아직 철부지 소녀인 내게로 돌려서 다 큰 성인인 내 친구를 지키기로 했다.

그렇게 해서 나는 밀라노행 기차표를 새로 산 다음 집에 전화를 걸어 어머니가 미처 투덜댈 틈도 없이 밀라노에 하루 더 머물겠다고 통보했다. 기차 출발 시각이 거의 다 되어서야 정작 로베르토에게 말하지 않았다는 사실이 떠올랐다. 나는 속된 말로 이것이야말로 운명이라고 생각하며 그에게 전화를 걸었다. 로베르토는 곧바로 전화를 받았다. 솔직히 그날 우리가 어떤 대화를 나누었는지 기억이 나지 않는다. 그냥 이런 이야기를 했다고 생각하는 게 마음이 편할 것 같다.

"줄리아나 언니에게 급히 팔찌가 필요해서 내가 지금 바로 돌아가려고 해요."

"피곤할 텐데 미안해."

"괜찮아요, 돌아가게 돼서 기뻐요."

"몇 시 도착 예정이지?"

"밤 10시 8분이오."

"데리러 나갈게."

"기다릴게요."

하지만 이 대화는 거짓이다. 나와 로베르토 사이에 체결된 암묵적인 협의의 대략적인 초안일 뿐이다.

'내가 참 예쁘다고 했지? 그 말 때문에 기차에서 내리자마자 피로에 지친 몸을 끌고 마법의 팔찌를 핑계로 다시 기차를 타. 당신은 나보다 잘 알 거야. 그 팔찌가 지닌 마법은 오직 오늘 밤 우리 둘이 함께 밤을 보내게 해주는 것뿐이라는 걸. 어제 아침 당신이 줄리아나와 함께했던 바로 그 침대에서.'

사실은 처음부터 나와 로베르토 사이에 대화라고 할 수 있을 만한 이야기가 오가지 않았을 수도 있다. 밑도 끝도 없이 내가 하고 싶은 말만 통보한 것일 수도 있다. 그 무렵 나는 언제나 그런 식으로 말했으니까.

"지금 당장 줄리아나 언니에게 팔찌가 필요해요. 바로 기차를 타려고 해요. 밀라노에는 저녁에 도착할 거예요."

그가 뭐라고 대답했을 수도 있고 어쩌면 아닐 수도 있다.

21

나는 너무나 피곤해서 만석 객차에서 사람들의 수다와 문 여닫는 소리, 스피커에서 나오는 안내방송과 기차가 덜컹거리는 소리와 긴 휘파람 같은 기적 소리, 딸그락거리는 소음 속에서 몇 시간 동안 잠이 들었다. 진짜 힘들었던 건 잠에서 깬 후였다. 악몽을 꿨는지 잠에서 깨자마자 내가 대머리가 됐을 거라는 확신에 머리를 만졌다. 꿈 내용은 이미 희미해지고 조금 전 줄리아나보다 머리카락이 더 많이 빠진 것 같은 느낌만 남았다. 하지만 꿈에서 빠진 것은 지금의 내 머리카락이 아니었다. 아버지가 예쁘다고 했던 어렸을 때의 머리카락이었다.

나는 설핏 잠이 들어 눈을 감았다. 줄리아나와 지나치게 가까이 붙어 있다 보니 그녀의 감정이 전염된 것 같았다. 줄리아나의 절망은 이제 나의 것이었다. 그녀에게서 옮은 것이 틀림없었다.

내 몸의 장기도 줄리아나의 장기처럼 고통받고 있었다. 나는 겁에 질려 잠에서 깨려 했다. 하지만 줄리아나와 그녀의 고통은 어느새 내 머릿속에서 뿌리를 내렸고 그녀의 애인을 만나러 여행길에 오른 나로서 그것은 매우 성가신 감정이었다.

마음이 상하니 같은 칸에 앉은 승객들도 꼴 보기가 싫어서 복도로 나왔다. 나는 피하고 싶어도 피할 수 없는 사랑의 힘에 대한 문구들을 되새기며 위안을 얻었다. 시와 소설에서 읽은 구절들이었다. 읽고 마음에 들어서 공책에 옮겨 써놓은 문장들이었다. 그래도 줄리아나의 모습은 사라지지 않았다. 특히 그녀의 손에 남겨진 머리카락이, 그녀의 몸 일부가 부드럽게 떨어져 나가던 그 장면을 잊을 수 없었다.

그러다 갑자기 엉뚱한 생각을 했다.

'아직은 내 얼굴에서 빅토리아 고모 얼굴이 나타나지 않았을지도 몰라. 하지만 얼마 안 있으면 고모의 얼굴이 뼈에 단단히 새겨져서 없어지지 않을 거야.'

힘든 순간이었다. 힘겨웠던 지난 몇 년 가운데 가장 힘들었다. 나는 줄리아나의 말에 귀를 기울이며 거의 밤을 지새웠던 지난밤과 같은 복도에 서 있었다. 줄리아나는 내가 자기 말을 듣고 있는지 확인하려고 내 손을 잡고, 내 팔을 잡아당기고, 계속해서 몸을 기대어왔다.

어느새 해가 지고 있었다. 요란한 기차 소리가 푸르스름한 들판을 가르며 앞으로 나아갔다. 새로운 밤이 시작되려는 참이었다. 그때 나는 내 의도가 순수하지 않다는 사실을 확실히 인식했다. 내가 여행길에 나선 건 팔찌를 찾아오기 위해서가 아니었다. 줄리아나를 돕기 위해서도 아니었다. 나는 그녀를 배신하기 위해 떠난 것이다. 그녀가 사랑하는 남자를 빼앗기 위해 떠난 것이다.

나는 미켈라보다 더 음흉하게 로베르토가 내어준 그의 옆자리에서 줄리아나를 쫓아내고 그녀를 파멸로 몰아넣으려 하고 있었다. 내게 로베르토는 내가 빅토리아 고모 얼굴을 닮아간다는 말실수를 하기 전의 아버지보다 더 멋져 보였다. 그렇게나 멋진 로베르토가 아버지와는 달리 내게 참 예쁘다고 했다는 이유로 나는 내 행동을 정당화했다.

기차가 밀라노에 들어가는 순간, 로베르토가 내게 준 훈장에 대한 자긍심을 지니고, 그 누구도 나를 멈출 수 없다는 확신에 차서 머릿속에 떠오른 생각을 그대로 실행하러 가고 있는 내 얼굴은 빅토리아 고모와 판박이일 수밖에 없었다. 줄리아나의 신뢰를 저버림으로써 나는 마르게리타 아주머니의 삶을 망친 고모처럼 될 것이다. 내 어머니의 삶을 망가뜨린 고모의 오빠이자 내 아버지 같은 사람이 될 것이다.

나는 죄책감에 사로잡혔다. 그때까지 처녀였던 나는 그날 밤 남성이라는 대단한 권위로 내게 새로운 아름다움을 부여해준 유일한 이에게 처녀성을 잃고 싶었다. 그것이야말로 나의 권리인 것 같았다. 그 과정을 거치면 성인이 될 거라고 생각했다.

하지만 기차에서 내릴 때부터 나는 이미 겁에 질려 있었다. 그런 식으로 어른이 되고 싶지는 않았다. 로베르토가 알아봐준 나의 아름다움은 다른 이들에게 상처를 주는 사람의 아름다움과 너무나도 닮아 있었다.

22

전화 통화할 때 로베르토가 줄리아나와 함께 왔을 때처럼 기차역 플랫폼까지 나를 데리러 오겠다고 했던 것 같은데 막상 도착하니 그의 모습이 보이지 않았다. 나는 잠시 기다리다가 로베르토에게 전화를 걸었다. 로베르토는 내가 혼자 집까지 찾아올 거라고 생각하고 있었다며 안타까워하면서 다음 날 제출해야 할 에세이를 쓰고 있다고 했다. 나는 속상했지만 별다른 말을 하지 않았다. 로베르토가 가르쳐준 대로 지하철로 그의 집까지 갔다. 그는 나를 상냥하게 맞아주었다. 입술에 키스해주기를 바랐는데 그는 입술 대신 뺨에 입을 맞췄다. 친절한 관리인 아주머니 덕분에 식사가 준비되어 있었다.

우리는 함께 저녁을 먹었다. 로베르토는 팔찌 이야기도, 줄리아나 이야기도 꺼내지 않았고 그것은 나도 마찬가지였다. 로베르토는 현재 집필 중인 글을 쓰기 위해 생각을 정리하는 데 내 도움이 필요한 것처럼 말했다. 내가 자기 말을 들어주려고 일부러 기차를 탔다고 생각하는 것 같았다. 글의 주제는 죄책감이었다. 로베르토는 죄책감이란 양심을 찌르는 연습을 하는 거라고 몇 차례 말했다. 옷을 만들 때처럼 실과 바늘로 양심을 관통하는 거라고 했다.

나는 그의 말에 가만히 귀를 기울였다. 지난날 내가 빠져든 바로 그 목소리였다. 이번에도 나는 그에게 사로잡혔다. 그의 집에서, 그의 책에 둘러싸여, 그의 책상이 보이는 곳에서 함께 식사를 하고, 그가 자기 글에 대해 이야기하는 것을 듣고 있다 보니 내가 그에게 꼭 필요한 존재가 된 것 같았다. 그것이야말로 내가 원하던 바였다.

저녁 식사를 마친 후 로베르토는 수건이나 치약을 건네주듯 내게 팔찌를 주었다. 그는 내게 팔찌를 준 다음에도 여전히 줄리아나 이야기를 꺼내지 않았다. 마치 그녀를 자기 삶에서 영영 지워버린 것처럼. 나 역시 그런 로베르토에게 장단을 맞추려 해보았지만 그럴 수 없었다. 내 머릿속은 빅토리아 고모의 대녀에 대한 생각으로 가득했다. 나는 로베르토의 집이 있는 그 아름다운 도시로부터 멀리 떨어진 나폴리 외곽 지역에서, 경찰복 차림을 한 엔초의 커다란 사진이 걸린 잿빛 집에서 줄리아나가 어떤 몸과 마음으로 있을지 로베르토보다 더 잘 알고 있었다. 불과 몇 시간 전까지만 해도 그 방에 셋이 함께 있었는데.

나는 줄리아나가 욕실에서 머리를 말리고 거울 앞에서 자신의 불안에 가면을 씌우는 모습을 보았다. 레스토랑에서 그의 곁에 앉고 침대에서 그를 꼭 끌어안는 모습을 보았다. 그랬던 그녀가 이미 죽은 사람처럼 느껴지다니. 지금 그곳에 있는 건 그녀가 아니라 나였다. 그 사람이 없으면 못 살 거라고 생각하던 사람의 인생에서 정작 본인은 그다지도 쉽게 사라져버리는 것이 가능하단 말인가.

그런 생각을 하느라 다정한 말투로 누군가에 대해 조금 냉소적인 이야기를 하는 로베르토의 말에 좀처럼 집중할 수 없었다. 졸음, 소파 침대, 숨 막히는 어둠, 밤샘 작업 같은 단어만 간간이 들려올 뿐이었다. 가끔 로베르토의 목소리가 내 아버지의 가장 아름다웠던 목소리처럼 느껴졌다. 나는 힘없이 말했다.

"너무 피곤하고 무서워요."

그가 대답했다.

"나랑 같이 자도 돼."

내 말과 그의 말은 이어지는 말이 아니었다. 연속적인 문장처럼 들렸지만 실은 그렇지 않았다. 내 말 속에는 피곤했던 여행의 광기와 줄리아나의 절망과 용서받지 못할 잘못을 저지를지도 모른다는 두려움이 섞여 있었고 로베르토의 말에는 소파 침대를 펴기 힘들다는 것을 우회적으로 표현하려는 의도가 담겨 있었다. 그의 의도를 눈치채자마자 나는 말했다.

"내가 알아서 할게요."

내 말을 증명이라도 하듯 나는 소파에 웅크리고 누웠다.

"괜찮겠니?"

"네."

"왜 다시 돌아온 거야?"

그가 물었다.

"이젠 나도 잘 모르겠어요."

그 상태로 몇 초가 흘렀다. 그는 호감 어린 눈빛으로 위에서 나를 내려다보았고 나는 혼란에 빠진 채 소파에 누워 그를 올려다보았다. 그는 나를 향해 몸을 굽히지도 않고 나를 어루만져주지도 않았다. 잘 자라는 말 한마디만 남기고 자기 방으로 들어가버렸다.

나는 옷을 입고 그대로 소파에 누웠다. 옷을 갑옷 삼아 입은 채로 누워 있고 싶었다. 하지만 얼마 안 가 로베르토가 잠들기를 기다렸다 일어나 그의 방으로 가서 옷을 입은 상태로 그의 침대

속으로 파고 들고 싶은 욕망이 생겼다. 그저 그의 곁에 머물기 위해서 말이다. 로베르토를 만나기 전에는 남자를 알고 싶다는 욕구를 한 번도 느낀 적이 없었다. 호기심이 생길 때도 있었지만 나혼자 내 몸을 만질 때조차 실수로 긁을까봐 겁을 낼 정도로 민감한 부분에 가해질 고통이 두려워 그런 생각을 지워버리곤 했다.

하지만 성당에서 처음 로베르토를 본 후로 나는 격렬하고 혼란스러운 욕망에 사로잡혔다. 기분 좋은 긴장감 같은 흥분이 나의 은밀한 부분을 부풀어 오르게 만든 후 온몸으로 퍼졌다.

아메데오 광장에서의 만남과 그 후 이어진 우연한 짧은 만남들 뒤에도 나는 그를 받아들이는 상상을 한 번도 한 적이 없었다. 돌이켜보면 이따금 그런 상상이 떠오를 때마다 천박하다고 생각했던 것 같다. 밀라노에 와서야, 전날 아침 로베르토가 줄리아나와 침대에 함께 있는 모습을 목격한 후에야 나는 그도 뭇사내들처럼 덜렁거리거나 뻣뻣하게 발기된 성기를 가지고 있다는 사실을 알았다. 그 물건을 피스톤처럼 줄리아나의 몸에 집어넣었고, 마음만 먹으면 내게도 그럴 수 있다는 사실을 알았다. 하지만 이런 생각도 결정적인 것은 아니었다. 물론 삽입이 이루어질 거라는 생각으로 다시 여행길에 오르기는 했었다. 나는 과거 고모가 생생하게 묘사해준 에로틱한 광경이 재현될 거라고 생각했었다.

하지만 나를 기차에 다시 오르게 만든 욕구는 그와는 전혀 다른 것이라는 걸 지금 이 순간 설핏 잠이 든 상태에서 깨달았다. 나는 그와 함께 침대에 누워 그를 꼭 껴안고 그에게 존중받고 싶었다. 그와 함께 죄책감에 대해서 논하고 싶었다. 신의 피조물이

배고픔과 목마름으로 죽어가는 동안 혼자 배부른 신을 논하고 싶었다. 위대한 남성 사상가들이 쉬는 동안 가지고 노는 사랑스럽고 아름다운 애완동물보다는 더 나은 존재이고 싶었다. 나는 괴롭지만 그런 일은, 다른 건 몰라도 그런 일만은 절대로 일어나지 않을 거라 생각하며 잠이 들었다.

그와 육체관계를 맺기는 오히려 쉬웠다. 지금 당장이라도, 꿈결에, 놀라지도 않고 그는 내 몸을 범할 수 있었다. 내가 그런 식으로 줄리아나를 배신하려고 돌아온 거라고 확신하고 있을 테니까. 내가 원하는 것이 실은 그보다 훨씬 흉악한 배신이라는 것을 모르고 있을 테니까.

제7장

1

돌아와 보니 어머니는 집에 없었다. 나는 아무것도 먹지 않고 침대에 누워 바로 잠이 들었다. 아침에 집은 텅 빈 것처럼 고요했다. 나는 욕실에 갔다가 침대로 돌아와 다시 잠들었다. 그러다 얼마 후 깜짝 놀라서 잠에서 깼다. 넬라가 침대 가장자리에 앉아서 나를 흔들고 있었다.

"괜찮니?"

"네."

"그만 일어나렴."

"몇 시죠?"

"1시 20분이야."

"배고파 죽겠어요."

어머니는 무심한 말투로 내게 밀라노는 어땠는지 물었고 나역시 그만큼 무심히 두오모 성당과 스칼라 오페라 극장, 갈레리아와 나빌리오 운하를 본 이야기를 들려주었다. 어머니는 내게 기쁜 소식이 있다고 했다. 내가 우수한 성적으로 진급했다고 교장 선생님이 아버지에게 전화로 알려왔다는 것이다. 더군다나 그리스어에서 9점을 받았다고 했다.

"교장 선생님이 아빠한테 전화했다고요?"

"그래."

"교장은 멍청한 여자예요."

어머니는 미소를 지으며 말했다.

"어서 옷부터 입으렴. 마리아노 아저씨가 와 있어."

나는 맨발에 머리가 헝클어진 채 잠옷 차림으로 부엌에 갔다. 식탁에 앉아 있던 마리아노 아저씨가 벌떡 일어나 포옹과 입맞춤으로 내 진급을 축하해주려 했다. 그는 새삼 내가 다 컸다며 마지막으로 봤을 때보다 키가 더 자랐다고 했다.

"정말 예뻐졌구나, 조반나. 나중에 우리 둘만 저녁 식사를 하자꾸나. 아저씨랑 이야기 좀 하게."

아저씨는 어머니에게 짐짓 애석한 척하면서 말했다.

"이 아가씨가 우리 시대의 가장 유망한 젊은 학자인 로베르토 마테세와 친하게 지내면서 둘이서만 흥미로운 주제로 토론을 하는데 정작 이 애를 어렸을 때부터 알고 지낸 나는 이야기할 기회조차 없다는 게 말이 돼?"

어머니는 뿌듯한 표정으로 고개를 끄덕였지만 실은 로베르토가 누군지 모르는 것이 분명했다. 어머니의 태도로 봐서는 내가 로베르토와 친하게 지낸다는 사실을 마리아노 아저씨에게 말한 사람은 아버지가 틀림없었다.

"그냥 안면만 있는 정도예요."

내가 말했다.

"성격은 어떠니?"

"아주 좋아요."

"정말 나폴리 출신이야?"

"네, 하지만 아랫동네에서 태어났어요. 보메로요."

"어쨌든 나폴리 출신이네."

"맞아요."

"그래, 지금 어떤 주제에 관해서 연구하고 있지?"

"죄책감이오."

그는 의아한 표정으로 나를 바라보았다.

"죄책감?"

실망감 뒤에 바로 호기심 어린 표정이 떠올랐다. 머릿속 어딘가에서 벌써 다음번 연구 주제는 죄책감으로 해야겠다고 생각하고 있는지도 몰랐다.

"네, 죄책감이오."

내가 다시 한번 확인해주었다.

마리아노 아저씨는 웃으면서 어머니에게 말했다.

"봤어, 넬라? 당신 딸은 로베르토 마테세와 안면이 있는 정도일 뿐이라고 하면서 둘이 벌써 죄책감에 관해 이야기했대."

나는 열심히 음식을 먹으면서 이따금 머리카락에 잘 붙어 있는지 확인하려고 머리를 만져보았다. 손가락으로 쓰다듬다 살짝 당겨보기도 했다. 식사를 마친 후 나는 자리에서 벌떡 일어나 씻으러 가야겠다고 했다. 그때까지 나와 넬라를 즐겁게 해주려고 쉬지 않고 떠들던 아저씨가 갑자기 근심 어린 표정으로 말했다.

"이다 소식을 들었니?"

내가 고개를 가로젓자 어머니가 끼어들었다.

"이다가 낙제를 했다는구나."

"시간이 있으면 그 애를 좀 챙겨주렴."

마리아노 아저씨가 말했다.

"안젤라는 진급해서 어제 아침에 자기 남자친구랑 그리스로 떠났어. 이다는 위로해줄 친구가 필요할 거야. 요즘 온종일 책을 읽고 글을 쓴단다. 그래서 낙제한 거야. 책만 읽고 글만 쓰고 공부는 안 해서 말이야."

나는 괴로워하는 그들의 표정을 봐주기 힘들었다.

"위로는 무슨 위로요? 너무 호들갑 떨지 마세요. 이다는 위로 같은 건 필요 없어요."

욕실에 들어갔다 나와 보니 집 안에 완전한 정적이 흐르고 있었다. 어머니 방문에 귀를 대어봤지만, 숨소리조차 들리지 않았다. 문을 살짝 열어보니 아무도 없었다. 넬라와 마리아노 아저씨는 내 무례한 태도에 "안녕, 조반나!"라는 인사 한마디 없이 나가버린 것이다.

이다한테 전화를 했는데 하필 아버지가 받았다.

"정말 잘했어."

내 목소리를 듣자 아버지가 기쁨의 탄성을 질렀다.

"잘한 건 아빠죠. 교장은 아빠의 첩자예요."

아버지가 흡족해하면서 웃었다.

"그녀는 좋은 사람이야."

"오죽하겠어요."

"밀라노에서 로베르토네 집에 묵었다면서?"

"누가 그래요?"

대답하기 전에 아버지는 잠시 망설였다.

"빅토리아가."

나는 놀라서 외쳤다.

"이제 서로 전화도 해요?"

"그뿐만이 아니야. 어제는 우리 집에 왔었어. 코스탄차에게 가정부가 필요한 친구가 있는데 빅토리아를 소개해주기로 했거든."

"둘이 화해했나 보네요."

내가 속삭였다.

"아니, 빅토리아와 화해하는 건 불가능한 일이야. 하지만 세월은 흐르고 우리 모두 늙어가는 처지잖니. 게다가 네가 시간을 들여서 신중하게 중재를 잘해주었어. 잘했다, 조반나. 너는 영리해. 나를 닮았어."

"아빠를 닮았으면 저도 교장 선생들을 잘 꼬시겠군요."

"그뿐만이 아니지. 로베르토네는 어땠니?"

"마리아노 아저씨에게 이미 다 이야기했으니 그 아저씨한테 물어보세요."

"빅토리아에게서 로베르토의 주소를 받았어. 그에게 편지를 보내고 싶어서. 요즘 같은 파멸의 시대에는 수준 있는 사람들끼리 친하게 지내야 한단다. 너 혹시 로베르토 전화번호 아니?"

"몰라요. 이다나 좀 바꿔주세요."

"아빠한테 인사도 안 해?"

"잘 지내요, 안드레아."

아버지의 짧은 침묵이 길게 느껴졌다.

"잘 지내렴."

아버지가 몇 년 전 전화가 왔다며 나를 부르던 것과 똑같은 목소리로 이다를 부르는 소리가 들렸다. 이다는 곧바로 전화를 받았다. 그 애는 풀이 죽어서 속삭이듯 말했다.

"제발 나를 집에서 나가게 해줘."

"한 시간 뒤에 플로리디아나 공원에서 만나."

2

공원 입구에서 이다를 기다리고 있는데 그 애가 땀을 뻘뻘 흘리면서 도착했다. 갈색 머리를 하나로 꽉 묶은 이다는 몇 달 전보다 키가 많이 자랐고 풀잎처럼 마르고 가냘파 보였다. 그 애는 불룩한 까만 가방과 마찬가지로 까만 미니스커트와 흑백 줄무늬 티셔츠를 입고 있었다. 창백한 얼굴에서는 어린 시절의 얼굴이 사라지고 있었다. 입술은 도톰했고 커다란 광대뼈가 동그스름하게 솟아 있었다.

우리는 그늘 밑에 있는 벤치를 찾았다. 이다는 자기는 낙제를 해서 오히려 기쁘다며 학교를 그만두고 글쓰는 데 전념하고 싶다고 했다. 나는 이다에게 나도 낙제한 적이 있지만, 전혀 기쁘지 않았다고 했다. 괴로웠다고 했다.

이다가 반항심 가득한 눈빛으로 나를 바라보았다.

"언니는 부끄러워했을지 모르지만 나는 그렇지 않아."

"내가 부끄러워했던 건 부모님이 나를 창피해했기 때문이었어."

"부모님의 수치심은 내가 알 바 아니야. 내가 아니어도 부끄러운 짓을 저지른 게 어디 한두 가지여야지."

"두려워서 그래. 부모님은 우리가 자기들 딸 자격이 없을까봐 두려운 거야."

"나는 부모님에게 인정받고 싶지 않아. 오히려 그 반대지. 나는 비뚤어지고 싶어."

이다는 자기 부모님에게 수치스러운 딸이 되고 싶어서 역겨

움을 참고 자기 집 정원사 일을 하던 애가 셋이나 딸린 유부남과
얼마간 사귀었다고 했다.

"어땠어?"

내가 물었다.

"끔찍했어. 침에서 시궁창 냄새가 났고 욕을 입에 달고 살
았어."

"대신 고민거리 하나는 해결했잖아."

"그건 그렇지."

"이제 진정하고 기분 좀 풀어."

"어떻게?"

나는 이다에게 토니노가 있는 베니스에 같이 가자고 했다. 이
다는 자기는 베니스보다 로마가 좋다고 했다. 나는 베니스가 더
좋다고 우기다가 문제는 도시가 아니라 토니노라는 사실을 깨달
았다. 이다는 안젤라가 토니노에게 뺨을 맞은 일이며 그가 분노
를 주체하지 못하고 청년을 뒤쫓아가 붙잡았던 일을 안젤라에게
다 들어서 알고 있었다.

"그는 우리 언니에게 상처를 주었어."

이다가 말했다.

"맞아, 하지만 토니노는 올바른 행동을 하기 위해 노력했고 나
는 그 점이 좋았어."

내가 인정했다.

"우리 언니한테는 안 그랬잖아."

"하지만 안젤라보다 토니노가 훨씬 더 노력했어."

"토니노랑 첫 경험을 하고 싶은 거야?"

"그렇지 않아."

"생각 좀 해보고 대답해도 돼?"

"그럼."

"나는 마음 편히 지내면서 글을 쓸 수 있는 곳으로 가고 싶어."

"정원사 이야기를 쓰려는 거니?"

"그 이야기라면 벌써 다 썼어. 하지만 언니는 아직 처녀니까 읽어주지 않을 거야. 섹스하고 싶은 마음이 싹 사라질 테니까."

"그럼 다른 이야기를 읽어줘."

"정말?"

"응."

"오래전부터 언니한테 읽어주고 싶었던 이야기가 있어."

이다는 가방을 뒤지더니 공책 몇 권과 종이를 몇 장 꺼냈다. 이다는 빨간 공책을 펼쳐서 내게 읽어주려는 글을 찾았다. 이루지 못한 오랜 욕망에 대한 짧은 이야기였다. 두 자매가 있었는데 그들에게는 자주 집에 와서 자고 가는 친구가 있었다. 친구는 동생보다는 언니와 더 친했다. 언니는 동생이 잠들기를 기다렸다가 손님 침대로 가서 그녀와 함께 잤다. 동생은 둘이 자기를 따돌리는 게 괴로워서 어떻게든 졸음을 참으려 했지만 결국 매번 잠이 들고 말았다. 한번은 일부러 잠든 척하고 있다가 정적과 외로움 속에서 혼자 둘의 속삭임과 키스하는 소리를 들어야만 했다. 그날 이후 동생은 둘을 염탐하기 위해 먼저 잠든 척했고, 나중에 그 둘이 잠들면 동생은 조금 울었다. 아무도 자기를 사랑해주지 않는 것 같아서였다.

이다는 빠르고 무덤덤하게 자기 글을 읽어내려갔다. 그러면서도 단어를 하나하나 정확하게 발음했다. 글을 읽는 내내 공책에서 한 번도 눈을 떼지 않았고, 내 얼굴을 쳐다보지도 않았다. 낭독을 마친 후 이다는 이야기 속 가련한 소녀처럼 울음을 터뜨렸다.

나는 손수건을 찾아서 이다의 눈물을 닦아주었다. 얼마 떨어지지 않은 곳에서 두 여인이 수다를 떨면서 유모차를 밀고 오는데도 개의치 않고 나는 이다의 입술에 키스를 해주었다.

3

다음 날 아침 나는 미리 전화도 하지 않고 팔찌를 가지고 마르게리타 아주머니네 집을 찾았다. 일부러 빅토리아 고모 집을 피했다. 줄리아나와 단둘이 만나고 싶기도 했고 갑작스럽고 일시적인 감정으로 끝날 것이 뻔한 아버지와의 화해를 알고 나서는 고모에 대한 관심이 싹 사라졌기 때문이다.

하지만 그것은 쓸데없는 전략이었다. 고모는 마르게리타 아주머니네 집이 자기 집이라도 되는 양 그 집 현관문을 열어주었다. 고모는 안타까워하면서 나를 기분 좋게 맞이했다. 고모는 마르게리타 아주머니가 줄리아나를 병원에 데리고 가서 지금 집에 없다고 했다. 자기는 부엌 청소 중이었다고 말했다.

"괜찮아, 어서 들어와. 너 정말 예뻐졌구나. 나랑 같이 있어줘."

고모가 말했다.

"언니는 좀 어때요?"

"탈모가 생겼어."

"알아요."

"나도 알아. 네가 밀라노에서 줄리아나를 잘 보살펴주고 모든 일을 세심하게 처리했다는 것도. 잘했어, 정말 잘했어. 줄리아나도 로베르토도 너를 정말 좋아해. 나도 마찬가지고. 너를 이렇게 잘 키운 걸 보니 네 아빠가 생각했던 것만큼 형편없는 사람은 아닌가 보다."

"아빠한테 고모가 새 직장을 구했다고 들었어요."

빅토리아 고모는 싱크대 옆에 서 있었다. 고모의 등 뒤로 촛불로 밝힌 엔초의 사진이 보였다. 고모와 알고 지낸 후 처음으로 나는 고모의 눈빛에서 민망한 기색을 읽었다.

"그래, 조건이 아주 좋아."

"포실리포로 이사해야겠네요."

"그래야지."

"잘됐어요."

"사실 나는 좀 아쉽단다. 마르게리타, 코라도, 줄리아나와 헤어져야 하니까. 이미 토니노를 잃었는데. 가끔은 네 아빠가 나를 괴롭히려고 일부러 그 일을 소개해준 건 아닌가 싶어."

나도 모르게 웃음이 터져 나왔지만 이내 정신을 차리고 말했다.

"그럴 수도 있죠."

"내 말 못 믿겠니?"

"믿고말고요. 아빠는 무슨 짓이든 할 수 있는 사람이에요."

고모가 나를 째려보았다.

"네 아빠에 대해 그런 식으로 말하면 뺨을 맞을 줄 알아."

"죄송해요."

"나는 오빠 욕을 해도 되지만 넌 아니야. 넌 오빠 딸이잖아."

"알겠어요."

"이리 와서 고모한테 뽀뽀해주렴. 가끔 네가 날 열받게 해도 나는 너를 사랑해."

나는 고모 뺨에 뽀뽀를 해주고 가방을 뒤졌다.

"줄리아나 언니의 팔찌를 가지고 왔어요. 어쩌다 제 가방에 떨어졌거든요."

고모가 내 손을 막았다.

"어쩌다 그랬다고? 왜 아니겠어. 그냥 네가 가져. 그 팔찌를 좋아하잖아."

"하지만 이제는 줄리아나 언니 거예요."

"줄리아나는 그 팔찌를 싫어하지만 너는 좋아하잖니."

"좋아하지도 않는 팔찌를 왜 줄리아나 언니에게 준 거죠?"

고모가 의아한 눈빛으로 나를 바라보았다. 내 질문의 의도를 이해하지 못한 듯했다.

"너 질투하니?"

"아니요."

"줄리아나가 불안해 보여서 준 거야. 하지만 그 팔찌는 네가 태어났을 때부터 네 것이었어."

"아이 팔찌는 아니잖아요. 왜 고모가 간직하지 않았나요? 일요일에 미사 갈 때 찰 수도 있잖아요."

고모는 사나운 눈빛으로 외쳤다.

"하다 하다 못해 이제는 너까지 우리 엄마 팔찌를 어떻게 해야

할지 훈수를 두는 거니? 닥치고 그냥 가지고 있어. 솔직히 줄리
아나는 그 팔찌가 필요 없어. 눈부시게 아름다워서 팔찌뿐만 아
니라 다른 보석도 필요 없어. 지금은 탈모가 있지만, 별일 아니
야. 의사가 영양을 보충하도록 처방해주면 괜찮을 거야. 너야말
로 외모를 꾸밀 줄 몰라. 이리 와 보렴, 잔니나."

　고모는 부엌이 너무 좁고 공기가 답답한지 안절부절못하다가
나를 마르게리타 아주머니 침실로 끌고 갔다. 장롱 문을 여니 긴
거울 속에 비친 내 모습이 보였다.

　"거울을 봐!"

　고모가 내게 명령했다. 거울을 보기는 했지만 나보다는 내 뒤
에 있는 고모에게 시선이 갔다.

　"너는 옷을 제대로 입을 줄 몰라. 옷으로 몸매를 감추려고 해."

　고모가 말했다.

　고모는 내 치마를 허리까지 끌어올리고는 감탄했다.

　"이 허벅지 좀 보렴. 세상에나. 이제 한번 돌아봐. 그래, 엉덩이
가 이 정도는 돼야지."

　고모는 내게 뒤로 돌아보라고 하더니 손바닥으로 팬티를 찰
싹 때리고는 다시 거울을 보게 했다.

　"세상에, 이 몸매를 좀 봐."

　고모가 내 허리를 쓰다듬으며 외쳤다.

　"너는 네 자신을 알고 최대한 활용해야 해. 아름다운 건 보여
줘야 하는 거야. 네 가슴을 좀 봐. 네 가슴은 끝내줘. 여자라면 너
같은 가슴을 가지기 위해서 뭐든 다 할 거야. 그런데 정작 너는
네 가슴을 고문하고 있어. 가슴을 부끄러워하면서 꼭꼭 숨겨두

고 있어. 이제 내가 어떻게 하는지 잘 봐."

고모는 이렇게 말하고는 내가 치마를 내리느라 정신이 없는 틈을 타서 블라우스 속으로 손을 쑥 집어넣었다. 고모는 양쪽 브래지어 컵 안으로 차례로 손을 넣어 가슴골이 블라우스 목둘레선 위로 볼록하게 올라오게 만들고는 좋아했다.

"봤지? 우리는 아름다워, 잔나. 우리는 아름답고 똑똑해. 타고난 멋진 몸매를 아깝게 방치해두면 안 돼. 난 네가 줄리아나보다 잘 됐으면 좋겠어. 너는 천국까지 갈 수 있는 아이야. 그에 비해서 네 아버지는 땅에 있을 수준밖에 안 되면서 잘난 척만 하지. 대신 기억하렴."

고모가 아주 잠깐 내 다리 사이에 살짝 손을 얹으면서 말했다.

"이미 몇 번이나 말했지만, 이것만은 소중하게 간직하렴. 사내에게 주기 전에 장단점을 꼼꼼하게 따져봐야 한단다. 그렇지 않으면 넌 아무것도 될 수 없어. 아니, 그 정도가 아니야. 내 말 명심해. 만약 그걸 함부로 줘버리면 네 아빠한테 일러바칠 테니 그렇게 알아. 우리 둘이 너를 죽도록 두들겨 팰 테니 그렇게 알아둬. 자, 이제 그대로 가만히 있어봐."

고모가 내 가방을 뒤져서 팔찌를 찾아 채워주었다.

"정말 잘 어울린다. 팔찌를 차니까 훨씬 예쁘지?"

그때 거울 속에 코라도의 모습이 비쳤다.

"안녕?"

그가 말했다.

빅토리아 고모가 고개를 돌리기에 나도 코라도를 바라보았다. 고모는 더워서 손부채질을 하면서 코라도에게 물었다.

"잔니나 예쁘지? 그렇지 않니?"

"네, 정말 아름다워요."

4

나는 줄리아나에게 안부를 전해달라고 고모한테 신신당부했다. 내가 그녀를 좋아하고 다 잘 될 테니 걱정하지 말라고 전해달라고 했다. 당연히 코라도가 같이 좀 걷자고 말할 거라 생각하고 현관 쪽으로 향했는데 그는 내 주변을 심드렁하게 어슬렁거릴 뿐 아무 말도 하지 않았다.

"코라도 오빠, 버스 정류장까지 데려다줄래요?"

결국 내가 먼저 그에게 말했다.

"그래, 잔니나 좀 바래다주렴."

빅토리아 고모가 명령하자 코라도는 마지못해 내 뒤를 따라 계단을 내려와 눈이 멀 정도로 강렬한 햇볕이 내리쬐는 길로 나왔다.

"무슨 일 있어요?"

내가 물었다.

그는 어깨를 으쓱해 보이고는 뭔가 알아들을 수 없는 말을 중얼거리다 그보다는 명확하게 자기는 외롭다고 했다. 토니노는 떠나버리고 줄리아나는 곧 결혼할 테고 빅토리아 고모는 다른 도시나 마찬가지인 포실리포로 이사를 갈 테니 말이다.

"우리 집에서 제일 멍청한 나랑 나보다 더 멍청한 어머니만 남게 생겼어."

그가 말했다.

"오빠도 떠나면 되죠."

"어디로? 뭘 하러? 어쨌든 나는 떠나기 싫어. 여기서 태어났으니 여기에 머물고 싶어."

"그럼 어떻게 하려고요?"

그는 자기 심정을 설명하려 했다. 그는 어렸을 때부터 토니노와 줄리아나, 그리고 특히 빅토리아 고모에게 보호받는 느낌이 들었다고 했다.

"잔니나, 나는 우리 어머니와 똑같아. 우리는 무슨 일을 겪든 참고 사는 사람들이야. 할 줄 아는 게 그것밖에 없으니까. 우리는 하찮은 사람들이니까. 그런데 내가 뭐 하나 알려줄까? 빅토리아가 떠나면 나는 부엌에 걸린 아버지 사진부터 치워버릴 거야. 나는 그 사진이 싫어. 무서워. 어머니는 분명 나와 같은 생각을 하고 있을 거야."

나는 코라도에게 그렇게 하라고 했다. 대신 착각하지 말라고 했다. 빅토리아 고모가 완전히 사라지는 일은 절대로 없을 거라고 말이다. 전보다 더 사납고 참기 힘든 사람이 되어 끈질기게 다시 돌아올 거라고 했다.

"차라리 토니노 오빠를 찾아가요."

내가 충고했다.

"나는 형이랑 안 맞아."

"토니노 오빠는 인내를 아는 사람이에요."

"나는 안 그래."

"베니스에 가게 되면 토니노 오빠를 보러 갈지도 몰라요."

"그래, 안부 전해줘. 어머니와 줄리아나와 나를 내팽개치고 가버린 건 이기적인 행동이었다는 말도 전해주고."

코라도에게 토니노의 주소를 물었지만, 그도 토니노가 일하는 식당 이름밖에 몰랐다. 속마음을 털어놔서 마음이 편해졌는지 코라도는 평소의 모습으로 되돌아왔다. 그는 다정하게 말을 걸면서 음탕한 제안을 했다. 내가 웃으며 말했다.

"내 말 똑똑히 들어요, 오빠. 우리 사이에 무슨 일이 일어날 가능성은 전혀 없어요."

그러고는 진지하게 로사리오의 전화번호를 물었다. 코라도는 놀란 표정으로 나를 바라보았다. 내가 자기 친구랑 자기로 마음먹은 건지 알고 싶어 했다. 확실히 아니라는 말을 듣고 싶은데 내가 잘 모르겠다고 하자 그는 진심으로 걱정하면서 위험한 선택을 하려는 여동생을 보호하는 오빠처럼 굴었다. 그는 한참을 그런 식으로 말했고 나는 그가 정말로 로사리오의 번호를 알려주지 않으려 한다는 걸 알았다. 나는 그를 위협했다.

"좋아요, 그럼 나 혼자 알아볼게요. 대신 로사리오 오빠에게 오빠가 질투심 때문에 전화번호를 가르쳐주지 않았다고 이를 거예요."

내 말에 그는 바로 꼬리를 내렸지만 계속해서 투덜거렸다.

"내가 네 고모에게 말하면 네 고모는 네 아버지에게 말할 거고 그럼 너도 곤란해질 거야."

나는 미소를 지으며 그의 뺨에 입 맞추려 했다. 나는 최대한 진지하게 말했다.

"오빠, 그건 나를 돕는 거예요. 빅토리아 고모와 아빠가 이 일을 알게 되기를 나보다 더 간절히 바라는 사람은 없을 테니까요. 아니, 약속해줘요. 만약 그런 일이 일어난다면 꼭 고모와 아빠에게 말하겠다고."

그사이에 버스가 도착했다. 나는 혼란에 빠진 코라도를 인도에 내버려두고 버스에 올랐다.

5

하지만 몇 시간 만에 그렇게 급하게 처녀성을 잃을 이유가 없다는 생각이 들었다. 물론 왠지 모르게 로사리오에게 끌리기는 했지만, 그에게 연락하지는 않았다. 대신 이다에게 전화해 나와 함께 베니스에 가기로 결정했는지 묻자 그러겠다고 대답했다. 방금 전에 코스탄차 아줌마에게도 말했는데 그녀는 잠시라도 자기 딸을 보지 않아도 된다는 생각에 기뻐하며 여비를 두둑이 챙겨주었다고 했다.

나는 곧바로 토니노가 일하는 식당 번호를 찾아서 전화를 걸었다. 처음에 토니노는 내가 간다는 소식에 기뻐했지만 이다와 함께라는 말에 잠시 입을 다물었다. 메스트레에 있는 코딱지만 한 방에서 살고 있다면서 셋이서 지내기에는 좁다고 했다.

"그래도 인사하러 갈게요. 만나면 좋지만 오빠가 싫으면 어쩔 수 없죠."

내 말에 토니노는 금세 태도를 바꿔 자기도 좋다면서 우리를 기다리겠다고 했다.

어머니가 생일 선물로 준 돈은 밀라노행 기차표를 사느라 다

써버렸기 때문에 이번에는 진급 선물로 돈을 달라고 졸랐다. 모든 준비를 마친 어느 날 아침, 9시 정각에 로사리오에게서 전화가 왔다. 가랑비가 내리는, 기분 좋게 선선한 날이었다. 코라도에게 이미 자초지종을 들었는지 로사리오의 첫마디는 이랬다.

"잔니나, 드디어 결심했다면서?"

"어디예요?"

"앞쪽 바에 있어."

"어디 앞이오?"

"너희 집 앞에. 내려와 봐. 우산 들고 기다릴게."

그런 그의 태도가 별로 거슬리지 않았다. 나는 예상한 일이 곧 일어나게 되리라는 걸 느꼈다. 다른 사람과 껴안고 있기에는 후덥지근한 날보다는 오늘처럼 시원한 날이 나을 거라는 생각이 들었다.

"우산은 필요 없어요."

내가 말했다.

"나보고 그냥 가라는 거야?"

"그건 아니에요."

"그럼 서둘러."

"어디로 가려고요?"

"만초니가로."

나는 머리도 빗지 않았고, 화장도 하지 않았다. 팔찌를 찬 것 빼고는 빅토리아 고모의 조언을 깡그리 무시해버렸다. 로사리오는 예의 그 찍어낸 듯한 웃음을 띠고 바 입구에 서 있었다. 하지만 비 때문에 최악의 교통체증을 겪자 가는 내내 다른 운전자들의 운전 실력이 형편없다면서 그들을 위협하고 욕설을 퍼부었다. 나는 걱정이 됐다.

"날이 아닌 것 같으면 다시 집에 데려다줘요."

"불안해하지 마. 오늘이 날이야. 그렇지만 저 멍청이가 어떻게 운전하는지 좀 보라고."

"진정해요."

"왜 그래? 내가 촌스러워서 너랑 안 맞을 것 같아?"

"그렇지 않아요."

"내가 왜 이렇게 신경이 날카로운지 알려줄까?"

"아니요."

"잔나, 내가 예민한 건 처음 본 그 순간부터 너를 원했기 때문이야. 그런데 너는 나를 원하는지 잘 모르겠어. 너는 나를 원하니?"

"네. 대신 아프게 하면 안 돼요."

"아프게 하다니. 기분 좋게 해줄 거야."

"너무 오래 걸려도 안 돼요. 할 일이 많거든요."

"최소한의 시간은 필요해."

로사리오는 5층 정도 되어 보이는 건물 바로 앞에 주차했다.

"운이 좋네요."

차문도 제대로 닫지 않고 현관을 향해 걸어가는 로사리오를 향해 내가 말했다.

"운이 좋은 게 아니야. 다들 그 자리가 내 지정석이라 차를 세우면 안 된다는 걸 알고 있는 거야."

그가 말했다.

"누가 차를 세우면요?"

"녀석을 쏴버려야지."

"오빠 깡패예요?"

"내가 깡패면 너는 고등학교에 다니는 모범생이게?"

나는 아무 말도 하지 않았다. 우리는 아무 말 없이 5층까지 올라갔다.

나는 50년 후, 로베르토와 지금보다 훨씬 더 친해진다면 그날 오후에 일어난 일을 들려줘야겠다고 생각했다. 그날 있었던 일의 의미를 설명해달라고 해야겠다고 생각했다. 로베르토는 모든 행동에 의미를 부여할 줄 아니까. 그것이 그의 일이니까. 아버지와 마리아노 아저씨 말에 따르면 로베르토에게는 그 방면으로 재능이 있는 것 같았다.

로사리오가 문을 열었다. 집 안은 칠흑같이 어두웠다.

"기다려 봐."

그가 말했다. 로사리오는 불을 켜지도 않고 능숙하게 블라인드를 모두 올렸다. 흐린 날씨의 어슴푸레한 빛이 의자 하나 없이 텅 빈 커다란 방 안에 퍼졌다. 나는 집에 들어가 등 뒤로 문을 닫았다. 창문에 부딪히는 빗소리와 포효하는 듯한 바람 소리가 들렸다.

"아무것도 안 보여요."

내가 창 너머를 바라보며 말했다.

"날을 잘못 골랐나 봐."

"아니요, 오늘이 제일 적합한 날이에요."

로사리오는 내게 다급하게 다가와 한 손으로 내 목덜미를 잡고 키스했다. 입을 꾹 누르면서 혀로 입술을 벌리려 했다. 다른 한 손으로는 내 가슴을 움켜잡았다. 내가 그의 가슴을 살짝 밀쳐내자 로사리오는 콧소리를 내며 신경질적으로 웃었다. 그는 손을 내 가슴에서 떼지 않은 채 뒤로 물러났다.

"왜 그래?"

그가 물었다.

"꼭 키스를 해야 하나요?"

"너는 싫어?"

"네."

"다른 여자애들은 다 좋아하던데."

"난 싫어요. 솔직히 가슴도 안 만졌으면 좋겠어요. 오빠에게 도움이 된다면 어쩔 수 없지만요."

그는 가슴에서 손을 떼며 중얼거렸다.

"난 도움 같은 건 필요 없어."

그는 바지 지퍼를 내리고 자기 성기를 꺼내 보여주었다. 거대한 물건이 나올까봐 두려웠는데 다행히 그의 성기는 코라도의 것과 많이 달랐다. 코라도의 물건보다 우아해 보였다.

그가 내 손을 잡으며 말했다.

"만져봐."

만져보니 열이 나는 것처럼 뜨거웠다. 그의 물건을 쥐고 있는 느낌이 나쁘지 않아서 나는 손을 떼지 않았다.

"마음에 들어?"

"네."

"어떻게 하고 싶은지 말해봐. 네 기분을 상하게 하고 싶지 않아."

"옷을 입고 있어도 돼요?"

"다른 여자애들은 다 벗는데."

"옷을 벗지 않고 할 수 있으면 좋겠어요. 부탁이에요."

"아무리 그래도 팬티는 벗어야 해."

나는 그의 물건에서 손을 떼고 청바지와 팬티를 벗었다.

"됐어요?"

"그래, 하지만 원래는 이렇게 하는 게 아니야."

"알아요. 그래서 부탁한다고 했잖아요."

"대신 나는 바지 정도는 벗어도 되는 거지?"

"네."

코라도는 신발과 바지와 팬티를 벗었다. 가는 다리는 털이 무성했고 기다란 발은 살이 없었다. 신발 사이즈가 290은 될 것 같았다. 린넨 자켓과 셔츠, 넥타이까지 제대로 차려입은 상체와 맨다리와 맨발이 드러난 하체 사이로 그의 물건이 방해를 받아서 약이 바짝 오른 세입자처럼 우뚝 서 있었다. 우리는 둘 다 추했다. 거울이 없는 게 차라리 다행이었다.

"바닥에 누울까요?"

내가 물었다.

"무슨 소리야. 침대가 있어."

로사리오는 활짝 열린 문 쪽으로 갔다. 그의 아담한 엉덩이가 보였다. 엉덩이가 움푹 파여 있었다. 방 안에는 흐트러진 침대 하나만 덩그러니 놓여 있었다. 로사리오는 이번에는 블라인드를 올리지 않고 전등을 켰다. 내가 물었다.

472

"안 씻어도 돼요?"

"오늘 아침에 씻었어."

"손이라도 닦아요."

"너도 닦을래?"

"나는 안 닦을 거예요."

"그럼 나도 안 닦을래."

"좋아요. 그럼 나도 손을 닦을게요."

"잔니나, 이거 보여?"

어느새 그의 물건이 쪼그라들고 있었다.

"씻으면 다시 안 서는 거예요?"

"그럴 리가. 씻고 올게."

그가 욕실로 갔다. 이렇게 까다롭게 굴려던 것은 아니었는데 내가 생각해도 요구사항이 너무 많았다. 로사리오가 다리 사이로 물건을 덜렁거리며 돌아왔을 때 나는 그의 물건을 연민 어린 눈빛으로 바라보았다.

"귀여워라."

내가 말했다.

그가 인상을 찌푸렸다.

"안 하고 싶으면 솔직히 말해."

"하고 싶어요. 나도 씻고 올게요."

"이리 와. 이대로도 괜찮아. 넌 교양 있는 애니까 하루에 50번 은 씻겠지."

"만져도 돼요?"

"그래 주면 고맙지."

나는 그의 곁으로 다가가서 조심스레 그의 물건을 잡았다. 그가 무한한 인내심을 보여주었기에 능숙하게 그를 만족시켜주고 싶었지만 어떻게 해야 할지 몰라 마냥 잡고만 있었다. 그런데 몇 초 만에 그것이 커지기 시작했다.

"나도 너를 좀 만질게."

그가 조금 쉰 목소리로 말했다.

"싫어요, 제대로 못 하잖아요. 아플 것 같아요."

내가 말했다.

"제대로 할 줄 알아."

"고마워요, 오빠 정말 친절해요. 하지만 나는 오빠를 못 믿겠어요."

"잔나나, 내가 조금이라도 만져주지 않으면 이따가 정말 아플 거야."

순간 그의 말을 따를까 싶었다. 나보다는 경험이 많을 테니까. 하지만 그의 지저분한 손과 손톱이 두려워 단호히 고개를 내저은 후 손에 쥐고 있던 살덩이를 놓고 다리를 꼭 붙인 채 침대에 누웠다. 나는 그 상태에서 로사리오를 올려다보았다. 예의 그 행복해 보이는 얼굴에 새겨진 혼란스러운 그의 눈이 보였다. 잘 차려입은 상체에 비해 허리 아래는 적나라한 알몸이었다. 잠시 우리 부모님이 분별력 있고 두려움 없는 내 성생활을 위해 어렸을 때부터 성교육에 얼마나 신경을 썼는지 생각났다.

그러는 동안 로사리오는 내 발목을 잡고 다리를 벌리려 했다.

"정말 아름다워."

그는 내 가랑이 사이를 바라보며 감동한 목소리로 말하고는 조심스럽게 내 위로 엎드렸다. 손으로 자기 성기를 잡고 내 성기를 찾다가 정확한 위치를 찾았다고 생각했는지 살살, 아주 살살 밀어 넣다 갑자기 확 찔렀다.

"아야!"

내가 말했다.

"아파?"

"조금요. 나 임신시키면 안 돼요."

"걱정 마."

"끝났어요?"

"기다려봐."

그는 다시 한번 성기를 밀어 넣었다가 자세를 가다듬고 또다시 밀어 넣었다. 그때부터 성기를 조금 뺐다가 다시 밀어 넣는 동작을 수없이 반복했다. 그 동작을 끈질기게 반복할수록 고통이 커졌다. 로사리오는 내가 아파하는 걸 알고 속삭였다.

"힘 좀 풀어. 너무 긴장해서 그래."

"난 긴장하지 않았어요. 아야! 난 지금 편해요."

내 말에 로사리오가 상냥하게 말했다.

"잔니나, 너도 협조해야 해. 그 안에 쇳조각이라도 있는 거야? 자물쇠를 채워놓기라도 했어?"

나는 이를 악물고 속삭였다.

"아니에요, 밀어봐요. 더 세게."

하지만 온몸에서 땀이 났다. 얼굴과 가슴이 땀 범벅이었다. 로사리오가 왜 이리 땀을 흘리냐고 물어서 수치스런 마음에 속삭였다.

"평소에는 땀을 전혀 안 흘리는데 오늘 왜 이런지 모르겠어요. 미안해요. 징그러우면 여기서 멈춰요."

그가 드디어 온 힘을 다해 내 안으로 들어왔을 때 배가 찢어지는 듯한 아픔을 느꼈다. 순식간에 일어난 일이었다. 그는 내 안에 들어왔을 때보다 더 큰 고통을 남기며 갑자기 내 몸에서 빠져나가 버렸다. 무슨 일이 일어난 건지 이해하려고 고개를 들어보니 그가 내 다리 사이에 무릎을 꿇고 있었다. 피로 더럽혀진 그의 성기에서 정액이 떨어지고 있었다. 그는 웃고 있었지만 실은 매우 화가 나 있었다.

"했어요?"

내가 기운 없이 물었다.

"응."

그가 내 옆에 누우면서 말했다.

"다행이네요."

"정말 다행이야."

"쓰라려요."

"네 잘못이야. 우리는 더 잘할 수 있었는데."

나는 그를 바라보며 말했다.

"내가 원했던 그대로였어요."

그런 다음 나는 혀를 그의 이빨 너머로 최대한 깊숙이 집어넣어 그에게 키스를 해주었다. 잠시 후 나는 몸을 씻고 팬티와 청바지를 다시 입었다. 로사리오가 욕실에 갔을 때 나는 팔찌를 풀어 침대 옆 바닥에 내려놓았다. 팔찌가 불행한 운명의 선물이라도 되는 것처럼. 로사리오는 나를 집까지 바래다주었다. 그는 만족하지 못했지만 나는 즐거웠다.

다음 날 나는 이다와 함께 베니스로 향했다. 우리는 기차에서 그 누구도 경험하지 못했던 방식으로 어른이 되기로 약속했다.

어른들의 위선에 눈뜬 사춘기 소녀의 잔혹한 성장기

• 옮긴이의 말

엘레나 페란테가 돌아왔다. 2014년 '나폴리 4부작'의 대서사를 마무리하는 『잃어버린 아이 이야기』를 출간한 지 5년 만이다. 그동안 영국 가디언지에 연재한 기고문 모음집 『우연한 발견』을 출간했지만, 그녀의 소설을 기다려온 팬들에게는 너무나도 긴 시간이었다.

팬들의 오랜 기다림을 반영하듯 신작 출간 예정일이었던 2019년 11월 7일을 전후로 이탈리아 전역은 페란테 열병을 앓았다. 팬들은 신작 출간을 기념하며 그녀의 작품을 낭독하는 '페란테 나이트'를 기획했고 11월 6일 자정 서점은 『어른들의 거짓된 삶』 초판을 구입하려는 사람들로 장사진을 이뤘다. 아이폰 신규 모델도 아니고, 유명 패션 브랜드 리미티드 에디션 아이템도 아니고 마법사 학교도, 마성의 뱀파이어도 등장하지 않는, 어찌 보면 잔혹하리만큼 집요하게 등장인물의 심리를 파고드는 페란테의 소설을 사기 위해 그토록 많은 사람이 모여든 것은 페란테가 문학을 뛰어넘어 일종의 문화 현상으로 자리 잡았다는 것을 의미한다.

이렇게 세간의 이목을 끌며 공개된 『어른들의 거짓된 삶』은 제목에서 짐작할 수 있듯이 성장소설이다. 릴라도 레누도 등장하지 않지만 페란테는 여전히 나폴리를 배경으로 자아에 눈뜨는 여성의 이야기를 그리고 있다. 소설의 주인공은 13세 생일을 앞둔 소녀 조반나다. 나름대로 엘리트라고 할 수 있는 교사 부모님의 사랑을 독차지하며 구김 없이 자란 조반나는 어느 날 우연히 자기 얼굴이 아버지의 누이 빅토리아 고모와 닮았다는 아버지의 말을 엿듣는다. 추함과 사악함의 대명사인 고모와 닮았다는 말에 충격을 받은 조반나는 오랫동안 인연을 끊고 지냈던 고모를 찾고 그녀의 거친 매력에 현혹된다. 빅토리아 고모는 조반나에게 겉으로 보이는 점잖은 모습만 믿지 말고 부모님을 포함한 주변 사람들의 본질을 보라고 충고한다.

그러던 어느 날 조반나는 식탁 아래서 아버지와 친형제같이 지내는 마리아노 아저씨와 어머니의 다리가 뒤엉켜 있는 광경을 목격하고 이를 계기로 어른들의 위선에 눈을 뜬다.

배경이 나폴리이고 1인칭 화자인 조반나가 정체성을 찾아가는 과정을 그리며 주인공이 자기 자신을 투영하고 비교하는 빅토리아라는 강한 여성 캐릭터가 등장한다는 점에서 『어른들의 거짓된 삶』은 '나폴리 4부작'을 연상시킨다.

일부 독자들은 이러한 엘레나 페란테 소설의 '반복성'에 의문을 제기하기도 한다. 그녀가 비슷한 이야기에 안주하는 것은 아닌지 묻는다.

이러한 질문에 나는 그렇지 않다고 말하고 싶다. 정체성과 근원에 대한 고민은 엘레나 페란테의 모든 소설을 관통하는 주제이지만 그렇다고 그녀의 소설이 동어반복적이라고 할 수는 없다. 엘레나 페란테는 뛰어난 서술력과 동시대적인 문제의식을 바탕으로 소재를 다양하게 변주하는 작가다. 그렇기에 그녀가 즐겨 사용하는 몇몇 소재의 '반복성'은 단점이 아니다. 오히려 그녀의 세계관을 보다 효율적으로 보여줄 수 있는 장치이자 기본 설정인 것이다.

나폴리도 이러한 맥락에서 이해해야 한다. 문학에서 배경은 중요한 의미가 있다. 등장인물들이 삶을 영위하는 장소이기 때문이다. 엘레나 페란테는 데뷔작 『성가신 사랑』에서부터 '나폴리 4부작'에 이르기까지 나폴리를 배경으로 사랑, 우정, 가족과의 관계 같은 보편적인 주제들을 자신만의 방식으로 다루어왔고 그녀의 신작 『어른들의 거짓된 삶』 역시 나폴리에서 펼쳐진다. 릴라가 평생 나폴리를 떠나지 못했던 것처럼 어찌 보면 페란테도 문학적으로 '나폴리'라는 경계선을 넘지 못하고 있는 것처럼 보인다.

하지만 그것은 페란테의 한계가 아니다. 나폴리라는 거칠고 매력적인 이탈리아의 남부 도시가 페란테 문학 세계의 주축을 이루기 때문이다. 페란테의 소설에서 나폴리는 그 자체가 독립적이고 복잡한 등장인물이다. 나폴리는 남성성과 여성성을 동시에 가진 도시다. 페란테의 작품들에서는 그런 나폴리의 양면적 특성이 잘 드러난다. 나폴리는 폭력과 암투가 지배하는 남성의 도시이지만 창조와 파멸을 관장하는 여성의 도시이기도 하다. 정체성과 근원에 대한 고민이라는 주제 역시 나폴리라는 배경과 맞닿아 있다.

페란테의 소설에서 나폴리는 단순한 장소 이상의 관념적인 의미를 가진다. 나폴리는 '최초의 장소 혹은 장소의 원형'이자 어머니의 자궁과 같은 곳이다. 신화적인 장소다. 페란테 소설의 주인공들은 구태의연한 구습에서 해방되어 완전히 독립된 자아로 성장하기 위해 나폴리에서 벗어나려고 몸부림치지만 거부할 수 없는 회귀 본능에 의해 결국 나폴리로 되돌아간다. 『성가신 사랑』의 델리아가 그랬고, 『나의 눈부신 친구』의 레누가 그랬다. 조반나가 이다와 함께 나폴리를 떠나 베니스로 향하는 지점에서 멈추는 소설의 결말이 의미심장한 것도 바로 이러한 이유 때문이다.

인물 설정에서도 『어른들의 거짓된 삶』은 '나폴리 4부작'과 근본적인 차이가 있다. 이 소설에는 조반나 외에 수많은 인물이 등장한다. 그중에서 가장 중요한 인물은 추함과 사악함의 대명사로 묘사되는 빅토리아 고모일 것이다. 소설 초반 빅토리아 고모는 흔적을 찾을 수 없는 미스터리한 인물이자 '뭐라 규정하기 힘들어서 차라리 못생겼다고 해버릴 수밖에 없는 아름다움'의 소유자로 묘사된다. 그녀는 여러 면에서 『나의 눈부신 친구』의 릴라를 떠오르게 하는 인물이다. 소설 초반에 묘사되는 거친 매력과 그녀가 주인공 조반나의 얼터 에고alter ego* 역할을 한다는 측면에서 그렇다.

레누와 함께 『나의 눈부신 친구』의 양대 중심축을 구성했던 릴라와는 달리 빅토리아 고모는 『어른들의 거짓된 삶』에서 일종

* 또 다른 자아.

의 맥거핀macguffin* 같은 역할에 그치는 느낌이다. 이 소설에서 빅
토리아 고모는 주인공이 자아에 눈을 뜨고 어른들의 모순적인
삶을 직시하게 되는 계기를 만들어주지만, 소설 중후반부터는
자신 역시 모순된 어른들과 다르지 않은 존재임을 드러내며 그
때부터 소설은 철저히 조반나 중심으로 전개된다.

빅토리아 고모뿐 아니라 『어른들의 거짓된 삶』에서는 그 어떤
인물도 일관적으로 묘사되지 않는다. 조반나가 각성함에 따라서
인물에 대한 관점이 끊임없이 변한다. 존경받는 지식인이라 믿
었던 아버지는 수년 동안 가장 친한 친구의 아내와 바람을 피우
고 가정을 버린 파렴치한에 지나지 않고 상냥하고 다정한 어머
니는 자신을 버린 남자에 대한 미련을 버리지 못하는 청승맞은
여자일 뿐이고 강인한 줄 알았던 빅토리아 고모는 조카와 죽은
애인 자식들의 애정에 급급해하는 연약한 여자다. 독자가 특정
인물에게 감정이입을 하기 힘든 것도 이러한 인물들의 다중적
인 면모 때문일 것이다. 이 소설에서 인물이나 현상에 대한 하나
의 진실은 없다. 관점에 따라서 변화하는 다양한 감정과 해석이
존재할 뿐이다. 이러한 특성을 상징적으로 나타내는 물건이 '팔
찌'다.

이 소설에서 팔찌는 어른들의 모순된 감정을 가장 함축적으
로 보여주는 매개체다. 엘레나 페란테는 종종 특정한 물건을 명
확히 정의 내리기 힘든 등장인물들의 복잡한 감정을 투영하는

---

* 영화에서 중요한 것처럼 나타나지만 실제로는 줄거리에 영향을 미치지 않는 극적
장치.

도구로 사용하곤 한다.

『잃어버린 사랑』『나의 눈부신 친구』의 인형과 『어른들의 거짓된 삶』의 팔찌가 대표적이다. 팔찌는 고모가 할머니에게서 물려받은 유산이자, 고모가 조반나에게 준 선물이다. 하지만 엔초가 자기 장모에게서 훔쳐서 정부인 빅토리아의 어머니에게 준 선물이자 아버지가 조반나에게 줄 것을 훔쳐서 애인인 코스탄차에게 준 선물이기도 하다.

팔찌에 얽힌 이야기가 하나씩 밝혀질수록 이를 둘러싼 어른들의 추악한 감정도 드러난다. 누군가에게 욕망의 상징이었던 팔찌는 다른 누군가에게는 사랑의 징표지만 또 다른 누군가에게는 불행의 상징인 것이다.

『어른들의 거짓된 삶』은 무엇보다 사춘기 소녀 조반나가 두려움을 이겨내는 과정을 그린다. 성장하는 것에 대한 두려움, 혐오하는 사람을 닮아 간다는 두려움, 변화하는 신체에 대한 두려움, 가질 수 없는 사랑에 대한 두려움, 다가올 미래에 대한 두려움은 가장 민감한 시기인 조반나의 감정을 사로잡는다. 아버지와 어머니의 배신으로 인해 기존의 규범이 무너지면서 이러한 조반나의 두려움은 극에 달한다.

하지만 모든 페란테의 여인들처럼 조반나 역시 여기에 굴복하지 않는다. 거짓말을 그만두는 순간 진짜 소년이 된 피노키오와는 달리 더 능숙하게 거짓말을 하고 진실을 숨김으로써 조반나는 진짜 어른이 된다. 조반나가 어른이 되는 것은 단지 그녀가 순결을 잃기 때문만은 아니다. 자신의 속마음을 감추고 로베르토와 하룻밤을 보내기 위해 밀라노로 되돌아가는 순간 그녀는 어른들의 거짓된 세계 안에 한 걸음 내디딘다.

『나의 눈부신 친구』가 그랬던 것처럼 『어른들의 거짓된 삶』도 하나의 이야기가 완결되고 또 다른 이야기가 시작될 수 있는 지점에서 멈춘다. 조반나의 아픈 사춘기가 여기에서 끝이 날지, 아니면 그녀의 여정이 계속될지 아직은 모르지만, 누구도 경험하지 못한 방식으로 어른이 된 그녀와 마주하기를 조심스레 기대해본다.

2020년 여름
김지우

엘레나 페란테 Elena Ferrante

이탈리아 나폴리에서 출생한 작가로, 나폴리를 떠나 고전 문학을 전공하고 오랜 세월을 외국에서 보냈다는 사실 외에 알려진 바가 없다. '엘레나 페란테'라는 이름조차도 필명이다. 작품만이 작가를 보여준다고 주장하는 페란테는 어떤 미디어에도 모습을 드러내지 않고 서면으로만 인터뷰를 허락한다. 이탈리아에서는 여전히 작가의 정체와 관련된 여러 가지 소문이 떠돌지만 아직도 베일에 싸여 있다.

1999년 첫 작품 『성가신 사랑』을 출간해 이탈리아 평단을 놀라게 한 페란테는 2002년 『버려진 사랑』을 출간한다. 에세이집 『라 프란투말리아』(2003)와 소설 『잃어버린 사랑』(2006), 『밤의 바다』(2007)를 출간한 뒤 2011년 '페란테 열병'(#FerranteFever)을 일으킨 '나폴리 4부작' 제1권 『나의 눈부신 친구』를 출간한다. 이어서 『새로운 이름의 이야기』 『떠나간 자와 머무른 자』 『잃어버린 아이 이야기』까지 총 네 권을 출간해 세계의 베스트셀러 작가가 된다. 2019년 이탈리아에서 출간한 『어른들의 거짓된 삶』은 2020년 9월 1일 전 세계 27개국에서 동시 출간되는 경이로운 이벤트를 한다.

『타임』지는 '세계에서 가장 영향력 있는 100인' 가운데 한 명으로 엘레나 페란테를 선정했다.

김지우 金志祐, 1978-

이탈리아에서 어린 시절을 보냈고 한국외국어대학교 이탈리아어과를 졸업했다. 동 대학교 국제지역대학원에서 유럽연합지역학으로 석사학위를 받은 후 현재 이탈리아대사관에서 근무하고 있다.

주요 번역 작품으로는 엘레나 페란테의 '나폴리 4부작' 『나의 눈부신 친구』 『새로운 이름의 이야기』 『떠나간 자와 머무른 자』 『잃어버린 아이 이야기』와 '나쁜 사랑 3부작' 『성가신 사랑』 『버려진 사랑』 『잃어버린 사랑』이 있다. 그외에도 로셀라 포스토리노의 『히틀러의 음식을 먹는 여자들』, 발렌티나 잔넬라의 『우리는 모두 그레타』, 파올로 발렌티노의 『고양이처럼 행-복』이 있다.

어른들의 거짓된 삶

지은이 엘레나 페란테
옮긴이 김지우
펴낸이 김언호

펴낸곳 (주)도서출판 한길사
등록 1976년 12월 24일 제74호
주소 10881 경기도 파주시 광인사길 37
홈페이지 www.hangilsa.co.kr
전자우편 hangilsa@hangilsa.co.kr
전화 031-955-2000~3 팩스 031-955-2005

부사장 박관순 총괄이사 김서영 관리이사 곽명호
영업이사 이경호 경영이사 김관영 편집주간 백은숙
편집 이한민 박희진 노유연 최현경 김영길
관리 이주환 문주상 이희문 원선아 이진아 마케팅 정아린
디자인 창포 031-955-2097
인쇄 예림 제본 예림바인딩

제1판 제1쇄 2020년 9월 1일
제1판 제3쇄 2020년 11월 5일
특별판 제1쇄 2022년 12월 30일

값 16,500원
ISBN 978-89-356-7812-9 03880